Christoph Ernst
Ansverus-Fluch

LEDA

Christoph Ernst
Ansverus-Fluch
Kriminalroman

1. Auflage 2016
ISBN 978-3-86412-093-0

Leda-Verlag, Rathausstraße 23, D-26789 Leer
info@leda-verlag.de
www.leda-verlag.de

Lektorat: Maeve Carels
Titelillustration: Jutta Berend
Druck und Bindung: GGP Media GmbH, Pößneck
Printed in Germany

Christoph Ernst

Ansverus Fluch

Kriminalroman

LEDA

Personenverzeichnis

Jacob Fabian	ermittelt privat
Georg Fiedler	will die Geschichte der Slawenmission neu aufrollen
Probsthayn	hält Fiedler für den Täter
Erich Pensin	hatte unglaubliche Geschichten in petto
Patrick Reinhold	war nicht nur glückloser Grafiker
Dr. Fröhlich	liebt antike Folianten
Professor Gerlach	ist Spezialist für Moorleichen
Jörn Tykwer	fand im Amazonasdschungel zurück zu Gott
Henriette Heidenreich	war Fiedlers Chefin
Jens-Ulrich Winterfeld	ist Architekt und fährt einen alten Jaguar
Dr. Meiser	kennt verborgene Quellen
Stankowski	lebt allein und trinkt zu viel
Franzen	verfügt über historisches Detailwissen
Dr. Hinrichs	Staatsanwalt in Hamburg
Conny	Fabians leidgeprüfte Lebensgefährtin
Anna	ihre Tochter
Axel	ist oft schlauer als die Wikipedia
Carlo	unterstützt Fabian bei haarigen Jobs
Paul	rettet Conny den Hals
Rudolf Katzenstein	verbindet Fabian und Fiedler
Willem	liebt alte Trecker
Sophie	hütet Fabians Hund

Im Andenken an Farag Foda
dem hoffentlich noch lange
in Freiheit lebenden
Edward Snowden gewidmet

Dies ist ein Roman. Figuren und Handlung sind frei erfunden. Sämtliche Angaben zu Gestalten der Zeitgeschichte stammen aus allgemein zugänglichen Quellen. Bei den im Text skizzierten Ursachen des Slawenaufstands von 1066 handelt es sich um eine fiktive Interpretation.

»Gott ist der einzige Herr der Welt,
der weniger zu sagen hat als seine Diener.«
Karlheinz Deschner

Auf dem Damm staut sich das Blech. Vor mir röhrt ein finnischer Vierzigtonner mit defektem Schalldämpfer. Glückwunsch. Der träumt von der 207, doch Rostock ist weit. Erst mal darf er durch dies Nadelöhr. Ratzeburg verbrennt dreißig Millionen für einen Marktplatz, den kein Mensch braucht, aber schafft es nicht, innerhalb von drei Jahren die einzige Zufahrt aus dem Osten instand zu setzen.

Verdammt. Ich hätte eher los sollen. Nachher ist die Anwältin schon weg. Dabei muss sie sofort die Staatsanwaltschaft verständigen. Sonst verlieren wir noch einen Tag. Und was, wenn der Alte sich sperrt?

Mach dich nicht irre. Er wird reden. Er muss. Er wartet seit Jahrzehnten darauf. Nun hat er endlich die Gelegenheit. Garantiert ihm maximalen medialen Zuspruch. Besser späte Genugtuung als keine.

Du bist zu nervös. Komm runter, Junge. Lüfte den Kopf durch.

Wieso klemmt die Seitenscheibe schon wieder? Wozu braucht die überhaupt einen Motor? Elektrische Fensterheber produzieren nur Hirnerweichung und Muskelatrophie. Na endlich, geht doch! Mild ist es. Riecht fast nach Frühling.

Tief einatmen. Bis in die Lungenspitzen. Vier Takte halten. Sachte ausatmen. Einatmen. Halten. Ausatmen.

Yoga für Idioten.

Der gelbe Bau der alten Gelehrtenschule gleitet an mir vorbei. Flirrendes Sonnenlicht tanzt auf dem Wasser. Am Hang nach Einhaus hin schimmert erstes, schüchternes Grün.

Sobald der Alte Probsthayn das Foto zeigt, ist Fiedler entlastet und der Alptraum vorbei. Noch ein, zwei Tage. Das hältst du durch. Hör auf, ständig an Conny und Anna zu denken. In Selbstvorwürfen baden kannst du später. Die Dinge werden sich ändern müssen, um die gleichen zu bleiben. Doch darauf hast du keinen Einfluss mehr. Du kannst bloß beten, dass es heute klappt.

Amen.

Hinterm *Seehof* kommt die Tankstelle in Sicht. Ich ordne mich links ein. Rechts ragt St. Georg am Berge auf. Tausend Jahre alt. Unscheinbar. Scheinbar harmlos. Dort stand das Kloster, von wo aus der spätere Heilige seine Mönche missionieren schickte. Bis die Slawen aufbegehrten und dem Treiben ein Ende machten.

Lange her. Trotzdem sieht man noch heute, wo das Feuer damals wütete. Die Brandspuren haben sich in die Mauern gefressen. Wie eine Narbe.

Ich biege in die Straße ein, in der der Alte wohnt. Am Ende einer langgezogenen Kurve taucht sein zweistöckiges Haus auf. Efeu leckt die Fassade hoch bis aufs Dach. Auch heute wirkt es düster. Trotz der Sonne.

Die Reifen des Volvos knirschen am Kantstein gegenüber. Ich steige aus, suche mich zu sammeln. Erst dann quere ich die Straße. Die Scharniere seiner Gartenpforte betteln noch immer um Fett. Zeitungen stecken im Briefkasten. Kein gutes Zeichen.

Die Klingel befindet sich auf Bauchhöhe rechts. Ein blanker Messingknopf inmitten eines mattgelben Rechtecks. Es gongt hohl. Als der Ton das dritte Mal verhallt und nichts passiert, kriecht mir Frost unters Zwerchfell. Aber vielleicht hört er mich bloß nicht, weil er längst in seinem Arbeitszimmer sitzt.

Die Waschbetonplatten an der Nordseite des Hauses sind

noch feucht vom Sturm letzte Nacht. Abgerissene Zweige liegen im Gras wie Tote einer Schlacht. Die Terrasse ertrinkt unter fauligem Laub. Die Fenster zum Arbeitszimmer sind lange nicht mehr geputzt worden und staubblind. An den Sparren kleben Spinnennester. Im Inneren herrscht diffuses Zwielicht. Ich kann nichts erkennen. Klopfe. Keine Reaktion. Ich wische mit dem Jackenärmel das Glas sauber, schirme die Augen ab, lege die Stirn an die Scheibe. Langsam schälen sich Konturen aus dem Dunkel.

Er sitzt tatsächlich am Schreibtisch, keine vier Meter weiter, und glotzt mich an. Doch er sieht mich nicht. Er sieht nichts mehr. Sein Kinn ist weggesackt. Der Mund steht offen. Von der rechten Schläfe kriecht ihm ein schwarzer Streifen trockenes Blut über den Brauenbogen die Wange hinab bis unters Kinn. Ich muss mich zwingen, genauer hinzusehen. Sein linker Arm liegt auf dem Tisch. Der rechte baumelt herab. Die Hand ist verdeckt. Ich kann nicht erkennen, ob er die Waffe noch hält oder sie auf dem von Motten zerfressenen Buchara liegt. Er sitzt offenbar schon länger so da. Nirgends brennt Licht. Es dürfte vor Einbruch der Dämmerung passiert sein. Kurz nach meinem Besuch. Er trägt noch denselben Pyjama. Das Blut, das ihm auf den Kragen getropft ist, wirkt wie eine groteske Brosche.

Dann erst bemerke ich den zerfledderten gelbgrauen Umschlag und die Fotos, die im Halbrund daneben aufgefächert sind. Es dürften dieselben Bilder sein, die er mir vorgestern gezeigt hat, die Bilder, wegen der ich hier bin. Ich weiß sofort, welches der Fotos fehlt. Stehe wie betäubt. Es ist aus. Vergeigt. Ich denke: Warum bist du nicht für ihn zur Apotheke gefahren?

Aber ich wollte da weg, dem Rasseln seiner Bronchien entkommen, der stickigen, abgestandenen Luft, dem klebrigen Geruch von Staub, Grippe und Einsamkeit, mir nicht weiter diesen kläglichen Rest Mensch ansehen, der ein Leben lang gegen Windmühlenflügel angerannt war und auf den am Ende bloß Einsamkeit, Verbitterung und Inkontinenz warteten.

Nun entpuppt sich die Unterlassung als Katastrophe.

Keine Hinweise auf einen Kampf. Er kannte den Täter. Vertraute ihm. Er setzt sich an den Schreibtisch, kramt die Fotos aus der Schublade. Der andere tut so, als wolle er ihm über Schulter sehen, tritt halb hinter ihn, drückt ab, schiebt ihm die Waffe in die Hand und schnappt sich das Bild.

Eine rasche Aktion. Abgebrüht. Fast perfekt. Mit dem kleinen Schönheitsfehler, dass die Eintrittswunde auf der rechten Schläfe ist. Er war Linkshänder. Oder soll es extra stümperhaft aussehen? Wie der Einbruch bei Fiedler?

Schließlich angele ich nach dem Telefon. Es fiept. Dann habe ich Probsthayn am Ohr. Als er hört, was passiert ist, flucht er halblaut.

»Wieder ein inszenierter Suizid? Na, prima. Was hatten Sie überhaupt bei ihm zu suchen?«

»Ich wollte ihn bitten, Ihnen von den zwei Frauen zu erzählen, die im Frühjahr 1946 aus einem Lager für Dee Pees bei Wentorf verschwunden sind.«

»Aus einem Lager für WAS?«

»Displaced Persons. Leute, die im Krieg nach Deutschland verschleppt wurden und danach hier festhingen, ehemalige Fremdarbeiter, KZ-Häftlinge und Kriegsgefangene.«

»Und?«

»Dienstag hat er mir alte Fotos von diesem Camp gezeigt. Die liegen jetzt vor ihm. Aber die entscheidende Aufnahme dürfte fehlen. Auf der war das Zeichen der Bruderschaft zu erkennen.«

»Das Zeichen der Bruderschaft?«

»Die half Nazis, ins Ausland zu entkommen.«

»Hören Sie auf! Liefern Sie mir einen Beweis, dass dieser beschissene Verein tatsächlich existiert! Gestern sagen Sie, es geht den Burschen um ihren Heiligen. Heute sollen sie Nazis rausgeschafft haben. Entscheiden Sie sich!«

»Das Foto war der Beweis!«

»Nu' ist es weg. So wie das Geständnis für den Mord an Reinhold.«

»Die räumen auf! Sehen Sie das nicht?«

»Nein! Ich sehe, dass Sie Fiedler auf Teufel komm raus entlasten wollen.«

»Weshalb sollte der Mann sich töten?«

»Krise. Krankheit. Altersdepression. Keine Ahnung!«

Probsthayn kaut Kaugummi und schmatzt dabei. Es klingt so, als habe er sich das von irgendwelchen fetten, korrupten Bullen aus verstaubten B-Movies der Schwarzen Serie abgeguckt. Dabei ist er alles andere als fett und vielleicht noch nicht mal korrupt. Bloß borniert.

»Die Schusswunde ist an seiner rechten Schläfe«, erkläre ich. »Er war Linkshänder!«

Probsthayn schweigt.

»Hören Sie. Ich weiß, dass Sie sauer auf mich sind. Wär ich an Ihrer Stelle auch. Aber ich hab Sie nicht angelogen.«

Er lacht sein öliges Lachen. Egal, was ich sage, es nutzt nichts. Dies ist der vierte Mord in vier Tagen. Die Presse tobt. Sein Chef wird ihn pfählen. Er braucht Ergebnisse.

Dann dämmert mir: Er hat die Jungs vom Ratzeburger Abschnitt längst informiert. Er redet hier nur noch, damit du dich nicht vom Acker machst. Du bist der Brocken, den er den Hyänen zuwerfen will, so dass sie sich nicht auf ihn stürzen.

Ich muss weg. Vorn raus laufe ich seiner Mannschaft in die Arme. Bleiben bloß die Hintergärten.

»Verstehe. Sie wollen mir das Ding anhängen.«

»Reden Sie keinen Stuss!«

»Ich wär nicht der Erste, der das Opfer angeblich findet.«

Betagter Maschendraht. Bauchnabelhoch. Auf der anderen Seite Rasen. Gut. Der hinterlässt keine Fußabdrücke. Meine Hose spannt im Schritt. Weniger gut.

»Wahrscheinlich wollte ich ihn dazu bringen, meine Theorie von der Bruderschaft zu stützen, um Fiedler zu entlasten. Er weigerte sich, es kam zum Streit, da hab ich ihn erschossen und es so gedreht, dass es wie Selbstmord aussieht.«

»Scheiße, Fabian. Das hat kein Mensch behauptet!«

»Deshalb hab ich mir auch die Drohanrufe ausgedacht, an den Bremsleitungen meines Wagens rumgesäbelt und mir selbst den Laptop geklaut.«

Der Garten ist ungefähr fünfzehn Meter breit. Mehr Maschendraht. Ein Beet. Muttererde voller Setzlinge. Ein morscher Jägerzaun. Dahinter wieder Rasen. Erste Narzissen. Krokusse. Lerchensporn und Forsythien. Pralle, üppige Knospen. Kurz vorm Erblühen. Die Zweige erschreckend dicht.

Aus dem Augenwinkel registriere ich eine beschürzte Matrone auf einer Leiter am Fenster. Sie hängt Gardinen auf. Als sie mich sieht, friert sie in der Bewegung ein. Verflucht! Der nächste Zaun ist zu hoch: eins dieser widerlichen Teile aus engen Metallstäben, die oben spitz überstehen. Das schaffe ich nicht mit Probsthayn am Ohr. »Sekunde. Da ist jemand!«

Ich kappe die Verbindung und stecke das Handy ein. Hinter mir ertönen Rufe. »Hallo Sie! Was machen Sie denn da?«

Ich würge mich aus dem Gebüsch. Die Gardinenbraut. Mit Telefon in der Hand. Mitte vierzig. Stämmig. Resolutes Kinn. Leichter Unterkieferüberbiss. Ich entscheide mich für offensive Hilflosigkeit. »Gott sei Dank! Hier komm ich nicht durch.«

Ich grinse, als sei mir das peinlich, breite die Arme aus und gehe auf sie zu.

»Da soll ja auch keiner durch«, knurrt sie verängstigt und weicht zurück. »Das ist ein Privatgrundstück!«

»Ich weiß. Entschuldigen Sie. Es eilt …«

Wenn ich ihr das Gerät wegnehme, wehrt sie sich wahrscheinlich. Dann wird es laut und ich muss sie niederschlagen, was nichts bringt, weil sie vermutlich ohnehin längst die Polizei alarmiert hat. Also zücke ich eines meiner Kärtchen, reiche es ihr mit langem Arm und deute zum Grundstück des Toten. »Drüben bei Ihrem Nachbarn ist was Übles passiert. Ich will sehen, ob die Täter hier hinten rum weg sind.«

Beim Wort ›Täter‹ guckt sie erschrocken, sieht sich um, entdeckt nichts und beäugt misstrauisch die Visitenkarte. Dort steht *Ermittler*. Dazu gibt es ein Portrait von mir, gedacht für auditiv Retardierte, die Namen nach zehn Sekunden vergessen. Auf dem Foto wirke ich einigermaßen seriös. Außerdem ist das Ding eingeschweißt und wie ein Ausweis gestaltet. Trotzdem bleibt sie argwöhnisch. Ich halte sie besser auf Trab.

»Sind hier in den letzten Tagen irgendwelche verdächtigen Gestalten rumgeschlichen?«

»Sie meinen, solche wie Sie?« Sie reckt mir trotzig ihr Kinn entgegen. »Was ist denn überhaupt passiert?«

Ich sage ihr, was. Ihr Mund geht karpfenartig auf und zu.

»Gütiger Gott!«

Der hat damit bestimmt nichts zu tun, denke ich. Da zuckt das Handy. Probsthayn. Offenbar hat er inzwischen herausgefunden, dass die Ratzeburger Mannschaft noch nicht vor Ort ist.

»Die Verbindung war plötzlich tot, Herr Hauptkommissar. Tut mir leid. Ich klär hier grade mit einer Nachbarin, ob sie jemanden gesehen hat. Ich ruf Sie gleich zurück.«

Diesmal mache ich das Telefon aus.

»Das war Hauptkommissar Probsthayn von der Lübecker Mordkommission«, informiere ich die Frau. »Den können Sie gern anrufen. Außerdem dürften die Kollegen vom

Ratzeburger Abschnitt gleich hier sein. Und nun zeigen Sie mir mal, wo man da hinten durchkommt!«

Als ich eine Minute später auf den Volvo zugehe, überholt mich ein Einsatzwagen mit Blaulicht und stoppt vor dem Haus. In dieser Gegend gibt es morgens unter der Woche kaum Flaneure, eigentlich müsste ich den beiden auffallen, aber sie sind viel zu sehr damit beschäftigt, wie Action-Helden aus dem Fahrzeug zu spritzen.

Mein 745er steht auf der anderen Straßenseite. Ich rutsche hinters Steuer, mache mich klein und gleite an ihnen vorüber. Wie auf Autopilot fahre ich über die Bahnhofsallee zurück an den See, schwenke bei *Eis-Pelz* nach links und lasse den Wagen ans Ende des leeren Parkplatzes rollen. Sobald der Motor abstirbt, holt es mich ein.

Draußen ist Frühling. Sonne perlt übers Wasser. Wildgänse ziehen nach Osten. Das Wageninnere ist warm, aber meine Zähne tanzen Stakkato und die Hände zittern wie auf Entzug. Ich lege den Kopf in den Nacken und greife nach der Wasserflasche, die ich für derlei Anfälle spazieren fahre, spüle den Mund aus und trinke. Sieben tiefe, gierige Schlucke. Den Staub am Gaumen werde ich trotzdem nicht los.

Wir schreiben das 21. Jahrhundert. Das Zeitalter von Twitter, Wikileaks und Edward Snowden. Die Idee einer mittelalterlichen Geheimloge, die über Leichen geht, hier, heute, in einer beschaulichen norddeutschen Kleinstadt, ist viel zu abgedreht, um von irgendwem ernst genommen zu werden. Wenn ich ihnen obendrein erkläre, dass der Schlüssel ein vertuschtes Verbrechen ist, das fast tausend Jahre zurückliegt, liefern sie mich gleich ein.

Auf der Ablage geistern noch immer die Zigaretten rum, die ich vor ein paar Tagen gekauft habe. Rauchen ist der harmlosere von beiden Rückfällen. Ich brauche Trost.

Koronarsklerose ist das Letzte, was mich jetzt schreckt. Erlaube ich mir nur noch einen Schnitzer, habe ich eh beste Aussichten, bald ruhmlos abzutreten.

Für das, was in den letzten drei Tagen passiert ist, gibt es nur eine einzige halbwegs logische Erklärung. Was wiederum heißt, dass ich die ganze Zeit aufs falsche Pferd gesetzt habe.

Kann das sein? Natürlich. Bei Lichte besehen ergibt es sogar Sinn.

Aber seit wann? Seit wann, verdammt? Denk nach! Sortier es noch mal! Wie ist die Chronologie? Zurück auf Start. Es fing alles damit an, dass Fiedler Anfang Februar die Frauenleiche fand ...

***

An jenem Morgen herrschte beim alten Klärwerk üble Stimmung. Zwar ließ der Frost nun endlich nach, doch Schneeregen hatte die Baustelle in eine Schlammwüste verwandelt. Fiedler hatte sich nach Schichtbeginn als Erstes mit Patrick Reinhold gestritten. Wegen der Drainage des Laborhäuschens. Fiedler wollte den Bau als Kiosk nutzen, sobald der Pfad fertiggestellt war. Das Laborhäuschen war wie dafür gemacht. Es lag keine fünfzig Meter vom See, aber die Rückwand war nass und im Keller stand knöchelhoch das Wasser.

Am Vortag, als endlich der Bagger angerückt war, den er Wochen zuvor bestellt hatte, hatte Heidenreich angerufen und ihn ins Büro zitiert. Heidenreich verwaltete die Projektmittel, auf die er angewiesen war. Er hatte Reinhold gebeten, den Aushub zu überwachen. Doch der war stattdessen angeblich in den Baumarkt gefahren. Der Baggerführer hatte ohne Sinn und Verstand einen Graben quer durch die Landschaft gezogen. Nun durfte Fiedler sich zwischen Pest und Cholera entscheiden: Entweder wartete er wieder

Wochen auf schweres Gerät oder er ließ die Drainage von Hand ausheben. Das war Knochenarbeit, wofür er keinen der Männer, die hier werkelten, ohne Weiteres würde begeistern können.

Eigentlich hätte er Reinhold zu dem Job verdonnern müssen, doch er wusste, wie der sich anstellen würde und er wollte sich nicht noch mehr über ihn ärgern. Darum schnappte er sich zwei kräftige, halbwegs motivierte Leute und griff selbst zum Spaten.

Das Erdreich war bloß oberflächlich angetaut und darunter steinhart. Sie mussten es mit Spitzhacken lockern. Lehm pappte an ihren Stiefelsohlen, klumpte sich fest und bildete einen glitschigen Film, so dass ihre Füße keinen festen Halt fanden und sie beim Graben ständig abrutschten. Gegen Mittag waren sie durch die Frostzone, bald darauf bereits einen Meter tief. Fiedler hatte die beiden anderen gerade zu einer Rauchpause entlassen, als sein Spaten auf Widerstand stieß. Es klang dumpf, wie Holz. Vermutlich die Abdeckung eines vergessenen Siels. Im Untergrund der Anlage wimmelte es von alten Rohrleitungen, für die kein Mensch mehr Pläne besaß.

Die zwei anderen halfen ihm. Gemeinsam legten sie ein Dutzend dicker Eichenbohlen frei, je gut drei Meter lang und um die hundert Kilo schwer. Sobald sie die hochgewürgt hatten, stellten sie fest, dass das Holz unterseitig hervorragend erhalten war, von Hand bearbeitet und augenscheinlich sehr alt. Es war pechschwarz, als sei es gebeizt. Darunter lagen kindskopfgroße Steine, eingebettet in blaugrauen, von Rostadern durchzogenen Lehm. Dann stieß einer der Männer einen überraschten Laut aus und deutete auf einen Fetzen Gewebe. Juteartig. Fiedler bückte sich und zog daran. An dem Stoffrest klebte Leder. Doch es war kein Leder, es sah nur so aus. Er stockte. Das, woran er da zog, war eine menschliche Hand, nicht sonderlich groß, dunkelbraun und verschrumpelt, aber sogar noch mit Fingernägeln.

Die übrigen Männer liefen herbei. Kurz darauf standen sie gaffend um die Grube.

»Scheiße, ist die echt?«

»Voll krass. Wie bei *CSI Miami*.«

»Hol das Ding doch mal raus!«

»Da hängt noch einer dran.«

»Boah ej, den willst du nich etwa anfass'n!«

»Logo. Der kommt in die Suppe.«

»Mach 'n Selfie und schick's deiner Maus.«

»Oh, warte, jetzt ist das verfickte Handy wieder platt!«

Fiedler telefonierte derweil mit der Polizei.

***

Zwei Stunden danach war ein halbes Dutzend Halogenstrahler aufgestellt und die Fundstelle mit Flatterbändern abgesperrt. Dahinter huschten Gestalten in hellen Schutzanzügen herum, entnahmen Erdproben, steckten Plastikfähnchen in den Boden und fotografierten. Eine Frau inspizierte den mittlerweile freigelegten Leichnam. Irgendwann richtete sie sich auf, rief ihrem Kollegen halblaut etwas zu und stieg aus der Grube. Sie zog die Kapuze zurück, schüttelte ihr helles, halblanges Haar aus und ging zu dem hageren, hochgewachsenen Mann in Zivil, der zehn Schritte abseits fröstelnd von einem Bein aufs andere trat. Die beiden redeten. Der Hagere verzog das Gesicht und schien Einwände zu haben, aber sie insistierte, bis er nachgab und sich an Fiedler wandte.

»Probsthayn, Kripo Lübeck. Die Kollegin würde gern wissen, was das hier früher war. Bevor es Kläranlage wurde.«

»Hier fuhr die Ratzeburger Kleinbahn.«

»Und davor?«, fragte die Blonde.

Fiedler hob die Schultern. »Keine Ahnung. Wieso?«

Probsthayn überging die Rückfrage. »Wer weiß darüber Bescheid?«

»Der liegt da schon eine ganze Weile«, erklärte die Frau.

»Wie lange?«

»Lange. Vielleicht vierzig, vielleicht auch dreihundert Jahre.«

Sie musterte Fiedler. Was sie sah, schien ihr zu gefallen. Fiedler war schlank und ähnlich groß wie Probsthayn, aber anders als der Polizist hatte er noch alle Haare auf dem Kopf und keine Aknenarben.

Ihre Hand deutete auf das Areal. »Was wird das denn hier, wenn's fertig ist?«

»Die Servicestation für den historischen Erlebnispfad.«

»Was für ein Erlebnispfad?«

»Zwischen dem Ratzeburger Dom und dem Ansveruskreuz bei Einhaus. Das ist eine alte Pilgerroute. Da drüben, wo Sie den Dom sehen, befand sich vorher ein slawisches Heiligtum und bei Einhaus steht ein Steinkreuz, das angeblich die Stelle markiert, wo Ansverus und seine Mönche von den Slawen gesteinigt worden sind.«

»Angeblich?«

»Das Kreuz stammt aus dem 14. oder 15. Jahrhundert. Mit Ansverus hat man es erst viel später in Verbindung gebracht.«

»Ah ja.«

»Unser Pfad versucht die Märtyrerlegende neu zu beleuchten und dabei die Sicht der Slawen einzubeziehen, die man im Nachhinein immer nur als blutrünstige Heiden bezeichnet hat.«

»Klingt spannend«, lächelte die Blonde. »Das machen Sie alles mit Arbeitslosen?«

»Wenn es klappt wie gedacht, sind sie das bald nicht mehr ...«

»Hören Sie«, meldete sich Probsthayn. »Wir wollen nur wissen, wer Bescheid weiß. Also, können Sie uns nun weiterhelfen?«

Die Blonde sah ihn befremdet an. Probsthayn hob die Hände und schielte genervt: »Bevor ich die Pferde scheu mache und die hohen Herren aus Gottorf rankarren lasse.«

»Das musst du sowieso«, sagte sie zu ihm. »Ich riskier nicht, da was kaputt zu machen.«

»Ja, ja, ja«, knurrte er.

»Sei froh! So habt ihr das Ding von der Backe.«

»Sagst du.«

»Am besten wenden Sie sich an den Stadtarchivar«, sagte Fiedler. »Der kennt sich in Lokalgeschichte hervorragend aus. Falls irgendwer weiß, was sich hier in den letzten dreihundert Jahren abgespielt hat, dann er.«

»Na fein«, ächzte der Kommissar. »Hat der Knabe auch einen Namen?«

»Dr. Fröhlich. Sein Büro ist drüben auf der Dominsel.«

Ein junger Beamter tauchte auf und machte der Blonden Meldung. »Das THW hat ein Zelt. Sie schicken es gleich rüber.«

»Gut. Danke! Die sollen das mit genügend Luft zum Fundort aufstellen, okay?«

»Sicher. Ich kümmere mich drum.«

»Wunderbar. Dann brauchen wir uns keine Sorgen wegen der Witterung zu machen.«

»Gern«, strahlte der junge Polizist sie an. »Sonst noch was?«

Probsthayn verdrehte die Augen.

***

Eine halbe Stunde danach erschien ein magerer, großer, sich bemerkenswert gekrümmt haltender Mann von Anfang fünfzig, in dem Fiedler Dr. Fröhlich erkannte, den Stadtarchivar. Fröhlich redete eine Weile mit Probsthayn und der Blonden, starrte gebannt auf die sterblichen Überreste in der Grube und regte an, die Abdeckbohlen untersuchen zu lassen, um so das Zeitfenster zu ermitteln, in dem die Leiche hier vergraben worden sei.

Die Pathologin nickte nur, doch Probsthayn raunzte halblaut, er habe eigentlich vorgehabt, sie in seinem Kamin zu verfeuern.

Noch in derselben Nacht reiste ein Team aus Kiel an, das die Fundstelle weiter absicherte und alles für die Exhumierung vorbereitete.

Gegen zehn Uhr am nächsten Morgen gab sich Professor Gerlach aus Gottorf die Ehre, Kiels Koryphäe für forensische Archäologie, eine international renommierte Autorität in Sachen Moorleichen. Zu seiner Entourage gehörte auch eine langbeinige, brünette Assistentin mit Schmollmund und engen Jeans. Als sie durch den Matsch zur Fundstelle stakste, klebten die Blicke der Männer an ihrem Gesäß.

Die ersten Journalisten waren schon am Vortag aufgetaucht. Probsthayn hatte sie hinter den Zaun gescheucht, doch Gerlach war geschmeidiger. Sobald die Leiche freigelegt war, improvisierte er eine Pressekonferenz.

»Es wird noch dauern, bis die Details präzisiert sind, aber der Fund ist absolut sensationell. Durchaus mit dem des Toten aus dem Hauslabjoch vergleichbar, den Sie als Ötzi oder Mann aus dem Eis kennen.«

»Auf wie alt schätzen Sie den Toten denn?«, rief eine rotlockige Mittvierzigerin mit ambitionierter Vierkantbrille.

»Die Tote«, korrigierte er sie lächelnd. »So viel kann ich Ihnen schon mal verraten. Es handelt sich mit Sicherheit um eine weibliche Leiche. Aufgrund des Schmucks und der Kleidungsreste vermuten wir, dass sie im frühen Mittelalter gelebt hat. Präzisieren können wir das allerdings erst, wenn uns die Ergebnisse der Radiocarbondatierung und die aDNA-Analyse vorliegen. Bis dahin muss ich Sie bitten, sich zu gedulden.«

Mit einer affektierten Bewegung schob er eine Tolle aus der Stirn. Sein weißgraues Haar war noch beeindruckend voll. Er trug es halblang im Stil der Siebziger, was ihm institutsintern den Spitznamen Silberlocke eingetragen hatte.

»Stimmt es, dass die Frau durch Gewalteinwirkung zu Tode gekommen ist?«

Die Frage kam von einem Mann mit Pudelmütze, der nur einen Block in der Hand hielt.

»Das wissen wir nicht. Sie hat massive Schädelfrakturen. Die können theoretisch auch post mortem eingetreten sein.«

»Und die Auffindesituation? Das sieht nicht unbedingt wie ein Grab aus!«

»Nein.« Gerlach zögerte. »Möglicherweise handelt es um einen rituellen Brunnen, der zeitnah zu ihrem Ableben verfüllt worden ist.«

Gerlach entschwebte nebst Leiche, Stab und brünetter Assistentin. Einige seiner Kieler Mitarbeiter blieben noch, entnahmen weitere Erdproben und gruben innerhalb des Steinkranzes.

Danach kehrte wieder spätwinterlicher Alltag auf der Baustelle ein. Obwohl die Arbeiten beim Laborhäuschen vorerst ruhten, glitt alles zurück in die vorherige Routine. Je weiter der Ausbau voranschritt, desto greifbarer wurden Fiedlers Pläne. Zwischen ihm und Reinhold lief es nun besser. Anleiter und Vorarbeiter schienen sich zusammengerauft zu haben.

Am 24. Februar dann trat Gerlach abends in der *Nordschau* auf, wo ihm eine blondierte Moderatorin von Ende dreißig die Bälle zuspielte.

»Herr Professor Gerlach: Vor knapp drei Wochen hat Ihr Team in Ratzeburg eine mittelalterliche Leiche geborgen.

Die Untersuchungen sind noch nicht abgeschlossen, aber Sie haben gestern erste Ergebnisse vorgelegt. In Fachkreisen wird von einem Jahrhundertfund gesprochen.«

Gerlach lächelte. »Ich halte mich mit derlei Superlativen sonst zurück, doch was wir hier haben, dürfte der besterhaltene Fund aus jener Ära überhaupt sein, ja.«

»Die Frau soll vor fast tausend Jahren gelebt haben?«

»Mitte des 11. Jahrhunderts. Dank der C14-Methode können wir das Spektrum eingrenzen. Zudem erlaubt die Analyse der Strontium-Isotope in ihrem Zahnschmelz den Schluss, dass sie in der Gegend aufgewachsen sein muss. Wahrscheinlich gehörte sie zu den hier siedelnden Polaben.«

»Polaben?«

»Elbslawen, von ›Labe‹ wie der Fluss Elbe. Die Polaben waren eine Untergruppe der Obotriten.«

»Wie haben Sie das herausgefunden?«

»Anhand ihrer aDNA. Die haben wir extrahiert, Vergleichsprofile erstellt und mit entsprechenden Proben abgeglichen.«

»Man kann bei Menschen, die so lange tot sind, noch die DNA entnehmen?«

Er nickte. »Der Computer muss nur die spezifischen Merkmale herausfiltern. Zum ersten Mal gelungen ist das beim Mädchen von Windeby, das sich später als Knabe entpuppte. Übrigens sprechen wir bei Erbgut von Organismen, die längere Zeit nicht mehr leben, in der Regel von aDNA. Das ›a‹ steht für ›ancient‹…«

»Was können Sie unseren Zuschauern denn noch über die rätselhafte Tote verraten?«

Die Moderatorin besaß ein ausgezeichnetes Gebiss. Als sie nun lächelte, zeigte ihr Unterkiefer Ansätze zur Progenie. Gerlachs Mund zuckte, aber er begriff den Wink. »Sie war jung, um die zwanzig, mit etwa einsvierundsiebzig für damalige Verhältnisse ungewöhnlich groß und in ausgezeichneter körperlicher Verfassung. Sie besaß sogar noch alle Zähne!«

»Ist das untypisch für die Zeit?«

»Sicher. Die meisten litten an Mangelerkrankungen.«

Die Moderatorin lächelte wieder, zum Beweis, dass auch ihre Kiefer noch blendend bestückt waren. »Was ist mit dem Schmuck? Darüber würden wir gern mehr erfahren.«

»Nun, der ist sehr aufschlussreich. Die Frau trug einen skandinavischen Armreif und eine andalusische Silberspange, was zeigt, wie weit die Handelsbeziehungen damals bereits reichten.«

»Sie haben uns Bilder von diesen Schätzen mitgebracht. Die wollen wir unseren Zuschauerinnen nicht vorenthalten ...«

Die Regie blendete Farbaufnahmen der Gegenstände ein. Man hörte, wie die Moderatorin andächtig murmelte: »Phantastisch, so fein und filigran gearbeitet!« Ihr Ton erinnerte an eine Dauerwerbesendung. »Wie kam eine junge Frau zu so exotischem Schmuck?«

Gerlach räusperte sich. »Das war bei Bessergestellten nichts Ungewöhnliches. Die Polaben handelten nicht nur mit den Wikingern, sie beteiligten sich auch an deren Raubzügen.«

»Demnach könnte ihr ein Verehrer die Spange aus Spanien mitgebracht haben?«

»Theoretisch, ja.«

»Wie romantisch!« Nun war wieder die Moderatorin zu sehen, die verzückt die Brauen lüpfte, um gleich darauf den kirschroten Mund zu verziehen. »Trotzdem ein so tragisches, so mysteriöses Ende. Was können Sie uns dazu sagen, Herr Professor?«

Gerlach nickte düster. »Die Schädelverletzungen sind ihr noch zu Lebzeiten zugefügt worden«, sagte er. »Sie waren mit Sicherheit tödlich. Allerdings deutet auch nichts auf eine damals übliche reguläre Hinrichtung hin, obwohl die Tat gemeinschaftlich ausgeführt worden sein muss.«

»Wie kommen Sie darauf?«

»Wegen des Fundorts. Es handelt sich um einen zugeschütteten ehemaligen Brunnenschacht, der mit Eichenbohlen versiegelt wurde, die ein einzelner Mann kaum heben kann. Diese Bohlen dienten vorher vermutlich dazu, das Brunnenloch abzudecken. Sie sollten anscheinend helfen, die von unten nachdrängende Feuchtigkeit abzusperren.«

Die Moderatorin strich sich mit der Zungenspitze über den Rand der Oberlippe: »Nur deshalb ist die Leiche so gut erhalten, richtig? Die Bohlen bildeten gleichsam ein schützendes Dach?«

»Richtig. Sonst hätte das Erdreich sie zerquetscht. Zugleich muss die Tote gleich nach Zuschütten des Brunnens in das Loch gelegt worden sein, noch bevor die Verwesung einsetzte. Das feuchte, extrem saure Milieu, in dem sie lag, hat ihren Körper konserviert.«

»Daher ist sie so braun?«

»Richtig.«

»Sie haben auch Reste ihres Kleids gefunden?«

»Eine Tunika aus Wolle. Leinen hätte sich aufgelöst.«

»Warum erschlägt jemand eine junge Frau und begräbt sie anschließend in einem Brunnen?«

Gerlach streifte sich durchs Haar. »Das ist eine der vielen ungelösten Fragen. Wäre sie eine Diebin oder Ehebrecherin gewesen, hätte man sie gewiss nicht auf diese Weise verscharrt.«

»Was vermuten Sie?«

Der Professor tätschelte seine Stirnlocke. »Die Frau lebte Mitte des elften Jahrhunderts. Das waren äußerst wirre Zeiten. Christen und Heiden führten Krieg. Vielleicht hatte die Frau sich taufen lassen und dadurch den Zorn ihrer heidnischen Stammesgenossen zugezogen. Unweit der Stelle, wo sie gefunden wurde, befand sich das Kloster St. Georg am Berge. Im Sommer des Jahres 1066 begann der Slawenaufstand. Ansverus, der Abt des Klosters, wurde zusammen mit seinen Mönchen auf den nahe gelegenen Rhinsberg bei Einhaus verschleppt und dort gesteinigt.«

»Gibt es Anzeichen dafür, dass sie Christin war?«

»Nein. Aber bis zum damaligen Kloster sind es keine zehn Minuten zu Fuß.«

»Was halten Sie von der Theorie eines Ritualmords?«

»Wie bitte?«

»Die Vermutung äußerte Dr. Fröhlich, mit dem ich kurz vor der Sendung gesprochen habe.«

Gerlach grunzte irritiert. »Wer?«

»Der Archivar aus Ratzeburg, der mit dafür gesorgt hat, dass Sie und Ihr Team zur Fundstelle gerufen wurden.«

»Ach so«, knurrte Gerlach, »der ... Nun, das ist eine von vielen Spekulationen.«

Das Grinsen der Blondierten wirkte hilflos. »Sie sagten doch selbst, bei dem Steinkranz handele es sich um einen rituellen Brunnen?«

»Ich sagte ›möglicherweise‹. Es ist nur eine denkbare Variante, und ob die mit dem tragischen Tod der jungen Frau zusammenhängt, dürften wir nie erfahren.«

***

Fiedler verpasste die Sendung. Aber noch am selben Abend, kurz nach der *Nordschau*, humpelte der alte Erich Pensin auf sein Grundstück. Pensin galt in Einhaus als Sonderling, war verwitwet und lebte allein auf einem verfallenen Gehöft.

Fiedler kannte ihn, seit er im Vorfeld seines Projekts von Tür zu Tür gegangen war und ältere Bewohner befragt hatte, was sie an mündlich Überliefertem aus der Geschichte des Ortes in Erinnerung hatten.

Anfangs war Pensin Fiedler gegenüber extrem misstrauisch gewesen. Der hatte ihm seine Pläne detailliert erläutern müssen, bis er peu à peu aufgetaut war. Dann kam heraus, dass er nicht nur weit mehr wusste als alle anderen im Dorf, sondern das zentrale historische Ereignis recht eigenwillig interpretierte.

Als er mit Fiedler über die Steinigung auf dem Rhinsberg sprach, meinte er bloß: »Wenn du mich freggst, wör't keen Wunner, dat de den Abt doodslagen hefft. De Braunkutten wör de Pest.«

»Die Pest?«

»Se hebbt de olen Gloven verbeden, de Lüüd versklaavt un se utsugt. Överall dort, wo de annern vördem bedet hefft, hett se ere Huempels sett, as de Jüüchköters ...«

»Jüüchköters?«

»Op Hochdüütsch heet dat ›Jauchehund‹. De Ansverus wör een von de asigste weest, een heel slurige Lüüdschinner.«

»Woher weißt du das?«

Der Alte grinste durch seine Zahnlücken, kniff das rechte Auge zusammen und schüttelte den Kopf.

»Lat man.«

»Komm schon, erzähl!«

»Dat glövst du mi doch nich.«

»Probier's aus.«

»Awer vöraf musst du mi swören, dat du dat bi di beholst.«

»Schwören?«

»Du beholst dat bi di. Bit ik nich mehr bün.«

»Versprochen. Leg los.«

Da erzählte Pensin ihm eine bizarre Geschichte, und obwohl Fiedler sie anfangs nicht wirklich glaubte, passte sie zu dem, was er und ich dann später erfuhren.

An jenem Abend nun hinkte Pensin in Fiedlers umgebaute Tenne und berichtete von dem Fernseh-Interview. Laut Fiedler war er ganz aufgeregt und außer Atem.

»Du musst mi de Nummer von den Professor geven.«
»Welchem Professor?«
»Düssem Gerlach ut'n Feernsehen.«
»Wozu?«
»Ik wüll üm wat vörslagen.«
»Was?«
»Dat vatell ik di, wenn't so wiet is.«

***

Am 26. Februar erschien Fiedlers Chefin Henriette Heidenreich überraschend auf der Baustelle. Sie wurde von einem graumelierten Herrn aus Hamburg mit edlen Schuhen begleitet, der sie in einem alten Jaguar bis ans untere Tor fuhr. Sie wolle sich die Fundstelle ansehen.

Da Fiedler unterwegs war, führte der Vorarbeiter Reinhold die beiden übers Gelände. Vor Ort interessierte sich Heidenreichs Begleiter dann allerdings eher für die Bodenbeschaffenheit der Grube und die Reste der Zu- und Abwasserleitungen rund ums Laborhäuschen.

Fiedler erfuhr davon nichts. Reinhold unterrichtete ihn zwar, Heidenreich sei auf der Baustelle gewesen, aber die Details bekam er erst viel später von mir zu hören, nachdem ich mit Stankowski gesprochen hatte. Sonst hätte er vielleicht noch geschaltet. Denn kurz danach häuften sich seine Schwierigkeiten.

Drei Wochen danach gab es Ärger wegen einer falsch abgestellte Schubkarre. Angeblich eskalierte der Streit. Heidenreich schmiss Fiedler raus und ernannte Reinhold zu seinem Nachfolger.

Das war an einem Mittwoch. Am folgenden Montag fehlte Reinhold morgens. Er ging auch nicht ans Handy. Einer der Männer fand ihn schließlich. Er lag im Brunnenloch, an derselben Stelle, wo die Polabin gelegen hatte. Doch im Gegensatz zu ihr lag er auf dem Bauch, den

Kopf zur Seite, die Arme nach oben abgewinkelt. Der Untergrund gab seiner Haltung etwas von einem selbstvergessenen Limbotänzer, der eine große, rote Amaryllisblüte im Haar trägt.

Dienstagfrüh stand er in der Zeitung. *BILD* und *Morgenpost* hievten ihn auf die erste Seite. Sie spekulierten, ob die ›Bluttat‹ mit dem ›Horrorfund‹ von vor einigen Wochen zusammenhing. Die *Lübecker Nachrichten* waren etwas nüchterner. Alle drei Blätter druckten dasselbe wenig vorteilhafte Foto des Opfers, anscheinend aus dessen Personalausweis: Es zeigte einen halslosen Frühvierziger mit kurz geschorener Halbglatze.

Mittwoch gab es weitere Berichte, doch noch ohne Namen. Darum brachte ich die Ereignisse auch nicht mit Fiedler in Verbindung, dem ich vor Jahren bei der Trauerfeier für den ermordeten Literaturkritiker Rudolf Katzenstein begegnet war. Bis seine Anwältin mich anrief.

***

Im südlichen Seedorf, am Ende der Halbinsel zwischen Priester- und Schaalsee, liegen die Reste einer prähistorischen Burg. Vermutlich stammt sie aus der Slawenzeit. Von der Anlage existiert nur noch ein etwa zehn Meter hoher, abgeflachter Erdwall. Gegen Ende des Winters, wenn Farn und Brombeergestrüpp ausgedünnt sind, hat man von dort einen schönen Blick übers Wasser. Die benachbarte Bucht heißt Priestersee und gehört der Kirche, wobei die Kirche in der Gegend seit rund vierhundertachtzig Jahren reformiert ist und keine Priester mehr beschäftigt. Demnach besitzt sie die Bucht offenbar schon wesentlich länger, was wiederum nahe legt, dass sich hier vordem mal ein Ort befunden hat, an dem Slawen mit ihren Göttern redeten. Zumindest wenn man glaubt, was der alte Pensin Fiedler erzählt hat.

Doch als es vor einigen Tagen, die inzwischen wie eine

Ewigkeit her scheinen, in meiner Jackentasche vibrierte, hatte ich weder Fiedler noch Pensin auf dem Schirm, und gewiss keine Slawen, sondern nur die frischen Wildschweinspuren, die in den benachbarten Bruch führten, und den freudig wedelnden Bruno, der an der aufgebrochenen Erde schnüffelte. Ich pfiff ihn zurück, damit er keine Keiler aufscheuchte.

Eine fremde Nummer auf dem Display. Festnetz. Hamburger Vorwahl. Sie hieß Katrin Graf und stellte sich als Anwältin vor. Trotz der leicht affektierten Intonation fand ich ihre Stimme zunächst nicht unangenehm.

»Ich vertrete Georg Fiedler. Er sagte, Sie kennten sich über Herrn Katzenstein. Er würde Sie gern engagieren. Es geht um die Mordsache Reinhold.«

Es dauerte eine Sekunde, bis ich begriff, dass sie von dem Toten beim alten Klärwerk sprach.

»Was hat Fiedler damit zu tun?«

»Sagt Ihnen der alternative Pilgerpfad etwas?«

»Vage.«

»Die Sache ist Fiedlers Idee. Er hat das Projekt vorbereitet und anfangs auch geleitet. Reinhold verdankte ihm seinen Posten.«

Sie berichtete, Fiedler habe Ärger mit seiner Chefin bei dem freien Träger gehabt, der das Projekt verwaltete.

»Er bat Reinhold, zu vermitteln. Reinhold sprach mit der Dame, doch statt zu vermitteln, hat er einen Eklat auf der Baustelle provoziert, bei dem Fiedler mit einem der Teilnehmer aneinandergeriet. Das nahm sie zum Anlass, um Fiedler fristlos zu kündigen.«

»Wie heißt die Frau?«

»Henriette Heidenreich. Sie leitet die Filiale der *BSI* in Ratzeburg ...«

Die *Berufsfördernde Sozialinitiative* war ein freier Träger. Axel hatte kürzlich von einer Bekannten berichtet, die auch Ärger mit dem Verein gehabt hatte. Nachdem sie jahrelang über Kettenverträge tätig gewesen war, hatte die *BSI* eine Zeitarbeitsfirma gegründet. Ihr Vertrag sei nicht verlängert worden. Stattdessen habe man ihr angeboten, bei dem hauseigenen Subunternehmen anzuheuern. Für zwei Drittel des vorherigen Lohns. Sie sei alleinerziehend. Es gäbe zwei Söhne von acht und elf. Sie habe nicht viel Wahl.

»Worum ging's bei dem Streit?«

»Um Projektmittel aus einem EU-Fonds, die nie bei Fiedler ankamen. Als er Heidenreich zur Rede stellte, gab es Krach, woraufhin er Reinhold einschaltete.«

»Welche Summe?«

»Fast Fünfzigtausend Euro. Nach dem Rauswurf soll er Reinhold bedroht haben. Jedenfalls zeigte der ihn wegen Nötigung an. Gestern früh hat die Kripo ihn festgenommen.«

»Weil er Reinhold bedroht hat?«

»Der Hammer, mit dem Reinhold getötet wurde, ist in seinem Schuppen aufgetaucht. Zudem hat man Blutspuren und Fasern der Jacke des Opfers in Fiedlers Auto gefunden.«

»Was sagt Fiedler dazu?«

»Das sei abgekartet. Leider hat er kein Alibi und noch weniger Vertrauen in die Polizei. Darum soll ich Sie bitten, sich der Sache anzunehmen. Er sagt, Sie hätten den Mörder von Rudolf Katzenstein überführt.«

»Zufall.«

»Es gab wohl schon einige solcher Zufälle.«

»Die Kripo hat ganz andere Möglichkeiten als ich.«

»Ich weiß, aber hier geht es um Herrn Fiedler. Er hat lange in Afrika gelebt und üble Erfahrungen mit Behörden gemacht.« Sie pausierte kurz. »Er braucht jemandem, der ihm die Abläufe erläutert. Nicht viel mehr.«

Ich entsann mich, wie Fiedler mir nach der Trauerfeier von seiner Zeit in Kenia und Uganda berichtet hatte. Er war fast zehn Jahre als Entwicklungshelfer dort gewesen.

»Alles scheint gegen ihn zu sprechen und er kann nichts tun, um seine Unschuld zu beweisen«, sagte sie. »Bitte. Reden Sie wenigstens mit ihm.«

Das hörte sich an, als liefe er ihr aus der Spur.

In meinem Job gibt es zwei Regeln: Trenn privat von professionell und meide, wo immer es geht, Ärger mit den Bullen. Doch Konflikte mit Probsthayn waren nicht unbedingt zu erwarten. Außerdem kannte ich Fiedler kaum. Ansonsten lief es seit Monaten mau, ich hatte zu wenig zu tun, nichts in Aussicht und guckte Conny beim Nervöswerden zu.

»Wer leitet die Ermittlungen?«

»Ein Hauptkommissar Probsthayn aus Lübeck.«

»Und das Honorar?«

»Darum brauchen Sie sich keine Gedanken zu machen. Herr Fiedler ist versichert. Vorprozessuale Detektivkosten sind erstattungsfähig, wenn sie für die Verteidigung der inkriminierten Partei nötig sind.«

»Damit ködere ich Kunden auch immer.«

»Gewiss.« Sie lachte nervös auf. »Ich biete Ihnen siebzig. Sie arbeiten für mich, also können Sie ihn jederzeit besuchen.«

Über dem Werder kreisten zwei große Raubvögel. Seeadler hatte ich auf dieser Seite des Schaalsees noch nie gesehen.

»Fünfundsiebzig. Ohne Spesen und etwaige Auslagen fürs Team.«

»Sie sollen mit ihm reden. Wozu brauchen Sie ein Team?«

»Ich arbeite mit eigenen Fachkräften.«

»Wie groß ist Ihr Team?«

Gute Frage. Ich hatte trotzdem keine Lust, später zu verhandeln.

»In der Regel bis zu drei.«

Ich hörte, wie sie scharf durchatmete. »Welcher Satz?«

»Siebzig.«

Sie schwieg, um mir Zeit zu geben einzuknicken. Schließlich seufzte sie: »Nur nach vorheriger Absprache.«

»Ich setze Sie zeitnah in Kenntnis. Mehr kann ich nicht versprechen.«

»Na schön.«

»Wo sitzt er?«

»Lübeck Lauerhof. Montag ist Haftprüfungstermin. Sie haben die Festnahme extra so gelegt, dass ein Wochenende dazwischen liegt.«

»Schicken Sie mir alles Nötige zu. Ich fahr hin und rede mit ihm. Dann sehen wir weiter.«

Ich rief den Hund und machte mich auf den Weg.

***

Lauerhof liegt im Osten von St. Gertrud, einer der drei alten Vorstädte zwischen Trave und Wakenitz, wo die Lübecker früher ihre Pesttoten begruben. Dort kaufte sich ein französischer Graf im 18. Jahrhundert ein Gut. Das taufte er Marly, nach einem Lustschloss des Sonnenkönigs, was die protestantischen Stadtväter später dazu bewog, dort ein Zuchthaus zu errichten. Das hieß inzwischen Haftanstalt. Der Haupteingang befand sich am Marliring 41.

Zunächst wollte mich der Beamte an der Schleuse nicht reinlassen, weil ich außerhalb der Besuchszeit erschien. Erst als ich ihm das Schreiben der Anwältin durch das Schutzglas schob, wurde er zahmer, bat mich zu warten und telefonierte. Gegen Ausweis und Handy erhielt ich einen Plastikpass fürs Revers, dann führte mich ein fülliger Bürstenschnitt über einen Laufgang an diversen jüngeren Komplexen vorbei bis zur Stirnseite des neugotischen Altbaus. Es ging durch ein Labyrinth von Gängen und Treppen, bis wir in einer etwa sechzehn Quadratmeter großen Zelle landeten. Mit einem »Der Fiedler wird Ihnen gleich gebracht« ließ er mich stehen. Die Stahltür klatschte hinter mir zu.

Grauer Linoleumfußboden. An den Wänden mattgrüner Lack, darüber altweißer Binder. Gegenüber der Tür, etwas oberhalb meiner Kopfhöhe, ein engmaschig vergittertes Fenster. Ansonsten nur der Resopaltisch und zwei Stühle.

Jeder Knast hat sein eigenes Aroma, aber alle Knäste riechen gleich. Der Geruch holte sofort meine Monate im Bau zurück, damals, nach meiner verspäteten Verweigerung, vor der Reise nach Afrika. Ich setzte mich auf einen der Stühle und ließ den Blick wandern, bis ich einen Punkt zum Fokussieren fand. Es war der alte Reflex: Außenreize runterfahren. Nach innen gehen. In die taube Zone.

Meine Verbindung zu Fiedler war Rudolf Katzenstein. Der hatte neben Fiedler in Einhaus gewohnt und mich als ein ebenso kluger wie warmherziger Mensch beeindruckt. Einer, der sich trotz seiner Jahre in Łódź und Auschwitz nie die Liebe zur deutschen Sprache hatte rauben lassen. Als Literaturkritiker war er so gehasst wie gefürchtet gewesen, weil er sich nur dem verpflichtet fühlte, was er für Qualität hielt. Verraten wurde er von einem Freund und getötet durch einen Wicht im Rock des Ehrenmanns.

Ich hatte ihn damals finden müssen. Sein Anblick auf dem Boden des Wohnzimmers verfolgt mich bis heute.

Wochen später fand die Gedenkfeier statt. In der Lübecker Synagoge. Katzenstein war glühender Atheist gewesen. Er hätte sich gegen die Vereinnahmung gewiss gewehrt. Doch das eigentlich Üble an der Veranstaltung waren die Reden, die ausschließlich um das Grauen seiner Verfolgung kreisten, nicht etwa, um zu würdigen, was er später trotz dieser Traumata geleistet hatte, sondern um genau das vergessen zu machen.

Trauerfeiern dienen der Eitelkeit der Lebenden. Nirgends

sonst wird so viel gelogen, an Mythen gestrickt, das eigene Ego gespreizt. An jenem Tag wurde das Erbe eines großen Toten zu Grabe getragen, indem man sein Andenken auf handliches Opferformat stutzte.

Ich wollte gerade gehen, als auf einmal ein Mensch aufstand und rief, er halte es nicht mehr aus. Den Nazis sei es nie gelungen, Katzenstein zu brechen. Es sei widerlich, wie sich seine Neider nun inszenierten, als bemitleideten sie ihn. Einen Moment lang wurde es ganz still. Zischeln. Verwirrte, empörte, wütende Blicke. Da erhob ich mich und klatschte. Außer mir klatschte niemand. Also ging ich raus.

Draußen sah ich den Mann wieder. Er stand neben einem der Polizisten und drehte sich eine Zigarette. Ich sprach ihn an. Er hieß Georg Fiedler und war Katzensteins Nachbar. Mir gefiel, was er über Katzenstein sagte, vor allem, wie er es sagte. Kein Wunder, dass der Kritiker lieber Schach mit ihm gespielt hatte, als sich auf irgendwelchen Verlagsempfängen zu tummeln.

Ich lud Fiedler ein, noch ein Glas auf den toten Freund zu trinken. Wir landeten bei der alten Mühle an der Trave. Die ist nicht weit von St. Annen. Man sitzt direkt am Fluss. Irgendwann erwähnte er, er habe lange in Uganda gelebt. Ich fragte ihn, ob er mal im Südsudan gewesen sei. Er kannte Juba aus den frühen Neunzigern, und auch einen Haufen anderer Orte, die hierzulande sonst kaum einer kennt.

Meine Fahrt nach Afrika war schon lange her, doch als wir darüber sprachen, beschwor das für ein paar Augenblicke wieder die rosa Wolken aus Flamingoleibern herauf, die atemberaubenden Sonnenaufgänge, den Durst, den Staub, den Schweiß und Verwesungsgestank, das Lachen und den Zauber, die furchtbare Gleichzeitigkeit von Schrecken und Schönheit, die dich umbringt, wenn du sie zu verstehen suchst, und keinen so zurückkehren lässt, wie er mal aufgebrochen ist.

Ich starrte auf den fahlgrünen Lack. Eigentlich hatten Fiedler und ich unser Gespräch fortsetzen wollen. Das war in der Warteschleife hängen geblieben. Bis heute.

***

Ein Vollzugsbeamter, die Arme gepflastert mit bunten Designer-Tattoos, stieß die Tür auf. Dahinter kam Fiedler. Noch immer schlank und sehnig und gut zwei Finger breit größer als ich. Obwohl seine Haare langsam grau wurden und er mittlerweile an die Fünfzig sein musste.

»Danke, dass Sie gekommen sind.«

»Das schuldete ich unserem gemeinsamen Freund.«

Er gab mir die Hand und setzte sich.

»Also?«

»Irgendwer will mich auf Teufel komm raus zum Täter stempeln. Der Chef der Mordkommission ist sich sicher, dass ich es war.«

»Wieso?«

Er lächelte müde. »Spuren, Motiv, das fehlende Alibi.«

»Wo waren Sie in der Mordnacht?«

»Auf dem Priwall. Da fahr ich gelegentlich hin, geh spazieren und schlaf auf 'nem Parkplatz an der Ostsee.«

»Bisschen frisch um die Jahreszeit.«

»Deshalb ja. Man hat seine Ruhe.«

»Haben Sie unterwegs telefoniert?«

Er schüttelte den Kopf. »Das Handy lag zu Hause. Getankt hab ich auch nicht.«

»Wie kommt die Kripo darauf, Sie hätten Reinhold in Ihrem Wagen transportiert?«

»Anfangs hab ich ihm ab und an den Transporter geliehen. Er erwähnte mal, er habe sich beim Beladen die Jacke aufgerissen. Falls er die getragen hat, finden die Fasern.«

»Was ist mit der Tatwaffe?«

»Mein Hammer. Den hatte ich auf der Baustelle liegen

lassen. Wir waren knapp mit Werkzeug. Ich hab welches mitgebracht, extra markiert.«

»Den hat der Täter benutzt und Ihnen anschließend zurückgebracht?«

»Glauben Sie, ich wäre so beknackt, die Tatwaffe mit Blutspuren bei mir in den Schuppen zu legen?«

»Sie vielleicht nicht. Andere schon.«

»Mein Grundstück hat acht Morgen. Es gibt drei Schuppen. Die sind nie abgeschlossen. Wer's drauf anlegt, kann da auch 'n Dutzend Panzerfäuste parken, ohne dass ich's gleich merke. Ich hab häufiger Leute von der Baustelle zu mir mitgenommen. Außerdem steh ich im Telefonbuch.«

»Frau Graf sagte, Sie hätten sich mit Ihrer Chefin wegen des Geldes gestritten. Was sind das für Mittel?«

»Der Löwenanteil stammt aus einem EU-Topf für regionale Kulturprojekte. Die hab ich im Spätsommer für die *BSI* beantragt. Der Zuschlag kam Anfang Oktober. Trotzdem hatten wir Ende November noch nicht mal Schaufeln. Man kann die Leute nicht um halb acht in der Kälte antreten lassen und ihnen nichts zu tun geben. Das killt jede Motivation.« Er krampfte die Hände zusammen. »Sie hat mich immer wieder vertröstet. Sprach von buchhalterischen Hürden. Als ich sie irgendwann dran erinnerte, dass die Mittel fürs Projekt gedacht seien und nicht, um ihre Haushaltslöcher zu stopfen, brach sie das Gespräch ab.«

»Um wie viel Geld geht es?«

»Alles in allem ungefähr fünfzigtausend.«

»Wozu sollte sie Sie am langen Arm verhungern lassen?« Er zuckte die Achseln. »Sie hält sich für einen Feger. Ich war ihr nicht geschmeidig genug.«

»Wieso haben Sie sich nicht an die *ARGE* oder den Zuwendungsgeber gewandt?«

»Dann wär sie sofort abgesprungen. Auf die Schnelle hätte die *ARGE* keinen neuen Träger gefunden und ich hätte vier

Jahre Vorbereitung in den Sand gesetzt.« Er hob resigniert die Hände. »Also hab ich Reinhold zu ihr geschickt.«

»Woher kannten Sie ihn?«

»Durch ‚Dörfer zeigen Kunst'. Er war Grafiker. Hat Bilder gezeigt.«

»Was qualifiziert einen Grafiker zum Vormann?«

»Dass er lange genug Stütze bezieht. Als er von dem Projekt hörte, fragte er gleich, ob er nicht mitmachen könne. Sonst müsse er ab dem Frühjahr Spargel stechen. Da hab ich ihn zur Arbeitsorganisation eingeteilt.«

»Anfangs verstanden Sie sich also mit ihm?«

»Sicher. Bestens. Erst als es losging, wurde es schwierig.« Er fächerte die Finger auf. »Viele der Teilnehmer haben seit Jahren nicht mehr gearbeitet und einige sind ziemlich harte Brocken. Die tanzten ihm auf der Nase rum. Sich da durchzusetzen, ist nicht ganz ohne. Das war ihm zu stressig. Stattdessen diskutierte er lieber mit mir, wie wir acht Schaufeln auf zwanzig Leute verteilen.«

»Das haben Sie nicht unterbunden?«

»Hätte ich gern, aber wenn jemand vor versammelter Mannschaft laufend die angeblichen Bedenken der Männer ventiliert, kann ich ihn schlecht abwürgen, ohne alle übrigen gegen mich aufzubringen.«

»Das ist mehrmals passiert?«

»Ständig. Immer vor Publikum.« Er bleckte sarkastisch die Zähne.

»Wieso haben Sie ihn nicht gefeuert?«

»Gegen wen hätte ihn austauschen sollen? Der Einzige, der ihn eventuell hätte ersetzen können, fiel durch, weil er trank. Ich musste mich also irgendwie mit ihm arrangieren.«

»Trotz der Schwierigkeiten haben Sie ihn zu Heidenreich geschickt?«

»Sie lehnte es ab, mit mir zu reden. Wir hatten wirklich nur acht Schaufeln für zwanzig Leute. Ich stand mit dem Rücken zur Wand. Es ging um das Projekt. Das lag schließlich auch in seinem Interesse. Als er zu mir kam und meinte, er könne es ja mal bei ihr versuchen, hab ich halt zugestimmt.« Fiedler sah an die Wand an und ächzte. »Aus der Rückschau sage ich mir auch, dass das hirnrissig war. In der Situation selbst hielt ich es für einen Strohhalm.«

»Und dann?«

Er fuhr sich mit der Hand durch die Haare. »Nach dem Gespräch war er plötzlich zweiter Anleiter. Ihr direkt unterstellt. Sie hatte das verfügt. Vorgeblich, um mich zu entlasten.«

»Das haben Sie geschluckt?«

»Notgedrungen.«

»Und Ihr Rausschmiss?«

»Reinhold und ich hatten die Männer aufgeteilt, um Reibereien zu vermeiden. Einer aus seiner Gruppe warf einen Stein nach mir. Ich kriegte das gar nicht mit. Reinhold meldete Heidenreich den Vorfall sofort und sie zitierte uns zum Gespräch. Er brachte drei Männer mit, die behaupteten, ich hätte den Werfer provoziert.«

»Wie das?«

»Der Typ hatte eine volle Schubkarre neben einer Grube abgestellt, in der gearbeitet wurde. Wäre die abgerutscht, hätte es Tote geben können. Ich stellte ihn zur Rede. Reinhold kam dazu. Ich solle seine Leute in Frieden lassen. Dann müsse er auch drauf achten, dass sie keinen Mist bauten, meinte ich. Das war's.«

»Keine Flüche oder Drohungen?«

Er schüttelte den Kopf.

»Haben Sie das Heidenreich so geschildert?«

»Japp.«

»Und?«

»Es stünden vier Aussagen gegen eine. Ich hätte die Eskalation provoziert. Solch Klima könne sie nicht auf der Arbeitsstelle dulden.«

»Wer sind die drei anderen?«

»Schult, Andresen und Schacht. Schult ist der, der den Stein geworfen haben soll. Der hätte von Rechts wegen sofort gefeuert werden müssen, aber wurde nicht mal abgemahnt. Angeblich hat er mir den Stein zwar hinterhergeworfen, doch für alle anderen erkennbar nicht in der Absicht, mich damit zu treffen. Hübsch, nicht wahr?«

»Haben Sie die Kündigung angefochten?«

Seine Kaumuskeln zuckten. »Sie hat genügend Leute, die für sie lügen.«

Es blieb einen Moment lang still. Nur das gedämpfte Klappern eines Rollwagens auf dem Flur und die verzerrte Lautsprecheransage für einen der Häftlinge.

»Womit haben Sie die Männer gegen sich aufgebracht?«

»Ich hab auf gewisse Regeln geachtet. Pünktlichkeit. Feste Pausen. Klare Aufgabenverteilung. Das mag nicht jeder, besonders, wenn es da einen gibt, der jeden Hauch von Disziplin als Schikane hinstellt.« Er hob die Hände. »Dreimal dürfen Sie raten, was den meisten mehr Spaß macht: trinken und rauchen oder arbeiten. Bei mir wurde gearbeitet.«

»Bei Reinhold lief es lax ab?«

»Extrem lax.«

»Na schön. Wer mochte ihn nicht?«

»Einige. Die waren eben in meiner Gruppe.«

»Und in seiner Gruppe?«

»Da fiele mir nur Stankowski ein.«

»Wer ist das?«

»Ein Typ, der angeblich sogar mal studiert hat, aber leider zu durstig ist. Sonst hätte ich ihn anders einsetzen können.«

»Wer von den Leuten mochte weder Sie noch Reinhold?«

Er schüttelte den Kopf und starrte an die Decke.

Ich beugte mich vor. »Der oder die Mörder wissen auf der Baustelle bestens Bescheid. Also kommen zunächst mal die Teilnehmer in Frage.«

Seine Hände öffneten und schlossen sich mehrmals, als strenge es ihn an, sich zusammenzureißen.

»Na schön«, sagte ich. »Was hatte Reinhold gegen Sie?«

»Nichts. Er war scharf auf meinen Job. Als Heidenreich ihm den angeboten hat, konnte er nicht widerstehen.«

»Wieso hat er Sie angezeigt?«

»Nach meinem Rauswurf bin ich noch mal zur Baustelle, um Sachen und Werkzeug zu holen. Als er mich kommen sah, wollte er gleich weg. Ich hab ihn mir geschnappt und zur Rede gestellt.«

»Haben Sie ihn bedroht?«

Er verdrehte die Augen. »Nicht wirklich. Obwohl man das aus der Rückschau natürlich so interpretieren kann. Ich war wütend. Vielleicht hab ich ihn sogar am Kragen gepackt. Nicht mehr.« Er sah mich genervt an. »Kann ich ahnen, dass ihm vier Tage später einer was über die Rübe gibt?«

Von draußen drangen Schließgeräusche, Schritte und Männerstimmen. Ich wartete, bis die Laute abebbten.

»Es muss jemand sein, der von dem Stress mit Reinhold weiß und sich auf Ihrem Grundstück auskennt.«

Er lachte böse. »So was von … Probsthayn stand gleich am nächsten Morgen mit einem Durchsuchungsbeschluss und acht Mann bei mir auf der Matte. Da ahnte ich noch gar nichts von der Sache.«

»Wieso lenkt der Täter den Verdacht auf Sie?«

»Weil er fürchtet, dass man ihm sonst auf die Schliche kommt.«

»Wer von den Leuten hasst Sie so sehr, dass er Reinhold umbringt und es Ihnen in die Schuhe schiebt?«

»Darüber zermartere ich mir seit gestern den Kopf. Mir fällt keiner ein. Außer, dass es einer von Heidenreichs Handlangern sein dürfte.«

»Kaum.«

»Wieso nicht?«

»Die wollte Sie aus dem Verkehr ziehen. Reinhold brauchte sie noch. Jetzt platzt das Projekt und das Geld geht ihr durch die Lappen.«

Er sackte nach hinten und sah mich erschöpft an.

»Trotzdem ergibt es keinen Sinn«, sagte ich. »Wieso hat der Täter den Hammer nach dem Mord nicht einfach liegen gelassen? Das hätte gereicht, um Sie zu belasten. Wozu ist er noch auf Ihr Grundstück geschlichen und hat ihn dort versteckt?«

»Er wollte sicherstellen, dass die Polizei mich für den Mörder hält.«

»Das war ein zusätzliches Risiko.«

»Welches Risiko? Er wusste, dass ich nicht da war.«

»Vielleicht geht es gar nicht um Sie, sondern um das Projekt.«

»Das Projekt?« Er schüttelte verständnislos den Kopf.

»Ja. Das will er stoppen. Er tötet Reinhold und verkauft Sie als Mörder. Damit schaltet er die zwei Köpfe aus, die die Sache leiten können. Das ist cleverer, als beide zu töten.«

»Wieso cleverer?«

»Sonst wüsste die Polizei, dass es ihm um den Pfad geht. So führt er sie in die Irre und liefert ihr mit dem Täter auch gleich noch das falsche Motiv.«

Sein Stuhl kreischte, als er sich aufsetzte. »Das wär doch absolut irre!«

»Nicht, wenn's darum geht, den Pfad zu begraben. Reinhold ist ausgeschaltet, Sie wandern dafür in den Bau und der wahre Grund ist perfekt verschleiert.«

Seine Ellenbogen fielen auf den Tisch. Er hielt sich mit den Händen den Kopf. »Deswegen würde doch niemand …« Sein Adamsapfel marschierte zweimal auf und ab.

»Trotzdem brauche ich eine Liste all Ihrer Teilnehmer.«

»So hinterfotzig ist keiner von denen.«

»Sagten Sie nicht gerade, dieser Stankowski habe studiert?«

»Das ist ein armes Schwein. Der tut keiner Fliege was zuleide.«

»Fein, erweitern wir den Kreis. Wem sind Sie mit dem Pfad in die Quere gekommen? Gab es Anwohnerproteste, irgendwelche Nachbarn, die sich dadurch belästigt fühlten oder meinten, deswegen nun nicht mehr mit ihren Seegrundstücken spekulieren zu können?«

Seine Hände lösten sich von den Schläfen. »Nein. Jedenfalls nicht, dass ich wüsste.«

»Irgendwem müssen Sie auf die Füße getreten sein. Haben Sie für Ihre Pläne wirklich immer nur Applaus geerntet?«

Ein trockenes Schlucken. »Anfänglich gab's gewisse Schwierigkeiten mit der Kirche, ja, aber das …«

»Was für Schwierigkeiten?«

Er verzog mokant die Lippen. »Bei unserem Lokalheiligen sind auch die Protestanten eigen. Der Pfad setzt sich kritisch mit der Christianisierung auseinander. Ansverus ist der wichtigste Missionar der Region und sein Image kriegt den einen oder anderen Kratzer ab.«

»Geht's ein bisschen konkreter?«

»Die Slawenmission diente weniger dazu, den Heiden die frohe Botschaft zu bringen, als ihnen ihr Land zu rauben. Die Kirche spielte dabei eine Schlüsselrolle. Sie lieferte die Ideologie, die Propaganda und die strategische Logistik. Das hören die meisten Christen nur ungern, weil einige von ihnen Ansverus bis heute für einen selbstlosen Gottesmann halten, aber die Fakten …«

»Okay. Begriffen. Und weiter?«

»Man erklärte mir, mein Ansatz sei zu spekulativ. Zu provokant. Ich müsse die Wallfahrten bedenken. Der Pfad stoße Gläubige vor den Kopf. Das sei schlecht für den Ruf der Stadt.«

»Was für Wallfahrten?«

»Es gibt jeden September Wallfahrten zum Ansveruskreuz

bei Einhaus. Hinter dem Kreuz befindet sich ein großer Campingplatz, der der katholischen Kirche gehört.«

»Wer äußerte diese Bedenken?«

»Unter anderem der Probst.«

»Ein Lutheraner?«

»Ja.«

»Wieso interessieren sich Protestanten für katholische Wallfahrten?«

Er verdrehte die Augen. »Was weiß ich? Glauben Sie etwa, dass der Probst einen Mörder heuert, um mein popeliges Projekt zu stoppen?«

Statt zurückzublaffen, faltete ich die Hände.

»Ich hab keine Ahnung, welche Irritationen Sie ausgelöst haben. Ich versuche mir hier ein Bild zu machen. Dazu brauche ich Ihre Hilfe.«

Ich sah, wie er innerlich mit sich rang. »Entschuldigen Sie«, kam es dann. »Die Verhöre gehen mir auf die Nerven.«

»Schon gut. Also gab es offenbar starke Vorbehalte?«

»Ja.«

»Aber Sie haben sich trotzdem durchgesetzt?«

»Das hab ich Jörn zu verdanken.«

»Jörn?«

»Dem Priester der St. Ansvergemeinde. Der hat dem Probst den Wind aus den Segeln genommen.«

»Ein Pfarrer?«

»Ja.«

»Wie kommt ausgerechnet der dazu, Sie zu unterstützen?«

Fiedler lächelte. Sein erstes echtes Lächeln an diesem Nachmittag.

»Jörn ist kein typischer Pfarrer. Er hat lange in Brasilien gelebt und sieht die Mission ähnlich wie ich. Falls Ihnen Bartholomé de Las Casas was sagt: Den hat er mir empfohlen.«

»Was meint sein Bischof denn dazu?«

Statt zu antworten, setzte Fiedler sich abrupt auf und

fuhr sich mit der Hand an den Kopf. »Halt. Da ist doch noch was.«

»Ja?«

»Es kamen so ein paar merkwürdige Anrufe. Anonym. Gleich nachdem wir die Polabin gefunden hatten.«

»Die Polabin?«

»Der Leichenfund vor einigen Wochen. War doch in allen Medien.«

Ich nickte, aber hatte Fiedler damit bislang nicht in Zusammenhang gebracht. »Was für Anrufe?«

Sein Mund zog sich ein paarmal rasch zusammen. »Ich hielt ihn für einen Spinner. Das erste Mal sagte er, ich hätte den Frieden der Toten gestört. Dafür werde ich bezahlen. Das zweite Mal drohte er: ›Wer an die Ehre der Heiligen rührt, ist verflucht.‹«

»Die Ehre der Heiligen?«

»Vermutlich meinte er Ansverus.«

»Was hat der mit der Toten zu tun?«

»Laut Gerlach, dem Fachmann aus Gottorf, der die Polabin untersucht hat, sind beide auf ähnliche Weise umgekommen. Gerlach bemerkte das in seinem Fernsehinterview. Dabei sagte er auch, die Slawin sei eventuell von ihren Leuten dafür bestraft worden, sich taufen zu lassen.«

»Interessante Theorie.«

Fiedler verzog abschätzig den Mund. »Ja. Passt hervorragend ins Bild der blutrünstigen Slawen.«

Auf dem Gang klapperte es hohl. Ich checkte meine Uhr. Keine fünf.

»Beide Male derselbe Anrufer?«

»Denke schon. Er sprach mit einem elektronischen Stimmverzerrer.«

»Haben Sie der Polizei davon erzählt?«

»Wozu? Die glauben doch eh nur, ich saug mir das aus den Fingern.«

So, wie er da vor mir saß, gereizt, müde, mit rot geränderten Augenlidern, lag er mit der Einschätzung wahrscheinlich nicht ganz falsch. Ich räusperte mich.

»Hab ich das eben richtig verstanden? Sie haben die Frau gefunden?«

Ein Nicken. »Ja. Ich und zwei andere.«

***

Zehn Minuten später wusste ich, was der Bagger veranstaltet hatte, wie schwer die Bohlen gewesen waren und worüber die Männer beim Anblick der Hand gewitzelt hatten. Ich besaß sogar eine Vorstellung vom Gesäß der Assistentin, die Gerlach sich mitgebracht hatte.

Entscheidender war, ich hörte zum ersten Mal von Siwa.

»Ratzeburg war das Hauptheiligtum der Polaben. Dort, wo jetzt der Dom steht, befand sich vorher ihre größte Tempelanlage. Die war Siwa gewidmet …«

Mit ›Siwa‹ hatte ich bis zu dieser Sekunde höchstens die zugige Schwimmhalle im Süden der Ratzeburger Altstadt assoziiert, das *Aqua Siwa*.

»Siwa war eine Göttin der Fruchtbarkeit und des Lebens«, erklärte Fiedler. »Sie müssen sie sich ähnlich vorstellen wie Demeter oder Ceres. Der Name des Bads geht auf die Quelle zurück, die im Zentrum des Heiligtums lag. Die war weithin berühmt und ihr wurden große Heilkräfte nachgesagt. Deshalb ist mir auch ein Rätsel, wieso Gerlach vermutet, dass der Brunnen, den wir ausgegraben haben, rituellen Zwecken gedient haben könnte. Wozu sollten die Polaben am Westufer des Sees noch einen rituellen Brunnen anlegen? Die eigentliche Quelle lag schließlich direkt gegenüber.«

»Wo denn genau?«

»Mitten auf dem Palmberg, etwa da, wo jetzt das Vertriebenenkreuz steht.«

»Was ist daraus geworden?«

»Die hat man zerstört. So wie alles Übrige, was an Siwa erinnerte.« Er zuckte die Achseln. »Woanders hat man solche Quellen weiter genutzt oder sogar zu Wallfahrtsorten gemacht, wie in Klein Zecher. Aber Ratzeburg war zu wichtig, zu eng verknüpft mit der heidnischen Konkurrenz. Deshalb musste alles verschwinden und man baute dort auch nicht nur eine niedliche kleine Kapelle, sondern gleich einen Dom.«

»Wann?«

»Kurz nach dem Wendenkreuzzug.«

»Langsam. Sie meinen den Slawenaufstand?«

Er schüttelte den Kopf. »Der Slawenaufstand begann 1066. Der Wendenkreuzzug fand einundachtzig Jahre später statt. 1066 markiert den Anfang des Konflikts, der Wendenkreuzzug den Abschluss.« Er gönnte mir ein mokantes Lächeln. »Nie davon gehört, was?«

»Nein. Aber ich bin ganz Ohr.«

»Wir leben hier an der Nahtstelle zweier Kulturen, nicht erst seit 1945, sondern seit über tausend Jahren. Damals siedelten hier Slawen. Das merken Sie bis heute an den Ortsnamen. Mindestens die Hälfte davon ist wendisch. Im Norden lebten die Dänen, im Süden und Westen die Sachsen. Die Sachsen hatte Karl der Große gut zweihundert Jahre vorher blutig christianisiert. Sie waren zahlenmäßig stärker als die Wenden, militärisch besser organisiert und drängten nach Osten. Ihre Technik der ›friedlichen Landnahme‹«, Fiedlers gedoppelte Zeige- und Mittelfinger deuteten ironische Anführungszeichen an, »war die Mission. Doch die meisten Slawen hatten keine Lust, sich taufen zu lassen, weil sie wussten, dass sie dadurch ihr Land und ihre Freiheit verlieren würden. Im Frühsommer 1147 dann fielen Heinrich der Löwe und Albrecht der Bär gleichzeitig mit großen Heeren in Mecklenburg und Pommern ein, um ihren Widerstand ein für alle Mal zu brechen. Angeblich nahmen an der Kampagne über 220 000 Mann teil. Fraglich, ob die Zahl stimmt, aber es dürfte ein gigantisches Aufgebot gewesen sein.« Er ächzte. »Die Slawen mussten sich beugen, ihr Land gehörte fortan irgendwelchen Markgrafen und sie wurden zu Leibeigenen. Daran änderte sich in den folgenden Jahrhunderten wenig. Irgendwann hießen die Markgrafen Junker und aus Leibeigenen wurden Pächter, aber bis 1945 dann die Rote Armee anrückte und die Junker vertrieb, blieben die Machtverhältnisse im Großen und Ganzen dieselben.«

Als Rächer der Elbslawen hatte ich die Rote Armee noch nie gesehen. Über die Polaben hatte ich allerdings auch so gut wie nichts gehört. Mir dämmerte, dass Fiedler da nicht nur alte Leichen, sondern verdrängte Geschichte ausgrub.

Nicht rein zufällig musste ich bei seinen letzten Sätzen an die Mutter meines Vaters denken. Die kam aus einem Kaff in der mecklenburgischen Provinz, wo ein Graf über das Wohl und Wehe aller im Ort entschied. Sie war mit siebzehn nach Berlin geflohen, allein, gegen den Willen ihrer Eltern. Damals ein echter Skandal. Jahrzehnte später erklärte sie ihrem Sohn, es sei der einzige Weg gewesen, je selbst über ihr Leben zu bestimmen.

Fiedler musterte mich abwartend.

»Das alles fing hier an«, sagte er. »Mit dem Angriff auf das Kloster. Achtzig Jahre danach, kurz vor dem Kreuzzug, ließ der Bremer Bischof dann Ansverus noch rasch als Märtyrer heilig sprechen. Bis dahin war er bloß der obskure Abt eines Außenpostens am Rand der heidnischen Wildnis gewesen ...« Er lächelte schmal. »Die Legende, die sich heute um ihn rankt, entstand erst Jahrhunderte später, und das Allermeiste davon dürfte frei erfunden sein. Wer er wirklich war und was sich vorher hier abspielte, wissen die wenigsten. Das würde ich gern ändern.«

»Warum?«

»Die Slawen dachten anders als wir. Vielleicht können wir von ihnen lernen.«

»Was?«

Wieder spielte ein eigenartiges Zucken um seine Mundwinkel. »Einen weniger selbstmörderischen Umgang mit der Natur.«

»Nämlich?«

»Wir leben auf Pump. Wir tun so, als stünden uns unbegrenzte Ressourcen zur Verfügung. Tatsächlich verbrauchen wir unsere Zukunft und sorgen dafür, dass unsere Kinder keine mehr haben. Spätestens, wenn die Menschheit die Zehn-Milliarden-Marke überschreitet, kann der Planet uns nicht mehr alle ernähren.«

»Und die Slawen?«

»Verhielten sich klüger. Sie wussten, dass sie Teil der Natur waren. Sie sahen die Erde als ›große Mutter‹, ein lebendiges Wesen, das sie ernährte und allem Leben einhauchte. Die Vorstellung, irgendwer könne sich Land aneignen und es besitzen, fanden sie so abwegig wie wir die Idee, einer könne die Luft zum Atmen privatisieren. Sie tauschten sogar ihre Äcker untereinander aus, damit keiner durch bessere Böden bevorzugt wurde. Die Interessen des Einzelnen waren dem Wohl der Gemeinschaft untergeordnet, und der ging es gut, wenn es allen Mitgliedern ähnlich gut ging, was es nur tat, wenn sie die Gesetze der Natur achteten.« Er beugte sich vor. »Dann tauchten die Mönche auf. Die brachten einen Gott mit, der aus der Wüste kam und nichts mit großen Müttern am Hut hatte. Dieser Gott duldete keine anderen Götter neben sich, schon gar keine weiblichen, und sein wichtigster Auftrag lautete, sich die Erde untertan zu machen.«

Mir schwante, worauf er hinauswollte. »Sie reden vom Gegensatz zwischen Mensch und Natur.«

»Ich rede von dem Keil, den diese Religion zwischen uns

und die Natur treibt, von dem Größenwahn, in den sie zwingt, und davon, dass die Interessen Einzelner nicht nur das Wohl der Allgemeinheit, sondern das Leben auf der Erde als Ganzes bedrohen, ja.«

»Die Christen haben sich durchgesetzt.«

»Sicher. Das ist der Kern des Dilemmas. Jetzt erleben wir, wie das Erfolgsrezept ins Gegenteil umschlägt. Egal ob wir über Fukushima reden oder Fracking. Unser Credo heißt Wachstum um jeden Preis. Und obwohl wir wissen, dass das nicht endlos geht, gar nicht gehen kann, machen wir weiter und saugen die restlichen Ressourcen immer rücksichtsloser aus.«

»Was hat das mit Ihrem Pfad zu tun?«

»Wir glauben ans Wachstum. Das hat uns reich, satt und mächtig gemacht. Wir bilden uns ein, dass es das auch künftig tut. Daran klammern wir uns. Aber das ist reines Wunschdenken.«

»Ihr Pfad. Was hat das damit zu tun?«

»Alles. Worin besteht denn die Ursache für diesen Irrsinn? In dem Wahn, wir seien die ›Krone der Schöpfung‹. Das ist unsere Lizenz zum Töten. Darum führen wir Krieg gegen die Natur. Auch wenn wir von dem Gott, der ursprünglich dahintersteckte, nichts mehr wissen …« Er lehnte sich nach vorn. »Privates Land kam erst mit der Kirche auf. Kurz darauf gab es nur noch eine Handvoll ›Herren‹, die mit den anderen veranstalten durften, was sie wollten: sie als Sklaven nach Konstantinopel verkaufen, sie vergewaltigen und totschlagen. Das war ihr Recht. Das Recht, das ihnen eine Kirche sicherte, die jeden, der sich gegen dies ›gottgewollte‹ Prinzip wehrte, als Heiden oder Ketzer auf den Scheiterhaufen schickte …« In seinen Mundwinkeln hatten sich weiße Speichelfilme gebildet. Er schien vergessen zu haben, wo wir saßen. »Genau dasselbe ›Recht‹«, zischte er, »maßen sich heute Banker an, die Volkswirtschaften verzocken, Ölmultis, die aus Getreide Benzin herstellen, und Nahrungsmittelkonzerne, die Durstigen das Trinkwasser stehlen, um es ihnen anschließend teuer zu verkaufen.«

»Okay, okay«, stöhnte ich, weil absehbar war, dass er nun gleich noch auf die geostrategischen Machenschaften der Rüstungsindustrie kam. »Nur, wie wollen Sie all das mit ihrem Pfad aufbereiten?«

Seine Hände wanderten in die Luft und begannen zu tanzen. »Künstlerisch. Kreativ. Durch Skulpturen, Objekte und Schautafeln. Man pilgert, wandert, begegnet einer Landschaft, die fast noch so aussieht wie vor tausend Jahren, erlebt ihre Mystik und ihren Zauber. Lässt sich Zeit. So kann man nachempfinden, wie andere früher in der Welt gewesen sind.«

»Klingt idyllisch. Und die zwanzig Arbeitslosen?«

»Sind Teil des Projekts.«

»Teil des Projekts?«

»Ja. So können die, die sonst nur am Tropf hängen, zur Abwechslung mal etwas Sinnvolles tun, etwas, das sie selbst gestalten ...«

Nach dem, was er mir gerade über die Teilnehmer erzählt hatte, fragte ich mich, ob die nicht eher scharf auf eine Kiste Bier und einen frischen Flachbildschirm waren.

»Wie haben Sie das der Stadt verkauft?«

Er registrierte meine Skepsis, spreizte die Finger und legte deren Spitzen gegeneinander.

»Der Pfad belebt den Tourismus. Ohne schmiert die Region noch mehr ab. Sanfter Tourismus, wohlgemerkt. Ökologisch nachhaltig. Das alte Klärwerk liegt am See und bietet beste Parkmöglichkeiten. So wird es genutzt und spielt Geld ein, jedenfalls, sobald die Männer den Pfad betreuen. Sonst muss die Kommune für sie und das brachliegende Land abdrücken. Das kostet doppelt.«

»Und die *ARGE*?«

»Der hab ich vorgerechnet, wie viel sie spart, wenn der Träger keine zusätzlichen Räume anmieten muss. Da kriegten sie ganz wässrige Münder.«

»Der Träger ist in dem Fall die *BSI*?«

»Die *ARGE* darf keine Gelder für Maßnahmen verwalten. Davon profitieren Organisationen wie die *BSI*. Pro Teilnehmer erhalten sie einen festen Satz.«

»Mit anderen Worten: Sie haben alle glücklich gemacht: Stadt, *ARGE* und *BSI*. Wo lag das Problem? Wieso wollte Heidenreich Sie partout loswerden? Wegen lumpiger Fünzigtausend?«

»Solange ich da war, konnte sie keine Zahlen schönen. Außerdem hatte ich einen regulären Vertrag. An Reinhold sparte sie. Der wurde ihr von der *ARGE* spendiert.«

»Ihr ist egal, was aus dem Projekt wird?«

Er lachte böse. »Sicher. Hauptsache, sie kommt an das Geld.«

»Und die Männer?«

»Organisationen wie die *BSI* leben davon, fremder Leute Not zu verwalten. Welches Interesse sollten sie haben, aus denen mündige Menschen zu machen?«

Er sah plötzlich wieder wütend aus. Zornig und ratlos. Fragte sich, wie weit seine Wut ging.

***

Vom Gang her ertönten Schritte. Schlüsselklimpern, Schließgeräusche, dann stieß der Uniformierte, der Fiedler vorhin gebracht hatte, die Tür auf.

»So. Schluss jetzt. Gleich ist Übergabe«, bellte er. »Sie müssen zurück auf die Zelle.«

Im Vollzug arbeiten unterschiedlichste Typen, auch einige, die wie eine Kreuzung aus verfettetem Pornodarsteller und texanischem Provinzbullen aussehen.

Ich mustere meine Uhr. »Wir brauchen noch etwas.«

»Wie?« Er trat einen Schritt vor und legte den Kopf schräg, als habe er schlecht gehört. »Das ist hier kein Wunschkonzert.«

»Gut beobachtet. Ich bin der Vertreter von Dr. Graf. Es geht um den Haftprüfungstermin ...«

Ich zückte das Schreiben der Anwältin und hielt es ihm hin. Er ließ die aufgepumpten Arme an den Seiten hinabbaumeln und reckte sein Kinn in die Luft. Offenbar wartete er darauf, dass ich ihm den Ausdruck brachte. Ich blieb sitzen.

»Wollen Sie es nun lesen oder nicht?«

Widerwillig trat er vor und riss mir das Papier aus der Hand. Seine Augen tasteten es ab. Sein Blick wechselte zu mir, glitt zurück aufs Papier, dann zu Fiedler.

»Das legitimiert mich, so lange mit Herrn Fiedler zu reden, wie ich will«, sagte ich. »Aber wir wollen Ihnen das Leben nicht schwermachen. Zwanzig Minuten, okay?«

Es ging ihm nur noch um geordneten Rückzug. »Ausnahmsweise«, knurrte er und wollte abgehen.

»Moment. Das hätte ich gern zurück.« Ich deutete auf das Schreiben in seiner Hand. »Danke.«

Als er draußen war, stülpte Fiedler seine Unterlippe vor und grinste. Ich zuckte bloß die Achseln und schüttelte den Kopf.

»Noch mal zu diesem anonymen Anrufer. Sie glauben also, der hatte seine Infos aus dem Fernsehinterview mit Gerlach?«

»Aus der *Nordschau*, ja.«

»Gerlach erklärte, die Tote stamme aus der Gegend?«

»Richtig. Aus Einhaus.«

»Woher wusste er das?«

»Das ist einigermaßen kompliziert. Im Vorfeld des Projekts hab ich alte Leute im Dorf befragt. Ihre Geschichten gesammelt. Einer war ein Bauer namens Erich Pensin. Nachdem wir die Frau fanden, wollte er alles haarklein von mir wissen. Jedes Detail. Er sagte, seine Familie lebe seit Menschengedenken im Ort, vielleicht sei er mit ihr verwandt.«

»Mit der tausend Jahre alten Toten?«

»Ja.« Er lächelte. »Der alte Erich schwor auch Stein und Bein drauf, vom Chef des Slawenklans abzustammen, der damals das Kloster überfallen hat. Weil er Linkshänder war.«

»Linkshänder?«

»Vor seiner Steinigung soll Ansverus drum gebeten haben, als Letzter getötet zu werden, vermutlich, weil er befürchtete, die Konvertiten unter den Mönchen würden sonst wieder vom Glauben abfallen, um ihr Leben zu retten ... Als er sah, dass der Slawenhäuptling mit der Linken warf, hat er angeblich all dessen männliche Nachkommen dazu verflucht, künftig auch mit der ›unreinen Hand‹ zu essen. Um sie für alle Zeiten an den Frevel zu erinnern.«

»Darauf war Pensin stolz?«

»Und wie. So sehr, dass er sogar Jörn davon erzählt hat.«

»Dem Priester?«

Er nickte grinsend.

»Was hat das mit der Frau zu tun?«

»Als Gerlach im Fernsehen berichtete, er habe die DNA der Toten getestet, kam Pensin sofort zu mir. Er bräuchte die Nummer des Professors. Erst wollte er mir nicht sagen, warum. Dann kam raus, dass er seine DNA mit der von der Toten abgleichen lassen wollte. Ich hielt das für ähnlich verrückt wie seine Linkshänderstory, doch er gab keine Ruhe, bis ich Gerlach anrief. Pensin brachte ihn tatsächlich dazu, seine DNA auszuwerten.« Fiedler atmete durch und legte eine Kunstpause ein.

»Und?«

»Volltreffer. Professor Gerlach konnte es selbst nicht fassen. Der glaubte zunächst, man habe die Sequenzen verwechselt.«

Ich schüttelte den Kopf. »Wieso stand das nie in irgendeiner Zeitung?«

Fiedler wurde ernst. »Das wollte der alte Erich nicht. Wir mussten ihm hoch und heilig versprechen, es bis nach seinem Tod für uns zu behalten.«

Wieso erzählte er mir das jetzt, wo er Pensin doch versprochen hatte, Stillschweigen zu bewahren? »Wollen Sie damit etwa sagen, der alte Mann ist inzwischen tot?«

Er nickte. »Ein Unfall. Vor drei Wochen.«

»Wie?«

»Er ist von seiner Kellertreppe gestürzt. Die Nachbarin hat ihn gefunden.«

Er schluckte.

»Tut mir leid«, sagte ich.

Er blickte zur Decke. »Immerhin ging es fix. So wie er sich das immer gewünscht hat.«

Draußen schepperte es blechern.

»Woher wusste er von der Polabin?«

Fiedler fuhr sich mit der Hand durchs Haar und legte den Kopf schräg. »Wahrscheinlich hat man ihm von ihr erzählt.«

»Wie bitte?«

»Früher wurde alles mündlich weitergegeben. Erich war sechsundachtzig. Er hat mir gesagt, seine Großmutter hätte ihm zahllose Geschichten von früher erzählt.«

Ich lachte verstört auf. »Das wären weit über achthundert Jahre!«

»Ich weiß, wie phantastisch das klingt.«

»Um die dreißig Generationen. Da soll die Geschichte unverfälscht weitergegeben worden sein, quer durch Missernten, Hungersnöte, Kriege und Pest?«

»Es gibt keine andere Erklärung.«

»Seine Vorfahren sprachen Polabisch.«

»Das starb erst vor zweihundert Jahren aus.« Fiedler gab sich einen Ruck. »Der alte Erich wusste von der Frau. Bevor ich sie fand. Glauben Sie mir. Er war fast so, als habe er auf sie gewartet.«

Ich sah die geplatzten Äderchen in seinen Augen. Die Lidränder schimmerten wie blutiges Maskara. Höchste Zeit, dass ich mich vom Acker machte. Sonst fing ich auch noch an, Gespenster zu sehen.

***

Kurz nach sechs saß ich wieder im Volvo, hielt das Telefon in der Hand und glotzte durch die regennasse Windschutzscheibe.

Mich verwirrten weniger die Ungereimtheiten in Fiedlers Geschichte als das, was er mir gerade über den alten Erich Pensin erzählt hatte. Dabei hatte ich sofort wieder an meine Großmutter denken müssen. Oder vielmehr daran, wie ich Frühherbst 1990 zum ersten Mal in ihre frühere Heimat gefahren war. Die kannte ich bisher nur aus Schilderungen meines Vaters. Nun waren die Grenzen offen und man konnte sich die tausendjährigen Eichen ohne Visum und Zwangsumtausch angucken.

Es war ein milder Spätsommertag kurz vor der neuen deutschen Einheit. Mir begegneten sanft geschwungene Hügel, Wälder und verträumt gelegene Seen. Der Ort selbst wurde von dem Schloss beherrscht, einem dreistöckigen Barockbau, der leer stand und verfiel. Trotzdem war die frühere Pracht noch zu spüren. Am Giebel des Marstalls prangte das Medaillon des berühmten Hengstes, den Napoleon nach Paris entführt haben soll. Nicht weit davon verrotteten Reste einer Orangerie. Die morbide Eleganz korrespondierte mit der Schäbigkeit der Landarbeiterhäuser, die sich am Weg zu Kirche und Gut duckten, entlang der einzigen festen Straße, die grade mal so breit war, dass sich zwei Fuhrwerke begegnen konnten. Auf dem Sommerweg daneben zockelte ein Einspänner.

Die Zeit schien hier seit Jahrzehnten stillzustehen. Doch die meisten Älteren waren Flüchtlinge aus Pommern. Auf dem Friedhof fand sich kein einziger Grabstein mehr. Aber in der Gastwirtschaft kam ich mit einem alten Traktoristen ins Gespräch, der vor dem Krieg in dem Dorf geboren war. Der erzählte mir von dem Grafen. Er malte das Bild eines cholerischen Schlägers, der sich an allen und jedem vergriff. Der Junker habe nicht nur die polnischen Schnitter verprügelt, sondern auch seine Knechte. Sogar der Pastor habe vor ihm Angst gehabt.

Beim Sprechen wirkte der Alte, als habe er Galle auf der Zunge. Er war schon angetrunken. Mag sein, dass er übertrieb. Aber ich fragte gar nicht erst nach den Mägden. Mir schwante auch so, wieso ein junges Mädchen aus dieser Art Idyll hatte weglaufen müssen.

Die Polen und Russen, die man dem Junker im Krieg zugeteilt hatte, hätten ›schlimmer gehungert als das Vieh‹. Er habe mit angesehen, wie ›der hohe Herr‹ vom Pferd aus mit der Reitpeitsche auf die abgerissenen Gestalten eingedroschen habe. Frühjahr fünfundvierzig, kurz vor Anrücken der Roten Armee, habe der Graf dann sich und seine Frau im Wald erschossen. Traurig sei darüber keiner gewesen. Eine Schande, dass die Regierung seinen Erben und ihren Anwälten das Land nun wieder in den Rachen werfe. Jetzt fange das Elend von vorn an.

Ich hatte mich verabschiedet und war schon am Gehen, als fünf Gestalten in *Boss* und *Armani* in den Schankraum wehten. Es wurde schlagartig still. Die Übrigen, die dem Alten bis eben mit zugehört hatten, rückten stumm von ihm ab. Dabei sagte er gar nichts. Er sah die Fremden bloß an.

High Noon in Mecklenburg: Finanzgladiatoren aus dem vergoldeten Westen gegen den letzten aufrechten LPG-Traktoristen. Für einen Moment wenigstens. Doch der Alte tanzte im falschen Film. Keiner der Typen gab ihm die Chance, in seinen Gummistiefeln zu sterben. Sie waren Anzughaie und er bloß einer der Späne, die beim Hobeln fallen. Staub. Geschichte. Andere würden das Ausfegen für sie besorgen. Er brauchte ein paar Sekunden, um das zu begreifen. Es war bitter, ihm dabei zuzusehen. Es verwandelte ihn in einen gebrochenen Greis, der geschlagen in sein halbleeres Glas kroch. Ein kaputter Kiefer hätte ihn weniger gekostet.

Ich zahlte und ging. Draußen parkten eine dunkelblaue S-Klasse und zwei schwarze 7er-BMWs. Aus Frankfurt und Düsseldorf. Sie verstellten einem zerbeulten Lada den Weg, der aussah, als ob er sich schäme.

Nun hockte ich im Volvo und starrte durch regenblindes Glas in zerfließende Strukturen. Mecklenburg war nicht Einhaus und Erich Pensin kein Traktorist. Trotzdem nagte es an mir. Ich rätselte, wieso ausgerechnet ein Priester Fiedlers Projekt unterstützte. Um was ging es hier wirklich?

Im Büro der Anwältin lief der Anrufbeantworter. Ich legte den Zündschlüssel um. Beim Wenden quietschte die Servohydraulik.

Der 745er stammte aus den Achtzigern, war ein solides Schlachtross, nicht hübsch, aber konsequent kantig. Inzwischen hatte er über dreihunderttausend auf der Uhr und zig Macken. Eigentlich hätte er längst auf die Weide gehört. Doch ich hing an der Karre, weil sie trotz der Fensterheber sympathisch unzeitgemäß war und noch mit wenig Elektronik kontaminiert.

Ich fuhr zurück zur 207. Hinter Pogeez riss der Himmel auf. Das Abendlicht flutete in Fächern aus den Wolkenlücken, ließ das Wasser aufblitzen und tauchte die Wiesen auf der Mecklenburger Seite in sattes, beinahe frühlingshaftes Grün.

Aus den Lautsprechern rieselte Barb Jungrs *Tangled up in Blue*. Das Stück ist von Bob Dylan. Ich mag es sehr, zugleich tut es mir immer weh. Es war die Lieblingsballade eines Freunds. Sie spiegele all den Wahnsinn, den wir mit Liebe verwechseln, sagte er mal. Dazu grinste er sein ironisch-melancholisches Grinsen und schwenkte ein halbleeres Glas Wein.

Er war ein ähnlicher Typ gewesen wie Fiedler. Groß, kräftig, unbefangen. Beängstigend angstfrei. Eben das liebte ich an ihm. Doch genau das hatte ihn umgebracht. In der entscheidenden Sekunde kehrte er dem Wicht, der ihn tötete, den Rücken zu.

Möglicherweise fehlte Fiedler auch das Gespür für anderer Leute Feigheit.

Barb Jungr stammt aus Nordengland. Sie hat deutsch-tschechische Wurzeln, was sie nicht unbedingt prädestiniert, späte Beat-Poeten zu interpretieren. Aber ihre Art, mit der Lyrik zu spielen, ist zauberhaft. Mal streichelt sie die Silben, mal zerkaut sie sie fast, und ihr Sopran, der anfangs ganz zart und harmlos daherkommt, entfaltet unterwegs hinreißende Wucht.

Am Ortseinhaus von Einhaus steht ein Dutzend großer Holzskulpturen, die die Zufahrt zum Dorf bewachen. Fiedlers Grundstück lag rechts am Hang. Nicht weit von Katzensteins früherem Haus. Ich erwog kurz, hochzufahren, aber das alte Klärwerk war wichtiger. Fraglich, ob ich dort tagsüber überhaupt aufs Gelände kam. Außerdem wurde es bald dunkel.

Barb Jungr war bei *Blind Willie McTell* angelangt. Ihr wundes Timbre beschwor Magnolienduft und brennende Plantagen, als wolle es mich daran erinnern, wie flüchtig Schönheit ist. Immer Hand in Hand mit Verlust.

***

Der Abzweig zum Klärwerk ging von der Bahnhofsallee ab, eine schmale, halbhoch gelegene Asphalttrasse, gesäumt von Jugendstilvillen und Häusern aus der Zeit zwischen den Kriegen. Vom Hügelrücken aus blickte man hinab auf Baumwipfel, den See und den Waldsaum am anderen Ufer. Rechts davon lagen die mittelalterliche Stadt und der Dom, dessen hellgrünes Dach durch das Grau der Dämmerung leuchtete.

Das Klärwerk befand sich rechter Hand und war mit Maschendraht umzäunt. Neben der Straße, abgetrennt vom übrigen Gelände, befanden sich zwei Rückhaltebecken, quer davor ein Tor. Ich parkte, stieg aus und entdeckte weiter unten einen Pfad, der zu den Bootsschuppen am Ufer führte. Dort gab es noch ein Tor. Es war keine zwei Meter hoch. Theoretisch leicht zu übersteigen. Doch der Winter hatte Spuren hinterlassen. Meine Hose kniff. Ächzend würgte ich mich über den Zaun.

Der an der Hangsohle gelegene Teil des Geländes hatte etwa die Größe eines Fußballfelds. Links ein offener Fahrzeugschuppen, mittig ein Kiesweg zu einem Flachbau mit LKW-Garage, vor dem Steine, Sand und Gehwegplatten lagerten. Hinter dem Schuppen, leicht zurückgesetzt, hockte ein kleiner, quadratischer Backsteinbau mit Spitzdach, auf dessen Rückseite sich Lehm- und Sandhaufen türmten. Das musste das Laborhäuschen sein.

Zur Wand hin waren Bohlen ins Erdreich gerammt, um das Fundament abzufangen. Dahinter klaffte ein etwa acht Meter langes, rechteckiges Loch. Im Zentrum der Steinkreis des Brunnenrands. Regen hatte die treppenartigen Ränder ausgewaschen und in der Sohle stand knietief Wasser. Außer einem Fetzen Absperrband waren alle Markierungen verschwunden. Wo der Tote gelegen hatte, ließ sich nicht mehr ausmachen.

Ein Frostschauer erfasste mich. Selbst wenn die Kripo

annahm, dass dies nicht der Tatort war, wäre die Stelle ideal gewesen. Mein Magen fühlte sich flau an. Mir fiel ein, dass ich seit dem Morgen nichts mehr gegessen hatte.

Als ich zurück übers Tor stieg, stolperte ich fast einer älteren Dame in die Arme, die ihren Golden Retriever ausführte. Sie schrak zusammen. Wäre mir hier bei Dämmerung ein Kerl vor die Füße geplumpst, hätte ich ähnlich zutraulich reagiert. Also gönnte ich ihr mein sonniges Lächeln und flötete »Moin«. Das wies mich als Einheimischen aus und nötigte ihr einen Grußreflex ab. Trotzdem würde sie sich an mich erinnern.

Zum Glück stand der Volvo oben an der Straße. Ratzeburg ist ein Beamtenstädtchen. Ich hatte keine Lust, der Polizei nachher noch erklären zu müssen, was ich auf dem Gelände gesucht hatte.

***

Der Mann, der den Toten gefunden hatte, wohnte in einem Plattenbau im Südwestrand der Stadt. Fast alle Namensschildchen waren mehrfach überklebt, das Drahtglas der Haustür eingetreten. Dahinter gähnten gewaltsam geöffnete Briefkästen und Graffiti bis Brusthöhe. Willkommen in der Gewinnerzone. Ich gab mir einen Ruck und schellte. Die Gegensprechanlage raschelte.

»Hallo?«

Die verzerrte Quäken einer missgelaunten Frau.

»Jacob Fabian. Ich will zu Maik Mirow.«

»Wozu?«

»Ich muss mit ihm reden.«

Kurze Pause.

»Der wohnt hier nicht.«

Es summte, knackte und war still. Hätte sie gesagt, er sei nicht da, wäre ich wieder abgezogen. So nahm ich an, dass er bloß keine Lust auf Besuch hatte. Ich probierte es bei

Özdemir, Arslan und Kleinschmidt. Özdemir und Arslan waren nicht scharf auf Werbung. Kleinschmidt ließ mich rein.

Das Treppenhaus roch, wie es aussah. Mirows Wohnung lag im dritten Stock rechts. An der Tür hing ein zum Dekorstück umfunktionierter Holzteller mit der Losung *Hier hausen Katimaus und Maik.*

Die Klingel löste einen grellen, elektronischen Laut aus. Schlurfende Schritte, die Vorlegekette klöterte, dann sah ich durch den Türspalt den Ausschnitt eines teigigen Frauengesichts. Vermutlich Katimäuschen. Ich schätzte sie auf Mitte zwanzig, aber was sie je an jugendlichem Liebreiz besessen haben mochte, hatten Chips und Zuckerbrause ausradiert. Im Hintergrund blökte Dieter Bohlen auf der Suche nach Frischfleisch.

»Was wollen Sie?«

Wahrscheinlich hielt sie mich für einen Kontrolleur vom Amt.

»Maik sprechen. Es ist wichtig.«

»Hauen Sie ab!« Sie versuchte, die Tür zuschlagen. Mein Fuß war schneller.

»Was soll das? Spinnst du?«

»Wo finde ich ihn?«

Statt zu antworten, warf sie sich wie ein wütendes Nilpferd gegen die Presspappe. »Verpiss dich, du Arsch! Sonst ruf ich die Bullen!«

»Hören Sie auf. Sie versauen Maik grad die Chance, zwanzig Kracher zu machen.«

»Fick dich!«

Sie hatte das Kampfgewicht eines Sumoringers. Mein Fuß litt. Notgedrungen hielt ich dagegen.

»Scheiße, Maik … Hilf mir!«

Sie stieß einen Wutlaut aus und wich taumelnd zurück. Die Tür schwang auf. Ihr Gesicht war gerötet. Hinter ihr tauchte ein schmächtiger, blasser Mann auf. Hängeschultern, fliehendes Kinn, Socken, ärmelloses Unterhemd und Jogginghose. Flinke Augen.

»Herr Mirow? Ich ermittele in der Mordsache Reinhold.«

»Ich hab doch schon alles gesagt ...«

»Ich arbeite nicht für die Polizei, sondern privat. Kann ich Sie kurz sprechen?«

Sobald er das Geld sah, stahl sich seine Zunge aus dem Mund und schob sich über die Unterlippe. Er schwankte. Kati protestierte.

»Du willst den Sack reinlassen?«

»Halt den Mund!«

»Zeigen Sie erst mal Ihren Ausweis!«, keifte sie.

Ich gab ihm eine meiner Karten. Er warf einen Blick darauf und schob sie in die Tasche.

»Geh ins Wohnzimmer«, sagte er zu ihr.

Er drehte sich um und ging vor. Kati wich einen Schritt zurück und ließ mich maulend passieren. Die Wohnung war überheizt und stank nach Katzenkot. Aus dem benachbarten Raum dröhnte Agitprop für den *Media-Markt*. Wir setzen uns in die Küche. Neben das Katzenklo. Kati verzog sich. Allerdings ließ sie die Tür offen und stellte den Fernseher leiser.

Mich interessierte das Verhältnis zwischen Fiedler und Reinhold, doch er fing damit an, wie er Reinhold gefunden hatte.

»Er kam manchmal später, aber nie mehr als ’ne halbe Stunde. Keiner wusste, wo er steckte. Er ging auch nicht ans Handy. Nachts hatte es gestürmt und es regnete. So gegen halb neun bin ich rüber zum Laborhäuschen, weil ich da noch Tabak liegen hatte. Hinten rum. Da fand ich ihn dann. In der Kuhle. Ungefähr so ...« Er hob die Arme und schob den Kopf zur Seite, wobei er sein Kinn nach unten sacken ließ und die Lider halb schloss, um mir den Anblick zu veranschaulichen.

»Ihnen war sofort klar, dass er tot war?«

»Logo.« Die Arme sackten wieder runter »Sein Schädel war total zermatscht.« Er verzog das Gesicht. »Ich hab mich umgedreht, bin drei Schritte weg und hab erst mal ’ne Runde gekotzt.«

»Haben Sie die Polizei gerufen?«

Er schüttelte den Kopf. »Ein Kollege.«

»Was denken Sie? Wer hat Reinhold auf dem Gewissen?«

Er sah mich überrascht an. »Na, Fiedler natürlich! Den soll die Polizei sich doch geschnappt haben.«

»Trauen Sie’s ihm denn zu?«

»Nach dem, was war?« Er grinste dünn.

»Sie meinen nach der Sache mit der Schubkarre?«

Sein Blick flitzte zu mir rüber, prallte ab und glitt sofort wieder in den Raum.

»Ich weiß, dass Fiedler gelinkt worden ist«, sagte ich. »Die Schubkarre war absichtlich so geparkt, dass er darüber stolpern musste.«

Mirows Augen krallten sich am Herd fest. Sein Adamsapfel hüpfte plötzlich.

»Ich war nicht dabei …«

»Aber Sie wissen, wie’s gelaufen ist?«

Er schluckte trocken. »Ich will keinen Ärger.«

»Sie brauchen mir keine Namen zu nennen«, sagte ich. »Mich interessiert nur, ob es außer Schult, Andresen und Schacht noch weitere Zeugen gibt.«

Er erschrak, als ich die Namen nannte. Sein Mund stand halb offen. Dann richtete er sich auf. »Ich will Ihr Geld nicht«, kam es tonlos. »Gehen Sie.«

»Haben Sie nicht gehört, was er gesagt hat?« Katis massiger Leib schob sich in die Küchentür. »Hauen Sie ab!«

Manchmal ist das Timing einfach lausig. Noch eine halbe Minute mehr und ich hätte Gewissheit gehabt. Doch auch so war jetzt klar, dass Fiedler nicht unter Paranoia litt.

Ich stand auf. »Sie haben meine Nummer.«

Er stierte vor sich hin.

»Raus!«, zischte sie.

***

Zu Hause begrüßte mich Bruno mit Gebell. Conny saß in der Küche und las. Anna schlief schon.

»Auf dem Herd steht Suppe.«

Als ich Conny küssen wollte, wandte sie den Kopf ab. Ich schnappte mir einen Teller. Es gab Steckrüben mit Bambussprossen. Conny kocht gern asiatisch. Ihre Mutter ist Chinesin und in Djakarta aufgewachsen. Mitte der Sechziger floh sie von dort mit einem Bremer Ingenieur nach Deutschland. Conny kam in der Uniklinik Eppendorf zur Welt.

Ich war hungrig. Die Suppe mundete mir vorzüglich. Conny tadelte mein gieriges Schlürfen mit einem Blick.

»Sorry«, sagte ich. »Mein Magen hängt in den Kniekehlen.«

»Du hast mehr davon, wenn du nicht so schlingst.«

»Du hattest also auch einen lausigen Tag?«

»Axel ist in der Mittagspause vorbeigekommen. Er musste noch zum *NDR*. Wir sind ins *Passione* Ecke Hallerstraße.«

Seit ich offiziell arbeite, schreibt Axel mir Rechnungen. Gelegentlich produziert er auch Texte für den Rundfunk und verfasst Hausarbeiten für einfallslose Akademiker. Er ist schlauer als die meisten, obwohl man ihm das nicht unbedingt ansieht. Seine Kompottglasbrille, das Ziegenbärtchen und der türkise Mozartzopf kollidieren mit dem gängigen Schönheitsideal, und da er humpelt und beim Sprechen das Gesicht verrenkt, halten ihn viele für beschränkt.

»Wie geht's ihm?«

»Nächste Woche bekommt er seinen neuen Rollstuhl.«

»Das hat er mir unterschlagen.«

»Du weißt doch, wie er ist.«

Ich nickte bloß. Axel hat mir nie verraten, wie lange er üben musste, um seine Zunge so zu bewegen, dass ihn auch Durchschnittsidioten verstehen. Er will keinen Behindertenbonus.

Sie hob die Brauen. »Wieso hast du den Hund vereinsamen lassen?«

»Um ihm den Knast zu ersparen …«

Ich berichtete ihr von dem Anruf der Anwältin und Ausflug zu Fiedler. Sie wollte die Details.

Als ich fertig war, sagte sie nur: »Willst du die Sache etwa annehmen?«

»Ja.«

Sie griff nach dem Bleistift, der neben dem Notizblock auf dem Tisch lag, und rollte ihn zwischen den Fingern. »Du mischt dich da in eine laufende Mordermittlung ein.«

»Wir können das Geld gut brauchen.«

Sie verzog das Gesicht. »Das war für dich noch nie ein Argument. Sonst hätten wir welches.«

»Ich finde das Projekt spannend.«

Die Haut über ihrer Nasenwurzel kräuselte sich. »Was ist daran so spannend?«

»Es erzählt den Teil der Geschichte, den die Kirche immer verdreht hat.«

»Muss man die Kirche an ihren Fehlern von vor tausend Jahren messen?«

»Klar. Solange sie die bis heute nicht zugibt.«

Sie verzog das Gesicht. »Für mich klingt es eher so, als wolle er da mutwillig etwas kaputt machen, das anderen Halt gibt.«

»Inwiefern?«

»Er trampelt auf den Gefühlen der Leute herum, die an diesen Heiligen glauben.«

»Seit wann fällt religiöse Verblendung unter Artenschutz?«

Sie verdrehte die Augen. »Wer entscheidet, was das ist? Du? Oder dieser Fiedler?«

»Wenn du Lügen nicht mehr Lügen nennen darfst, weil das die Befindlichkeit der Belogenen verletzt, brauchst du dich auch nicht über Islamisten aufzuregen, die angeblichen Ungläubigen den Hals abschneiden.«

»Das ist nicht das Gleiche.«

»Tendenziell schon. Oder hat die Kirche ihre Scheiterhaufen etwa freiwillig abgeschafft?«

»Findest du es besonders mutig, an der Stelle auch noch auf die Kirche einzuprügeln?«

»Gerade an der Stelle. Es gibt bis heute Wallfahrten zu diesem Ansveruskreuz.«

»Tun die dir etwa weh? Die verehren da jemanden, an dem sie sich orientieren können.«

»Fein. Dann kannst du dich gleich aus der Aufklärung verabschieden und darfst auch keine Mohammed-Karikaturen mehr zeigen.«

»Du weißt genau, dass ich es so nicht meine. Mich ärgert nur, dass inzwischen alles und jeder zum Abschuss freigegeben ist.« Sie setzte sich auf, eine steile Falte zwischen den Brauen. »Bist du schon mal auf die Idee gekommen, dass die Kripo recht hat und Fiedler dich anlügt?«

»Ja.«

»Und wieso glaubst du ihm? Weil du ihn für zu schlau hältst, den Hammer in seinen eigenen Schuppen zu legen?«

»Unter anderem.«

»Weshalb noch?«

»Ich fürchte, die Kripo sieht nur das Offensichtliche und stellt sich die falschen Fragen.«

»Das kannst du nach zwei Stunden beurteilen?« Das Ende des Bleistifts tanzte zwischen ihren Schneidezähnen. »Was ist mit den Spuren in seinem Wagen?«

»Dafür hat er eine Erklärung.«

»Sofern man seinen blauen Augen traut.«

»Die sind grau.«

»Dann eben grau!« Der Bleistift flog auf den Tisch.

»Er ist in die Pfanne gehauen worden«, sagte ich. »Das schnallen die nicht. Jetzt sitzt er im Bau und die halten ihn für schuldig.«

»Sollte er wirklich unschuldig sein, kommen die schon noch drauf. Wozu mischst du dich ein?«

»Ich stell bloß ein paar Fragen und erklär ihm, wie's läuft. Mehr nicht.«

»Schön wär's. Du weißt ganz genau, dass es nicht dabei bleibt. Du hast Familie! Denk auch mal an Anna und mich! Du hast versprochen, ruhiger zu arbeiten. Kein Kamikaze mehr, erinnerst du?«

»Das ist ein Babysitter-Job.«

»Hör auf, Jacob. Komm mir nicht so. Du warst noch nie ein guter Babysitter! Nicht mal bei deiner eigenen Tochter!«

Als sie aufsprang, kreischten die Beine ihres Stuhls über die Fliesen. Die Küchentür klatschte hinter ihr zu. Ich blieb sitzen, starrte auf die abgegessenen Teller und war mit einem Mal sehr müde. Bis mir einfiel, dass ich die Anwältin noch anrufen musste. Also wusch ich ab und ging ins Büro.

***

Katrin Graf weilte bei Bekannten. Im Hintergrund plätscherten Stimmen und Musik. Es klang wie *White Rabbit* von George Benson. Das hatte ich vor ungefähr dreißig Jahren zuletzt gehört.

»Schön, dass Sie sich melden«, kam es. »Nun, was sagen Sie?«

»Ich bin noch dabei, mir ein Bild zu machen. Mich wundert, dass die Kripo offenbar davon ausgeht, Reinhold sei gar nicht beim Klärwerk ermordet worden. Wo soll die Tat denn stattgefunden haben?«

»Auf seinem Grundstück.«

»Wie bitte? Auf Fiedlers Grundstück?«

Sie lachte glockenhell, als überrasche sie mein Erstaunen. »Hatte ich das nicht gesagt?«

»Nein, hatten Sie nicht. Weiß Fiedler das?«

»Nehme ich an. Es dürfte in den Vernehmungen zur Sprache gekommen sein.«

»Sind Sie sicher?«

»Wieso?«

»Es ist wichtig.«

Sie schwieg zwei Sekunden. Wortfetzen und Flirtgelächter badeten in einem mit Jazz unterlegten Klangteppich.

»Vielleicht täusche ich mich auch«, kam es genervt. »Hören Sie, es passt jetzt schlecht. Rufen Sie mich morgen Nachmittag im Büro an, ja?«

Durch den akustischen Nebel drang statisches Summen. Mein erster Impuls war, sie gleich noch mal anzurufen und ihr abzusagen. Aber ich hatte keinen Schimmer, ob Fiedler wusste, was sie mir da unterschlagen hatte. Also konsultierte ich stattdessen das Internet.

Die Anwältin hatte ihrer Webseite ein Zitat von Dale Carnegie vorangestellt, nach dem ›ehrliche, herzliche Begeisterung‹ einer der ›wichtigsten Erfolgsfaktoren‹ sei. Im Übrigen war ihr Schwerpunkt Wirtschaftsstrafrecht. Bei korrupten Bankern stolpert man selten über Blutspuren am Tatort.

Nur warum hatte sie mir dann nicht gleich reinen Wein eingeschenkt? Hatte sie befürchtet, dass ich sonst gar nicht erst in den Knast gefahren wäre?

Das Schwarz hinter dem Laptopmonitor blieb stumm.

Connys Abgang wurmte mich. Sonst echauffierte sie sich darüber, wie die Kirche Kinderschänder deckte. Nun nahm sie religiöse Propaganda-Aufmärsche in Schutz. Warum? Entweder sie war sauer oder hatte wirklich die Hosen voll.

Netto blieb die Nachricht dieselbe: Sie war abgegessen.

Kein Wunder. Wir strampelten bloß so durch den Alltag. Zu viel Pflicht und zu wenig Kür. Früher, als wir noch an der Schanze wohnten, wäre ich ins nächstbeste Meeting geflüchtet, hätte Carlo angerufen oder wäre zu Axel gegangen. Der hätte einen Mokka aufgesetzt und das Schachbrett hervorgekramt. Drei Stockwerke Abstand statt siebzig Kilometern.

Carlo, der gelegentlich zu Ausbrüchen von Weisheit neigt, sagte mal, jede Beziehung sei nur so gut wie ihr Umfeld. Mein Umfeld waren Axel und er.

Axels Anschluss war besetzt und Carlo außer Haus. Vermutlich war er bei Marion in Bleckede. Die lebte direkt hinterm Deich. Wenn Carlo sie besuchte, stellte er sein Handy ab und sie ging nicht ans Telefon.

Ich erwog, einfach so vorbeizufahren, aber wusste nicht, wann die letzte Fähre ging. Bis zum Anleger waren es vierzig Minuten. Falls die Fähre nicht mehr fuhr, musste ich durch die Elbmarsch zurück nach Boizenburg, bei Lauenburg über die Brücke und mich auf dem Südufer zwanzig Kilometer nach Osten hangeln. Das war ein weiter Ritt, zu weit, um nachher mitten in der Nacht vor verschlossener Tür zu stehen.

Ich hielt den Hörer noch in der Hand, als es klopfte. Es war Conny.

»Eben tut mir leid. Entschuldige.« Unschlüssig blieb sie in der Tür stehen. »Ich wollte dir nur sagen, dass du es nicht wegen des Geldes zu machen brauchst.« Sie streifte eine Haarsträhne zurück.

Ich stand auf und ging auf sie zu.

Sie streckte die Hand nach mir aus und berührte meine Finger. »Hast du denn schon mit der Anwältin gesprochen?«

»Grad eben.«

Ihre Hand sackte nach unten und die Schultern ruckten

ein wenig nach vorn. Sie sah mich an. Ihre Augen waren groß und schwarz.

»Was macht dich so sicher, dass er dich nicht anlügt?«

Ich atmete durch. »Er ist impulsiv, nicht berechnend.«

»Und wenn sie sich geprügelt haben?«

»Geprügelt?«

»Ja. Reinhold gerät in Panik, greift zum Hammer, Fiedler nimmt ihm den weg, Reinhold versucht zu fliehen, und er schlägt zu.«

»Dann gäbe es Kampfspuren.«

»Es kann doch auch ganz fix gegangen sein.«

»Reinhold hatte ihn angezeigt. Er fühlte sich von ihm bedroht. Wozu hätte er sich mit ihm treffen sollen?«

»Weil Fiedler ihn um ein Gespräch bat ...«

Conny entwarf grade die gleiche Art Szenario, das der Kripo vermutlich auch vorschwebte. Nur so landete man auf Fiedlers Grundstück als möglichem Tatort. Doch das sparte etwas Entscheidendes aus.

»Wieso packt er dann den Hammer bei sich ins Regal und erzählt, er habe die Nacht allein auf dem Priwall zugebracht?«

»Damit man genau das denkt, was du denkst: Jeder, der nur halb so hell ist wie er, ließe sich eine schlauere Lüge einfallen.«

Ich schüttelte den Kopf. »Er ist nicht für solche Dreher gestrickt. Er hat bis heute nicht geschnallt, wieso Reinhold ihn verraten hat.«

»Nämlich?«

»Reinhold ist bei ihm untergekrochen, weil er Schiss vorm Spargelstechen hatte. Dann legt Fiedler sich mit den Teilnehmern an und nimmt Heidenreich auf die Hörner. Reinhold befürchtet, doch noch als Kollateralschaden im Spargelfeld zu landen, macht sich in Hemd und bietet Heidenreich an, ihr gegen Fiedler zu helfen.«

Conny glitt in den Stuhl neben dem Schreibtisch, zog

die Absätze auf die Sitzkante und schlang die Arme um ihre Knie.

»Das hat Fiedler nicht mitgekriegt?«

»Nein.«

»Warum nicht?«

»Keine Ahnung. Weil er zu lange in Afrika war, um deutsches Rumeiern ernst zu nehmen. Er sagt, was er denkt. Die Form interessiert ihn nicht. Das irritiert hierarchisch gestrickte Typen, zumal er gar nicht merkt, wie er sie dadurch verunsichert. Das dürfte auch einer der Gründe für seinen Ärger mit Heidenreich sein.«

»So?«

»Bei einer machtbewussten Chefin, die sich gegen konkurrenzgeile Kerle behaupten muss, hat er bestimmt sofort Beißreflexe ausgelöst.«

Sie schwieg einen Moment. »Hast du mit ihm über Afrika gesprochen?«

»Nur damals nach Katzensteins Trauerfeier. Warum?«

»Waren er und Katzenstein eng befreundet?«

»Wieso?«

»Er ist der Typ, der aufgestanden und rausgegangen ist, richtig?«

Ich nickte.

»Verstehe«, sagte sie.

Ihr Unterton störte mich. »Was verstehst du?«

Sie sah mich an: »Deswegen machst du es.«

Ich lachte auf und schüttelte den Kopf. »Red Deutsch mit mir.«

»Du bewunderst ihn. Oder du glaubst, du seiest es Katzenstein schuldig.«

Was sollte ich dazu sagen? Sie hatte auf gewisse Weise sogar recht, aber das Eigentliche war im Zweifelsfall etwas anderes, etwas, das viel mehr mit einem toten Bauern aus Einhaus zu tun hatte und einer Großmutter, die ich zuletzt im Alter von fünf gesehen hatte. Doch das ließ sich nicht in drei Sätzen erklären, zumal es eher ein vages Gefühl war, das ich nicht wirklich in Worte kleiden konnte. Also hielt ich den Mund und zuckte bloß die Achseln.

Sie ächzte stumm, setzte die Füße auf den Boden und rieb sich einen imaginären Fleck auf dem linken Unterarm.

»Wen wolltest du denn grad anrufen? Axel oder Carlo?«

Ich musste unwillkürlich grinsen. »Carlo ist unterwegs. Bei Axel war besetzt.«

Sie reckte sich. »Grüß ihn. Ich geh ins Bett.«

Sie stand auf und ging. Ohne Lächeln und ohne Kuss.

***

Ich starrte auf den Monitor, dachte an Conny, Katzenstein und Fiedler. Axel führte Dauergespräche.

Aber Grübeln nutzte wirklich nichts. Also wechselte ich von Katrin Grafs Seite zurück zur Suchmaschine und gab ›Henriette Heidenreich‹ ein. Auch die Chefin der *BSI* hatte im Netz kaum Spuren hinterlassen. Sie war weder bei XING noch bei Facebook, und außer drei mageren Zeitungsberichten fand ich nichts. Nicht mal ein Bild.

Axel telefonierte noch immer. Dann also doch die Wikipedia. Ich konsultierte die Seiten ›Ansverus‹, ›Slawenaufstand‹ und ›Wendenkreuzzug‹, las über Bartholomé de Las Casas, den tragischen ›Apostel der Indianer‹, und erfuhr, dass der Limes Saxoniae zwischen dem Gebiet der Germanen und Slawen von Kiel bis an die Elbe verlaufen war. Dieser Limes war eine unbefestigte Grenze, die sich direkt vor Ratzeburg am weitesten nach Osten ausbuchtete, was den Ort zu einem strategischen Angelpunkt machte. 1093 kam es bei Schmilau zur Entscheidungsschlacht. Nach fast siebenundzwanzig Jahren gelang es den vereinten Kräften der Sachsen und Dänen, den Widerstand der Polaben zu brechen. Allerdings schien dieser

Sieg nicht sonderlich nachhaltig gewesen zu sein. Keine zehn Jahre später gab es schon wieder Aufrufe zu einem weiteren Wendenkreuzzug. Dafür machte sich besonders der Mystiker Bernhard von Clairvaux stark, der allen, die am ›Heiligen Krieg‹ gegen die ›Ungläubigen‹ teilnahmen, Vergebung ihrer Sünden und das ewige Paradies versprach. Auf Abbildungen trug der spätere Heilige einen ungepflegten Bart und sah aus wie Osama bin Laden.

Axels Anschluss blieb besetzt.

Ich suchte nach den Details des Leichenfunds in Ratzeburg und googelte ›Gottorf‹. Im Online-Archiv der *Nordschau* stieß ich auf das Interview mit Professor Gerlach. Fiedler hatte recht. Gerlach stellte einen Bezug zwischen der gesteinigten Slawin und Ansverus her. Wer das Interview sah, musste glauben, die Tote sei Christin gewesen.

***

Am nächsten Morgen blendete ich erfolgreich den Wecker aus. Kurz nach sieben rüttelte Conny mich wach. Sie hatte auch verschlafen. Während sie panisch durchs Bad tobte, machte ich Anna startklar und schmierte den Damen Schnitten. Zwanzig Minuten später hetzten beide aus dem Haus. Ich war unausgeschlafen, hatte vom Knast geträumt und fühlte mich verkatert. Kein guter Morgen, um mit dem Laufen anzufangen, aber bis die Menschen, die ich anrufen wollte, an Schreibtischen saßen, dauerte es noch. Außerdem hatte ich gestern einen heroischen Entschluss gefasst: Nagt der Hüftspeck an deiner Eitelkeit, sagst du dir entweder, nur innere Werte zählen, besorgst dir eine Doppeldröhnung Gummibären, wirfst dich vor den Hirnstaubsauger und beneidest Bruce Willis um sein faltiges Sixpack – oder du ergreifst Maßnahmen.

Ich schnappte mir den Hund und trabte los.

Hinter der Kutscherscheune führt ein Pfad bis zur Teufelsbrücke, dem höchsten Punkt am Nordrand des Werders, wo man bis in die Seedorfer Bucht, nach Dargow und Mecklenburg sehen kann. An schönen Tagen zumindest. Dies war kein schöner Tag. Obwohl die Sonne längst aufgegangen war, wurde es nicht hell. Schummerlicht schwamm unter bleiernen Wolken. Der Weg war matschig und voller Pfützen. Ich rutschte dauernd aus und kam mir steif, lahm und kurzatmig vor. Obendrein fing es auch noch an zu regnen. Nach zwanzig Minuten brannten meine Bronchien und die Waden streikten. Ich rang nach Luft, ließ es fürs Erste gut sein, humpelte nach Hause, fütterte Bruno und duschte.

Stadtarchivar Dr. Fröhlich saß um zwanzig nach acht bereits im Büro. Er klang heiter und erschreckend ausgeschlafen. Selbstverständlich stünde er mir für Fragen zur Verfügung. Was ich vom späten Vormittag hielte? Wir verabredeten uns für halb elf.

Das stimmte mich optimistisch, doch in der Pfarrei nahm niemand ab. Bei der *BSI* teilte man mir mit, Frau Heidenreich habe Auswärtstermine und sei erst ab zwei im Haus. Ich rief in Gottorf an, ohne große Hoffnung, den Professor persönlich anzutreffen, aber voller Neugierde auf seine attraktive Assistentin. Stattdessen landete ich bei einem Vorzimmerdrachen, der mich sofort abzuwimmeln suchte. Der Herr Professor sei unterwegs. Sie könne mir nicht sagen, wann er wieder zu erreichen sei. Bis Ende der Woche gestalte sich das extrem schwierig. Ich blieb am Ball.

»Es geht um die Polabin, die er Anfang Februar in Ratzeburg exhumiert hat.«

»Die liegt doch schon bei uns. Das ist mit Kiel alles ordnungsgemäß geregelt …«

Ihre Stimmlage rutschte eine Oktave höher. Keine

Ahnung, mit wem sie mich verwechselte. Gut so. Milde erhöhter Puls schadete der Schnepfe nichts.

»Hier hat sich eine neue Situation ergeben.«

»Welche?«

»Das würde ich dem Professor ja gern erklären, weil es wirklich eilt, aber wenn Sie sagen, er sei bis Ende der Woche nicht zu erreichen ...«

»Warten Sie! Vielleicht hab ich ja Glück. Bis wann kann er Sie zurückrufen?«

»Zehn.«

»Er wird sich bei Ihnen melden.«

Axels Anschluss war besetzt. Immerhin versprach eine Automatenstimme der *Telekom*, mich zu verständigen, sobald er aufgelegt habe.

Ich warf den Laptop an und gab die ›Berufsqualifizierende Sozialinitiative‹ ein. Die war als gemeinnütziger Verein eingetragen, konfessionslos und arbeitete im gesamten norddeutschen Raum. Sie beriet sozial Schwache, vermittelte Ausbildungsplätze, betreute Alte, Mütter und Zuwanderer. 2004 hatte *BSI*-Chef Fred Kirchner sich dem Vorstoß der Arbeiterwohlfahrt angeschlossen und angekündigt, auch die *BSI* werde so genannte Ein-Euro-Maßnahmen anbieten. Betroffene protestierten. Einige besetzten symbolisch die Hamburger *BSI*-Zentrale. Daraufhin hatte Kirchner die Polizei rufen lassen und Strafantrag wegen Hausfriedensbruchs gestellt.

Das W 28 klingelte. Der Apparat ist von 1929, sieht verschärft vorgestrig aus und funktioniert noch ohne Netzteil. Allerdings erkennt er keine Anrufer und man muss auf Wahlwiederholung verzichten. Geschäftskontakte haben normalerweise eh nur meine Handynummer. Ich rechnete mit Axel. Ein gereizter Professor Gerlach meldete sich.

»Sie wollten mich wegen der Polabin sprechen?«

»Ja.« Ich sagte ihm, worum es ging.

Er atmete entnervt durch. »Herrn Fiedler bin ich einziges Mal begegnet und das bloß sehr flüchtig. Ich fürchte, ich kann nichts für Sie tun.«

»Doch. Gestern sagte er mir, Sie hätten die DNA der Toten mit der von Erich Pensin aus Einhaus abgeglichen.«

»Wieso interessiert Sie das?«

»Nach der Exhumierung der Frau bekam er Drohanrufe. Möglicherweise hängen die mit dem Mord zusammen.«

»Vielleicht sollte ich erst mit der Polizei reden!«

»Der für den Fall zuständige Beamte heißt Probsthayn. Er sitzt bei der Kripo in Lübeck ...«

»Schon eigenartig, dass Sie mich ausgerechnet nach Herrn Pensin fragen.« Er zögerte. »Vor etwa drei Wochen meldete sich jemand und behauptete, Journalist zu sein. Der fragte mich auch nach der DNA-Probe. Als ich ihn noch mal zurückrufen wollte, versuchte ich es in seiner Redaktion, und da arbeitete zwar jemand mit seinem Namen, aber der konnte sich beim besten Willen nicht daran erinnern, zehn Minuten vorher mit mir telefoniert zu haben.«

Ich spürte einen harten Knoten unterm Zwerchfell. »Verstehe. Bevor Sie mit mir reden, sollte ich meine Identität verifizieren.«

»Das wäre das Mindeste. Im Übrigen bin ich mir nicht sicher, ob ich überhaupt ...«

»Es ist wirklich wichtig. Ich maile Ihnen jetzt eine Kopie meines Auftrags. Mit allen Kontaktdaten und einer Kopie meines Ausweises. Reicht das?«

Er ließ sich Zeit. »Also gut«, sagte er dann. »Tun Sie das. Ich rufe Sie an.«

Bevor ich ihn fragen konnte, wohin ich die Datei schicken sollte, hatte er aufgelegt. Der Anschluss seiner Sekretärin war besetzt. Ich lichtete die Papiere ab und bereitete die Mail vor. Die Sekretärin blieb besetzt. Beim dritten Versuch klappte es. Sie bestätigte sogar den Eingang meiner Mail.

Ich wartete. Gerlach rührte sich nicht. Nach einer Weile dämmerte mir, dass er es sich anders überlegt hatte.

Im Nachhinein ärgerte ich mich. Ich hatte ihn gar nicht gefragt, ob er von Pensins Tod wusste.

***

Ich war noch bei Gerlach, als das Telefon wieder schrillte. Mein Gespräch mit Axel. Er gönnte mir sein typisches Lispeln, gewürzt mit einer Prise Boshaftigkeit.

»Was hast du auf dem Herzen, zarter Hirsch?«

Ich berichtete ihm von Fiedler. »Du hast mir doch neulich von deiner Bekannten erzählt, die bei der *BSI* in Eimsbüttel gearbeitet hat?«

»Michaela.«

»Frag sie, ob und was sie über die Ratzeburger Zweigstelle weiß. Fiedler sagt, er sei von seiner Chefin gemobbt worden, weil er sich dagegen gewehrt hat, dass sie Projektmittel umwidmet.«

Axel wollte die Hintergründe. Ich nannte die Summe und skizzierte ihm die Details. »Das sind EU-Mittel. Keine Ahnung, wie sie das dreht. Theoretisch müssen die Gelder artig abgerechnet werden.«

»Vermutlich konstruiert sie irgendeinen sachbezogenen Sonderbedarf, verziert ihn mit ein paar undurchsichtigen Kostenstellen und lässt die sich gegenzeichnen.«

»Durch wen?«

»Zum Beispiel den Projektleiter. Fiedler spielte ihr Spielchen nicht mit. Deshalb hat sie ihn durch jemanden ersetzt, der gefügiger war.« Axel ächzte. »Michaela hat mich kürzlich zu 'ner Diskussion geschleift. Da saß so ein saturierter Gewerkschaftsbonze im Optimierungswahn, der McKinsey light verbreitete. Der faselte von ›Lohnverschlankung‹ und meinte Outsourcing. So viel zur Ethik des Vereins.«

»Du würdest dich blendend mit Fiedler verstehen.«

»Stell ihn mir gelegentlich vor.«

»Dafür kannst du was tun.«

»Was brauchst du?«

»Vor allem das wahre Motiv …«

Er hörte sich an, was mir durch den Kopf ging, schmatzte unterwegs und stellte hin und wieder eine Frage. Als ich fertig war, sagte er nur: »Der historische Rahmen ist ein weites Feld. Ich kann da ein wenig blättern, aber besorg dir besser erst mal sein Konzept.«

»Ich treff gleich den Stadtarchivar. Der weiß hoffentlich mehr.«

»Und was die Anwältin angeht«, knurrte er, »empfiehlt sich ein Gespräch mit dem Doktor.«

Der Doktor hieß bürgerlich Hinrichs und war Staatsanwalt am Hamburger Oberlandesgericht. Wir kannten uns, seit ich ihm mal unter der Hand bei Ermittlungen gegen einen korrupten Tierarzt geholfen hatte. Er war der lebende Beweis, dass nicht alle deutschen Beamten dem Klischee entsprachen.

»Lieber zweigleisig.«

»Okay.«

»Noch was …« Ich merkte, wie ich innerlich erst Anlauf nehmen musste. »Was weißt du über mündliche Überlieferung?«

»Warum?«

»Fiedler hat mir da eine wilde Story erzählt.«

Ich berichtete ihm von Pensin und dem Fluch des Abts. Unterwegs war ich darauf gefasst, dass Axel mich auslachen würde. Aber er blieb stumm. Auch noch, als ich längst fertig war.

»Und? Was denkst du?«

»Mündliche Überlieferung kann erstaunlich genau sein.«

»Es ist ein viel zu langer Zeitraum. In der Regel kriegen wir schon unsere Großeltern kaum noch sortiert.«

»Die Ilias entstand vierhundert Jahre nach dem Kampf um Troja. Trotzdem waren Homers Ortsangaben so präzise, dass Schliemann den Ort fand.«

»Pensins Vorfahren sprachen slawisch.«

»Das spielt nicht unbedingt eine Geige. Hast du mal die *Traumpfade* von Chatwin gelesen?«

»Nein.«

»Ist ganz amüsant. Chatwin war damals mit Salman Rushdie unterwegs.«

»Ja und?«

»Er schreibt, dass die ›Songlines‹ der Aborigines von einem Ende Australiens bis zum anderen identisch sind, obwohl die Sprachen so weit auseinanderliegen wie Deutsch und Kantonesisch.«

»Demnach hältst du es für möglich?«

»Klar.«

»Ein Fluch ist nichts, womit man sich schmückt.«

»Dieser vielleicht schon.«

»Warum?«

»Aus Trotz. Sonderlich milde wird die Kirche mit der Familie des Rebellen hinterher kaum verfahren sein. Umso mehr feierten sie den, der es den Pfaffen mal richtig gezeigt hatte.«

***

Axels Erklärung passte zu Fiedlers Schilderung. Pensin hatte zwar nicht gewollt, dass die Geschichte im Dorf bekannt wurde, zugleich war er offenbar so stolz darauf, dass er sie sogar Fiedlers Freund erzählt hatte.

Draußen sah ich Bruno und Selma toben. Selma ist eine Berner-Senn-Hündin. Sie gehört Sophie und Willem von nebenan. Die beiden betreiben einen der letzten Bauernhöfe im Ort. Wenn ich länger weg bin, bleibt Bruno bei ihnen.

Eigentlich waren Axel und ich durch. Am frühen Abend

wollten wir uns in Hamburg treffen. Doch er zögerte. Ihm lag offenbar noch etwas auf der Seele.

»Was ist?«

»Ich hab mit Conny gesprochen.«

»Ihr wart verabredet, ich weiß.«

»Nein, eben. Sie sagte, ihr hättet euch gestritten.« Er räusperte sich. »In letzter Zeit fetzt ihr euch wohl ziemlich oft.«

»Wenn sie das sagt.«

»Ich will mich ja nicht einmischen ...«

»Tust du aber gerade.«

»Sie hat Angst, dass du dir Ärger mit der Kripo einhandelst.«

»Quatsch.«

»Du hättest den Auftrag nur angenommen, weil Fiedler ein Freund von Katzenstein ist und du noch immer ein schlechtes Gewissen hast.«

»Falls du mir ins Gewissen reden willst, ist das Timing beschissen. Ich muss gleich los und will vorher den Doktor noch anrufen.«

»Na schön. Sie kommt nachher kurz mit der Lütten vorbei. Nur dass du's weißt.«

Es klickte. Aus dem Hörer drangen hohe, kurze Summlaute. Ich fluchte stumm. Axel hatte Conny und mich damals zusammengebracht. Wir waren seine Familie. Ging es mit uns gegen den Baum, war er ähnlich gelackmeiert wie Anna. Ich holte tief Luft, drückte die Gabel runter und wählte die Nummer der Staatsanwaltschaft.

Dr. Hinrichs war nicht da. Ich bat, ihm auszurichten, dass ich ihn sprechen müsse.

Draußen war der Himmel verhangen. Immerhin es regnete nicht mehr. Ich stand auf und schnappte mir die Jacke.

***

Das Stadtarchiv befand sich in der Ratzeburger Reeperbahn, einer verträumten Gasse am Westrand der Dominsel, wo früher Hanfseile hergestellt worden sind. Der Name weckte sofort Erinnerungen an den Kiez. Ich sah mich am Spielbudenplatz auf Kundschaft warten, lauschte dem Nageln meiner Dieseldroschke und landete schließlich wieder bei der Pokerrunde in dem verrauchten Hinterzimmer in Rothenburgsort, wo Carlo und ich beinahe auf der Strecke geblieben wären.

Lange her. Carlo gab es noch. Alles andere hatte sich geändert. Nicht zuletzt wegen Conny.

Ich parkte am See. Kurz darauf stand ich vor einem mattweißen Neubau aus den Neunzigern, der den Charme eines IKEA-Raumteilers hatte.

Herr Dr. Fröhlich holte mich am Eingang ab. Ein schmalgliedriger Mensch mit wässrig blauen Augen, randloser Brille und asketischer Kinnpartie, dessen zu hochgerutschte Schultern sofort auf Morbus Bechterew schließen ließen. Sein Büro lag direkt neben dem des ›Beauftragten für Abwasser und Wasserwirtschaft‹, wo ein bebrillter, korpulenter Vollbart saß, der transparentes Arbeiten wörtlich nahm und uns neugierig durch eine Glastür musterte.

Fröhlichs Büro beherbergte bergeweise Bücher, aber kaum persönliche Gegenstände. Sein Schreibtisch sah aus wie geleckt. Ich klemmte mich auf einen der zwei Besucherstühle. Er glitt in einen Drehsessel.

»Schreckliche Geschichte«, erklärte er durchatmend und faltete die überraschend großen, stark geäderten Hände. Ich fragte ihn, ob er Fiedler näher kenne. Er zuckte die Achseln.

»Nur oberflächlich. Wir haben gelegentlich miteinander zu tun. Sie wissen schon. Ausschusssitzungen und Ähnliches.«

Ich wusste nicht und erkundigte mich nach Patrick Reinhold.

»Fiedler stellte ihn mir kurz vor«, sagte er. »Wir haben keine zwei Sätze gewechselt.«

»Das war wann?«

»Nachdem die Polizei mich bat, auf die Baustelle zu kommen. Zu dem Zeitpunkt ging man wegen des Erhaltungszustands der Leiche noch davon aus, sie stamme möglicherweise aus dem Krieg. Dabei hätte eigentlich jeder sofort sehen müssen, dass sie weit älter war.«

»Warum?«

»Wegen des Stofffetzens.« Seinem Lächeln haftete etwas leicht Gehetztes an. »Da wurde wild spekuliert. Das ging von der Franzosenzeit bis zur dänischen Belagerung, als Ratzeburg dem Erdboden gleichgemacht wurde.«

Ich hob die Brauen. »Wann?«

»Herbst 1693.«

Er berichtete mir von den Erbstreitigkeiten zwischen Dänemark, Mecklenburg und dem Fürstentum Calenberg. Die waren damit geendet, dass dänische Kanoniere von den umliegenden Hügeln aus in die Stadt schossen.

»Ganze vier Häuser überstanden das Bombardement. Dann gab der Ratzeburger Kommandant nach und gelobte, die grade errichteten Wälle zu schleifen. Wenn Sie von hier aus Richtung Eisdiele gehen, erkennen Sie an der Brücke noch Reste der alten Schanze.«

»Wieso sieht man dem Dom nichts davon an?«

»Der wurde nur leicht beschädigt. Der nördliche Teil der Insel gehörte dem Bistum Mecklenburg. Den haben die Dänen ausgespart.«

Ich erfuhr, dass fast die Hälfte der Altstadt im Besitz der Kirche gewesen war. »Wo verlief die Grenze?«

»Beim Heinrichstein.«

Er meinte das brusthohe, rechteckige Denkmal aus dem frühen Mittelalter, das sich an der Ecke Domhof und Schmiedestraße gegen eine betagte, aber weit jüngere Fachwerkwand schmiegte.

»Der Stein ist doch wesentlich älter?«

»Von 1163. Eines der frühesten Zeugnisse aus der Geschichte der Stadt.«

»Parallel zur Grundsteinlegung des Doms?«

»Zwei Jahre danach.«

»So alt ist die Grenze?«

»Ja.«

»Seitdem gehört das Areal schon der Kirche?«

Er nickte.

Bis dahin hatte ich den Stein eher als historische Kuriosität verbucht. Nun stieß mir der Zeitpunkt auf. Wenn der gesamte nördliche Teil der Dominsel kurz nach dem Wendenkreuzzug an die Kirche gefallen war, lag nahe, dass sich dort vorher eine heidnische Kultstätte befunden hatte.

»Wir sprechen also vom Gelände des ehemaligen Siwa-Heiligtums?«

Fröhlichs Lippen wurden schmal. »Wo sich das befand, kann heute keiner mehr sagen. Die Slawen haben uns kaum Zeugnisse hinterlassen.« Er machte eine bedauernde Geste. »Sehen Sie, ihre Stadt«, seine Finger markierten Anführungszeichen in der Luft, »war bloß eine armselige Ansammlung von Hütten. Auch die ›Burg‹ dürfen Sie sich bestenfalls als ein durch Palisaden eingefriedetes Rund vorstellen.«

»Wir reden vom elften Jahrhundert?«

»Richtig. Gegründet hat den Ort wohl ein gewisser Ratibor oder Ratze, der im Kampf gegen die Dänen gefallen sein soll. Danach setzten die Sachsen einen Polaben namens Gottschalk ein, auf den das Kloster St. Georg am Berge zurückgeht. Die erste Erwähnung der Stadt findet sich in einer Urkunde aus dem Jahr 1062, als Heinrich der Vierte sie dem Billungerherzog Otto von Sachsen übereignete. Bei Adam von Bremen taucht sie auch auf.«

»Adam von Bremen?«

»Ein Kirchengelehrter, der die Domschule in Bremen

leitete, das damals wohl bedeutendste geistige Zentrum im Norden. Der verfasste für seinen Mentor Adalbert eine Geschichte der Erzbischöfe von Hamburg.«

»Berichtet er auch über die Slawenmission?«

Er lächelte mokant. »Die spielt in dem Werk die zentrale Rolle.«

»Was gibt es da noch für Quellen?«

»Nun, Helmold von Bosau schrieb um 1168 eine Slawenchronik. Er schildert die Ostsiedlung seit Karl dem Großen, befasst sich mit Holstein, Mecklenburg, Pommern, Brandenburg und Skandinavien. Als junger Mann hatte Helmold das Wüten der Wenden hautnah erlebt. Er musste aus dem Kloster Segeberg fliehen, als ein Pribislaw das angriff und zerstörte …«

Ich grunzte interessiert, um ihn zum Weiterreden zu animieren. Er fuhr sich übers Kinn. »Dann wäre da natürlich noch die Knytlinga Saga, das skandinavische Epos über Knut den Großen, der unter anderem über Südjütland herrschte und gegen die Slawen kämpfte.«

Ich nickte langsam. »Was halten Sie von Fiedlers Projekt?«

»Wie bitte?« Sein verwirrtes Lächeln blieb im Raum hängen.

»Wie denken Sie über seinen Pfad?«

Entweder hatte ich ihn aus dem Konzept gebracht oder er behielt seine Vorbehalte lieber für sich.

»Nun«, kam es gedehnt. »Grundsätzlich ist es natürlich sehr lobenswert, überhaupt den Versuch zu machen, das Thema populär aufzubereiten.«

Der Satz schwang aus halber Höhe aus. Wie eine Frage.

»Mich interessiert Ihre Einschätzung«, sagte ich.

Er lachte betreten auf. »Sie arbeiten für Herrn Fiedler.«

»Vergessen Sie das einen Moment.«

Sein Drehsessel begann zu wippen. Er wirkte irritiert. Dann rang er sich durch. Das Wippen stoppte abrupt und er beugte sich vor.

»Na schön. Er bietet einige interessante Ansätze. Leider nur sind die hochgradig spekulativ. Wer die Lehrmeinung in Frage stellt, sollte seine Hypothesen durch Forschungsergebnisse untermauern. Das tut er nicht. Er vermengt Fakten und Phantasie. So behauptet er beispielsweise, die Polaben seien matriarchal organisiert gewesen. Dafür mag es zwar einige Indizien geben, doch die lassen sich auch anders deuten, zumal die Polaben nachweislich Häuptlinge hatten.«

»Verstehe.«

»Für ihn sind die Slawen edle Wilde, die friedlich in Einklang mit der Natur lebten, bis die Sachsen kamen, sie gewaltsam bekehrten und ihnen das Land stahlen. Aber die schriftlichen Zeugnisse weisen die Polaben nicht als sonderlich friedliebend aus. 1066 ermordeten sie den Abt des hiesigen Klosters und zerstörten die Kirche St. Georg am Berge …«

»Sie meinen Ansverus?«

Ein knappes Nicken. »Im Zuge dessen töteten sie sämtliche Christen, derer sie habhaft werden konnten, wobei sich ihre Wut offenbar vor allem gegen getaufte Stammesbrüder richtete. Zusammen mit dem Abt wurden sämtliche Mönche gesteinigt, entweder achtzehn oder achtundzwanzig, da variieren die Angaben.« Er atmete angestrengt aus. »Die nachfolgenden Wirren dauerten fast dreißig Jahre. Erst 1093 gelang es den Dänen und Sachsen, die Region wieder halbwegs zu befrieden.«

»Durch die Schlacht bei Schmilau?«

»Ja.« Er zuckte die Achseln. »Fiedler sieht das als eine gescheiterte Rebellion gegen den Würgegriff der Sachsen, die die Slawen unterjochten und ausbeuteten. Das ist sehr einseitig interpretiert. Der Erfolg der Missionare fußte weniger auf Feuer und Schwert als auf ihrer zivilisatorischen Überlegenheit. Sie brachten Wissen, Schrift und neue

Technologien mit, wie die Dreifelderwirtschaft. Das war der eigentliche Grund für den Sieg ihrer Religion!«

»Wozu gab es dann den Wendenkreuzzug?«

»Auf den beruft Fiedler sich gern, ich weiß«, kam es entnervt. »Diese Kampagne fand fünfzig Jahre nach der Schlacht bei Schmilau statt, und abgesehen von der Unterwerfung der Liutizen ging es dabei um die Befreiung vormals christlichen Territoriums. Wir reden hier von der Ära fünfzig bis achtzig Jahre davor.« Er hob die Brauen. »Man darf nicht übersehen, dass es im elften Jahrhundert bereits eine ganze Reihe getaufter Slawenführer gab. Die Gründung der Kirche in Ratzeburg etwa geht auf den Konvertiten Gottschalk zurück, der nach der Synode von Schleswig im Jahr 1043 versprach, jenseits des Limes Saxoniae ein Kloster zu errichten. Man kann die Wirren nach 1066 durchaus auch als innerslawischen Konflikt begreifen – und zwar zwischen den christlichen Erneuerern und den im Wortsinn reaktionären Traditionalisten, die partout an barbarischen Bräuchen festhalten wollten.«

»Was waren das für Bräuche?«

»Nun«, er fuhr durch sein schütter werdendes Haar und lächelte gequält. »Menschenopfer. Nehmen Sie die Tote, die er ausgegraben hat. Die dürfte auch durch solch ein Ritual umgekommen sein.«

»Ah ja?«

»Wozu sollte man sich sonst die Mühe gemacht haben, sie auf diese Weise zu verscharren? Ausgerechnet an der Stelle!«

»Sie meinen den Brunnenschacht?«

Er bejahte. »Mein Nachbar hier«, er deutete zu den Räumen nebenan, wo der bärtige Herr von der Wasserwirtschaft saß, »äußerte die Vermutung, der könne zu einer ihrer Heilquellen geführt haben.«

»Wie bitte?«

»Das Wasser besaß eine andere chemische Konsistenz

als normales Grundwasser. Es dürfte stark säure- und eisenhaltig gewesen sein, womit es sich hervorragend zum Behandeln von Arthritis eignete. Das erklärt auch, wieso die Leiche so gut konserviert ist.«

»Interessant. Allerdings erklärte Professor Gerlach, der Brunnen sei kurz nach dem Tod der Frau versiegelt worden. Die Quelle wurde zerstört. Wie passt das zu dem Opfer?«

Fröhlich lächelte schlau. »Vielleicht war sie Christin? Oder sie hatte die Stätte entweiht?«

Ich nickte stumm. Fröhlich entwickelte genau die Theorie, über die Fiedler sich so geärgert hatte. Fragte sich, ob er sie von dem Professor hatte oder der sie von ihm.

»Hat er Ihnen von Erich Pensin erzählt?«

»Wie bitte? Von wem?«

»Dem alten Bauern aus Einhaus, der glaubte, sein Urahn sei von Ansverus verflucht worden.«

Fröhlich gönnte mir einen langen, leeren Blick. Es entstand eine kleine, unangenehme Pause. Dann riss er seine Augen auf und schoss hoch, schob die linke Hemdmanschette hoch und starrte panisch auf seine Armbanduhr. »Mein Gott!«

»Was?«

»Ich hab versprochen, bis zwölf ein Buch abzuholen. Das war mir völlig entfallen. Entschuldigen Sie …« Er schüttelte den Kopf, als sei er ganz bestürzt über seine Nachlässigkeit. »Tut mir leid. Ich fürchte, wir müssen das ein andermal fortsetzen.«

Ich an seiner Stelle hätte telefoniert, aber anscheinend wollte er mich ohnehin loswerden. Im Aufstehen fragte ich: »Sagt Ihnen dieser Pensin denn nun etwas?«

Er war schon halb um den Schreibtisch herum und woanders. »Nein. Da muss ich Sie enttäuschen.« Ein hilfloses Lächeln. »Aber der Name, der klingt irgendwie… slawisch, nicht wahr?«

Mit einem Griff schnappte er sich Schal und Mantel. Auf dem Flur nickte er dem verwunderten Kollegen von der Wasserwirtschaft zu, hastete Richtung Ausgang, hielt mir ungeduldig die Tür auf und erklärte schief lächelnd: »Danke für Ihr Verständnis. Es wäre mir ungemein peinlich, das zu verschwitzen. Falls ich Ihnen irgendwie anderweitig behilflich sein kann, lassen Sie's mich gern wissen.«

Er deutete ein Winken an, würgte sich unterwegs in den Mantel und strebte seinen Schal zurechtzurrend auf einen blauen Skoda Oktavia zu. Ein gebückter, barhäuptiger Mann, den Rücken unter einer unsichtbaren Last gekrümmt, sichtlich in Eile. Einen Moment lang musste ich an Murnaus Nosferatu denken.

Sein Lächeln war mir auf die Nerven gegangen, die servile, fast beleidigende Höflichkeit. Einer, der sich beim Lügen keine Mühe gab. Oder zu wenig Übung hatte.

Im Übrigen war ich ziemlich verstört. Fiedler hatte gesagt, Fröhlich begleite sein Projekt ›wohlwollend kritisch‹. Falls er Reinhold und Heidenreich ähnlich realistisch eingeschätzt hatte, brauchte ich mich über nichts mehr zu wundern.

***

Ich stand auf der Straße, musterte den grauen Himmel und meine Uhr. Heidenreich war frühestens ab zwei im Büro. Bevor ich sie aufsuchte, befragte ich besser erst Stankowski, den Mann, der in Reinholds Gruppe gewesen war, angeblich mal studiert hatte, aber zu viel trank. Dummerweise wohnte der am Westrand der Stadt. Ich hatte keine Lust, mich sofort wieder ins Auto zu setzen. Also folgte ich dem Impuls aus innerer Unruhe und Neugierde und schlenderte Richtung Heinrichstein.

Laut Fröhlich wusste niemand mehr, wo sich der slawische Sakralbezirk befunden hatte. Irgendwo auf dem Gebiet, das seither die Kirche beanspruchte, und wahrscheinlich hatte man sich schlicht an der Grenzlinie orientiert, die bereits seit Generationen bestand.

Bis zum Heinrichstein waren es nur ein paar Schritte. Ein unscheinbarer, grob behauener Granitquader hinter einem schmiedeeisernen Gitter, brusthoch, in den ein Kreuz und ein lateinischer Text geritzt waren.

Daneben fand sich die Tafel mit der Übersetzung: *Zu Zeiten von König Konrad und Herzog Heinrich von Sachsen kam Graf Heinrich nach Ratzeburg und gab dem Christentum eine feste Grundlage. Seine Seele ruhe in Frieden. Amen.*

Das las sich unspektakulär. Spannender war, was zwischen den Zeilen mitschwang. Der Mann, den man hier ehrte, hatte dafür gesorgt, dass das heidnische Heiligtum aus Ratzeburg verschwand. Der Stein feierte nichts weniger als den ›Endsieg‹ der Christen, ein für alle damals Lebenden extrem einschneidendes Ereignis.

Mir dämmerte, dass dies der alte Eingang zum Siwa-Heiligtum war. Man hatte den Stein dort aufgestellt, wo er die größte Symbolkraft entfaltete, und das war im Zweifelsfall die Stelle, an der man früher den heiligen Bezirk betreten hatte. Damit jeder, der ihn sah, daran erinnert wurde, wessen Gott triumphierte.

Ich schlenderte weiter. Die einstige Quelle lag drei Fußminuten entfernt, am unteren Teil des Palmbergs, inmitten der auenartigen, von Bäumen umstandenen Freifläche südlich des Friedhofs. Halblinks ragte das Vertriebenenkreuz auf, von dem Fiedler gesprochen hatte. Dunkel gebeiztes Hartholz, um die drei Meter hoch, fußend auf einem martialisch anmutenden Natursteinsockel, der streng nach Adenauer-Ära roch. Der Appell am Kreuz las sich entsprechend. *Vergesst den deutschen Osten nicht!* Und: *Den Toten unserer Heimat.*

Die Sätze berührten mich unangenehm, aber es war weniger das trotzige Pathos, der stumme Schrei nach Rache, sondern was dieser Schrei unterschlug.

Als man das Kreuz hier aufstellte, war der Krieg noch nicht lange vorbei gewesen. Keine drei Kilometer weiter verlief die Zonengrenze, die Deutschland und Europa zerriss. Dahinter saß die Rote Armee, dieselbe Armee, die Hitlers Soldaten von der Wolga bis an die Elbe zurückgetrieben und ihren Wahn vom Lebensraum im Osten hatte platzen lassen. Nun war ein Drittel des Vorkriegs-Territoriums verspielt, der Rest zerbombt, besetzt und geteilt. Bitter, besonders für die, die aus dem Osten hatten fliehen müssen. Sie waren doppelte Verlierer: Gestern noch Herrenmenschen, heute heimatlos. Fremde im eigenen Land. Die Verlierer unter den Verlierern. Sie hatten Grund zu trauern.

Doch dies Kreuz strahlte keine Trauer aus. Es beschwor nur die eigenen Verluste, so als hätte das Grauen nur Unschuldige getroffen. Dabei hatte der Mann, der damals als Vertriebenenminister das offizielle Gedenken organisierte, am Hitlerputsch teilgenommen und sich später durch ethnische Säuberungen profiliert. Kein Dutzend Jahre, bevor Adenauer ihn in sein Kabinett berief, hatte er geholfen, Zivilisten in Polen, im Baltikum und in der Ukraine zu vertreiben und die jüdische Bevölkerung von Lemberg abzuschlachten.

Deshalb stieß mich das Kreuz ab. Zugleich war es der Ort. Ich rätselte, ob der zufällig gewählt war oder mit Absicht, um sich gleichsam stellvertretend an der geschändeten Göttin schadlos zu halten.

Drei Dutzend Meter entfernt, an der Pforte zum Friedhof, wachte die Bronzestatue des Braunschweiger Burglöwen, das allegorische Siegerbildnis von Herzog Heinrich, des Sachsenfürsten, der eines der zwei Heere im Kreuzzug gegen die Slawen angeführt hatte. Dahinter, an der höchsten Erhebung des Palmbergs, alles überragend, thronte der

Dom. Die wuchtigen Backsteinmauern wirkten wehrhaft und imposant, eine ›feste Burg‹, die die Macht des Glaubens bezeugte. Wie überwältigend musste das gewirkt haben, als die meisten, die es zu Gesicht bekamen, in Lehmhütten gehaust hatten?

Erst wenn man sich klarmachte, was dieser Bau unter sich begrub, zerstob die Faszination. Dann erzählte die Pracht auf einmal von der fürchterlichen Furcht der Sieger, die alles, was an die Unterlegenen erinnert, auslöschen müssen.

Ich blickte mich um und fror.

Bisher hatte ich den Palmberg nie mit Mord und Brandschatzung in Verbindung gebracht. Jetzt schwante mir, wie wahrhaft historisch dieser idyllische Fleck Erde war. Jeder Fußbreit Boden getränkt mit Tränen und Blut.

***

Es war kurz vor zwölf, als ich wieder neben meinem Wagen stand. Ich erwog, Stankowski anzurufen, aber nach der Erfahrung mit Mirow kündigte ich mich vorher besser nicht an. Stattdessen versuchte ich es noch mal in der Pfarrei. Diesmal hatte ich Glück.

»St. Ansvergemeinde, Jörn Tykwer an Apparat.«

Ein sonores Rauchertimbre, das eher nach Bogart als Betbruder klang. Erfrischend präsent. Ich erläuterte ihm, worum es ging.

»Hört sich an, als ob es eilt«, stellte er fest. »Wo sind Sie denn?«

»In der Altstadt. Vorm Stadtarchiv.«

»Waren Sie bei Dr. Fröhlich?«

»Richtig.«

Er lachte auf. »Und, wie war's?«

»Aufschlussreich. Warum?«

»Ich weiß, wie er über Georgs Projekt denkt. Sie sollten sich dadurch nicht verunsichern lassen. Er ist ein guter Mann.«

Offenbar verfügte Jörn Tykwer über seherische Fähigkeiten.

»Beruhigend. Hätten Sie einen Moment Zeit?«

»Das wird knapp. Ich hab gleich wieder Termine.«

»Ich könnte in ungefähr drei Minuten bei Ihnen sein.«

»Okay.«

Die Pfarrei befand sich direkt neben der Kirche, einem flachen, modernen Backsteinbau mit überraschend eigenwilliger Architektur.

Am Telefon hatte ich mich gefragt, wie jemand mit seiner Art Stimme wohl aussah, doch als er mir nun leibhaftig gegenüberstand, dachte ich erst, ich hätte mich in der Tür geirrt. Er sah wirklich nicht aus wie ein Pfarrer. Die scharf geschwungene Nase und die dunklen Augen hätten eher zu einem Hopi-Schamanen gepasst. Vermutlich war er ähnlich alt wie Fiedler, aber er hätte auch gut zehn Jahre älter sein können. Sein faltenzerfurchtes Gesicht wirkte seltsam widersprüchlich, zugleich verlebt und asketisch.

»Wir haben knapp zwanzig Minuten. Am besten gehen wir gleich in die Bibliothek.«

Er hatte keine sonderlich geraden Zähne, trug ausgebeulte Cordhosen und einen grauen Troyer mit Lederflicken auf den Ellenbogen. Doch sein Händedruck war fest und das Lächeln warm. Er war mir auf Anhieb sympathisch, weil er mir sofort den Eindruck vermittelte, zu den seltenen Vertretern der Spezies zu gehören, die anderen zuhören können, ohne sie gleich beurteilen zu müssen. Das ging vermutlich nicht nur mir so und zählte im Zweifelsfall mehr als gefällige Optik.

Die Bibliothek diente ihm als Arbeitszimmer und bot einen krassen Gegensatz zu Fröhlichs penibel aufgeräumtem Büro. Bücher, Typoskripte und Notizen lagen offen herum. Trotzdem wirkte der Raum wohnlich. Das Chaos gehorchte einer eigenen Ordnung.

Er lotste mich in die Sitzecke, wo Tee und Kandis warteten, schenkte uns ein, setzte sich in einen Armlehnsessel.

»Schießen Sie los.«

»Herr Fiedler sagte, er habe es nur Ihnen zu verdanken, dass das Projekt überhaupt zustande gekommen ist?«

»Georg stellt sein Licht gern unter den Scheffel.«

»Wieso unterstützen Sie ihn?«

»Weil das Projekt gut ist.«

»Auch für die Kirche?«

»Sicher«, lächelte er. »Ich habe ihm nur ein wenig geholfen.«

»Wer hat ihm denn noch geholfen?«

Sein Mund zuckte leicht. »Wieso?«

»Bei Ihren Kollegen scheint er auf weniger Gegenliebe zu stoßen.«

»Mag sein.«

»Irgendjemand gibt sich sehr viel Mühe, ihm einen Mord anzuhängen. Vielleicht geht es dabei gar nicht um Patrick Reinhold, sondern um den Pfad.«

»Das müssen Sie mir erklären.«

»Wollte man das Projekt stoppen, wäre das die eleganteste Lösung. Man schaltet den einen Kopf aus und schiebt dem anderen die Tat in die Schuhe.«

»Georg war doch längst entlassen.«

»Das lässt sich rückgängig machen. Damit hat er aus Sicht der Polizei umso mehr Grund, Reinhold zu töten. Wandert er ins Gefängnis, ist der Pfad endgültig gestorben.«

Er runzelte die Stirn. »Worauf wollen Sie hinaus?«

»Nachdem Fiedler die Leiche der Polabin gefunden hatte, bekam er anonyme Anrufe. Der Anrufer sprach von der Ehre der Heiligen.«

Jörn Tykwer schürzte die Lippen. »Georg mag Gegner innerhalb der Kirche haben, aber so perfide dürfte keiner von ihnen sein. Er sagte mir selbst, das sei nur ein Wichtigtuer.«

»Inzwischen gibt es einen Toten.«

Er machte eine wegwerfende Handbewegung. »Deswegen begeht kein normaler Mensch einen Mord.«

»Wirklich nicht? Wir reden hier über jemanden, der sich für so bedroht hält, dass er auf Telefonterror verfällt.«

Er langte hinter sich und fischte eine Pfeife aus dem Regal, griff nach den Streichhölzern neben dem Stövchen, setzte den Tabak in Brand und dämpfte die aufquellende Glut mit der flachen Seite der Schachtel. »Natürlich ist Georgs Ansatz provokant.« Er paffte einige Male, bevor er tief inhalierte und ausatmete. »Doch die Auseinandersetzung mit seinen Thesen täte der Kirche letztlich gut.«

»Inwiefern?«

Er blickte den Rauchschwaden hinterher. »Weil sie sich über ihre Geschichte Rechenschaft ablegen sollte. Um ihrer selbst willen.«

»Selbst, wenn Ansverus schlecht dabei wegkommt?«

Er zog die Schultern hoch.

»Die Kritik Ihres Freundes ist einigermaßen fundamental«, bohrte ich. »Fühlen Sie sich dadurch nicht angegriffen?«

»Nein.« Er wurde wieder ernst und klopfte sich mit dem Mundstück gegen die Schneidezähne. »Etwas anderes ist da für mich viel entscheidender.«

»Nämlich?«

»Sein Wissensdurst, Gerechtigkeitssinn und die Wahrheitsliebe. Der Mut zu zweifeln.« Nun lächelte er wieder. Ein nach innen gekehrtes Lächeln. »Georg versucht, den Dingen auf den Grund zu gehen. Er rührt an Tabus. Das kann man als verblendet und vermessen abtun. Oder man begreift es als Suche. Dann ist es hochgradig spirituell.«

»Inwiefern?«

»Weil darin Vertrauen in die Wahrheit wohnt. Wahrheit ist ein göttliches Prinzip.«

»Würde Ihr Bischof das auch unterschreiben?«

Seine Augen schimmerten mattschwarz. »Vielleicht überraschte der Sie auch und sagte Ihnen, dass Georg genau das betreibt, was der letzte große deutsche Mystiker, der sich irrtümlich für einen Atheisten hielt, ›fröhliche Wissenschaft‹ nannte.«

»Reden Sie von Nietzsche?«

Er zuckte lächelnd die Achseln. »Welch besseren Beweis für die Existenz des vermeintlich Nicht-Existenten kann einer erbringen, als Gott für tot zu erklären und sein Leben lang mit dem Totgesagten zu ringen?«

»Unterstützen Sie Fiedler deshalb?«

»Vielleicht.« Er entblößte wieder die quer stehenden Zähne, nahm die Pfeife in die Linke und nippte an der Teetasse. »Ich sehe in Georg weniger den Wissenschaftler als den Künstler. Er ist intuitiv begabt und folgt seinen Eingebungen. Auf solche Menschen trifft man selten.«

»Dr. Fröhlich sagte mir, Fiedler brächte Fakten und Phantasie durcheinander. Viel deutlicher kann man einen anderen eigentlich nicht als Spinner bezeichnen.«

»Fröhlich lässt nur gelten, was sich schriftlich belegen lässt. Wir haben eben alle unsere professionellen Deformationen.«

»Wie nun? Hat er recht und Fiedler ist durchgeknallt? Oder ist Fröhlich zu borniert, um zu begreifen, wie brillant Fiedler ist?«

Jörn Tykwer ließ den Kopf in den Nacken sacken und sog an der Pfeife. »Georg sucht tradierte Vorstellungen aufzubrechen. Er präsentiert eine andere Wahrheit. So etwas weckt immer Widerstände. Es irritiert viele. Manche verängstigt es auch.«

»Angst weckt Aggressionen.«

»Wir sind denen, die uns unsere Grenzen aufzeigen, selten dankbar. Trotzdem. Der Weg zum Glauben führt meist durch Anfechtungen und Zweifel. Ich gehe sogar so weit und sage, echter Glaube ist ohne Zweifel gar nicht möglich. Georg sucht die historische Gerechtigkeit, indem er Fragen stellt, die sich jeder Christ stellen sollte.«

»Er hat mir erzählt, Sie seien selbst lange auf einer Mission gewesen?«

»In Brasilien, ja.«

»Wo?«

»Am oberen Amazonas, im Länderdreieck zwischen Kolumbien und Peru.«

»Wann?«

»Ab den späten Achtzigern. Wieso?«

»Wie kommt es, dass ausgerechnet Sie seine Kritik der Mission unterstützen?«

Er paffte ein paarmal und hüllte sich in Rauch. »Dafür müsste ich Ihnen mehr über den Mann erzählen, der diese Mission geleitet hat.«

»Wir haben Zeit.«

Er grinste. »Sie. Ich leider nicht.«

»Versuchen Sie's in drei Sätzen.«

Sein Blick schweifte in die Ferne. »Er hieß Ulf und war Pater aus Ulm. Ulf las mich auf, als es mir nicht gut ging. Nachdem ich halbwegs wiederhergestellt war, wollte ich mich revanchieren. Ich könne ihm ein paar Monate im Spital helfen, meinte er. Daraus wurden dann sieben Jahre.«

»Und die Mission?«

»Das war die Mission. Mehr hätte Ulf nie zugelassen. Seine eigentliche Aufgabe sah er darin, die Siedler aus dem Gebiet der Yaguas fernzuhalten.«

»Yaguas?«

»So hießen die Indigines.« Er sprach das Wort nasal aus, mit einem weichen Zischlaut am Ende. »Für Ulf waren sie die Kinder Gottes. Wenn überhaupt, sagte er, seien wir diejenigen, die von ihnen lernen könnten. Sie bräuchten Hilfe gegen die Siedler, die ihr Paradies zerstörten.« Er lächelte. »Ulf hielt die traditionelle Mission für gescheitert. Wer derlei heute noch vertrete, verhöhne den Geist Christi. Wir Weißen hätten bloß Leid über die Indios gebracht. Die Hauptverantwortung dafür trage die Kirche. Wolle man den Glauben retten, müsse man ihr helfen, sich zu ihren Irrtümern zu bekennen und tätige Reue üben. Darum war er dort. Nur darum.« Er lächelte wieder sein eigenartiges Lächeln. »Er nutzte die Autorität der Institution, um die Indianer zu schützen.«

»Und Sie? Was haben Sie da gemacht?«

»Knochen geschient und Fieber behandelt. Ab und an eine Geburt, ein Leistenbruch oder Schlangenbiss. Ich verfüge über einige bescheidene medizinische Kenntnisse.«

Er saugte an der Pfeife. Mir begann zu dämmern, wieso er Nietzsche für einen Mystiker hielt.

»Sie waren damals noch kein Priester?«

»Nein. Bis ich Ulf traf, wäre ich nie auf die Idee gekommen, ich könne dazu berufen sein. Aber das ist eine andere Geschichte. Dafür fehlt jetzt die Zeit.« Er warf einen Blick auf seine Uhr, nahm die Pfeife aus dem Mund und legte die Hände flach auf die Knie. »So sehr ich es bedaure …«

Ich erhob mich und dankte ihm. Auch er stand auf, um mich noch zur Tür zu begleiten.

»Grüßen Sie mir Georg und melden Sie sich, wenn ich Ihnen behilflich sein kann. Wann immer …«

»Ich nehm Sie beim Wort.«

Als ich ging, spürte ich seine Augen in meinem Rücken. Ich drehte mich um. Er hob grüßend den Arm und nickte. Ich winkte zurück und fühlte mich seltsam erleichtert. Ihn zumindest schien Fiedler richtig eingeschätzt zu haben, und nach allem, was er mir gerade über seinen Mentor erzählt hatte, ergab es sogar Sinn, dass er Fiedler unterstützte.

***

Stankowski wohnte im Erdgeschoss eines Baus aus den Fünfzigern. Die Haustür war nur angelehnt, das Foyer wies Filz- und Lippenstiftschmierereien auf. Ich klingelte im Parterre unten rechts. Nach einer Weile ertönten Schritte, dann schlug mir eine Welle verbrauchter, überheizter Luft entgegen.

»Herr Stankowski?«

Der mittelgroße, graugesichtige Mensch in der Tür bejahte wortlos. Er trug Badelatschen und war unrasiert, aber anscheinend nüchtern.

»Georg Fiedler hat mir Ihren Namen gegeben. Ich bin Jakob Fabian und arbeite für seine Anwältin. Haben Sie ein paar Minuten Zeit?«

»Seine Anwältin? Was ist denn los?«

Morgen stand es ohnehin in der Zeitung.

»Man hat ihn festgenommen«, sagte ich. »Er wird verdächtigt, Patrick Reinhold getötet zu haben.«

»Mein Gott.« Stankowski sackte mit der Schulter gegen die Türfüllung. »Warum?«

»Man hat den Hammer, mit dem Reinhold getötet wurde, in seinem Schuppen gefunden.«

Er schüttelte ungläubig den Kopf. Seine Gesichtsfarbe wechselte ins Graue. Dann gab er den Weg frei. »Kommen Sie. Geradezu.«

Er ging vor. Sein Wohnzimmer war nicht sonderlich aufgeräumt. Er entfernte einen gut gefüllten Aschenbecher, schob eine halb zu Boden gerutschte Steppdecke beiseite und ließ sich auf die Couch fallen. Das Möbel gab einen hohen, gequälten Laut von sich.

»Wie ist die Polizei auf ihn gekommen?«

Ich griff mir den einzigen freien Stuhl, checkte, ob die Lehne klebte, und setzte mich.

»Vermutlich ein anonymer Tipp.«

Er schluckte. »Da spielt irgendwer ein ganz übles Spiel.«

Auf seiner Auslegeware tollten Wollmäuse, doch ich hatte schon Schlimmeres gesehen. Offenbar lebte er ohne Fernseher. Stattdessen lagen überall Bücher.

»So wie bei der Nummer mit der Schubkarre?«

Er verzog das Gesicht und nickte.

»Waren Sie dabei?«

»Nein, ich hab nur mitgekriegt, wie sie darüber gesprochen haben.«

»Wer?«

»René Schult und Timo Andresen. Schult ist der, der sich mit Fiedler angelegt hat und später angeblich geworfen hat. Er erklärte Andresen, was er Heidenreich zu sagen habe.«

»Und?«

»Irgendwas wie: ›Erzähl ihr, er hat mich angewichst. Ich hätt ihm den Stein hinterhergeschmissen. Nicht so, als ob ich ihn damit echt treffen will, sondern bloß so.‹ Andresen grinste und meinte, er macht das schon.«

»Wann war das?«

»Kurz bevor sie zu Heidenreich gingen. Nachdem die Sache passiert war.«

»War da nicht noch ein Dritter?«

Er nickte. »Dennis Schacht.«

»Haben Sie Fiedler davon erzählt?«

Er schüttelte den Kopf. »Den hab ihn gar nicht mehr gesehen und sie hat ihn auf der Stelle gefeuert.«

»Da ist also nie ein Stein geflogen?«

»Nein. Das hat sich Reinhold nur ausgedacht, um Fiedler in die Pfanne zu hauen.«

»Wären Sie bereit, das gegenüber der Polizei zu wiederholen?«

»Das wissen die längst. Das hab ich denen gesagt. Wenn sie ihn trotzdem gekascht haben …«

»Was dann?«

»Nichts.« Stankowski langte nach seinem Tabak und begann sich mit fahrigen Fingern eine zu drehen.

»Sie glauben also nicht, dass Fiedler Reinhold getötet hat?«

»Natürlich nicht. Aber wen interessiert schon, was ich glaube?«

»Mich.«

Er leckte das Papier an, zupfte einen Tabakfaden ab und strich mit den Daumen über die Zigarette, bevor er sie sich anzündete. »Fiedler hätte ihn höchstens verprügelt«, sagte er dann und sog den Rauch tief ein. »Das hätte er allerdings schon viel eher machen müssen.«

»Sie mochten Reinhold nicht sonderlich?«

Ein kurzes Auflachen. »Nicht wirklich, nein. Er hat Fiedler gelinkt und das Projekt kaputt gemacht. Ohne ihn hätt die Sache was werden können. Jetzt kucken wir alle in die Röhre.« Er blickte beim Ausatmen den Rauchschwaden hinterher. »Kennen Sie die Geschichte von dem Skorpion, der den Frosch bittet, ihn über den Fluss zu bringen? Der Frosch hat Angst, dass der Skorpion ihn unterwegs sticht. Da sagt der Skorpion, wenn ich das tue, ertrinke ich auch. Also nimmt der Frosch ihn auf den Rücken. Als sie in der Mitte vom Fluss sind, sticht der Skorpion ihn trotzdem. Der Frosch fragt, warum hast du das getan? Nun müssen wir beide sterben. Darauf der Skorpion: Tut mir leid. Ich bin ein Skorpion. Die stechen nun mal.«

»Wie genau lief das ab?«

»Machte Fiedler Vorgaben, nölte Reinhold so lange rum, bis Fiedler schließlich sauer wurde. Dann drehte er es so, als hätte Fiedler ihn angegriffen. Das konnte er gut. Reinhold tat so, als verträte er die Interessen der Gruppe. Das hat Fiedler nicht geschnallt. Als er es raffte, war es zu spät, weil Reinhold längst seine Truppe zusammen hatte und er den Laden lahmlegen konnte.«

»Durch Schult, Andresen und Schacht?«

»Richtig.« Stankowski atmete hörbar aus. »Schult ist der Chef, ein Schlägertyp, vor dem alle Schiss haben, auch wenn sie ihm körperlich überlegen sind. Andresen hat sich an ihn gehängt, gibt für ihn den Goebbels. Schacht ist der Jüngste, eine Dumpfbacke, die nach 'ner Latte von Jugendstrafen bei 'ner ›Kameradschaft‹ gelandet ist.«

Er langte auf die rückwärtige Seite der Couch und förderte eine Flasche mit Discounter-Bier zutage, schraubte sie auf, setzte sie an und leerte sie in einem Zug.

»Sind Schult und Andresen auch rechts?«

»Anzunehmen. Schult hat ein Ritterkreuz unter den Kehlkopf tätowiert.«

»Was ist mit Mirow?«

»Der hatte nix mit der Sache zu tun. Da bin ich mir sicher.«

»Ich hab gestern mit ihm gesprochen. Wovor hat er so viel Angst?«

Stankowski verzog das Gesicht. »Davor, dass Schult ihn sich vorknöpft, natürlich.«

»Wie war das Verhältnis von Reinhold und Schult?«

»Reinhold hat Schult zu seinem Helfer gemacht. Ein Geschäft auf Gegenseitigkeit. Wie im Bilderbuch. Den Bock zum Gärtner.«

»Warum hat Fiedler da nicht eingegriffen?«

»Als er das Spielchen durchschaute, war der Zug abgefahren. Reinhold wär sofort zur Heidenreich oder hätte dafür gesorgt, dass am nächsten Tag die Hälfte der Hanseln zu Hause blieb.«

»Ich verstehe es trotzdem nicht«, sagte ich. »Wie konnte es so weit kommen?«

»Reinhold war clever. Er wickelte die Leute um den Finger. Er sagte jedem, was er hören wollte. Vor Fiedler tat er so, als zöge er mit. Sobald der weg war, machte er klar, was er wirklich davon hielt und hatte die Lacher auf seiner Seite.« Stankowksi fuhr sich mit der Hand über den Mund und stieß auf. »Man konnte mit ihm über alles reden. Wenn man dachte, nu' ist es geklärt, fing er wieder von vorn an. Damit trieb er Fiedler in den Wahnsinn. Rastete Fiedler aus, stand Reinhold mit Unschuldsmiene daneben. Als würde Fiedler total überreagieren.«

Er ließ die Hand mit der leeren Flasche hinter die Couch gleiten und kam mit einer vollen wieder hoch.

»Und Sie?«

»Als er merkte, dass ich keinen Bock hatte, seinem Fan-Club beizutreten, nahm er mich aufs Korn.«

»Wie?«

Er nahm einen Zug von der Zigarette und blickte beim Ausatmen den Schwaden hinterher. »Ich hab mal Soziologie studiert und es verkackt. Er sorgte dafür, dass sich das rumsprach und mich bald auch der letzte Schwanz damit aufzog.«

Ich erwog, ihm zu erzählen, dass ich mehrere Semester eines hoffnungsfrohen Geschichtsstudiums versenkt hatte, um anschließend jahrelang im Taxi zu stranden, als Kurzbeschreibung meines akademischen Karriereknicks, aber sah, wie seine Hand zitterte.

»Bei den Nazis wäre er Blockwart geworden«, sagte er. »Er passte blendend in dieses System.«

»Welches System?«

Er hustete. »Die *BSI* kassiert pro Nase einen Fördersatz von der *ARGE*. Dafür muss irgendwas stattfinden. Was –ist scheißegal. Wie – auch. Hauptsache, die sehen Knete. Theoretisch sollen sie uns sinnvoll beschäftigen. Faktisch sparen sie an jedem Cent. Dazu brauchen sie Typen wie ihn, die die ganze verlogene Grütze unterm Deckel halten. Fiedler war der Heidenreich zu anstrengend. Der nervte sie wegen Werkzeug und wollte wirklich was erreichen.«

»Das will die *BSI* nicht?«

Er sah mich an, als mache ich Witze. »Wissen Sie, wie viele von uns vermittelt werden? Wir sind zu gemeinnütziger Arbeit verknackt und sichern Leistungen, für die kein Geld da ist. Die Kommunen sind klamm. Offiziell sollen wir niemandem den Job wegnehmen, faktisch sind wir billiger als jeder andere und dürfen nicht streiken. Wer Zicken macht, dem streicht die *ARGE* die Bezüge.« Er hustete wieder. »So läuft der Hase. Es geht nur um die Statistik, verstehen Sie? Jeder, der an irgendwas teilnimmt, gilt als beschäftigt. Nur das zählt für die Politiker. Der Rest geht ihnen am Arsch vorbei. Jeder für sich und Gott gegen alle.«

Er saugte an der Selbstgedrehten, als wäre es ein Joint. Die Kippe landete im Aschenbecher. Er pulte sich einen Tabakfaden von der Unterlippe.

»Sehen Ihre Kollegen das genauso?«

»Mal so, mal so. Da gibt's Gläubige und Ungläubige.«

»Heißt?«

Bevor er mir antwortete, musste er erst mal einen Hieb aus der Flasche nehmen. »Manche hängen schon in der dritten Generation am Tropf. Die haben mit Ach und Krach nach der fünften Förderung Hauptschulabschluss und null Chance. Das wissen sie auch. Also verstecken sie sich hinter ihren MP3-Playern, Handys und Base-Caps.« Er zuckte die Achseln. »Nehmen wir Kevin. Der heißt wirklich so. Er ist dreiundzwanzig und hat von klein auf seine Mutter zur Sozi begleitet. Später ist sie dann mit ihm zum Gericht und dahin, wo er Strafstunden ableisten durfte. Kevin kennt sich aus und weiß, was ihm zusteht. Seine einzige Leidenschaft ist der VFB Lübeck. Für den prügelt er sich jedes Wochenende. Weil er kein ›Neger‹ sein will.«

»Und die Gläubigen?«

Er zuckte die Achseln. »Wieso wollen Sie das wissen?«

Sein Unterton blieb ironisch, aber seine Augen waren wund.

»Sagen wir, er heißt Heinz«, sagte er dann. »Heinz ist Maler, sechzig, und hat immer geackert. Sein Betrieb musste abbauen. Hätte Heinz gepfuscht oder der Kundschaft mehr Stunden aufgeschrieben, wär er noch in Lohn und Brot. Aber Heinz ist gewissenhaft und ehrlich. Also hat man ihn gefeuert.« Stankowski strich sich über den Kopf. »Bei ihm zu Hause warten Enkel, der Garten, das Feuerholz für den Winter. Seine Frau hat dicke Beine und ist depressiv und jammert immer, was denn nun werden soll. Heinz' Schwiegersohn ist auch arbeitslos. Der war Forstarbeiter. Doch die haben automatisiert. So fix wie ein *Harvester* kann kein Mensch Bäume fällen.« Er langte wieder nach dem Tabak. »Heinz gibt die Hoffnung nicht auf. Die Fallmanagerin der *ARGE* hat von ›Qualifizierung‹ und ›Re-Integration‹ gesprochen. Die magischen Zauberworte. Jeden Morgen kommt Heinz aus Lankau in seinem alten Opel Astra. Benzingeld ist bei Hartz IV nicht vorgesehen. Theoretisch könnte er ja den Bus benutzen. Dummerweise gilt die Monatskarte nur für den Regionalverbund. Damit schafft er's nicht zurück bis Lankau. Also verheizt er seine Aufwandsentschädigung.« Stankowskis Blick glitt an die Decke. »Heinz renoviert das Verwaltungsgebäude. Stunde um Stunde, Tag für Tag. Er kratzt Lack von den Fenstern, schleift sie mit Vierziger-, Achtziger- und Hundertfünfziger-Papier. Unermüdlich. Will beweisen, dass er's noch kann und ein guter Handwerker ist. Dafür hänseln ihn die anderen längst. Nur die Netteren sagen: ›Lass man gut sein, Heinz. Wird alles sowieso bald abgerissen hier.‹«

Aus seiner Kehle drang ein kurzer, heller Laut, der ihn selbst zu überraschen schien. Er biss sich auf die Unterlippe, bis sein trotziges Grinsen zurückkehrte und er mich herausfordernd ansah.

»Noch Fragen?«

Bergeweise. Doch die würde er mir kaum beantworten.

Das Bier fing an zu wirken und es tat mir nicht gut, ihm dabei zuzusehen.

Ich schwieg einen Moment. »Wieso hat Fiedler sich auf Reinhold eingelassen?«

Er rollte die Augen und deutete ein müdes Schulterzucken an. »Wie gesagt, er verstand es, Leute für sich einnehmen. Durch seine Art. Ich hab's ja auch erst gerafft, als er mich zu triezen anfing.« Er trank noch einen Schluck. »Das war seine größte Stärke: Die anderen unterschätzten ihn. Ich. Fiedler. Sogar die Heidenreich.«

»Heidenreich?«

»Ja.« Er nickte. »Sogar die clevere Frau Heidenreich.«

»Was war mit der?«

»Die tauchte sonst nie bei uns auf, aber kurz nachdem der Professor aus Gottdorf mit der Frauenleiche abgezogen war, kam sie mit einem Architekten vorbei, um sich die Fundstelle anzusehen.«

»Mit einem Architekten?«

»Er ließ sich von Reinhold alles zeigen. Besonders die Grube.«

»Wieso nicht von Fiedler?«

»Der war grad nicht da.«

»Wie hieß der Mann?«

»Hat er mir nicht verraten. Aber er fuhr einen alten Jaguar mit Hamburger Kennzeichen und trug edle Halbschuhe.« Stankowski grinste. »Er maulte über den Matsch. Dabei hätt er eigentlich wissen müssen, dass man auf Baustellen keine solch teuren Treter trägt. Jedenfalls nicht, wenn man die Beschaffenheit des Bodens im alten Brunnenloch untersuchen will.«

»Die Beschaffenheit des Bodens im alten Brunnenloch«, echote ich blöde.

»Ja. Das fand ich auch eigenartig. Bis ich zufällig mitkriegte, wie Reinhold und Heidenreich sich deswegen stritten. Sie standen beim Laborhäuschen. Er sprach von irgendeiner Quelle, mit der sie Pläne habe. Sie zischte ihn an, er solle den Mund halten, sonst sei er die längste Zeit Anleiter gewesen. Er lachte sie aus. ›Hüten Sie sich, mir zu drohen, sonst lass ich die Sache platzen.‹«

»Welche Sache?«

»Keine Ahnung. Als sie mich sahen, wechselten sie das Thema.«

»Wann war das?«

»Nach Ende der Schicht. Die meisten waren schon weg. Vor acht oder neun Tagen.«

Ich spürte meine Nackenhaare. Ging es Heidenreich am Ende gar nicht um die Fördermittel, sondern um den Brunnen? Wozu sonst hätte sie einen Architekten auf das Gelände schleifen sollen? Fiedler war ihr im Weg gewesen. Sie hatte ihn mit Reinholds Hilfe kaltgestellt, dann war Reinhold aus der Spur gelaufen und hatte versucht, sie zu erpressen.

Das schien schlüssig. Der Haken daran war die Wahrscheinlichkeit. Gehobene weibliche Fachkräfte wechselten zwar mitunter die Branche, doch obwohl einigen durchaus danach sein mochte, griffen die wenigsten im Vorfeld zum Hammer und töteten lästige männliche Untergebene. Allerdings gab es immer Ausnahmen. Was wusste ich schon über Heidenreich? Vielleicht war sie heillos verschuldet und träumte seit Jahren davon? Außerdem ließen Frauen auch gern mal töten.

Erst mal musste ich klären, ob sich der Brunnen überhaupt reaktivieren ließ.

***

Kurz darauf stand ich wieder vor dem Stadtarchiv. Der blaue Skoda fehlte. Offenbar war Fröhlich noch unterwegs. Umso besser. Ich klingelte. Nach einer Weile trat der Beauftragte für Abwasser und Wasserwirtschaft aus seinem Büro. Er linste lustlos Richtung Eingang, bequemte sich schließlich den Flur hoch und öffnete die Glastür.

»Dr. Fröhlich ist schon weg.«

»Ich will zu Ihnen.«

»Zu mir?« Ein irritierter Blick über die klobige Brille hinweg.

Ich gab ihm meine Karte: »Entschuldigen Sie den Überfall. Es ist wichtig. Ich fürchte, nur Sie können mir helfen.«

Seine Hand fuhr abwehrend an den Rand des Brillengestells und blieb da kleben. »Ich bin mitten in der Arbeit.«

»Nur drei Minuten. Ich untersuche die Vorfälle beim alten Klärwerk. Es geht um den historischen Brunnen. Dr. Fröhlich erwähnte vorhin, Sie vermuteten, der habe zu einer alten Heilquelle geführt.«

»So, hat er das ...«

»Könnte sich jemand für das Gelände interessieren, weil er den Brunnen nutzen will?«

»Wer?«

»Vor einer Weile war ein Architekt dort, der die Bodenbeschaffenheit des Brunnenlochs untersucht hat.«

»Ach ja?« Beim Lächeln entblößte er eine Lücke zwischen seinen Vorderzähnen. »Wie heißt der Architekt?«

»Das weiß ich nicht. Er kam aus Hamburg und war in Begleitung von Henriette Heidenreich, die ...«

»Ich kenne die Dame«, knurrte er.

»Also, wäre es machbar, den Brunnen wieder in Betrieb zu nehmen?«

Langsam wurde er neugierig. »Machbar ist vieles.«

»Was ist daran so interessant? Die besondere Qualität des Wassers?«

Er schob die Unterlippe vor. »Möglicherweise.«

»Weil die Frauenleiche, die dort gelegen hat, so gut erhalten ist?«

»Genau.« Er ließ beim Lächeln breit auseinanderstehende Zähne sehen. »Kommen Sie rein.«

»Vermutlich führte der Schacht zu einer der alten Wasseradern. Wegen des tonhaltigen Erdreichs.« Er hatte sich mit Papier und einem Filzstift bewaffnet. »Das ist eine Besonderheit, die von der letzten Eiszeit her rührt, als das Land mit Gletschern überzogen war ...«

Die drei Minuten waren längst um. Wir saßen über Eck an seinem Schreibtisch. Hinter ihm hing eine topografische Karte von Ratzeburg und Umgebung, die noch aus der Ära stammte, als mit Rechenschiebern gearbeitet wurde.

»Die Gletscher waren gigantisch, teilweise kilometerdick, und ihre Masse entwickelte ungeheuren Druck, doch da das Eis nicht überall gleich stark war, variierte der auch.« Er drehte das Papier quer und begann mehrere Linien zu ziehen, deren Zwischenräume er unterschiedlich schraffierte und mit Aussparungen versah. »So haben Sie sich das vor Ankunft des Eises vorzustellen.« Die Spitze des Stifts deutete auf die schraffierten Flächen. »Das sind die Kies- und Tonschichten, und das hier«, er zeigte auf die ausgesparten Zwischenräume, »sind die Wasseradern.«

»Sieht aus wie eine mehrschichtige Latexmatratze.«

»Was tut die Matratze, wenn Sie sich drauf legen?«

»Gibt nach.«

»Genau das hat das Erdreich auch getan.« Er fertigte eine zweite Skizze an, auf der sie eben noch geraden Schichten in der Mitte schmaler wurden und sich nach unten hin durchbogen. »Die Gletscher pressten den Untergrund zusammen, und als sie tauten, bildeten sich in den Vertiefungen Seen.« Er rückte seine Brille zurecht. »Unter dem jetzigen Grundwasserspiegel befindet sich eine Tonschicht, in der alte Wasseradern verlaufen. Das darin eingekapselte Wasser steht unter Druck und nimmt den Weg des geringsten Widerstands. Wo der Druck nachlässt, steigt es nach oben ...«

»Am Rand des Sees?«

»Oder auf der Dominsel. In der Nähe vom Markt gab es bis vor nicht allzu langer Zeit noch einen Brunnen, dessen Pegel über dem normalen Grundwasserspiegel lag. Der dürfte durch so eine Ader gespeist worden sein. Wir haben einige solcher Quellen in der Gegend. Manche auch mitten im See. Haben Sie beim Schwimmen mal bemerkt, dass es an manchen Stellen im Wasser plötzlich schlagartig kälter wird?«

Ich nickte.

»Das ist dann eine sogenannte warme Quelle«, sagte er. »Die hat konstant dieselbe Temperatur und erwärmt sich nicht so wie der Rest des Sees. Dafür friert die Stelle im Winter dann auch nicht zu. Oder nur oberflächlich. Was Sie spätestens merken, wenn Sie beim Schlittschuhlaufen einbrechen.«

Ich stellte mir das Adergeäst unterhalb des Sees vor, gespeist durch Jahrtausende alte Wasserreservoirs, die unter zig Bar Druck standen. Mein Blick glitt über die topografische Karte mit ihren Höhen- und Tiefenschichtungen, der Dominsel und den Buchten drum herum. Ich hatte es alles direkt vor Augen.

»Wenn man beim Klärwerk tief genug gräbt, hat man also gute Chancen, wieder auf die alte Ader zu stoßen?«

Er zuckte die Achseln. »Vermutlich.«

»Georg Fiedler hat von der Siwa-Quelle erzählt, die früher auf der Domsinsel war …«

»Was ist damit?«

»Zieht man eine Zirkellinie von dem Brunnenschacht an der Westseite des Sees zur Dominsel, landet man genau dort, wo sich angeblich die heilige Quelle befand.«

Seine kleinen Augen funkelten. »Haben Sie das von Fiedler oder von Dr. Fröhlich?«

»Darauf bin ich gekommen, als Sie eben über die Wasseradern sprachen.«

Er grinste zwiespältig und begann sich den Bart zu kraulen. Weshalb reagierte er so seltsam? Ich berichtete ihm von Fiedler, Reinhold und Heidenreich. Er hörte zu, den Mund halb offen, den Blick schräg über die Brille hinweg, die Hand am Kinn, Daumen und Zeigefinger ständig am Zwirbeln.

»Dr. Fröhlich sagte vorhin, Sie hätten die Theorie, das Wasser habe mal therapeutischen Zwecken gedient. Da wurde ich sofort hellhörig, als ich von Heidenreichs Plänen hörte. Und nach dem, was Sie eben erzählt haben, frage ich mich, ob das Brunnenloch eventuell zu der Wasserader geführt haben könnte, die auch die heilige Quelle auf der Dominsel gespeist hat. Vielleicht liege ich ja völlig falsch ...«

»Oder auch nicht«, brummte er. »Es ist der nächstgelegene östliche Punkt, wo eine solche Ader wieder nach oben kommen würde. Genau das war ja meine Theorie. Aber als ich mit Dr. Fröhlich darüber sprach, schien der das für völlig abwegig zu halten. Denn da gibt es einen entscheidenden Haken.«

»Welchen?«

»Den Wasserdruck. Wer auch immer die Quelle betrieb, hätte bestimmt nicht ihre Zuleitung angezapft.«

»Könnte das der Grund dafür sein, weshalb man den Brunnen auf der Westseite wieder verschlossen hat?«

»Falls es dieselbe Ader sein sollte, läge das nahe, ja.«

»Lässt sich denn heute noch überprüfen, ob das Wasser mal irgendeine Heilwirkung gehabt hat?«

»Dafür müsste man nur ein wenig graben.«

»Ich hab mir die Stelle gestern angesehen. Im Schachtloch steht Wasser. Das ist braun und sieht nicht unbedingt aus, als sei es nur vom Regen.«

»Tatsache?« Sein Oberkörper erbebte plötzlich unter stummem Lachen.

»Was freut Sie daran so?«

»Februar kam die telefonische Anfrage eines Hamburger Architekturbüros. Die wollten beim alten Klärwerk eine Probebohrung vornehmen.«

»Ach.«

»Die Erlaubnis dazu hätte ich ihnen sofort erteilt, weil ich selbst gern wüsste, wie die feinmolekulare Zusammensetzung des Wassers ist. Doch die haben sich nie wieder gerührt. Jetzt weiß ich, warum. Sie haben ihre Probe längst.«

Mein Nacken wurde mit einem Mal ganz warm.

»Verraten Sie mir, wie das Architekturbüro heißt?«

Er schob seine Brille auf die Nasenspitze. »Wozu?«

»Weil ich gern wüsste, was die planen.«

»Ich auch.« Er ruckte nach vorn. »Moment. Hier hab ich's irgendwo ...« Er suchte unter den Notizen auf seiner Schreibablage und fischte nach einem Zettel. »*Stiller, Murian and Partners.*«

***

Als ich wieder draußen war, musste ich erst mal ein paar Schritte gehen und sortieren. Das Areal ums alte Klärwerk gehörte der Stadt. Fragte sich, ob die es zu verkaufen oder zu verpachten gedachte. Nach drei Telefonaten wusste ich, dass sich das zuständige Liegenschaftsamt im alten Rathaus befand. Ich stand fast davor.

Das Rathaus war ein fahlgelber klassizistischer Bau, der früher mal eine Gelehrtenschule beherbergt hatte, was man der lateinischen Inschrift über dem Portal entnehmen konnte, die Gelehrsamkeit, Klugheit und Frömmigkeit beschwor. Inzwischen war es fast vier, eigentlich nicht mehr die Zeit, in der man deutsche Beamte behelligen durfte, doch ich hatte mehr Glück als Verstand. Das Büro war noch besetzt und der junge Mann, der dort arbeitete, extrem auskunftsfreudig. Als habe er irgendwas geraucht. Er gehörte zur Generation ›Kein Problem‹, die zwischen

Youtube und Facebook pendelt und Datenschutz für absolut vorgestrig hält.

Er rückte ohne zu zucken den Namen des Interessenten raus. Beinahe hätte ich ihn gar nicht gefragt. Doch er lächelte so beschwingt, als hätten wir gestern gemeinsam über gelbem Libanesen gechillt. Ich grinste zurück.

»Die Kanzlei muss den Investor kontaktieren. Sehen Sie da eine Möglichkeit?«

»No problem.«

Englisch konnte er auch. Seine Hände huschten über die Computertastatur. Dann diktierte er mir die Daten. Sogar die Kaufsumme, die im Gespräch war. Fassungslos schrieb ich mit. Die einzige Hürde war mein Unterkiefer. Der drohte sich laufend selbstständig zu machen.

Als drei Minuten danach die Doppeltür des Rathauses hinter mir ins Schloss fiel, schwankte ich zwischen Euphorie und Kulturpessimismus. Doch statt darüber zu grübeln, was die Freiheit mehr gefährdet, überwachungsgeile Innenminister oder Internetverblödung, rief ich besser Axel an.

»Was denn?«, kam es unwirsch. »Wir sehen uns doch gleich sowieso …«

»Es eilt.«

Ein Stück hinter dem Rathaus befanden sich die Reste der Stadtbefestigung. Auf dem Weg zum Wasser skizzierte ich ihm, was ich eben erfahren hatte.

»Kaufinteressent ist die *OVG-Invest AG*. Die sitzen am Rödingsmarkt. Kannst du rausfinden, ob *Stiller, Murian and Partners* für die arbeitet?«

»Beschaff dir endlich wieder ein funktionierendes Smartphone«, raunzte er, aber konsultierte bereits Google. »Michaelisbrücke«, sagte er. »Um die Ecke von der *OVG-Invest*. Hab ich dir erzählt, dass im *Rialto* neulich ›Tuten und Blasen‹ angetreten ist, zusammen mit drei Gästen von den ›Siebzehn Hippies‹?«

Das *Rialto* war ein Italiener, der Blick auf den Fleet bot. Zur akustischen Zerstreuung spielte hier gelegentlich die von Axel erwähnte Kapelle, zu deren Fans er zählte. Momentan aber beschäftigte mich anderes.

»Noch was. Historische Abteilung. Es geht um den Hintergrund der Steinigung von diesem Ansverus. Vorhin bin ich über einen Adam von Bremen gestolpert, der sich dazu geäußert haben soll.«

»In seiner *Geschichte der Bischöfe von Hamburg*.«

»Scheiße«, sagte ich ehrlich erstaunt. »Das kennst du? Was ist mit Helmold von Bosau?«

»Du meinst die *Chronica Slavorum* …«

»Du überrascht mich immer wieder.«

»Tu nicht so. Ich hatte einen halben Tag lang Zeit. Worum geht's?«

»Find raus, was die über Ansverus und den Slawenaufstand schreiben.«

»Bin dabei.«

»Noch was. Hast du schon mit deiner Freundin gesprochen?«

»Ich warte auf ihren Rückruf.«

»Ratzeburg ist klein. Ich sollte bei Heidenreich aufschlagen, bevor sich zu ihr rumspricht, für wen ich arbeite.«

»Ruhig, Brauner«, mahnte er. »Ein Tag mehr macht den Kohl auch nicht fetter. Das riecht.«

»Wieso?«

»Der Preis für die Immobilie.«

»Die Stadt ist froh, wenn sie das Gelände loswird. Der Boden ist im Zweifelsfall kontaminiert. Das sind Altlasten.«

»Egal. Die Lage zählt. Ich hab's hier auf dem Bildschirm. Seeblick. Stadtnah. Verkehrsanbindung nach Hamburg, Lübeck und an die Ostsee. Da ist Musik drin.«

»Hier ist nicht die Schanze, Schatzi. Hier fallen die Grundstückspreise.«

»Denk nach«, schnaufte er. »Es hat alles, wovon die verzweifelten Hausfrauen gestresster Erfolgsjäger träumen, und das wird für'n Appel und 'n Ei verschleudert? Ohne Ausschreibung? So blind sind nicht mal Provinzbeamte. Die kriegen Schönes.«

»Du meinst, Heidenreich hat Rückendeckung?«

»Oder stille Partner.« Er raunzte »Bis gleich« und legte auf.

Ich schlenderte über die Reste der geschleiften Stadtbefestigung vorbei an *Eis-Pelz* bis zum Freibad. Die Pontons waren über Winter an Land gezogen worden und schlummerten bäuchlings auf der Liegewiese. Eine kühle Brise zog über den See. Im Norden türmten sich düstere schwarze Wolken auf. Ich blickte nach links, wo die Bootsschuppen und Fischerhütten vor dem alten Klärwerk lagen. Axel hatte recht. Das Gelände war wirklich attraktiv. Es lag bezaubernd und man hatte Blick übers Wasser auf die Dominsel und bis tief ins Mecklenburgische.

Mich fröstelte. Ich hatte nicht den leisesten Schimmer, mit wem ich mich da gerade anlegte.

***

Sophie erklärte, der Hund sei mit den Kindern auf dem Werder.

»Es kann spät werden«, warnte ich sie. »Ich treffe Conny in Hamburg.«

»Dann holst du ihn eben morgen ab.«

Den Schlenker übers Dorf auszusparen, schenkte mir eine halbe Stunde. Die brauchte ich auch. Gleich hinter Talkau kamen die ersten Baustellenhinweise. Man bastelte wieder an der A 24. Vorsorglich war schon mal ein Teilstück von elf Kilometern auf eine Spur verengt worden, ohne dass irgendetwas geschah. Vermutlich, um die Vorfreude zu steigern.

In den Straßenmeistereien sitzen Hohepriester des mobilen Wahns. Sie wissen, nur Zuckerbrot und Peitsche halten Spritjunkies bei der Stange. Stau ist die Hölle. Stillstand ultimative Kasteiung. Und die tut not. Nicht nur, um die Volkswirtschaft zu quälen, sondern um das Durchstarten hinterher in orgiastische Erfüllung zu verwandeln.

Elf Kilometer können verdammt lang sein. Unterwegs fing es an zu regnen. Als ich in Hamburg einritt, war es Viertel nach fünf. Dr. Grafs Praxis befand sich in der Heinrich-Hertz-Straße, einer der gediegeneren Adressen östlich der Alster, wo auf dem schmalen Streifen, den der Bombenhagel verschont hat, adrette Miethäuser aus der Zeit der vorigen Jahrhundertwende neben edlen Stadtvillen stehen.

Ich betrat einen weißen Jugendstilbau, dessen marmorgefliestes Portal nach Geld und Geschmack roch, was in Gegensatz zu dem leicht abgetretenen Läufer stand, der in die Beletage führte. Der Stilbruch setzte sich jenseits der Praxisschwelle fort, wo mich statt Fischgrätparkett bloß blaugraue Auslegeware begrüßte.

Dafür bot mir die appetitliche Brünette hinterm Empfangstresen ein strahlendes Lächeln, bevor sie mit neckischem Lockenschwenk zum Telefon griff. Als sie mich ihrer Chefin ankündigte, drückte sie ihr Kreuz durch und gönnte mir einen Ganzkörperblick. Ich bin aus dem Alter raus, wo ich derlei persönlich nehme. Wahrscheinlich irritierte sie nur meine Lederjacke.

Dr. Katrin Graf war gut zehn Jahre älter als der Lockenschwenk, nachblondiert und auf sterile Art hübsch. Unser letztes Telefonat hatte in mir Zweifel an ihrer Kompetenz geweckt, aber äußerlich entsprach sie ganz dem Klischee der taffen Juristin. In ihrem Nadelstreifenkostüm machte sie eine blendende Figur. Vermutlich joggte sie jeden Morgen um die Alster.

Unsere spontane Antipathie war gegenseitig. Immerhin

bat sie mich in ihr hell gehaltenes, modern gestyltes Büro. Der gläserne Schreibtisch stand vor einem Erkerfenster, so dass sie das Licht im Rücken hatte. Ich setzte mich unaufgefordert. Sie kreuzte die langen Beine, ergriff einen silbernen Kugelschreiber, als wolle sie sich damit Notizen machen, lehnte sich schräg nach vorn und stützte lässig den rechten Ellenbogen auf.

Ich mag große Frauen und nicht jede kann etwas für ihr kantiges Kinn. Aber gefärbte Kontaktlinsen waren noch nie meine Welt und ihr Parfüm passte nicht. Sie trug etwas sympathisch Vorgestriges wie *L'Air du Temps*, das sich mit dem virilen Testosteronappeal und falschem Belladonna-Blick biss.

»Ich hatte gedacht, wir telefonieren«, erklärte sie. »Sind Sie etwa extra meinetwegen in die Stadt gekommen?«

Ein tadelnd mokanter Unterton. Wenn ich sinnlos Stunden schinden wollte, bitte, nur nicht auf ihre Kosten.

»Ich musste ohnehin nach Hamburg. Außerdem brauche ich Sie, um an Frau Heidenreich ranzutreten.«

»Inwiefern?«

Ich erläuterte ihr meinen Plan. Während ich sprach, hielt sie sich an der Armlehne des Ledersessels fest, so dass sie nahezu diagonal saß. Der elegante Silberstift in der abgespreizten Rechten sichelte spielerisch durch die Luft. Die Pose hatte sie von Sabine Christiansen abgeguckt. Vordergründig vermittelt sie Zugewandtheit. Tatsächlich ist es eine klassische Kampfhaltung. Der Torso bietet minimale Angriffsfläche und lässt die Energien des Gegenübers vorbeifließen.

Als ich fertig war, runzelte sie die Stirn. »Ich dachte, Detektive seien da kreativer.«

»Es hat keinen Sinn, die Frau anzulügen. Sonst riecht sie den Braten. Ich brauche noch einen Tag oder zwei.«

»Wofür?«

»Um zu klären, ob und was sie mit dem Kaufinteressenten fürs Gelände zu tun hat.«

»Wovon reden Sie?«

Ich berichtete ihr von der *OVG-Invest* und dem Architektenbüro. Sie ließ sich sachte nach hinten fallen und streckte sich. Dann begann sie kaum merklich hin und her zu wippen. Nun ruhten ihre beiden Ellenbogen auf den Lehnen. Der halbhoch gehaltene Kugelschreiber, den sie waagerecht zwischen den Fingern hielt, bildete eine kleine, glänzende Barriere.

»Was haben Sie noch herausgefunden?«

Das klang nicht, als interessierten sie die Details. Vielleicht verschwieg ich ihr deshalb den niedrigen Quadratmeterpreis und streifte den Rest auch nur kurz.

»Jetzt wollen Sie sich auf Frau Heidenreich konzentrieren? Wunderbar!« Sie legte den Kugelschreiber auf die Schreibfläche, krallte die Hände in die Lehnen und federte nach vorn. »Sonst noch was?«

»Nur die Akten.«

Sie verzog die dezent geschminkten Lippen und richtete sich halb auf. Ihr Rauswurflächeln entgleiste. »Welche Akten?«

»Sie hatten mir die Ermittlungsunterlagen versprochen«, erinnerte ich sie.

Sie sackte zurück und stützte die Finger unters Kinn. »Ach ja.« Ein kleines, skeptisches Stirnrunzeln. »Tut das wirklich not?«

»Ich kann ja draußen schon mal anfangen zu lesen.«

Sie griff entnervt zum Hörer. »Melanie? Ziehen Sie eine Kopie der Akte Fiedler und geben Sie sie Herrn Fabian mit … Ja, der gesamte Vorgang … Das haben Sie richtig verstanden.«

Sie legte auf und zwang sich zu einem Lächeln. »Danke, dass Sie sich herbemüht haben. Wir telefonieren dann.«

Sie bot mir zum Abschied nicht die Hand, und als ich mit ihrem frostigen Blick im Rücken auf die edle Kassettentür zuging, rätselte ich, wie ich ihr metallisches Organ je hatte sympathisch finden können.

***

Hinrichs saß auf einer Bank unweit des Springbrunnens hinter der Fußgängerunterführung bei den Kaskaden in den Wallanlagen. Mit Blick auf den Rotklinker der Untersuchungshaftanstalt. Er blätterte Pfeife rauchend durch die *Züricher*. Wie üblich trug er Baskenmütze und Trenchcoat. Er sah kaum auf, als ich mich neben ihn setzte. Theoretisch hätte ich in sein Büro kommen können, doch er pflegte lieber unsere konspirative Tradition. Vielleicht aus Nostalgie.

»Wo haben Sie geparkt?«

»Am Sievekingplatz. Da ist um die Zeit meist was frei.«

»Beim ›Feigenblatt‹?«

Ich nickte.

Er meinte das Betonrechteck mit der Zahl 1933 vor dem Oberlandesgericht, das den Sündenfall der deutschen Justiz versinnbildlichen soll. Rückseitig ist ein blaustichiges Panoramafoto der Hansestadt angebracht, vor dem unterschiedlich große Pflanzen in rostigen Eisentöpfen verkümmern. Laut Gebrauchsanweisung stehen die für die Bewohner. Die Installation soll Richter und Staatsanwälte daran erinnern, wem sie dienen, und auch daran, welche Folgen es hat, falls sie das vergessen. Nach dem Zustand der Pflanzen zu urteilen, wirft das kein sonderlich gutes Licht auf die Juristen.

Zudem unterschlägt das Denkmal, dass das Vergessen für die Vergesslichen nie Folgen hatte. Kein einziger Richter, die unter den Nazis Todesurteile fällte, ist dafür später zur Rechenschaft gezogen worden. Darum spricht Hinrichs auch nur von dem ›Feigenblatt‹.

»Es simuliert Selbstkritik und unterschlägt den eigentlichen Skandal«, sagte er mir mal. »Dabei ist es aus den späten 1990igern, als man längst darüber reden durfte, wie grauenhaft die Zustände in der Nachkriegsjustiz waren, wo Ausnahmen wie Fritz Bauer von ihren Kollegen systematisch sabotiert wurden.«

Fritz Bauer ist Hinrichs' Held. Bauer war der Mann, der nach der Rückkehr aus dem Exil als hessischer Generalstaatsanwalt den Auschwitz-Prozess anstrengte. »Wenn er sein Zimmer verließ, betrat er ›Feindesland‹«, sagt Hinrichs. »Aber er setzte sich gegen alle Obstruktionen durch. Der Prozess führte der Öffentlichkeit erstmals vor Augen, was sich in den Lagern abgespielt hatte. Damit hat er mehr für das Ansehen der Bundesrepublik getan als sämtliche Justizminister.«

Hinrichs selbst operiert übrigens da auch häufiger in Feindesland. Zwar hat er es nicht mehr mit Nazi-Seilschaften zu tun, doch ehemalige offizielle und inoffizielle Mitarbeiter des Ministeriums für Staatssicherheit sind auch nicht ohne.

Ich erwähne das hier nur, weil Hinrichs' Vorlieben mir später entscheidend weiterhalfen. Bei diesem Treffen jedoch ging es um Frau Dr. Graf. Ich fand ihre Einschätzung, Fiedler habe keine Anklage zu befürchten, einigermaßen gewagt. Hinrichs wollte die Details. Ich reichte ihm die frisch kopierte Akte. Er las eine Weile schweigend. Schließlich sah er auf, gab mir die Papiere zurück und schüttelte matt den Kopf.

»Nun?«

»Moderne Forensik leistet Unglaubliches, aber zaubern können die noch nicht. Offenbar hat es die ganze Mordnacht über in Strömen gegossen. Wenn Sie da draußen einen Toten ablegen, ist die beste Spurensicherung aufgeschmissen. Problematischer sind das Blut und die Fasern im

Inneren von Fiedlers Fahrzeugs, doch wenn er dafür eine schlüssige Erklärung hat, dürfte das kaum reichen.«

»Demnach hat die Anwältin recht?«

»Ja.« Er klopfte mit dem Mundstück der Pfeife gegen seine Schneidezähne. »Wieso trauen Sie ihr nicht?«

»Sie ist mir zu glatt.«

»Unter den Kollegen genießt sie einen guten Ruf. Ich persönlich hatte zwar noch nie etwas mit ihr zu tun, aber sie scheint zu wissen, was sie tut.«

»Hoffentlich.«

Er lächelte. »Hat Sie Ihre Eitelkeit verletzt?«

»Mich irritiert, dass sie sich so gar nicht dafür interessiert, was Fiedler entlastet.«

»Inwiefern?«

Ich schilderte ihm, was ich über Heidenreich, das Architekturbüro und die *OVG-Invest* in Erfahrung gebracht hatte. Er hört aufmerksam zu und nickte bedächtig. »Klingt wie eine mögliche Spur«, sagte er dann. »Doch das braucht die Dame nicht zu tangieren. Sie weiß, dass sie den Mandanten auch so frei bekommt. Das sollten Sie nicht persönlich nehmen.«

Ich zuckte die Achseln.

Er wandte mir amüsiert den Oberkörper zu. »Niemand hindert Sie, weiterzugraben, oder?«

»Nein.«

»Wo liegt dann das Problem?« Er klopfte die Pfeife aus, lächelte schmal und faltete die Zeitung zusammen. »Halten Sie mich auf dem Laufenden.« Er gab mir die Hand und erhob sich.

***

Auf dem Heiligengeistfeld lungerten noch die Buden des Frühlingsdoms. Als ich klein war, gab es Dom nur im Winter. Mittlerweile war Dauerdom, was ich ähnlich lecker fand wie Ganzjahreserdbeeren.

Neben dem Eingang zur Amüsiermeile ragte die graue Masse des Flakbunkers in den Abendhimmel. Die Uhren waren gerade wieder auf Sommerzeit vorgestellt worden. Obwohl es fast sieben war, begannen die Wolken im Westen eben erst, sich zu röten.

Schräg gegenüber vom *Real-Markt* bog ich am alten Schlachthof ab. Drei Minuten später stand ich in Axels Küche. Conny war kurz vor mir eingetroffen. Sie hatte Gebäck mitgebracht, das sie gerade auf Tellern drapierte, und begrüßte mich mit einem flüchtigen Kuss. Axel stand am Herd und kochte Kaffee.

Er trinkt nur eine Sorte, schwarz und fein gemahlen, die er bei einem türkischen Grünhöker Ecke Schulterblatt und Susannenstraße kauft. Den bereitet er über der Gasflamme in einem konischen Kupfergefäß mit langem Stiel zu, einem Behältnis, das genauso unpraktisch ist wie die kleinen, goldrandigen Teegläser, in die er das Gebräu anschließend appliziert.

Für Axel ist der Weg das Ziel, der ritualisierte Kampf mit den Dämonen seiner lädierten Feinmotorik. Unterwegs muss er das Zucken besiegen, das Einknicken der Knie und die zitternden Hände. Es bleibt eine zähe Geduldsübung, doch irgendwie schafft er es immer. Das verwandelt jeden Schluck in einen Triumph.

»Wo ist Anna?«

»Draußen.« Conny wischte sich die Krümel von den Händen. Ich trat ans Fenster.

Axels Küche blickt auf einen lang gestreckten, von zweistöckigen Häusern flankierten Hinterhof. Derlei Höfe nennen sich in Hamburg euphemistisch ›Terrassen‹. Doch dies Ensemble war wirklich eine, weil die Royal Air Force im Herbst 1944 sämtliche Gebäude auf der linken Seite planiert hatte. Auf der Freifläche tobten drei Birken und eine Linde, der knöterichüberwucherte Verschlag für die

Mülltonnen, eine Sandkiste und die betagte Schaukel, die jeder DIN-Norm Hohn sprach, aber schon mehreren Generationen beschwingtes Kreischen beschert hatte.

Unsere Tochter hatte drei andere Kinder um sich geschart. Einen dunkellockigen Jungen mit Schwester an der Hand und ein blondes Mädchen, das seinen Teddy falsch rum vorm Bauch hielt. Anna erzählte. Der Mund des Jungen stand offen. Auch die zwei Mädchen sahen beeindruckt aus. Anna war zwar noch keine sechs, doch alles andere als scheu. Als ich das Fenster öffnete und ihr »Hallo, Anni« zurief, winkte sie bloß kurz und wandte sich gleich wieder Wesentlicherem zu. Immerhin akzeptierte sie gnädig die Mohnschnecken, die ich ihr und den anderen anreichte.

Axel war fleißig gewesen. Seine Freundin Michaela hatte sich inzwischen auch gemeldet. Als er unsere Gläser gefüllt hatte und in seinen hölzernen Drehsessel gefallen war, eröffnete er uns, dass *Stiller, Murian and Partners* regelmäßig mit der *OVG-Invest* kooperierten.

»Das steht im Netz«, grinste er. »Würdest du ein Smartphone nutzen, wüsstest du das längst.«

Auf ihrer Heimatseite schmückten sich die Architekten in der Rubrik ›Bauherren‹ mit Kunden. Unter ›Büro‹ fanden sich Portraits von ihren ›Partnern‹ und ›assoziierten Partnern‹. Die hatte er mir ausgedruckt, damit ich sie später Stankowski zeigen konnte.

»Eine der Nasen dürfte der Knabe sein, der mit Heidenreich übers Gelände gestiefelt ist.« Er schob mir die Portraits zu. »Mein Tipp ist Dipl.-Ing. Architekt Jens-Ulrich Winterfeld.«

»Warum der?«, wollte Conny wissen.

»So heißt der Bursche, der den Antrag auf die Probebohrung unterzeichnet hat«, sagte ich.

Winterfelds Lebenslauf las sich ambitioniert. 1959 in Westfalen geboren, bis 1984 das Studium an der Technischen Hochschule Aachen, anschließend Frankfurt, dann Boston. Nach drei Jahren in den USA war er als Dozent für Stadtbereichsplanung zurück an seine Alma Mater in Aachen gegangen, parallel beim dortigen Büro von *Stiller, Murian and Partners* eingestiegen und ein paar Jahre später zum Hamburger Team gewechselt.

Auf dem Bild kontrastierten helle Augen mit dunklen, über der Nasenwurzel zusammengewachsenen Brauen. Ein Machertyp.

»Er ist Partner«, erklärte Axel.

Ich nickte. »Falls Stankowski ihn wiedererkennt, wird Heidenreich einiges zu erklären haben.«

»Das muss sie sowieso. Offenbar will sie sich verändern.« Er rückte sich die Kompottglasbrille zurecht. »Das ist zwar noch nicht offiziell, aber so irre viele Spitzenjobs dürfte es bei der Ratzeburger *BIS* kaum geben.«

»Woher hast du das?«

»Michaela kennt eine Frau in der Personalabteilung. Ihre Stelle wird bald intern ausgeschrieben.«

»Die hat längst bei der *OVG* unterschrieben«, sagte Conny.

»Und dieser Deal ist ihr Mitbringsel?«

»Was sonst?«

Ich schüttelte den Kopf. »Da geht's um mehr. Sonst gäbe es keinen Toten. Außerdem: Wenn das wirklich so lukrativ ist, wozu gibt sie es aus der Hand?«

»Sie hat kein Geld und will im Hintergrund bleiben«, mutmaßte Axel.

»Projektentwickler brauchen bloß ein Konzept. Sie verkaufen die Idee. Realisiert wird erst, wenn genügend Leute gelegt haben.«

»Trotzdem muss sie die Anschubfinanzierung hinkriegen. Ohne nutzt ihr die beste Idee nichts.«

»Es gibt noch eine Variante.« Conny war aufgestanden, um nach draußen zu gehen und Anna einzusammeln. Nun warf sie das Haar aus der Stirn und blieb in der Tür stehen. »Sie leiert den Deal über die *OVG* an, fischt deren Kontakte ab und dann greift Plan B.«

»Sie kapert den Deal?«

»Zusammen mit dem Architekten.«

»Der ist Partner. Das war er die längste Zeit, wenn er die *OVG* linkt.«

»Find doch erst mal raus, was die vorhaben.« Sie stieß sich ab. »Vielleicht ist die Sache ja so lukrativ, dass sie beide hinterher ausgesorgt haben.«

»Goldrichtig«, sekundierte Axel ihr schmatzend. »Sollten sie und der Architekt hinter dem Mord stecken, dürfte sie ein düpierter Kunde kalt lassen.« Er grinste. »Das müsstest du eigentlich wissen.«

Ich liebe den kleinen, klugen Krüppel. Trotzdem geht er mir manchmal höllisch auf die Eier. Die Haustür klappte zu. Ich hörte, wie Conny auf dem Hof nach unserer Tochter rief.

»Fein«, ächzte ich. »Versuchen wir's mit einem Testballon.«

»Wie?« Axel schien verwirrt. »Jetzt?«

»Wann sonst?«

Er rollte die Augen. »Winterfeld mag noch im Büro sein, aber die Telefonistin hat seit Stunden Feierabend.«

»Nicht Winterfeld. Sein Kontakt bei der *OVG*.«

»Den kennst du doch gar nicht. Wie willste das drehen?«

»Conny ruft an.«

Conny kam drei Minuten darauf mit Anna an der Hand zurück und war alles andere als begeistert. Anna sei müde und sie nicht darauf eingestellt, als angebliche Aushilfskraft verlorenen Belegen hinterherzutelefonieren.

»Es ist gleich halb. Bis das Kind im Bett ist, wird es zehn!«

»Ich bin gar nicht müde«, krähte Anna.

»Zehn Minuten«, bat ich sie. »Dann wissen wir, ob und mit wem Winterfeld bei der *OVG* zu tun hat.«

»Du weißt doch gar nicht sicher, ob Winterfeld derjenige ist, welcher.«

»Er hat den Antrag auf die Probebohrung unterzeichnet.«

»Bitte, Mami.«

Conny seufzte. »Aber du musst still sein, wenn ich telefoniere, versprochen?«

Anna klatschte in die Hände. »Au ja!«

»Und nachher wird nicht rumgemault.«

Annas Begeisterung kühlte sichtlich ab, doch sie nickte. Sogar zweimal.

Derweil dokterte Axel an seiner Telefonanlage, um die Ruferkennung zu manipulieren. Dann wählte er und reichte Conny den Hörer. Wir hörten mit. Ein Mann meldete sich.

»Entschuldigen Sie«, hauchte sie. »Hoffentlich bin ich bei Ihnen richtig. Mein Name ist Tina Seibold. Ich bin bei *Stiller, Murian and Partners* und arbeite für Herrn Winterfeld ...«

»Wen wollen Sie denn sprechen? Wer hat Ihnen überhaupt meine Nummer gegeben?«

»Es geht um das Projekt in Ratzeburg. Am Rensenmoor.«

»Rensenmoor in Ratzeburg? Nie gehört. Da sind Sie hier falsch.«

»Oh, das tut mir leid. Wer betreut Ihre Kontakte zu unserem Büro? Vielleicht können Sie mich ja verbinden.«

Sie klang wie ein konfuses, verschüchtertes Mädchen. Der Mensch am anderen Ende knurrte genervt.

»Hören Sie, rufen Sie morgen wieder an. Dann ist unsere Zentrale besetzt. Guten ...«

»Bitte legen Sie nicht auf«, flehte sie. »Morgen ist es zu spät. Ich noch in der Probezeit. Dieser Job ist wirklich wichtig für mich. Ich kann mir keine Fehler leisten. Irgendwer hat die Eingänge verbaselt. Mir fehlt das Geschäftszeichen. Allein finde ich's nie, aber wenn ich Ihre Referenznummer weiß, hab ich's sofort. Vielleicht in der Rechtsabteilung? Sie brauchen mich nur durchzustellen ...«

Conny ist eine Virtuosin des Unterschwelligen. Der Held war artig und rettete sie aus den Klauen des Drachens.

»Na gut. Ich versuch's. Viel Glück.«

»Danke«, hauchte Conny und atmete hörbar auf.

Axel feixte. Es summte kurz. Dann schnarrte eine Stimme: »Eschenbach.«

Ich hatte sofort das Bild eines Ex-Offiziers vor Augen, frisch aus der Etappe, schnittig, scharf und höllisch frustriert, der in einem kunstbeleuchteten Büro sitzt und sich darüber ärgert, dass all die ungedienten Waschlappen längst nach Hause gegangen sind.

Conny gab ihr Bestes, aber sie musste in der Rolle bleiben und Eschenbach kannte keine Gnade. Aus Prinzip.

»Arschloch«, sagte sie nur, nachdem sie aufgelegt hatte.

***

Der nächste Tag sollte mir Klarheit verschaffen. Gestern, nachdem Conny und Anna aufgebrochen waren, hatten Axel und ich noch lange an der Choreografie gefeilt. Meine Helfer Carlo und Paul, mit denen ich seit Jahren zusammenarbeitete, waren instruiert. Das Taxi für die Observation stand auf Abruf. Es war ein ehrgeiziger Plan, eng getaktet, und alles hing davon ab, ob Stankowski Winterfeld tatsächlich identifizierte.

Kurz vor acht hielt ich vor seiner Haustür. Ich dachte, das sei früh genug, um ihn garantiert nicht zu verpassen. Doch auf mein Klingeln erfolgte keine Reaktion. Ich ging um das Gebäude rum, trat durch ein ehemaliges Beet an sein Küchenfenster und klopfte gegen die Scheibe. Nichts. Pech gehabt. Dann würde ich eben erst nach Lübeck fahren und mit Fiedler reden.

Auf dem Weg zur 207 stoppte ich bei Hagebau. Willem hatte mich gebeten, ihm Silikon und zwei Kanister Öl mitzubringen. Als ich auf den Parkplatz rollte, gähnten mich leere Stellplätze an. Der Laden öffnete erst um neun. Doch an der Imbissbude neben dem Eingang, dem örtlichen Treff für Morgentrinker, herrschte schon reger Betrieb.

Im Vorübergehen fielen mir an einem der Stehtische drei Männer auf. Der Mittlere, ein untersetzter Bursche von um die vierzig, war nur in Jeansjacke und Hemd. Unter seinem rot gefrorenen Halsansatz leuchtete der tätowierte Doppelumriss eines stilisierten Eisernen Kreuzes. Er hatte mal Gewichte gestemmt und sah wie ein ehemaliger Knacki aus. An der blauroten Faust, die die Bierdose hielt, prangte ein tätowierter Quincunx. Das Symbol stammt angeblich von den ›Five Pointers‹ aus New York. Es wirkte genauso aus der Zeit gepurzelt wie sein martialischer Halsschmuck.

Ich wusste, er wohnte gegenüber, hinter dem Bahnhof in einem der Blocks, wo viele Deutsch-Russen untergebracht waren. Auch der Rest passte. Der blasse, magere Typ zu seiner Linken war ein paar Jahre jünger. Aknenarben, Bomberjacke und Doc Martins. Der Dritte, ihr Benjamin, kombinierte ein Lonsdale-Sweatshirt mit Kapuzenjacke.

Anderswo machen Rechte auf Hipster, tragen Palästinensertücher und bejubeln Jürgen Elsässer, wenn er gegen die internationale Finanzoligarchie wettert. Diese drei Herren jedoch hielten sich an den Dresscode des letzten Jahrtausends. Entweder waren sie Komparsen in einer Doku-Soap zum Möllner Brandanschlag oder es handelte sich um die Männer, denen Fiedler seinen Rauswurf zu verdanken hatte.

Trotzdem wollte ich es eigentlich durchwinken. Für spontane Extras blieb keine Zeit. Aber der, den ich für Schult hielt, hatte meinen Blick längst registriert.

»Was glotzt du, Atze?«

Ich stoppte und trat einen halben Schritt näher. »Herr Schult, nicht wahr?«

»Wer will das wissen?«

»Sie sind bestimmt Timo Andresen«, sagte ich zu dem Mageren. »Herr Schacht?« Das ging an den Kahlkopf.

»Woher?«

»Nicht wichtig. Schönen Tag noch.« Ich nickte ihnen zu und ging weiter.

»He. Hiergeblieben.« Schult knallte seine Dose zwischen fettige Pappteller und Senfspuren, schubste Andresen beiseite und kam um den Tisch rum auf mich zu. »Antworte.«

Er war zwei Fingerbreit kleiner als ich, aber muskulöser und überraschend flink. Instinktiv trat ich ihm einen Schritt entgegen. Seine Rechte schoss nach vorn. Er griff nach meiner Schulter, glitt ab und fasste ins Leere. Der Grillbudenfritze erstarrte. Die beiden anderen grinsten.

»Na los. Tu mir den Gefallen«, sagte ich leise. »Das ist ein tätlicher Angriff. Dafür fährst du ein.«

Seine Oberlippe war halb hochgezogen, wie eine Lefze, die Iris blassgrün mit schmutzig gelben Flecken darin. Stecknadelpupillen. Trotz des Biers. Am liebsten hätte er zugeschlagen, doch er war sich nicht sicher, ob ich nicht eventuell ein Zivilbulle war. Er kniff die Lider zusammen.

»Wer sind Sie?«

Ich beugte mich vor. »Reinhold ist Geschichte. Jetzt gibt's keinen mehr, der für Sie lügt. Sie sind allein und ziehen die Arschkarte.«

Er stierte mich an. »Wovon reden Sie?«

»Sie werden dem Gericht erklären müssen, wie das mit der Schubkarre gelaufen ist.«

Sein Kopf ruckte zurück. »Sagt wer?«

»Sie haben die Wahl zwischen Meineid und Mordversuch.«

»Ach ja?« Er grinste trotzig, aber klang plötzlich heiser. »Wir sehen uns.«

Ich drehte ab und ging zu meinem Wagen. Auf den ersten paar Metern brannte mein Rücken. Doch Schult rührte sich nicht. Er war genauso feige wie seine Kumpane. Trotzdem brauchte ich drei Anläufe, um den Schlüssel ins Zündschloss zu stecken, weil meine Hände im Nachhinein so zitterten.

***

In Lauerhof musste ich lange warten. Als Fiedler endlich im Besuchszimmer erschien, kam er vom Verhör und sah aus, wie ich mich fühlte. Er ging gebeugt. Sein Gesicht war grau.

»Gleich vorweg«, sagte ich. »Wieso haben Sie mir verschwiegen, dass Probsthayn glaubt, Reinhold sei auf Ihrem Grundstück getötet worden?«

»Weil der alles Mögliche glaubt. Probsthayn hat drei Varianten: das Klärwerk, mein Grundstück oder ein anderer Ort. Er hat keinen Schimmer, wo die Tat begangen wurde, aber ist sich sicher, dass ich es war.« Seine Hände, die eben noch Luft geknetet hatten, knallten auf das Resopal. »Er malt mir aus, wie ich Reinhold zu mir gelockt habe. Als ein Szenario von vielen. Er klammert sich an den Hammer und die Spuren im Fahrzeug. Mehr hat er nicht.« Sein Mund zuckte vor nervöser Spannung und Wut. »Das ist doch alles blanker Schwachsinn.« Er ballte die Hände. »Offenbar bildet er sich ein, er müsse mich nur lange genug verhören, dann bräche ich schon zusammen.«

Ich atmete aus und nickte langsam.

»Tut mir leid. Offenbar hält er Sie für einen harten Brocken.«

Er sackte zurück. »Scheiße.«

»Wen haben Sie wegen des Werkzeugs mit auf Ihr Grundstück genommen?«

»Wir sind öfters gefahren. Es waren meist mehrere dabei. Hildebrand, Mirow, Jahnke, Stankowski, Brunkhorst.«

»Auch Schult, Andresen und Schacht?«

Er hob matt die Schultern. »Ja, die auch. Das hab ich Ihnen doch längst gesagt.«

Ich schob ihm ein Stück Papier zu. »Ich brauch die Daten, Uhrzeiten, den Zweck der Fahrt. Was immer Sie noch in Erinnerung haben.«

»Hat mich einer von denen in die Pfanne gehauen?«

»Ich weiß es nicht. Sie schreiben auf, was Ihnen einfällt. Ich nehm's das nächste Mal mit …«

»Okay«, kam es erschöpft.

»Noch was. Ich war gestern bei Ihrer Anwältin. Woher kennen Sie die Dame eigentlich?«

»Warum?«

»Hat sie irgendwas mit der *BSI* zu tun?«

»Nein«, lachte er verstört. »Wie kommen Sie denn darauf?«

»Wieso nehmen Sie sich ausgerechnet eine Anwältin in Hamburg?«

»Wieso nicht?«

Er war zu dünnhäutig. Ich zuckte bloß die Achseln.

»Ich hab sie auf 'ner Party kennengelernt«, sagte er da. »Bei Bekannten.«

Dass er mit ihr soziale Schnittmengen teilte, überraschte mich. Offenbar sah er mir das an. Sein Mund verzog sich. »Nicht so, wie Sie jetzt denken. Es war schon noch ein bisschen anders.«

Das Denkverbot brachte mich überhaupt erst auf Gedanken: eine langweilige Feier, zwei Singles, leicht angeschickert. Das Übliche eben.

»Ich werd mich hüten«, sagte ich. »Im Übrigen genießt sie unter Kollegen wohl einen guten Ruf.«

»Beruhigend.«

»Da ist noch was …«

Ich berichtete ihm, was ich über den Brunnen und Heidenreichs Pläne herausgefunden hatte.

Er schien geschockt. »Das ist ja viel finsterer, als ich gedacht hatte.« Er fiel nach vorn und hielt sich den Kopf mit beiden Händen. »Wofür wollen die die Quelle?«

»Keine Ahnung. Für etwas, bei dem Ihr Projekt stört. Was genau, werden wir schon noch rausfinden.«

»Was sagt Heidenreich denn?«

»Mit der hab ich noch nicht gesprochen.«

»Wie«, er schoss hoch. Sein Grinsen war sarkastisch gemeint, aber wirkte eher verzweifelt. »Sie und Fröhlich sitzen zusammen im Kulturausschuss.«

Dass der konfliktscheu grinsende Stadtarchivar und Fiedlers Ex-Chefin einander nicht nur kennen, sondern ehrenamtlich zusammenarbeiten könnten, hatte ich nicht auf dem Zettel gehabt. Ich fluchte innerlich. Laut sagte ich nur: »Na ja, dann wissen wir wenigstens, wer sie auf die Idee gebracht hat.«

Er fuhr sich mit der Rechten durch die Haare: »Wahrscheinlich hat er ihr längst von Ihnen erzählt.«

Ich musste sofort an Fröhlichs hastigen Aufbruch denken, aber sagte bloß: »Ich war erst gestern bei ihm.«

Im Zweifelsfall hatte er ihr nur von der früheren Heilquelle erzählt. Doch womöglich war er sogar eingeweiht. Ich musste dringend mit Heidenreich reden, aber vorher brauchte ich die Bestätigung, dass sie und Winterfeld zusammenarbeiteten. Die konnte mir nur Stankowski geben. Es war fast elf. Mir lief die Zeit davon.

»Ich muss los«, sagte ich aufstehend.

Fiedler hatte sich auch erhoben und lächelte schief. Wir tauschten einen Händedruck und ich klopfte an die Stahltür.

»Alles Gute.«

***

Als ich fünfunddreißig Minuten später wieder vor dem schmuddeligen Mietshaus im Westen der Stadt hielt, badete der Himmel in Taubengrau. Diesmal öffnete Stankowski nach dem ersten Klingeln. Er sei auf dem Amt gewesen, sagte er. Das sah man. Er war rasiert. Getrunken hatte er anscheinend auch noch nichts.

»Es geht ganz schnell. Bloß eine Frage.« Ich zeigte ihm das Bild von Dipl.-Ing. Architekt Jens-Ulrich Winterfeld. »Nun?«

Stankowski starrte auf den Ausdruck. So lange, das ich fast schon befürchtete, ich habe mich geirrt. Dann sah er auf. »Woher haben Sie das?«

»Aus dem Internet. Über seine Firma. Ist er es denn?«

»Ja.« Sein Mund verzog sich. »Wie heißt die Firma?«

»*Stiller, Murian and Partners.*«

»Sind die so teuer, wie sie klingen?«

»Teurer.«

»Wo sitzen die?«

»In Hamburg.« Während wir sprachen, holte ich schon mein Telefon aus der Jacke. »Ich muss weiter«, sagte ich. »Haben Sie vielen Dank.«

»Dafür nicht«, lächelte er schmal.

Als ich vors Haus trat, hatte ich schon Axel am anderen Ende.

»Winterfeld ist unser Mann«, sagte ich.

»Wie lange brauchst du?«

»Ungefähr zehn Minuten.«

»Dann ruf ich jetzt Carlo und Paul an. Viel Glück.«

Es klickte. Ich faltete das Telefon zusammen und ging zu meinem Wagen. Kurz darauf hielt ich vorm *Seehof*. Das ist das etwas in die Jahre gekommene Hotel-Restaurant gegenüber der Schlosswiese zwischen Ratzeburger und Küchensee. Ich parkte neben einem dänischen Camper, ging rein und fragte die Naturblonde von Ende zwanzig an der Rezeption, ob ich irgendwo ungestört telefonieren könne. Mein Handy sei platt. Dabei parkte ich dezent einen Zehner neben der niedlichen Messingklingel.

»Selbstverständlich. Wenn Sie mir bitte folgen würden.«

Ich blieb stehen. »Noch was. Ist es möglich, über Sie eine Mail oder ein Fax zu empfangen? Meine gesamte Technik hat mich im Stich gelassen und ich muss einen wichtigen Termin vorbereiten.«

Ihr Blick glitt über das Geld und taxierte mich. Ich spreizte hilflos die Hände und lächelte so gewinnend, wie gestresste Kerle eben lächeln können.

»Mail oder Fax?«

»Sowohl als auch?«

Sie bejahte mit den Augen. Wache Augen. Ziemlich hübsch. Blaugrau. Zehn Jahre jünger und ohne Conny. Es war sogar eine richtige Telefonzelle mit verglaster Sperrholztür. Das gefiel mir. Bei diesem Gespräch wollte ich keine Zeugen.

Winterfeld war nicht nur im Büro, er nahm sogar persönlich ab.

»Sperber. Liegenschaftsamt Ratzeburg.«

»Wer?«

»Michael Sperber. Lie-gen-schafts-amt.«

»Ach ja. Worum geht's?«

Er klang abweisend und ungehalten. Doch den Namen, den ich mir von dem lockeren Knaben im Rathaus geborgt hatte, konnte er anscheinend zuordnen.

»Ich weiß nicht, ob der Herr Bürgermeister Sie schon unterrichtet hat …«

»Nein.«

»Wir sitzen hier mit den Herren vom Ausschuss. Es gibt Komplikationen. Wir brauchen das Konzept.«

»Wie bitte, was?«

»Zur Zukunft des Grundstücks. Er sagte mir, Sie wüssten dann schon Bescheid.«

»Wieso sagt er mir das nicht selbst?«

»Er ist im Gespräch mit den Herren vom Ausschuss.«

»Geben Sie ihn mir!«

»Das geht momentan nicht. Deshalb rufe ich Sie ja an. Die wollen das Konzept sehen …«

»Was für ein Ausschuss?«

»Der überparteiliche Koordinierungsausschuss, der die Gesamtplanung absegnet. An- und Verkäufe. Immobilien. Sachmittel. Zuordnung zu den jeweiligen Etats.«

»Es war nie die Rede ...«

»Ein Notfall. Der Ausschussvorsitzende will auf einmal die Details. Eine Skizze reicht. Herr Gabriel muss die Herren überzeugen, sonst kippt die Stimmung, Sie verstehen?«

Winterfeld lachte ratlos auf. »Wo soll ich das auf die Schnelle herzaubern. Das ist alles längst bei der *OVG*.«

»Sie haben garantiert eine Kopie in Ihrem Rechner. Herr Gabriel braucht ein Update. Wenn Sie ihn jetzt hängen lassen, ist die Sache gestorben.«

Ich legte Drängen in meine Stimme und betete, dass er nicht einhängte und zum Mobiltelefon griff. Es blieb eine Sekunde lang still.

»Was konkret?«

»Stichpunkte, die den Nutzwert für die Stadt verdeutlichen. Zahlen zum Umfang und Volumen. In der Bauphase und danach. Schicken Sie mir das möglichst schnell. Direkt hierher, in den *Seehof*.«

»*Seehof*? Wieso nicht auf sein Handy?«

»Hier ist lausiger Empfang. Ich rufe Sie über Festnetz an. Wir tagen im Restaurant. Bei der Grundstücksbegehung ist der Ausschuss hungrig geworden.«

Winterfeld murmelte eine Verwünschung, aber notierte sich die E-Mail-Adresse.

»Es eilt«, sagte ich. »Die Herren sind bereits beim Dessert.«

Anschließend setzte ich mich in den gähnend leeren, verglasten Wintergarten und bestellte ein Kännchen Schokolade. Ich hatte ein hohles Gefühl im Bauch und war unterzuckert.

Falls Winterfeld Heidenreich anrief oder Gabriels Sekretärin fragte, wo ihr Chef steckte, raffte er sofort, was lief. Doch ich baute auf seine Gier. Er war scharf auf den Deal. Er würde spuren.

Natürlich wäre es sicherer gewesen, sich vorher schlauzumachen, ob und welche Ausschüsse es gab, über Axels Anlage zu telefonieren und nicht bloß ein Diktaphon neben den Hörer zu halten. Doch das ging nicht, weil ich gleich noch zu Heidenreich wollte. Egal ob Winterfeld nun lieferte oder nicht.

***

Die Schokolade war zu heiß und roch nach Pulverkakao. Ich sah auf den Küchensee und die kahlen Bäume bei der Farchauer Mühle. Der Himmel darüber wirkte hermetisch. Er spiegelte das Gefrieren des Augenblicks. Die Zeit stand still.

In der Regel kann ich ganz gut warten. Wenn man in der Haft etwas lernt, dann das. Taxefahren schult auch. Du stehst, döst, rollst gelegentlich ein paar Meter vor. Bis nach einer dreiviertel Stunde eine mit Douglas-Tüten bepackte Tante im Nerz einsteigt, die bloß achthundert Meter weit gebracht werden will, und du dich wieder ans Ende der Warteschlange stellen darfst. Da übst du besser Demut. Sonst träumst du bald nur noch von Kettensägen und Kalaschnikows.

Aber heute ging es mir auf die Nerven. Ich hatte vorgehabt, vor eins bei der *BSI* zu sein. Das konnte ich mir abschminken. Doch zu spät durfte es auch nicht werden, denn wenn Winterfeld das Spiel durchschaute, rief er bei Heidenreich an. Dann platzte meine Legende sofort.

Ich malte mir aus, wie Winterfeld den Bürgermeister anrief und der die Ordnungsmacht alarmierte. Der Zeiger meiner Armbanduhr kroch auf zehn vor eins. Die Plastikschokolade fror. Da tauchte das Gesicht der Blonden über dem Absatz zum Wintergarten auf. Sie nickte mir lächelnd zu.

»Ihre E-Mail wird gerade ausgedruckt.«

Zehn Minuten später saß ich im Auto und sehnte mich nach einer Zigarette. Ab und an werde ich nostalgisch und träume von einer Gitane mit Maispapier oder einer Camel von Carlos. Mir war nach Feiern.

Winterfeld hatte sich ins Zeug gelegt. Auf dem Areal des Klärwerks sollte ein Wohnkomplex mit sechzehn Apartments entstehen, direkt daneben ein ›Wellness-Resort‹. Kernstück der Anlage war die St.Georgs-Heil-Quelle, die nicht nur die Entspannungs- und Kneipp-Bäder bespielte, sondern auch den später auszubauenden medizinischen Bereich.

Es gab einen Drei-Stufen-Plan. Mit Abschluss der ersten Phase versprach Winterfeld fünfundzwanzig feste Arbeitsplätze im Resort. Dazu käme der ›Kick-Back-Effekt‹ für ›Gewerbe und Dienstleister‹. Die Stadt profitierte angeblich schon mit Baubeginn, da Handwerksbetriebe aus der Region beschäftigt werden sollten. Sogar über Steuereinnahmen hatte er nachgedacht.

Einigermaßen erschlagen rieb ich mir den Nacken. Die Sache las sich wie eine Leimrute aus der Feder der Gebrüder Lehman. Kein Wunder, dass Gabriel sofort angebissen hatte. Dem Ratzeburger Bürgermeister wurde nachgesagt, er träumte schon lange davon, sein Städtchen zum Kurort zu machen. Mit dieser Karotte vor der Nase hatten sie ihn vielleicht gar nicht mehr zu kaufen brauchen. Obwohl es nie schadete, an die Primärreflexe von Politikern zu appellieren.

Ließ sich nun noch nachweisen, dass Reinhold Heidenreich zu erpressen versucht hatte, war Probsthayn gezwungen, endlich in andere Richtungen zu ermitteln. Ich atmete durch, griff zum Telefon und rief Axel an. Er sollte checken, ob Heidenreich und Winterfeld an ihrem Arbeitsplatz saßen.

»Du kannst«, sagte ich nur. »Er hat geliefert.«

Anschließend gab ich Carlos Nummer ein. Er nahm ab

und ließ ein sonores »Hallo, Kutscher« hören. Obwohl ich seit Jahren keine Taxis mehr bewege, nennt er mich immer noch so. Mittlerweile halte ich das für reine Sentimentalität. »Acht Räder«, sagte er. »Droschke und Benz. Auf Position. Wann steigt's?«

»Tout de suite. Einstein checkt grad, ob die Tauben im Schlag sind.«

»Wunderbar.« Er ließ ein Lachen los, dem man seine Filterlosen anhörte. »Wir rollen, sobald wir Grünes haben.«

»Viel Glück.«

»Dito.«

Er legte auf.

Übers Handy reden wir selten länger. Er und Paul warteten an der Michaelisbrücke und benutzten zwei Autos. Eins davon war die Taxe, die er bei dem Typen ausgeliehen hatte, für den ich früher gefahren bin.

Auch im Zeitalter fortgeschrittener Digitalkommunikation lohnt es, Leute analog zu beschatten. Auf Krisen reagieren die meisten konservativ. Heidenreich und Winterfeld hätten bald Gesprächsbedarf. Sie würden einander sehen wollen.

Trotzdem machte ich mir keine allzu großen Hoffnungen. Carlo und Paul waren gut, aber das Umfeld extrem unübersichtlich. Diverse Ausgänge, Touristen, Fleete, Brücken. Vielleicht benutzte Winterfeld für den Weg ins Büro gar nicht den Jaguar. Falls doch, parkte er kaum auf der Straße. Sie mussten also die Garagenausfahrten im Auge haben und darauf gefasst sein, zügig in die U-Bahn umzusteigen.

Eigentlich braucht man für eine solche Aktion acht bis zehn Leute oder einen Peilsender. Doch ich wollte es wenigstens versuchen. Wenn sie oder er sich zeitnah zu meinen Besuch bei ihr in Bewegung setzte, war ich schon schlauer. Ich fotografierte den Ausdruck der E-Mail und schickte die Bilder an Axel. Sekunden später fiepte mein Telefon.

»Sowohl als auch sind an Bord«, erklärte er. »Das hohe C weiß Bescheid.«

»Du hast Post. Wünsch mir Glück.«

***

Die *BSI*-Zentrale belegte zwei Etagen eines vierstöckigen Backsteinbaus unweit des Ratzeburger Markts. Hinter dem Gebäude befand sich ein gepflasterter Parkplatz. Auf den Stellplätzen für Mitarbeiter entdeckte ich einen weißen Cinquecento mit rotem Cabriodach. Laut Fiedler fuhr Heidenreich so ein Modell.

Ich parkte vier Buchten weiter, holte die randlose Spießerbrille aus dem Handschuhfach und hängte mir einen Binder um. Dann tauschte ich die Lederjacke gegen mein rostbraunes Tweed-Jackett. Das ist vom Trödler neben der Oper, aus bester schottischer Schurwolle und verleiht mir einen Hauch Seriosität. Mein Auftritt überzeugte die Vorzimmerdrachen, die mich Heidenreich artig ankündigten. Alles lief goldig, bis ich die Schwelle zu ihrem Büro überquerte.

Sunzi, der chinesische Militärstratege und Philosoph, den Axel gern zitiert, erklärte vor ungefähr zweitausendfünfhundert Jahren: »Wenn du nicht stark bist, sei klug. Ahnungslosigkeit schafft größte Verwundbarkeit.« Recht hatte er.

Im Nachhinein frage ich mich, was ich eigentlich erwartete: Den üblichen Heidi-Klum-Abklatsch oder einen Kühlschrank mit Kübelgesäß, eben den Typ Verwaltungschefin, den phantasielose Kerle sich bei freien Trägern in der Provinz so vorstellen.

Jedenfalls war ich nicht auf den brünett gelockten Vamp gefasst, der mir da lächelnd entgegensah. Heidenreich hätte blendend in einen frühen Film noir gepasst, sie wirkte so sexy wie selbstbewusst und fiel eindeutig in die Kategorie Raubkatze, was sie nur dürftig durch konventionelle Garderobe kaschierte. Rock und Rollkragenpulli zeigten dezent abgestimmte Variationen in Lila.

»Was kann ich für Sie tun, Herr ...«

»Fabian, Jacob Fabian«, beeilte ich mich mit beschlagener Stimme, löste hastig den mittleren Knopf des sperrigen Jacketts und reichte ihr mein Kärtchen. Sie fuhr ihre kupferfarbig lackierten Krallen aus und sank nach hinten. Dann bemühte sie eine violette Lesebrille und überflog den Text. Offenbar war sie schon jenseits der vierzig. Obwohl sie jünger aussah. Vom Typ her erinnerte sie an Rita Hayworth: hohe Wagenknochen, wache, grüne Augen, volle Lippen und markant geschwungene Brauen.

Sie wusste, wie sie auf Männer wirkte. Entweder das langweilte sie oder ich entsprach nicht ihrem Beuteschema.

»Dr. Graf hat mich eingeschaltet, um die Hintergründe der Tat zu klären«, sagte ich. »Sie befürchtet, Herr Fiedler sagt ihr nicht die volle Wahrheit. Seine Rechtsschutzversicherung enthält eine Klausel, nach der der Schutz nur greift, sofern er nicht vorsätzlich gehandelt hat.«

Ein leichtes Stirnrunzeln, der Brauenbogen über dem linken Auge wanderte nach oben und sie kräuselte die Lippen. Dann nahm sie die Brille ab und strich sich mit dem Ende des Bügels um die Mundwinkel. Andere mit minimalistischen Gesten zu verunsichern, ist eine Kunst.

»Wollen Sie mir sagen, Sie seien für die Dame tätig, weil die als Juristin nicht imstande ist, Vertragsklauseln zu lesen?«

»Eher, dass ihr im Nachhinein Bedenken gekommen sind.« Ich gönnte meiner Stimme ein zartes Tremolo, das an ihre Antipathien appellierte, aber stand immer noch unter Schock, weil ich nicht mit einer Kobra im Kaninchenstall gerechnet hatte.

Ihre Brille landete auf dem Tisch. »Außerhalb der polizeilichen Ermittlungen?«

»Es ist durchaus üblich, dass Anwälte parallel zur Staatsanwaltschaft Detektive beschäftigen«, eierte ich. »Um alle Aspekte des Falls besser abschätzen zu können.«

»Gegen ihre eigenen Mandanten?«

Sie schwang seitlich herum und bot mir beim Übereinanderschlagen der Beine Waden mit hohem Ablenkpotential.

»Es geht um Einschätzungen von außen«, erklärte ich heiser. »Hintergrund. Andere Blickwinkel auf die Ereignisse.«

Ich ruderte wie ein Heißluftvertreter. Ich hasste Schlipse und das verfluchte Jackett war eindeutig zu dick.

»Da dürfte ich die Falsche sein.« Sie lächelte milde.

»Nun, immerhin kennen Sie Georg Fiedler und kannten Patrick Reinhold. Vielleicht können Sie mir sagen, ob der Konflikt zwischen den beiden ...«

»Hätte ich den Konflikt in irgendeiner Weise absehen können, wäre Herr Reinhold jetzt nicht tot, aber ich werde Herrn Fiedler gewiss auch nicht belasten. Tut mir leid. Ich fürchte, ich kann Ihnen da nicht weiterhelfen.«

Sie richtete sich auf und presste ihre Hände flach gegen die Tischkante. Ich drohte ihre Geduld zu strapazieren. Sie wusste längst, wer ich war. Auf die milde Tour lief hier gar nichts mehr.

»Ende Februar haben Sie mit einem Architekten den alten Brunnen am Rensenmoor inspiziert. Darf ich fragen wieso?«

Sie lächelte. »Der Herr arbeitet für einen unserer Sponsoren. Er war zufällig in der Stadt und wollte die Grabungsstelle sehen.«

»Einige Tage danach hat er beim hiesigen Amt für Wasserwirtschaft angefragt, ob er eine Probebohrung vornehmen kann.«

Falls sie überrascht war, wusste sie es perfekt zu verbergen. »Darum hatte ich ihn gebeten, weil ich wissen wollte, ob es möglich sei, die Quelle wieder in Betrieb zu nehmen.«

»Wozu würden Sie die reaktivieren wollen?«

»Weil es den Pfad aufwertet, natürlich.«

»Wusste Herr Fiedler davon?«

»Er dürfte es von Reinhold erfahren haben.«

»Sie haben ihn nicht eingeweiht?«

»Die Idee kam mir spontan.« Wieder ihr Stahllächeln. »Bevor Resultate vorlagen, wollte ich ihn nicht damit behelligen. Unsere Kommunikation war nicht ganz einfach.«

»Inwiefern?«

»Herr Fiedler betrachtet den Pfad als seine persönliche Domäne, was wenig hilfreich ist, wenn man sich koordinieren muss.« Sie verschränkte die Finger. »Er hat nie akzeptiert, dass die Verantwortung bei mir lag. Manchen Männern fällt es schwer, mit weiblichen Vorgesetzten zu arbeiten. Mein Fehler. Ich habe ihn da leider falsch eingeschätzt.«

»Deshalb haben Sie ihm Reinhold an die Seite gestellt?«

Sie inspizierte ihre Hände. »Herr Fiedler hatte nicht nur Schwierigkeiten mit mir, sondern auch mit den Teilnehmern. Nur waren die eben nicht so geduldig wie ich.« Sie sah mich direkt an. »Es kam zu erheblichen Störungen der Arbeitsabläufe. Herr Reinhold besaß da psychologisch weit mehr Geschick.«

Sie war gut. Sie lenkte das Augenmerk auf Fiedlers Schwächen und malte das Bild eines gestörten Narzissten, dem bei entsprechender Kränkung alles Mögliche zuzutrauen war. Ihr hingegen war höchstens Nachsicht vorzuwerfen. Kein Wunder, dass Probsthayn sich auf Fiedler eingeschossen hatte. Unter anderen Vorzeichen hätte sie auch mich über den Tisch gezogen. Doch ich wusste von Reinholds Drohung und kannte Winterfelds Pläne.

»Was ist mit den fünfzigtausend Euro, die Fiedler für das Projekt beantragt hat?«

»Die haben wir gemeinsam beantragt.«

»Er sagte mir, es habe kein Werkzeug auf der Baustelle gegeben. Er sprach von acht Schaufeln für zwanzig Leute.«

»Ach, diese Geschichte. Das hatte er sich selbst zuzuschreiben. Er wollte partout den Dienstweg nicht einhalten.«

»Den Dienstweg?«

»Es ging ja nicht nur um Schaufeln! Er forderte einen eigenen Etat.« Sie lachte empört auf, aber korrigierte sich sofort, weil ihr die Erbsenzählerin nicht gut stand. Stattdessen schenkte sie mir wieder ihr beißfestes Colgate-Lächeln. »Jeder, der hier arbeitet, muss sich an die Regeln halten. Selbst wenn er Fiedler heißt.« Ihre Finger verscheuchten eine imaginäre Fliege. Sie setzte sich auf. »War's das?«

»Was ist mit den Plänen, auf dem Gelände einen Wellness-Komplex zu errichten?«

»Wie bitte?« Sie griff erstaunt nach den Armlehnen und fiel ein Stück zurück.

»Sechzehn Apartments und achtundvierzig Zimmer in Traumlage. Gespeist aus der historischen St.Georgs-Quelle.«

Sie schien aufrichtig überrascht. »Worüber sprechen Sie? Das höre ich heute zum ersten Mal.«

»Darüber verhandelt Ihr Sponsor gerade mit einem Projektentwickler, der dabei ist, das Flurstück von der Stadt Ratzeburg zu erwerben.«

Ihr dämmerte, dass ich meine Hausaufgaben gemacht hatte. »Ich wüsste nicht, wie das ohne unser Plazet gehen sollte. Derzeit nutzen wir das Gelände.«

»Die Nutzung dürfte zweckgebunden sein. Ohne Projektleiter stirbt die Maßnahme. Damit entfällt die Geschäftsgrundlage.«

Ihr Blick verwandelte sich in grünes Eis. »Was wollen Sie damit andeuten?«

Ist der Feind eingekreist, soll man ihn nicht zum Äußersten treiben, sondern ihm einen Fluchtweg lassen, meint Sunzi.

»Gar nichts«, sagte ich. »Fragt sich, wie die Stadt dazu kommt, über den Verkauf der Fläche zu verhandeln, ohne Sie einzuweihen.«

Sie war blass geworden. »Ich werde das umgehend klären. Danke für den Hinweis …«

»Gern geschehen.« Ich erhob mich.

Sie stand auch auf und gab mir zum Abschied tatsächlich die Hand, obwohl ihrem Lächeln nun etwas Starres anhaftete und sie mich vermutlich lieber gevierteilt hätte.

***

Das Gebäude besaß zwei Ausgänge. Ich nahm den, der zum Parkplatz führte. Die Fenster von ihrem Büro lagen nach vorn zur Straße hin. Zum Glück war die Ausfahrt in einer Sackgasse, die ein kurzes Stück weiter auf eine zweispurige Straße mündete. Ich fuhr achtzig Meter weit und hielt hinter einem dunkelblauen Sprinter. So war der 745er verdeckt und ich konnte ihr jederzeit folgen. Wollte sie nach Hause oder Richtung 207, lag die Schulstraße für sie günstiger als der Markt, also würde sie vermutlich nach rechts abbiegen.

Zwar war sie jetzt gewarnt, doch der Ball kam endlich ins Rollen. Ich gab Carlo Bescheid. Dann rief ich Frau Dr. Graf an.

»Was gibt's?«

Sie klang angestrengt. Ich berichtete ihr von Winterfelds Mail.

»Herzlichen Glückwunsch.« Es hörte sich spitz an. »Schicken Sie es mir zu?«

»Als Foto. Alles andere wird noch eine Weile dauern. Momentan bin ich in Ratzeburg und warte auf Frau Heidenreich …«

Ich schilderte ihr meinen Besuch bei der *BSI*. Sie atmete angespannt ein.

»Sie hat Sie rausgeworfen?«

»Nein, wir haben uns höflich voneinander verabschiedet.«

»Aber?«

»Reinhold hat gedroht, sie auffliegen zu lassen. Wegen ihrer Pläne fürs Gelände. Sie hat mich angelogen …«

»Weiß sie, dass Sie das wissen?«

»Sie dürfte es ahnen. Aber es reicht völlig, wenn die Einwilligung der *BSI* zur Auflösung des Nutzungsvertrages in den Vorverhandlungen zur Sprache gekommen ist. Sie wird kaum zugeben, Fiedlers Projekt verraten zu haben.«

»Ja und?«

»Das sollten Sie dem Richter gegenüber erwähnen. Ich bin mir sicher, dass die Polizei sie nie überprüft hat.«

»Was ich dem Richter sage, überlassen Sie bitte mir. Im Übrigen verstehe ich nicht, weshalb Sie sie jetzt beschatten.«

»Weil ich hoffe, dass sie sich mit Winterfeld trifft.«

»Sie hat gerade eben abgestritten, von seinem Vorstoß zu wissen. Wenn sie ihn jetzt trifft, macht sie sich doch nur verdächtig!«

»Nicht, wenn sie behauptet, sie habe ihn bloß zur Rede gestellt.«

Noch ein verwundertes Auflachen. »Ja und? Was soll das dann?«

»Klären, welche Rolle er spielt. Theoretisch besteht die Möglichkeit, dass sie wirklich nichts von den Bauplänen weiß.«

»Was Sie nicht glauben?«

»Ich vermute, er tanzt nach ihrer Pfeife.«

»Sie kennen ihn doch gar nicht.«

»Ich hab sie eben erlebt.«

»Könnte es sein, dass Sie Frauen gegenüber voreingenommen sind?«

Ich hätte ihr erklären können, dass ich mich mit den pawlowschen Reflexen von Männern auskannte. Doch das klemmte ich mir. Es gab eine kleine, unangenehme Pause.

»Überlassen Sie das lieber der Polizei«, sagte sie.

»Die ist mit Fiedler als Täter zufrieden.«

»Der Staatsanwalt hat keine realistische Aussicht auf eine Verurteilung.«

»Trotz der Indizienlage?«

»Wenn Sie wüssten, wer bei welcher Indizienlage freigesprochen wird.« Sie lachte wieder. Kein angenehmes Lachen.

»Und der Korruptionsskandal?«

»Bisher bloß eine Hypothese. Sie sollten da nicht unnötig Staub aufwirbeln. Das schadet Herrn Fiedler nur.« Ihr Ton wurde schärfer. »Hören Sie: Es war sein Wunsch, Sie hinzuzuziehen. Ich habe Sie ausschließlich ihm zuliebe kontaktiert.«

»Danke für die Blumen. Kriegen Sie ihn am Montag raus?«

»Sofern Sie nicht dazwischenschießen!«

Sie unterbrach die Verbindung. Es knisterte hohl.

Ich steckte das Telefon weg und starrte auf das zerbeulte Heck des Sprinters. ›Könnte es sein, dass Sie Frauen gegenüber voreingenommen sind?‹ Meine Einschätzung stempelte mich in ihren Augen sofort zum bornierten Macho, weil sie ihrem stillen Paradigma widersprach, nach dem Frauen in der Regel Opfer sind und somit moralisch im Vorteil.

Als ob sie, die promovierte Juristin, gegenüber Männern keinerlei Vorurteile hegte. Etwa gegenüber Kerlen wie René Schult. Dabei war der vermutlich auch geprügelt worden, bevor er zum Schläger wurde. Fast jeder hat Vorurteile, unabhängig von Klasse, Rasse, Religion und Geschlecht. Mitunter sind die sogar berechtigt. Entscheidend ist, ob man sich die eigene Voreingenommenheit bewusst macht. Sie jedenfalls bediente für mich das Klischee der akademisch bornierten Bürgerbraut, die sich für schlau hält und in ihrer selbstzufriedenen politischen Korrektheit bergeweise Dünkel kultiviert.

Ich hatte keine Ahnung, was sie pro Stunde berechnete. Gehobenen Hostessensatz. Den konnte sie auch mit Überbiss veranschlagen. Aber wahrscheinlich stieß sie meine Lederjacke genauso ab wie mich Ihre falsche Härte. Wir kamen eben aus unterschiedlichen Galaxien. Sie träumte davon, als Hanseatin durchzugehen. Mir reichte es, Hamburger zu sein.

Egal. Hauptsache, sie hielt, was sie versprach.

Ich schob eine von Axels MP3s in den CD-Schlitz. Eben ertönte das erste Basszupfen von *High Flying Bird*, einem von Judy Henskes besten Stücken, als sich der weiße Cinquecento aus der Gasse schob. Im Innern Heidenreichs flammender Haarschopf. Wie ich erwartet hatte, bog sie nach rechts ab.

Mein Daumen lag schon am Zündschlüssel, da tauchte hinter dem Sprinter ein grün Uniformierter auf und klopfte gegen meine Scheibe. Ich drehte Judy leise und ließ das Seitenfenster runter.

»Irgendwas nicht in Ordnung?«

»Sie stehen im Halteverbot.«

Die Straße war gähnend leer. Ich behinderte niemanden und tat keiner Seele etwas zuleide. Er langweilte sich nur.

Ich sah ihn gequält an.

»Sie haben recht. Ich wollte sowieso grad los.«

So leicht ließ er mich nicht vom Haken.

»Fahrerlaubnis und Zulassung.«

Verflucht. Der Typ hatte nicht nur eine Feuermeldervisage, er kam auch aus der Ostzone. Im Westen lebt der ›Führer‹ immer noch vor dem ›Schein‹. Ich setzte eine neutrale Miene auf und holte die Papiere aus der Brusttasche.

»Bitte sehr.«

Er studierte die Dokumente. Mein grauer Lappen schien es ihm besonders angetan zu haben. Der ist schon öfter baden gegangen und das Passbild zeigt mich mit süßen siebzehn. Immerhin wies ich noch entfernte Ähnlichkeit zur früheren Erscheinung auf. Trotzdem entblödete er sich nicht, zwei Schritte zurückzutreten und die Aufnahme kritisch mit dem gealterten Original abzugleichen. So wie ehedem an der innerdeutschen Grenze.

»Ich bin's wirklich«, sagte ich. »Wollen Sie meinen Perso sehen?«

Er klatschte den Führerschein tadelnd gegen die Zulassung. »Den müssen Sie gelegentlich umschreiben lassen.«

»Gewiss.«

Ich musste gar nichts. Er konnte mich mal.

»Ihr TÜV läuft nächsten Monat ab«, bemerkte er.

Ich nickte stumm.

Er faltete die Papiere zusammen, gab sie mir aber nicht zurück.

»Öffnen Sie mal die hintere Klappe.«

Perfekt. Er gönnte mir das volle Programm.

»Ich bin in Eile.«

»Eben waren Sie noch nicht in Eile. Öffnen Sie mal bitte die hintere Klappe.«

Ich zog die Handbremse an und den Zündschlüssel ab, stieg aus und ging vorschriftsmäßig um das Fahrzeug herum nach hinten. Auf der Ladefläche tummelten sich meine Werkzeugkiste, ein Ölkanister, Brunos Wolldecke, Arbeitshandschuhe und zwei breite Bretter.

Er hob die Hand und deutete auf die Bretter. »Was wollen Sie damit?«

»Die sind noch aus dem Winter. Für die Räder, falls sich der Wagen festfährt.«

Er wirkte enttäuscht. Dann entdeckte er Annas Kindersitz. »Und der da?«

Ich sah auf meine Uhr. Mittlerweile war Heidenreich längst auf der Bahnhofsallee.

»Meine Großtante ist zart gebaut.«

»Ihre Großtante?«

»Zwergenwuchs. Seit frühester Jugend. Tragische Geschichte ...« Ich hatte keine Lust mehr, lieb mit ihm zu sein. Zwar lagen noch das Nachtfernglas und zwei Kameras hinterm Fahrersitz, doch ich hatte die Nase voll.

»Wenn Sie mich gebührenpflichtig verwarnen wollen, tun Sie das.«

»Nu' mal die Ruhe.«

»Die haben Sie vielleicht weg. Was soll das? Seh ich wie 'n Terrorverdächtiger aus?«

»Sie standen im absoluten Halteverbot.«

»Wollen Sie mich deshalb den halben Tag lang festhalten? Treffen Sie sonst keine interessanten Menschen?«

Der letzte Satz kostete mich dreißig Euro. Ich hatte mit fünf gerechnet.

»Herzlichen Dank. Das ging ja fix.«

»Wer so fix ist wie Sie, hat's nicht anders verdient«, grinste er.

»Ist der von Ihrer Frau?«

Bevor er es raffte, war ich eingestiegen und rollte. Natürlich wäre es weiser gewesen, den Rand zu halten. Nun war ich dreißig Kracher los und er würde sich an mich erinnern. Aber das Telefonat mit der Anwältin wurmte mich und Heidenreich ging mir grade durch die Lappen. Wie sagte Bruce Springsteen noch? *It's hard to be a saint in the city.*

Der ›Boss‹ war eben noch nie in Ratzeburg.

***

Carlo war stocksauer. Er und Paul hätten von vornherein die Autos tauschen sollen, aber er hatte das Taxi erst ziemlich spät abholen können, darum saß Paul jetzt in seinem Benz und er hockte in der Dieseldroschke. Dabei war der Auftakt nicht übel gewesen. Paul hatte Winterfeld tatsächlich entdeckt, als dessen glänzender XJ aus der Tiefgarage glitt. Der Architekt war direkt an ihm vorbeigezogen. Richtung Ost-West-Achse. Doch Paul stand ungünstig. Er hatte erst wenden müssen. Darum musste Carlo sofort übernehmen.

Fürs Beschatten über Distanz benötigt man Peilsender

oder ein halbes Dutzend Fahrzeuge. Es mit zweien zu versuchen, war gelinde gesagt sportlich, aber immerhin hatten sie eine Vermutung, wohin Winterfeld fuhr. Wenn er die Autobahn nahm, mussten sie hinter der Gabelung von A 24 und A 1 nicht ständig Sichtkontakt halten.

Carlo hatte das Taxi mittags von dem Typen geholt, für den ich früher gefahren bin. Zum Observieren in der Stadt sind Taxis ideal. Niemand wundert sich, wenn sie mit laufendem Motor in der zweiten Reihe herumlungern oder abrupt wenden. Auf Autobahnasphalt allerdings sind sie eher selten, und dort brettern sie normalerweise, was das Zeug hält, weil jede Leerfahrt kostet.

Eben das war Carlos Problem. Winterfeld trödelte. Der Jaguar besaß sechs Zylinder und vier Liter Hubraum, doch der Architekt bewegte ihn, als wolle er die Kolben frisch einfahren, und da war eine einzelne, einsame Mietkutsche, die im Windschatten ukrainischer Sattelschlepper hinter ihm schlich, etwa so unauffällig wie ein weißer Rabe.

Carlo kaute auf seiner Unterlippe. Das tat er, wenn er gereizt war. Eigentlich hätte Paul ihn längst ablösen sollen. Paul jedoch, der nun statt auf seinem Motorrad in Carlos vierzig Jahre altem Benz saß, war kurz vor dem Horner Kreisel gestrandet, nachdem eine reaktionsschwache Twingo-Fahrerin mit einem Mecklenburger Fliesenleger kollidiert war, der seinen Transporter bei Spätgelb noch auf die Sievekingsallee hatte drängeln wollen. Nun blockierten ihre verkeilten Gefährte die ohnehin schon verstopfte Zufahrt zur Autobahn. Paul hing fest und Carlo hockte noch immer in der Taxe.

Winterfeld wollte zu Heidenreich. Wir kannten zwar die vage Richtung, aber hatten keine Ahnung, wo genau er sie zu treffen gedachte. Das konnte durchaus auch irgendwo auf halber Strecke sein. Darum hielt Carlo es für das kleinere Übel, den Jaguar im Auge zu behalten. Trotz Baustelle und des verhaltenen Tempos waren sie schon fast in Talkau. Der XJ blinkte und bog ab.

Die Abfahrt in Talkau ist eine weit geschwungene Rückwärtskurve. Sie führt auf die B 207, die in Nord-Süd-Richtung quer zur A 24 verläuft. Carlo verlangsamte auf vierzig und hoffte, Winterfeld werde sich zügig in den fließenden Verkehr einfädeln, so dass er nicht direkt hinter dem Jaguar zum Stehen kam. Doch die 207 war heillos überfüllt. Winterfeld wartete an der Haltelinie und Carlo rollte ihm direkt in den Nacken.

Er sah, wie der Architekt ihn im Rückspiegel eingehend musterte und bekam sogar dessen Grinsen mit. Winterfeld hatte absichtlich gewartet, um ihn sich genauer anzusehen. Statt unbeteiligt zu tun, lächelte Carlo zurück und nickte. Die Art Lächeln, das Winterfeld gewohnt war, weil es nicht ihm galt, sondern seinem XJ. Theoretisch hätte er gnädig zurücknicken oder die stumme Respektsbekundung anderweitig quittieren müssen. Doch sein Gesicht blieb leer.

»Arschloch«, murmelte Carlo.

Sein Vordermann machte mindestens zweihunderfünfzigtausend netto. Legal und versteuert. Trotzdem war er gierig. Oder erotisch unterversorgt. Oder beides. Zugleich war Carlo klar, dass er als Taxifahrer eine schlechte Figur machte. In seinem Seidenschal und Blazer sah er eher aus wie ein gut munitionierter, mittelalterlicher Golfer, der gerade auf dem Weg zum Green in Grambek war. Ein ungewöhnlich muskulöser Golfer, mit kantigem Kinn und schaufelartigen Pranken, aber trotzdem einigermaßen überzeugend. Zumindest wenn er und Paul wie geplant Kutschen getauscht hätten und er nun in seinem edlen 220 SE gesessen hätte. Doch Paul betrieb Staustudien. Außerdem hatte Winterfeld es ohnehin geschnallt. Mit einem Mal hielt er einen rechteckigen Gegenstand auf Kopfhöhe.

Carlos Grinsen erfror. Winterfeld vertauschte die Rollen und lichtete ihn mit seinem Telefon ab.

Dann, als sich eine Lücke in der Blechkavalkade auftat, zögerte der Architekt so lange, bis die Chance fast verpasst war, winkte und gab Gas. Der XJ schoss vor. Bremsen kreischten. Empörtes Hupen. Weg war er.

***

Heidenreich wohnte in einem weißen Bungalow im Westen der Stadt. Hanglage mit Aussicht über zwei Seen. Nicht übel. Der Flachbau war klinkerfurniert und roch nach Geld. Ich geriet sofort ins Grübeln, ob ihr Salär eine solche Bleibe zuließ oder der Schuppen fremdfinanziert war, eventuell durch einen Hamburger Architekten, der antikes britisches Blech spazieren fuhr.

Vor dem Carport gähnte ein leerer Stellplatz. Falls sie keine Wochenendeinkäufe tätigte, war sie inzwischen vermutlich hinter Breitenfelde. Sofern sie zu ihrem Rendezvous überhaupt Richtung Hamburg reiste.

Ich inspizierte ihren Briefkasten, fand nichts Interessantes, versuchte Carlo zu erreichen, hatte Pech und beschloss seufzend, den vergeigten Nachmittag wenigstens dafür zu nutzen, mich kulturell zu stählen.

Die Kirche St. Georg auf dem Berge lag gleich um die Ecke auf halber Höhe des Geestrückens. Um den kleinen gotischen Backsteinbau herum befand sich ein Friedhof. Bei genauerem Hinsehen erkannte man sogar die Reste der Feldsteinmauer aus der Entstehungszeit des ersten Baus. Das Portal war abgeschlossen. Ich hätte mir gern den Altarstein angesehen. Darunter waren früher angeblich die Gebeine des gesteinigten Ansverus versteckt gewesen, bevor man sie in den Dom geschafft hatte.

Ich ging um die Kirche herum und blickte aufs Wasser. Mein Handy vibrierte. Es war Carlo.

»Bist du dran?«

Ich verneinte und berichtete von der Begegnung mit der uniformierten Feuermeldervisage. Er fluchte halblaut.

»Ich hab's auch verkackt.«

»Wann ist er los?«

»Fünf vor halb.«

Keine fünf Minuten nach meinem Abgang bei ihr.

»Wo bist du jetzt?«

»Talkau.«

»Willst vorbeikommen?«

»Keule checkt den Farn.«

Winterfeld wohnte in der Fuhlsbütteler Farnstraße. Paul sei schon auf dem Weg. Den wolle er dort treffen. Außerdem müsse er die Taxe zurückgeben. Er schilderte mir Winterfelds Fotografieraktion. »Dass der Typ mich gescannt hat, ist halb so wild, vermutlich will er mein Portrait nur der Braut zeigen, aber wenn er damit zur Schmiere tobt, braucht unser Mann eine stichhaltige Story.«

»Regele das mit ihm und sag mir hinterher Bescheid.«

»Okay«, sagte Carlo. »Gib mir zwei.«

Zwei Stunden, bevor er sich über Festnetz meldete. Es summte leer.

Ich rief Conny an, um mit ihr die Abendeinkäufe zu besprechen. Sie wollte gleich wissen, was der Vormittag und die Begegnung bei Heidenreich gebracht hätten. Dabei spürte ich schon, wie ihre Stimmung kippte.

»Unterschätz die Frau nicht«, sagte sie. »Hängt da die Stadtverwaltung drin, darfst du dich auf alles Mögliche gefasst machen.«

»Schon gut«, wiegelte ich ab. »Erst mal muss sie ihre Legende klären. Also, was soll ich mitbringen?«

»Denk dir was aus. Mir ist der Appetit vergangen.«

***

Die Imbissbude vorm Eingang von Hagebau hatte noch immer offen, aber Schult und die anderen Dumpfbacken waren weg. Ich holte das Silikon für meinen Lieblingsnachbarn Willem, tankte und rollte quer über die Dominsel zum Supermarkt, wo ich mich über den defekten Pfandautomaten ärgerte.

Das Haus, in dem wir wohnen, gehörte ursprünglich mal zum Hof nebenan und wurde vor rund neunzig Jahren als Altenteilereinheit errichtet. Ein Ziegelbau mit Feldsteinfundament, üppig Efeu und Knöterich, verwilderten Mirabellen, Pflaumen, Holunder und Apfelbäumen drum herum, das zwar etwas abseits vom Gehöft liegt, aber noch in Rufweite dazu.

Als ich zu Hause ankam, war Willem dabei, das letzte Heu für die Kühe aus der Scheune zu holen. Ich schnappte mir eine Forke und gesellte mich dazu. Hinterher war ich verschwitzt, doch meine Laune wesentlich besser. Zwischenzeitig ritten Conny und Anna ein. Ich schlug Sophies Angebot auf Kuchen aus und warf mich unter die Dusche. Eben wollte ich mich abtrocknen, da klingelte das W 28. Ich dachte erst, es sei Carlo.

»Moin.«

»Gerlach.«

»Wie bitte?«

Ich war noch nackt und nass und hatte Wasser im Ohr.

»Gerlach aus Gottorf. Spreche ich da …«

»Tun Sie! Schön, dass Sie sich melden.«

Er klang heute wesentlich konzilianter. Conny marschierte durchs Zimmer, verdrehte die Augen, bückte sich grazil im Gehen und warf mir meine Jeans zu.

Während ich mich in die Hose würgte und nach dem über einer Stuhllehne harrenden Hemd fischte, erläuterte der Professor, wieso er sich gestern nicht mehr gerührt habe.

»Es kamen drei Brandanrufe. Direkt hintereinander.«

Mir war egal, ob er aus Höflichkeit log. »Was ist mit Pensin und der Polabin? Waren die tatsächlich miteinander verwandt?«

Sein »Ja« klang noch immer erstaunt. »Mit dem Resultat hätte keiner gerechnet. Das war frappierend. Nahezu identische Sequenzen. Anfangs dachte ich, die Proben seien verwechselt worden. Doch auch beim zweiten und dritten Mal hatten wir dasselbe Ergebnis. Der alte Herr stammt direkt von der Toten ab.«

»Also hat sie Kinder gehabt?«

»Offenbar.«

»Wieso wollte Pensin nicht, dass das an die Öffentlichkeit dringt?«

»Aus persönlichen Gründen. Am besten fragen Sie ihn selbst.«

»Kann ich nicht mehr. Er ist tot.«

»Wie bitte?«

»Man hat ihn vor drei Wochen beerdigt.«

Ich hörte, wie er schluckte. »Das ... das tut mir aufrichtig leid. Er wirkte so fit und lebendig.«

»Er ist auf seiner Kellertreppe gestürzt. Kurz nach Ihrem Telefonat mit dem angeblichen Journalisten.«

Er holte scharf Luft. »Wollen Sie damit andeuten, dass es da einen Zusammenhang gibt?«

»Ich will gar nichts andeuten. Die Polizei geht von einem Unfall aus. Trotzdem wüsste ich gern, was der Mann von Ihnen wollte.«

Am anderen Ende blieb es einen Lidschlag lang still.

»Er behauptete, für die *Lübecker Nachrichten* an einem Hintergrundbericht über den Leichenfund zu schreiben.« Gerlach dehnte die Silben, als wolle er Zeit gewinnen. Der muntere Macher hatte sich aus seiner Stimme verflüchtigt. »Wie wir herausgefunden hätten, dass die Tote bei Einhaus gelebt habe. Ich skizzierte ihm die molekulargenetische

Analysen der aDNA. Durch Strontium-Isotopie ist man in der Lage, über das Verhältnis von radiogenem Strontium 86 und nicht-radiogenem Strontium 87 im Zahnschmelz einigermaßen eng einzukreisen, wo die betreffende Person aufgewachsen ist. Doch ich merkte rasch, dass es ihm um die genetischen Vergleichsprofile ging.« Gerlach hüstelte. »Wer uns die DNA zur Verfügung gestellt habe? Dann erkundigte er sich aus heiterem Himmel, ob die von Erich Pensin sei.«

»Das haben Sie ihm bestätigt?«

»Es hörte sich an, als ob er ihn persönlich kenne.« Er ließ ein weiteres Räuspern hören. »Die Zweifel kamen mir leider erst im Nachhinein, als ich ihn zurückzurufen suchte.« Gerlach ließ zwei Sekunden verstreichen. »Anschließend rief ich Pensin an. Er reagierte sehr erregt. Wer der Mann sei und woher er von ihm wisse? Ich hätte sein Vertrauen missbraucht. Es war nicht leicht, ihn halbwegs wieder zu beruhigen.«

»Hat sich der Mann danach noch mal bei Ihnen gemeldet?«

»Nein. Er hat sich nie wieder gerührt. Vielleicht hat er gemerkt, dass ich ihn durchschaut hatte.«

»Hat Sie sonst noch irgendwer in der Sache kontaktiert?«

»Erst Sie. Gestern.«

Es entstand eine kleine Pause.

»Haben Sie Pensin gesagt, dass der Mann mit falscher Identität an Sie herangetreten war?«

»Nun«, druckste er. »Ich wollte ihn nicht noch mehr beunruhigen, so, wie er reagierte, machte ich mir eher Sorgen um seinen Blutdruck.«

»Verstehe. Haben Sie Fiedler denn von dem Vorfall erzählt?«

»Wozu?«

Um ihn zu warnen, du Armleuchter, dachte ich. Weil du dein Versprechen gegenüber dem Alten nicht ernst genommen hast.

»Können Sie mir beschreiben, wie der Mann sprach? Seinen Akzent? Klang er gebildet?«

»Hochdeutsch. Akzentfrei. Er hatte sich mit der Materie offenbar beschäftigt. Kluge Fragen. Kenntnisreich.«

»Alter?«

Er grunzte ratlos.

»Worum ging's denn noch in dem Telefonat?«

»Nichts wirkliches Wesentliches. Wir sprachen über Pensin.«

»Jedes Detail kann wichtig sein!«

»Wichtig! Wichtig ist nur, ob der alte Herr in Folge meines Telefonats mit diesem ... Menschen zu Tode gekommen ist!«

»Genau das versuchen wir ja zu klären.«

Gerlach klang ungeduldig. »Wenn ich es recht entsinne, fragte er mich, ob mir auch aufgefallen sei, dass Pensin Linkshänder sei.«

»Linkshänder«, wiederholte ich tumb.

»Ja. Linkshänder!«

»Und? Wie haben Sie auf die Frage geantwortet?«

»Dass ich Pensin bloß ein einziges Mal begegnet sei und es nicht wüsste.«

Gut möglich, dass dir die Antwort den Hals gerettet hat, dachte ich. Laut fragte ich nur: »Hat er den Fluch erwähnt?«

»Welchen Fluch?«

»Ansverus soll die Kinder und Kindeskinder des Mannes, der die Steinigung 1066 befahl, verwünscht haben, bis ins letzte Glied mit der unreinen Hand zu essen. Erich Pensin war Linkshänder. Sein Vater, Großvater und Urgroßvater angeblich auch. Deshalb hielt er sich für einen Nachfahren des Clanchefs, der Ansverus getötet hat.«

»Was ist denn das für eine Räuberpistole?«

»Die dürfte der Grund dafür sein, weshalb er so versessen darauf war, zu klären, ob er mit der Toten verwandt war.«

»Das hieße ja, er hat gewusst, dass eine nahe Angehörige des Clanchefs damals erschlagen worden ist. Woher hätte er das wissen sollen?«

»Weil man es ihm gesagt hat. Er hat wohl schon als Kind vom Widerstand gegen die Sachsen gehört.«

Ich rechnete mit Gerlachs Protest. Stattdessen blieb es still. Schließlich sagte er: »Das hat er mir auch erzählt.«

»Haben Sie seine DNA deshalb untersucht?«

»Nein. Gewiss nicht. Wir benötigten ohnehin noch Vergleichsproben.« Seine Stimme zitterte ein wenig. »Glauben Sie, bei seinem Unfall ist nachgeholfen worden?«

Offenbar dämmerte ihm gerade, dass ihn nur die eigene Ahnungslosigkeit davor bewahrt hatte, auch auf einer Treppe auszurutschen oder beim morgendlichen Joggen einer Herzattacke zu erliegen.

»Ich glaube gar nichts«, sagte ich. »Aber ich schließe es auch nicht aus.«

Nach dem Auflegen saß ich eine ganze Weile und betrachte mein Spiegelbild im regennassen Fenster. Durchbrochen von Tausenden ans Glas gekrallter Tropfen starrte mich da ein hohlwangiger Bursche an, der aussah, als ob ihn fröstele. Denn die Nacht war pechschwarz. Wie eine Wand. Und er tappte im Dunkeln.

Zufall. Gab es solche Zufälle? Hielt Gerlach es nur für einen Zufall, dass ausgerechnet Georg Fiedler auf die tote Polabin gestoßen war, ein Mann, der sich seit Jahren für die verdrängte Geschichte der Slawen interessierte und den letzten lebenden Nachfahren der Erschlagenen duzte?

Der Fluch hing mit dem Tod der Frau zusammen. Das hatte Pensin gewusst und es hatte ihm Angst gemacht. Denn das wussten auch andere. Doch sie wussten es nicht von ihm. Nur woher? Und falls ja, gab es da irgendeine Verbindung zum Mord an Reinhold?

Das Schrillen des Telefons schreckte mich hoch. Wenigstens hatte ich kein Wasser mehr im Ohr. Diesmal war es wirklich Carlo.

»Wir brechen ab«, erklärte er. »Kein Winterfeld nirgendwo. Sollen wir ihn uns morgen noch mal vorknöpfen?«

»Was ist mit dem Taxi?«

»Alles im grünen Bereich.«

Ich dachte an die Worte der Anwältin. Morgen war bereits Sonnabend.

»Checkt, ob er allein lebt. Den Rest legen wir auf Eis. Nach dem Haftprüfungstermin sehen wir weiter.«

»Sicher?«

»Ja.«

Ansonsten war ich mir alles andere als sicher. Nur, dass ich nun tatsächlich fror.

Ich zog einen Pullover über und warf den Laptop an. Axels Auszüge aus Adam von Bremens *Geschichte der Erzbischöfe von Hamburg* waren nicht sonderlich lang. Über Ansverus gab es nur zwei Zeilen im gesamten Text. Beeindruckender waren die Passagen, wo Adam sich über ›die Habsucht der Sachsen‹ beklagte, denen der ›Sinn mehr nach Steuern als Bekehrung der Heiden‹ gestanden habe und die die Slawen durch ihre ›Gier und Grausamkeit‹ zum Aufstand getrieben hätten.

Das war der O-Ton eines Chronisten, der für die Kirche arbeitete und kaum Sympathien für Heiden hegte. Sein Zeugnis bestätigte Fiedler. Zugleich stand es im krassen Gegensatz zu dem, was Fröhlich mir zu verkaufen gesucht hatte. Von kultureller Überlegenheit und dem Abschaffen barbarischer Bräuche fand sich bei Adam kein Wort.

Getaufte ließen sich leichter ausbeuten als Ungetaufte, doch die sächsischen Herren hatten den Bogen offenbar überspannt. Eventuell hatte auch Ansverus den Bogen überspannt.

Die Legende besagte, er sei erst achtundzwanzig gewesen, als man ihn steinigte. Zu Lebzeiten habe er auf strenge Zucht unter den Mönchen gehalten. Doch anscheinend war er nicht nur gegenüber den Brüdern hart. Im Dom hingen Bildtafeln aus dem Mittelalter, die sein Wirken schilderten. Eine davon zeigte ihn beim Auspeitschen eines Slawen. Darunter fand sich die Zeile, er habe die Heiden im göttlichen Auftrag gestraft. Vom Strafen hielt er anscheinend viel. Eventuell lag das an seinem Vater, der laut Überlieferung als sächsischer Waffenmeister bei Haitabu diente und den jungen Ansverus nach Ableben eines älteren Bruders zu seinem Nachfolger auserkoren haben soll. Ansverus jedoch habe sich ›aus tiefer Gläubigkeit‹ der Mission zugewandt.

Das las sich hübsch, doch in Wirklichkeit hatte Ansverus wahrscheinlich nie den Hauch einer Chance gehabt, ins väterliche Geschäft einzusteigen. Er war ein dritt- oder viertgeborener Sohn. Die einzige Karriereoption, die ehrgeizige, aber mittellose junge Männern wie er hatten, war, sich in den Schoß der Kirche zu flüchten. Die expandierte und bot krisenfeste Jobs. Wer etwas wagte, kam voran. In die wilde Grenzregion zu gehen, an den äußersten Rand der christlichen Zivilisation, war ein sehr großes Wagnis gewesen und zugleich ein sehr schlauer Schachzug. Nirgendwo sonst konnte einer so rasch zum Abt aufsteigen und sich eigene Pfründe sichern.

Ich dachte an die Zeit nach der Wende, als zahllose Glücksritter in den Osten aufgebrochen waren, um die Ahnungslosen jenseits der Elbe mit den Segnungen grenzenlosen Konsums zu missionieren und ihnen schrottreife Gebrauchtwagen, nutzlose Versicherungen und Waschmaschinen auf Pump anzudrehen.

Adams Bericht rückte das Vergangene näher. Die Not und Brutalität bekamen ein Gesicht. Doch über das Vorspiel der Steinigung verlor der Chronist kein Wort. Den Fluch ließ er unerwähnt. Woher hatte der Mensch, der Gerlach angerufen hatte, davon gewusst?

Schließlich griff ich zum Telefon und wählte Axels Nummer. Er nahm beim zweiten Klingeln ab und verkündete grußlos: »Ich bin gerade auf die Ansverus-Bruderschaft gestoßen.«

»Die was?«

»Die Ansverus-Bruderschaft, ein evangelischer Orden, der sich 1960 in Ratzeburg gegründet hat.«

»Ein Orden?«

»Ja. Mittlerweile gehören dem auch Frauen an. Darum heißt er jetzt Communität.«

»Der sitzt in Ratzeburg?«

»Nein. In Aumühle. Da haben die ein eigenes Haus, wo sie Seminare, Exerzitien und Ähnliches anbieten. Mir ist schleierhaft, wieso ich nicht eher darüber gestolpert bin.«

»Haben die ein Archiv?«

»Keine Ahnung. Wozu brauchst du ein Archiv?«

»Es muss zeitgenössische Berichte über die Steinigung geben. Zumindest zeitnah. Chroniken, Aufzeichnungen, Anekdotensammlungen. Etwas, das die Ereignisse detaillierter darstellt als Adam von Bremen.«

Axel knurrte. »Wie kommst du darauf?«

»Weil außer Pensin offenbar auch noch andere den Anschlag aufs Kloster und den Tod der Slawin miteinander verbinden ...«

Ich berichtete ihm von dem angeblichen Journalisten.

»Das Telefonat fand zwei Tage vor Pensins Unfall statt. Als der Professor dem Mann bestätigte, dass die DNA-Probe von Pensin stammte, fragte der ihn, ob ihm aufgefallen sei, dass Pensin Linkshänder ist. So wollte er vermutlich klären, ob Gerlach von dem Fluch wusste, was der zu dem Zeitpunkt noch nicht tat. Keine achtundvierzig Stunden danach wurde Pensin tot aufgefunden.«

»Also war es kein Unfall?«

»Pensin wusste, dass die Tote, die Fiedler ausgegraben hatte, mit dem Clanchef verwandt war, der von Ansverus verflucht wurde.«

Axel knurrte zweifelnd. »Trotzdem. Das kann alles auch Zufall sein. Wieso muss es deshalb zwingend eine weitere Quelle geben?«

»Als Fiedler die anonymen Drohanrufe erhielt, ahnte er nichts von dem Zusammenhang mit der Steinigung. Das gleiche gilt für Gerlach in Bezug auf die Linkshänder-Frage. In beiden Fällen wissen die Anrufer mehr als der Angerufene. Der Erste stellt die Verbindung zwischen der Toten und Ansverus her, der Zweite kennt die Details des Fluchs. Von Pensin hat er die nicht. Also dürfte es Aufzeichnungen geben.«

»Und die sind so detailliert, dass der angebliche Journalist von selbst auf den alten Bauern kommt?« Sein Ton blieb skeptisch, aber ich hörte, wie sein Drehstuhl wippte. »Wer soll die verfasst haben?«

»Mönche, die dem Überfall entgingen. Als die Slawen anrückten, war der eine oder andere vielleicht grade unterwegs. Laut Legende wurde Ansverus' Leichnam geborgen, in die Kirchenruine geschafft und unterm Altarstein versteckt. Demnach dürfte es Überlebende gegeben haben.«

»Sofern die ganze Story nicht kompletter Hokuspokus ist.«

»Sicher.«

Es blieb einen Moment lang still. Bis auf sein nachdenkliches Schmatzen.

»Oder es wurden später Zeugen befragt«, sagte er dann. »Was anzunehmen ist. 1147 sprach man Ansverus heilig. Dabei verließ sich der *advocatus diaboli* gewiss nicht nur auf Mündliches, weil die Ereignisse schon achtzig Jahre zurücklagen.«

»Und wo finde ich das?«

»In irgendwelchen Kirchenarchiven«, sagte er. »Schreiben konnten damals bloß Geistliche.«

Ich fluchte halblaut. »Der Vatikan wird mir kaum seine Dispute über tausend Jahre zurückliegende Kanonisierungen vorlegen.«

Er lachte. »Wer sagt denn, dass du dafür gleich nach Rom musst? Wenn diese Unterlagen überhaupt noch existieren, dann liegen sie hier irgendwo in der Nachbarschaft.«

»Wieso?«

»Sonst wüsste dein angeblicher Journalist nichts davon. Außerdem durften damals auch noch Erzbischöfe heilig sprechen. Falls das ein Trost ist.«

***

Der nächste Tag begann trübe und grau. Ich rief Fröhlich an. Er war alles andere als begeistert, aber ich als ihm erklärte, es sei dringend, erklärte er, er führe heute ausnahmsweise ins Büro. Dort wäre er bis mittags zu erreichen. Ich solle mich irgendwie bemerkbar machen. Die Klingel sei außer Betrieb.

Als ich in der Reeperbahn parkte, hörte es auf zu regnen. Über Ratzeburg waberten die Vorboten spätwinterlicher Wochenendkatatonie. Die Klingel funktionierte tatsächlich nicht. Doch durchs Glas sah ich, dass die Tür zu Fröhlichs Büro offen stand. Ich klopfte.

Der Archivar lächelte, als habe er gar nicht mehr mit mir gerechnet. Auf seinem Schreibtisch lag ein wuchtiger Foliant mit messingverstärkten Kanten und Riemen zum Verschließen. Selbstvergessen tastete er das gepunzte Leder ab.

»Ich habe vorhin nicht ganz verstanden, worum es Ihnen geht.« Er hob fragend die Brauen. »Sie sagten, Sie seien auf der Suche nach zeitgenössischen Berichten über die Steinigung?«

Ich berichtete ihm über Pensin und den Fluch, die anonymen Anrufe bei Fiedler nach dem Fund der Frauenleiche und den angeblichen Journalisten, der Gerlach zu Pensin befragt hatte.

Fröhlich wurde blass. »Wo sehen Sie da den Zusammenhang?«

Ich zuckte die Achseln. »Verschiedene Leute benehmen sich so, als ob sie wüssten, was damals passiert ist, was nahelegt, dass Berichte über die Ereignisse existieren.«

Er ließ das Buch los und breitete die Hände aus. »Wer sollte die verfasst haben?«

»Überlebende des Überfalls aufs Kloster. Vielleicht dieselben Leute, die den Leichnam des Abts bargen und ihn in der Ruine von St. Georg bestatteten.«

Er legte zwei Finger an die Unterlippe und musterte mich nachdenklich. »Woher haben Sie das?«

Ich zuckte Achseln. »Es drängt sich auf.«

Er fuhr sich mit der blau geäderten Rechten durchs Haar, faltete bemüht die Finger und machte schmale Lippen. »Das ist doch bloß eine Spekulation.«

»Basierend auf vielen Indizien. Die Brüder kennen die Zusammenhänge.«

»Welche ›Brüder‹?«

»Es dürften mehrere sein.«

»Tut mir leid.« Er warf einen demonstrativen Blick auf seine Uhr. »Ich weiß nichts von solchen Berichten. Außerdem verstehe ich nicht, was das mit dem Mord an Reinhold zu tun haben soll?«

»Eventuell geht es gar nicht um Reinhold.«

»Sondern?«

»Den Pfad. Nachdem Fiedler die Polabin gefunden hatte, häufte sich sein Ärger. Als wolle da jemand auf Biegen und Brechen das Projekt zu Fall bringen.«

Fröhlich schluckte trocken. »Warum?«

»Unter anderem vielleicht, weil er oder sie glaubt, dass es auf dem Gelände eine Quelle gibt, mit der sich lukrativ spekulieren lässt.«

Seine Lippen formten ein empörtes ›W‹, doch er zensierte seine Neugierde und grinste stattdessen wie jemand, der dringend aufs Klo muss. Demnach hatte Heidenreich ihn bisher nicht in ihre Pläne eingeweiht.

»Trotzdem frage ich mich, ob das alles ist«, sagte ich. »Vielleicht übersehe ich etwas Entscheidendes.«

Als ich ihn anblickte, hatte ich volle Aufmerksamkeit. Seine Hand fuhr unwillkürlich zum Mund. »Nämlich?«

»Anfangs sind die Dokumente vermutlich im Kloster verwahrt worden.«

Er atmete erleichtert aus. »Selbst wenn, dann höchstens bis zur Reformation. Sollte so ein Bericht denn je verfasst worden sein.«

Auf einmal hatte er wieder Oberwasser.

»Vielleicht haben die Benediktiner ihre Unterlagen ja versteckt, um sie dem Zugriff der Lutheraner zu entziehen?«

»Trotzdem können Sie sich die Fahrt ins Kloster Nütz-schau sparen. Das ist erst nach dem Krieg wieder aktiviert worden.«

»Wo sucht man sonst? Im Nordelbischen Kirchenarchiv?«

»Kaum. Älteres Material lagert in den Staats- und Landes-archiven. Über die Bestände im Herzogtum habe ich einen gewissen Überblick. Da brauchen Sie gar nicht erst anzu-fragen.«

Das versenkte den letzten Nagel im Sarg. Er machte eine abschließende Handbewegung. »Ich fürchte, ich kann Ihnen nicht weiterhelfen.«

»Schade.« Ich schob meinen Stuhl zurück. »Trotzdem vielen Dank für Ihre Zeit.«

Er lächelte süßsauer. »Das hatte ich Ihnen schließlich auch angeboten.«

»Da wäre nur noch eins.«

»Ja?«

»Was wissen Sie über die Ansverus-Bruderschaft?«

»Wie?« Er schluckte leer. Seine Selbstsicherheit verpuffte. Volltreffer, dachte ich nur.

»Die Ansverus-Bruderschaft. Die ist Ihnen doch bestimmt ein Begriff.«

Er musste sich zweimal räuspern. »Haben Sie deshalb gerade von ›den Brüdern‹ gesprochen?«

Bis eben hatte ich tote Pferde gepeitscht. Nun witterte ich Beute. Also deutete ich ein Nicken an und wartete ab. Sein Blick floh zur Seite. Es blieb einen Moment lang still.

»Es soll da mal diesen Geheimbund gegeben haben«, krächzte er schließlich. »Im Mittelalter. Vielleicht auch noch später. Das ist alles extrem vage. Niemand weiß, ob die *Fraternitas* je wirklich existierte.«

»Was denken Sie denn?«

»Ich?« Er warf mir einen raschen Blick zu.

»Ja. Sie. Was denken Sie über die *Fraternitas*?«

Er wirkte auf einmal panisch. Ich wartete. Wenn ich nicht den leisesten Schimmer habe, gucke ich gern gelangweilt. Oder arrogant. Eben wie ein echter Schlaumeier. Wer mich nicht kennt, kauft mir das mitunter sogar ab.

»Darüber müsste es doch mehr schriftliche Zeugnisse geben«, würgte er.

»Inwiefern?«

Er zog den Mund ein paarmal rasch zusammen. »Eine Gruppe Männer, die sich selbst zu den Erben der Märtyrermönche erklären, um als Tugendwächter in Masken und Kutten herumzuziehen und das gesamte Herzogtum in Angst und Schrecken zu versetzen? Deren Einfluss angeblich so groß ist, dass er bis Kopenhagen reicht?« Er ließ ein gequetschtes Auflachen hören. »Ich bitte Sie!«

»Kommt drauf an.«

»Worauf?«

»Nun, darauf, wie viel Furcht sie so verbreitet haben.«

»Sie sollen die Häuser ihrer Opfer mit ihrem Zeichen markiert haben. In Kreide oder Holzkohle. Das entschied darüber, ob man nur verwarnt wurde oder sein Leben verwirkt hatte.« Er schüttelte den Kopf. »Und das hat niemand dokumentiert?«

Ich zuckte die Achseln. »Dokumente können verlorengehen.«

»Einzelne vielleicht. Dass sämtliche Zeugnisse verschollen sind? Ausgeschlossen.« Ein erneutes Kopfschütteln. »Nein. Es existiert nur dieser eine Bericht.«

»Den gibt es immerhin«, sagte ich.

Er hob die Hände. »Der ist aus dem frühen 19. Jahrhundert.«

»Trotzdem.«

Er machte eine abwehrende Geste. »Wer auch immer das geschrieben hat, wollte seine Wut auf die Franzosen loswerden. Sonst nichts. So wie er die Bruderschaft als Hüterin christlich-germanischer Werte verklärt …«

»Sind Sie sicher?«

»Natürlich. Richtig ist, dass man im Oktober 1811 in Ratzeburg drei Männer füsiliert hat, denen man vorwarf, sich gegen den französischen Stadtkommandanten verschworen zu haben. Das steht in den Verwaltungsunterlagen des *Départements des Bouches de l'Elbe*. Doch über die Bruderschaft steht da nichts.« Er atmete erregt durch. »Deshalb sagt Dr. Meiser ja selbst, die *Fraternitas* sei bloß ein Phantasiegespinst, um den Besatzern Angst zu machen. Zumal der ganze Spuk um die Novizen, ihre Prüfung und Initiation eher an eine Loge aus dem 18. Jahrhundert erinnert.«

»Meiser sagt das?«

»Ja«, kam es. »Von dem haben Sie das doch. Oder war es etwa Franzen?«

Ich ruckte leicht mit dem Kopf, als hätte ich ihn akustisch nicht verstanden.

»Franzen. Der frühere *Stern*-Redakteur, der behauptet, die Bruderschaft habe nach dem Krieg Nazis ins Ausland geschafft.«

»Weder noch«, sagte ich. »Aber Sie haben mir sehr geholfen. Haben Sie vielen Dank.«

Ich stand auf und ließ ihn mit seinem ausdünnenden Grinsen allein.

***

Eine Minute später saß ich im Volvo und glotzte durch die Frontscheibe. Was hatte die in *Communität* umgetaufte Ansverus-Bruderschaft aus Aumühle mit Fröhlichs Horde historischer Kuttenträger gemein? Meine Frage hatte den Archivar kalt erwischt. Offenbar unterstellte er mir, ich habe bereits einen konkreten Verdacht. Den suchte er so eilig zu zerstreuen, dass er gar nicht merkte, wie er mir durch sein Dementi überhaupt erst in die Spur half. Wunderbar. Einer der beiden möglichen Informanten war mir sogar ein Begriff. Dr. Meiser leitete das Stadtmuseum in Mölln. Sein Name geisterte gelegentlich durch die Zeitung. Um Franzen würde Axel sich kümmern müssen. Es sei denn, er besaß noch einen Festnetzanschluss. Ich zückte das schlaue Telefon, das mir Axel gestern Abend zum Abschied in die Hand gedrückt hatte, damit ich ihn nicht mehr »ständig wegen jedem Furz« anrief. Es war ein älteres *Samsung Galaxy* mit frischer Karte und ohne Simlock, für das er keine Verwendung mehr hatte. Eine gute Gelegenheit, das Ding mal auszuprobieren.

Das *Galaxy* geleitete mich auf die Seite des ›Örtlichen‹, wo ich auf einen Julius Franzen in Ratzeburg stieß. Es gab noch eine Corinna, doch die schrieb sich mit tz und lebte in Mölln. Drei Klicks weiter wusste ich, dass Franzen über das Maidanek-Verfahren berichtet und in Lyon den Barbie-Prozess begleitet hatte. Beim Stichwort Barbie musste ich sofort an Katzenstein denken und daran, was er mir über den Schriftsteller Erich Weiss erzählt hatte, der in Lyon von Klaus Barbie tagelang gefoltert worden war, bevor Barbie ihn nach Auschwitz hatte schaffen lassen.

Ich versuchte es bei Franzen. Doch der ging nicht ans Telefon. Also warf ich den Volvo an und machte mich auf den Heimweg. Aber ich war aufgewühlt und brauchte dringend einen Realitäts-Check. Also rief ich Axel an. Der lieh mir sein Ohr, bis ich ihn fragte, was er von Fröhlichs Schilderung hielt.

»Es wird schon so sein, wie er sagt«, knurrte er nur.

»Warum?«

»Die Leute hassten die französischen Besatzer. Frankreich verkörperte die frostige Logik der Aufklärung und Bonaparte war ein brutaler Modernisierer. Natürlich brachte man dagegen nicht so was Langweiliges wie Vernunft in Stellung, sondern Romantik, Mystik und mittelalterliches Pathos …«

»Ich will keine kulturhistorischen Exkurse, sondern deine Einschätzung.«

Er grunzte irritiert. »Du glaubst die Story doch nicht etwa?«

»Es passt zu den eigenartigen Anrufern.«

»Hä?«

»Dem Typen, der Fiedler am Telefon anonym bedroht hat, und dem, der sich als angeblicher Journalist bei Professor Gerlach nach dem alten Bauern erkundigt hat. Die kennen offenbar die historischen Details. Woher haben die die?«

»Hör mal«, kam es, nun deutlich besorgter. »Dieser Geheimbund ist Fantasy. Das hat sich jemand ausgedacht, um seinem Frust Luft zu machen.« Er schnaufte. »Ich habe mich gerade mit Ansverus beschäftigt. Stabi, Netz, Fernausleihen.

Nirgends gab es einen Querverweis auf eine Bruderschaft. Außer auf die in Aumühle, aber die ist erst sechzig Jahre alt und garantiert kein Geheimbund.«

»Klar klingt es schräge. So wie die Geschichte vom alten Pensin. Trotzdem. Warum wollte Fröhlich mich wohl partout davon abbringen?«

»Isst du zu wenig Fisch? Die sollen jahrhundertlang andere zum Zittern gebracht haben und es gibt nix Schriftliches?«

»Ratzeburg wurde 1693 von den Dänen zusammengeschossen. Hinterher standen noch ganze vier Häuser. Dabei dürften die meisten Urkunden auf der Strecke geblieben sein.«

»Mölln wurde nicht abgefackelt und Lübeck erst 1942!«

»Ich bin ja auch überzeugt, dass es da was gibt. Nur eben nicht in öffentlichen Archiven.«

»Jetzt bist du wieder bei dem angeblichen Bericht über die Steinigung?«

»Ja. Ich frage Fröhlich nichtsahnend nach der Bruderschaft, er wird ganz panisch, eiert rum und rückt mit einer Geschichte raus, von der er denkt, dass ich sie kenne, und die er dringend meint abstreiten zu müssen. Und auf einmal ergibt es Sinn.«

»Das hieße ja, die sind noch aktiv.«

Angeblich liegt sein IQ bei 143. Dafür ist er mitunter ziemlich langsam. Aber er macht ja auch nur Online-Tests.

»Richtig. Der Tod der Slawin und die Steinigung hängen zusammen. Irgendwer will verhindern, dass das offengelegt wird.«

»Süßer«, seine Stimme nahm einen therapeutischen Ton an. »Die Sache ist fast tausend Jahre her. Kein Mensch außerhalb deiner Provinzidylle weiß, wer Ansverus ist.«

»Es gibt jeden September Wallfahrten zu seinem Kreuz.«

»Na schön«, knurrte er. »Also auch alle, die dran teilnehmen.«

»Sowie alle, die sich für Mission und Märtyrer interessieren, Gruselgeschichten lieben oder religiös sind. Da kommen einige zusammen.«

»Fein. Die katholische Gothic-Szene. Kutten tragende Knallköpfe. Trotzdem ist mir schleierhaft, was die mit Frau Heidenreich und ihrem Architekten zu tun haben sollen.«

»Fröhlich hat da jemanden erwähnt. Einen Dr. Meiser. Leitet das Stadtmuseum in Mölln. Der kennt den Bericht offenbar auch.«

»Warte, ich googele ihn kurz ...«

Vor mir tauchte ein Traktor mit Gülletank auf, eines der überdimensionierten Monster, die über fünfzig fahren und halb so breit sind wie ein Haus. Ich tippte auf die Bremse, rollte aber immer noch zu schnell.

»Meiser, Martin«, kam es. »Promovierter Historiker. Hermann Bote und die Eulenspiegel Rezeption. Siehe auch: Bernd Ulrich Hucker: 600 Jahre Ulenspegel – Eulenspiegelbuch mit Till-Eulenspiegel-Ausstellung, historisches Rathaus, Mölln ...«

Ist die Halterung für die Freisprechanlage kaputt, sollte man auch in der Provinz beim Plaudern am Steuer vorsichtig sein. Der Trecker vor mir stoppte abrupt, scherte aus und bog ohne zu blinken rechts auf einen Acker, wodurch der Hänger die Fahrbahn blockierte. Der Gülletank raste auf mich zu. Ich ging in die Eisen und zog nach links, weil der Stahlrahmen des Hängers dem Volvo sonst das Dach abrasiert und mir den Scheitel nachgezogen hätte, schlitterte über die Grasnarbe und schmierte beinahe in den Graben. Zum Glück kam mir kein Auto entgegen. Das *Galaxy* flog auf die Ablage. Nachdem ich es eingesammelt hatte, regte Axel an, lieber nachher zu reden. So kam ich gar nicht mehr dazu, ihm von Franzen zu berichten, was vielleicht auch besser war.

Wir wären sonst drei Sätze weiter wieder bei Barbie

gelandet, der Weiss tagelang verhört hatte und nach Auschwitz deportieren ließ. Er hätte Alois Brunner erwähnt, den Mann, der die grauenhaften Nackttransporte von Drancy aus organisiert hatte, auch den, auf dem Weiss in den Tod gereist war, und gleich noch zig andere Nazimörder aufgezählt, die mit Hilfe der Organisation Gehlen, des Counter Intelligence Corps und der katholischen Kirche nach Lateinamerika und in den Nahen Osten entkommen waren.

Aber ich dachte an Weiss und seine Geliebte Chantal, die Sängerin aus Marseille, die dem deutschen Flüchtling das Leben gerettet hatte und mit ihm in die Maquis gegangen war, daran, wie Katzenstein mir von ihr und Weiss erzählt hatte, an seine kluge, ironische Art, die oft fast zärtlich war, obwohl er allen Grund gehabt hätte, bitter zu sein, an die Fotos von Chantal und die Geschichten, die ich später über sie gehört hatte, ihr Bild als lachendes, junges Mädchen am Strand von La Coronne, bei einem Ausflug im Sommer 1939, und an die andere Aufnahme, die sie als Kriegerin mit Maschinenpistole zeigte. Ich sah sie vor mir, im August 1944, kurz nach der Befreiung, als ein wütender Mob in Aix all die vermeintlichen und echten ›Besatzerliebchen‹ zusammentrieb, um ihnen die Haare zu scheren und sie zu bespucken und totzuschlagen, wie sie sich als Einzelne schützend vor diese Frauen gestellt und von ihrer Liebe zu Weiss gesprochen und so die Menge beschämt hatte.

Daran dachte ich. Weil es mir half, innerlich nicht abzurutschen und mich zu erinnern, worum es ging. Worum es immer wieder geht, so lange wie wir atmen, fühlen und denken. In einer Welt, in der es von Barbies und Brunners wimmelt.

Gleich würde ich Conny und Anna sehen. Ich wollte sie in den Arm nehmen, lachen hören, versuchen, ein paar gute Augenblicke mit ihnen zu teilen. Im Brei des Alltags geht das allzu oft unter, wir sagen uns: später, vertagen es auf morgen. Als hätten wir endlos Zeit. Doch dies Morgen kann schon heute nicht mehr sein. Das vergessen wir dauernd. Es sei denn, ein Gülletank stellt sich quer.

***

Die besten Vorsätze gehen in die Hose, wenn das Timing nicht stimmt. Als ich nach Hause kam, spielte Anna mit Bruno in der Küche. Conny backte Zwiebelkuchen. Sie schien nicht so früh mit mir gerechnet zu haben. Dann könne ich ja mitessen, erklärte sie bloß. Lust zu plaudern hatte sie anscheinend nicht. Auf meine Frage, was denn los sei, berichtete sie von einer Kollegin, deren Gatte das gemeinsame Konto geplündert und das Geld ins Spielkasino Hittfeld getragen habe, bevor er sich aus der auf Kredit gekauften Eigentumswohnung verabschiedet habe und verschwunden sei. Es gäbe zwei Jungs von drei und sechs, die laufend nach ihrem Papi fragten. Der Ältere habe zu prügeln angefangen und nässe sich wieder ein. Klang alles nach Vorschrift. Ich sah, wie sehr es ihr an die Nieren ging, aber mir fiel auch nichts Schlaues dazu ein, also hielt ich den Mund und war froh, als Axel anrief.

Später bei Tisch war Conny noch immer verstimmt. Ich machte den Fehler, sie auf den frischen Film mit Gerard Depardieu anzusprechen, den sie sich im Ratzeburger Filmclub abgesehen hatte. Sie setzte sich auf, zwei steile Falten zwischen den Brauen. Wie ich ausgerechnet darauf käme? Ob ich wieder nur wieder ablenken wolle? Der Film sei miserabel, nicht trotz, sondern wegen Depardieu. Das habe sie mir übrigens längst erzählt. »So gut hörst du mir also zu.«

»Du hast bloß gesagt, er sei nicht so toll.«

»Dir hätte er vielleicht sogar gefallen.«

»Ach ja?«

»Stell dir einen fetten, ungepflegten Alkoholiker vor,

der sich für irre witzig hält, wenn er eine frauenfeindliche Platitude nach der anderen raushaut.«

»Das muss ich jetzt nicht persönlich nehmen, oder?«

Sie lächelte schmal: »Ich meinte ausnahmsweise mal nicht dich, sondern Depardieu.«

Später sagte ich mir, es wäre besser gewesen, gleich nachzuhaken. Doch in diesem Moment dachte ich nur an den Gülletank und an Katzenstein.

»Lass uns spazieren gehen ...«

Irgendwie kriegten wir tatsächlich noch die Kurve. Anna nölte, aber der Hund hatte Lust auf Lüften, und nachdem wir zwanzig Minuten lang durch den Matsch gestapft waren, lachte Conny endlich wieder, als wir Anna und Bruno dabei beobachteten, wie sie an zwei Enden desselben Stocks zerrten. Wir gingen auf die Ostseite des Werders, guckten übers Wasser, bestaunten Kormorane, beschworen den Frühling und schmiedeten Paddelpläne. Conny wollte an die Müritz. In Bredenfelde gäbe es ein restauriertes Schlösschen, wo man für kleines Geld feudal residieren könne.

»Das soll zauberhaft sein. Angeblich ist jedes Zimmer unterschiedlich eingerichtet.« Sie sah mich fragend an. »Täte uns vielleicht auch ganz gut. Mal zwei, drei Tage weg von allem.«

Ihr ging es vermutlich eher um das ›Weg-von-Allem‹. Das war ein Angebot, das ich hätte aufgreifen sollen. Aber manchmal bin ich ein Stiesel, einfach nur blöd, sperrig und verholzt. Statt ihr zu sagen, phantastisch, zur Not reise ich mit dir auch nach Bielefeld, im Vergleich dazu ist Bredenfelde bestimmt paradiesisch, musste ich bemerken, dass es an der Müritz fast genauso aussah wie bei uns, nur die Touristen dort eben aus der Hauptstadt kämen und viele Eingeborene einen Hirnschaden hätten und NPD wählten.

Anna rettete mich, indem sie verkündete, sie gedenke schwimmen zu lernen, damit sie ohne Weste paddeln könne, und machte umgehend Anstalten, uns das hier und jetzt im höchstens drei Grad warmen See vorzuführen, während Bruno sich wedelnd auf einer Wildschweinfährte ins Unterholz verlor. Es dauerte, bis beide wieder eingefangen waren.

Wir gingen den Bogen über die Teufelsbrücke. Nach ungefähr zwei Stunden waren wir zurück an der *Kutscherscheune*. Dort bewunderten wir die Kuchenvitrine, tauschten mit Belinda den jüngsten Tratsch, entdeckten Bekannte aus Seedorf, griffen uns drei Himbeerschnitten und hockten uns zu ihnen an den Tisch.

Es wurde ein überraschend milder Nachmittag, dem ein verträumter Abend und sanfter Sonntag folgten. Nichts Spektakuläres, einfach nur harmonische Spießigkeit, ohne weiteres Knirschen zwischen Conny und mir. So entspannt wie schon lange nicht mehr. Die Ruhe vor dem Sturm.

***

Am Montagmorgen behielt die Anwältin recht. Nach einer einstündigen Verhandlung entschied der Richter, Fiedler sei aus der U-Haft zu entlassen. Er müsse sich zwar den Behörden zur Verfügung halten, aber könne wieder nach Hause. Er rief mich über Handy an. Aus dem Auto von Dr. Graf.

»Tut gut, den Horizont zu sehen.«

»Seit wann sind Sie draußen?«

»Zwanzig Minuten.«

»Glückwunsch!«

»Ohne Sie säße ich noch im Loch.«

»Das verdanken Sie Ihrer Anwältin.«

»Sie sagt, Sie hätten die Schwachstellen der Ermittlung offengelegt. Das habe Eindruck auf den Richter gemacht. Der Staatsanwalt sei ganz blass geworden …«

Vermutlich log sie ihm zuliebe.

»Mögen Sie nicht vorbeikommen? Die Freiheit feiern.«

»Wann?«

»Jetzt.«

Meine Lust auf Frau Dr. Graf war überschaubar. »Ich muss meine Tochter abholen.«

»Sie haben eine Tochter? Wie alt?«

»Sie wird sechs.«

»Bringen Sie sie mit.« Er spürte mein Zögern. »Kommen Sie. Ohne Ihre Hilfe hätte Frau Dr. Graf auch nichts ausrichten können.«

Ich fragte mich, wie seine Eloge wohl bei ihr ankam, musste grinsen und entschied mich, kein Party-Puper zu sein.

»Geben Sie mir eine Stunde.«

Fiedler lebte auf der westlichen Seite des Orts, die zum Hang hin liegt. Als ich mit Anna und Bruno auf dem Rücksitz die gewundene Straße hochfuhr, kam ich an Katzensteins Haus vorbei. Der Bau hatte lange leer gestanden. Nun war er wieder bewohnt und der einst so sympathisch verwilderte Garten wirkte erschreckend domestiziert.

Achtzig Meter weiter, am Ende eines kopfsteingepflasterten Wegs, hockte ein gut zweihundert Jahre altes Reetdachhaus. Der hintere Teil, wo früher Stallungen und Tenne gewesen waren, gehörte Fiedler. Daran schloss sich eine mindestens halbhektargroße Grasfläche an, auf der Holz- und Metallskulpturen plauderten. Selbstgezimmerte Möbel gruppierten sich um eine offene Feuerstelle. Am Zaun zur benachbarten Weide, überwuchert von braun vertrockneter Ackerwinde, parkte ein alter Zirkuswagen. Rechts davon gab es mehrere Schuppen, mannshohe Holzstapel und eine granitene Viehtränke. Der ideale Tummelplatz für Anna und Bruno. Doch als wir eben um die Hausecke rollten, schob sich das Grün-Weiß eines Polizeiwagens in meine Optik. Die Feier fiel aus. Das Spielen auch. Eben erklärte ich Anna, sie müsse einen Moment warten, da traten Fiedler und ein Beamter aus dem verglasten Scheunentor. Er schob sich an dem Polizisten vorbei und kam auf den Volvo zu. Ich stieg aus.

»Was ist passiert?«

»Mein Archiv ist geplündert. Der Computer fehlt. Sämtliche Aufzeichnungen, Kopien, Videos, USB-Sticks. Alles, was ich fürs Projekt zusammengetragen hab. Vier Jahre Arbeit ...«

Mir dämmerte, dass es um seine Ansverus-Recherchen ging. Die Aufzeichnungen über den Fluch.

»Die Spurensicherung ist verständigt«, erklärte der sichtlich genervte Beamte. »Wir tun, was wir können. Für den Computer zahlt die Versicherung.«

»Der Scheiß-Laptop ist das Wenigste. Es geht drum, was drauf ist!«

Ich mischte mich ein: »Wo ist Frau Dr. Graf?«

»Die bekam unterwegs einen Anruf und musste dringend weiter. Sie hat mich bloß abgesetzt ...« Sein Kopf deutete Richtung Einfahrt.

»Sie weiß noch von nichts?«

»Wozu? Sie wird mir die Sachen auch kaum wiederbeschaffen können.«

Das Funkgerät im Einsatzfahrzeug machte knackende Laute. Eine quäkende Stimme bellte eine Nummer und rief »Kommen«. Der Polizist hob entschuldigend die Hände und trabte zum Auto. Erlöst.

»Was denken Sie? Wer war das«, fragte ich.

Er schob sich die Finger durch die Haare. »Irgendein Handlanger von Heidenreich. Damit ich nichts mehr gegen sie in der Hand hab.«

»Sind die Tonbänder auch weg?«

Er nickte. »Natürlich.«

»Das hängt mit dem Mord zusammen.«

»Sicher.« Er lachte böse.

»Ich war noch mal bei Fröhlich. Nachdem ich Sie besucht hab.«

»Wozu?«

Ich skizzierte ihm, was mir der Stadtarchivar über die Bruderschaft eröffnet hatte.

Er grinste verstört. »Das glauben Sie doch nicht wirklich? Das hat er Ihnen bloß erzählt, um Sie von Heidenreich abzulenken. Weil er sie auf die Idee mit der Quelle gebracht hat.«

»Was ist mit dem Anruf bei Gerlach kurz vor Pensins Tod? Außerdem sagte Fröhlich, es gäbe da jemanden, der behauptet, die Bruderschaft sei noch nach 1945 aktiv gewesen.«

»Wie?«

»Sie soll geholfen haben, Nazis die Flucht ins Ausland zu ermöglichen.«

Er hob abwehrend die Hände und trat einen halben Schritt zurück. »Sorry, das ist mir zu abgedreht.«

»Sie sollten Probsthayn trotzdem von den anonymen Anrufen erzählen.«

»Dann flutscht Heidenreich ihm doch völlig aus dem Fokus.«

In dem Moment kam der zweite Beamte aus dem Haus. Es war mein Spezi, die Feuermeldervisage, die mir am Freitag das Ticket verpasst hatte.

»Was suchen Sie denn hier?«

»Herr Fabian arbeitet für meine Anwältin. Er ist Privatdetektiv«, sprang Fiedler mir etwas voreilig bei.

»Privatdetektiv, ja?« Der Spezi grinste. »Können Sie sich ausweisen?«

»Was soll das?«, protestierte Fiedler noch. Ich kannte das Spiel schon und gab ihm wortlos meine Papiere.

Die meisten Polizisten müssen nicht mehr die fleischgewordene Obrigkeit raushängen lassen. Er zählte zu der Sorte, die für die Autorität ihrer Uniform leben. Er marschierte zum Einsatzfahrzeug, stresste seine Kollegen und scheuchte meine Daten durch den Rechner.

Fiedler guckte ganz beunruhigt.

»Wir kennen uns«, erklärte ich. »Als ich am Freitag auf Heidenreich wartete, hat er mich im Halteverbot ertappt und mir dreißig Kracher abgeknöpft …«

Der Spezi wälzte sich wieder aus dem Sitz und gab mir die Papiere zurück.

»Wo ist der Dieb denn überhaupt rein?«

»Durch ein Seitenfenster. Da hinten.«

Fiedler deutete zur rückwärtigen Längsseite des Hauses, die abgewandt von der Zufahrt lag.

»Das würd ich mir gern ansehen.«

»Klar.« Er setzte sich in Bewegung.

»He«, rief der Spezi. »Wo wollen Sie denn hin? Die KTU muss erst mal …«

Fiedler bog bereits um die Ecke. Ich zuckte die Achseln und folgte ihm. Der Polizist schnallte, dass sein Einwand nicht fruchtete und schloss sich uns fluchend an.

»Passen Sie auf! Sie zertrampeln ja alles …«

Fiedlers Arm zeigte auf ein altes, niedriges Holzfenster mit engen Sprossen und abgesetzten schmiedeeisernen Winkeln. Die Flügel gingen nach außen auf. Zwei der Scheiben um den Riegel herum fehlten. Scherben glitzerten im Gras, als wäre das Glas von innen heraus kaputt geschlagen worden. Doch das lässt sich manipulieren. Also verkniff ich mir, es zu kommentieren und sondierte stattdessen das angrenzende Areal.

Obwohl die Knospen der Büsche noch spärlich waren, konnte man die Flanke des Gebäudes von keinem der Nachbargrundstücke aus einsehen. Die ideale Stelle, um ungestört ins Haus zu gelangen.

Das Bruchglas gab mir Rätsel auf, außerdem hätte ich mir gern noch den Schuppen mit der Fundstelle des Hammers angesehen, aber Anna und Bruno warteten. »Rufen Sie mich nachher an«, sagte ich zu Fiedler.

Ich nickte den Polizisten zu und ging. An der Einfahrt auf die B 207 kamen mir die Wagen der Spurensicherung entgegen.

***

Dreieinhalb Stunden später schellte der Wandapparat in unserer Küche. Conny und ich hatten gerade gegessen. Sie brachte Anna ins Bett. Ich wusch ab.

»Ich hatte Besuch von Probsthayn.« Fiedler klang entnervt. »Er unterstellt mir, ich hätte den Einbruch fingiert, um den großen Unbekannten aufzubauen. Weil Glas im Gras lag.«

»Was sagt die Spurensicherung denn?«

»Die hat nur meine Fingerabdrücke gefunden. Wenn ich die Sache vortäuschen wollte, hätte ich mich kaum so dilettantisch angestellt.«

»Er denkt, Sie machten das mit Absicht, um Zweifel an den übrigen Indizien zu wecken.«

»Halten Sie mich für so clever?«

»Es reicht, wenn er das tut.«

»Ich bin das Opfer, nicht der Täter. Das verlorene Material ist nicht zu ersetzen. Allein die Interviews. Und dann stellt der selbstgefällige Sack sich hin und sagt, ich hätte das inszeniert. Statt sich mal zu fragen, wem das nutzt. Es soll in alle Richtungen ermitteln. Ist das zu viel verlangt?«

»Haben Sie ihm von dem anonymen Anrufer erzählt?«

»Ja.« Er zischte verächtlich. »Wieso ich ihm nicht eher was davon gesagt hätte.«

»Da hat er nicht ganz unrecht.«

Es blieb einen Moment lang still. Fiedler räusperte sich. »Ich brauche Ihre Hilfe, um meine Unschuld zu beweisen.«

»Wie stellen Sie sich das vor?«

»Haben Sie Winterfeld schon befragt?«

»Das ist Probsthayns Job.«

»Der kommt doch von sich aus nie auf die Idee.«

»Wie wollen Sie das Ihrer Versicherung verkaufen?«

»Dann zahle ich Sie eben. Hören Sie. Es geht hier nicht nur um mich, sondern auch um den alten Erich Pensin. Wenn ihn irgendwer wirklich die Kellertreppe hinuntergeschubst hat, will ich wissen, warum. Das bin ich ihm schuldig. Was Sie da von Fröhlich erzählt haben, will mir nicht aus dem Kopf. Morgen treffe ich Jörn ...«

»Wen?«

»Den Pfarrer. Der kennt sowohl den alten Erich als auch den Stadtarchivar. Ich hab ihm gesagt, ich brächte Sie mit.«

»Ach ja?« Ich musste unwillkürlich lachen.

»Tut mir leid. Ich wollte das natürlich nicht für Sie entscheiden.«

»Wann sind Sie mit ihm verabredet?«

»Um zehn.«

»Können wir uns vorher Pensins Haus ansehen?«

»Die Nachbarin hat Schlüssel.«

»Sagen wir gegen halb neun?«

»Ich ruf sie gleich an ...«

Die Küchentür schwang auf. Connys Blick streifte den Geschirrstapel und glitt auf mein Gesicht. Sie erfasste sofort, mit wem ich sprach. Falten gruben sich über ihre Nasenwurzel. Rein präventiv spreizte ich entschuldigend die freie Hand. Als die Geste nichts fruchtete, wusste ich, dass es ihr nicht um den Abwasch ging.

»Okay«, sagte ich zu Fiedler. »Ich bin um viertel nach acht bei Ihnen.«

»Danke.« Er klang erleichtert.

Connys Blick lenkte mich ab.

»Ich muss Schluss machen.«

Der Hörer hing kaum auf dem Haken, denn bei diesem

Apparat hängt der Hörer noch an einem vernickelten Haken, da baute Conny sich schon mit gekreuzten Armen vor mir auf.

»Was soll das? Dein Job ist erledigt. Warum hältst du nicht die Füße still und überlässt den Rest der Polizei?«

»Die kaufen ihm nicht ab, dass bei ihm eingebrochen worden ist.«

»Ist das deine Sache?« Sie legte den Kopf schief. »Könnte es sein, dass du ihn mit Katzenstein verwechselst?«

»Fiedler ist getauft.«

»Pah!«

Ich schluckte trocken. »Wovor hast du Angst?«

»Dein Tanz mit der Stadtverwaltung hat noch gar nicht angefangen, da machst du schon das nächste Fass auf!«

»Nu' mal halblang. Die Frage ist, wer Heidenreich so billig das Land zuschanzen wollte.«

»Was kannst du der überhaupt beweisen? Glaubst du, du tust uns einen Gefallen, wenn du dich mit der Ratzeburger Bürokratie anlegst?«

»Wovon redest du?«

»Hör den beschissenen Anrufbeantworter ab! Dann weißt du, was ich meine ...«

Das Gerät stand auf der ›Oma‹, der wurmstichigen Biedermeier-Kommode neben der Tür zum Schlafzimmer. Das hatte Conny sich so gewünscht. Für mich war das eher ungünstig, doch da ich die meisten Telefonate ohnehin mobil abwickelte, quälte es mich nicht weiter. Zumindest sah ich es blinken, bevor ich ins Bett stieg.

Die Ansage war von der Anwältin. Ihre Stimme troff vor Sarkasmus. Der Chef des Liegenschaftsamts habe sich bei ihr gemeldet.

»Leider läge da wohl ein bedauerliches Missverständnis vor. Keine der Angaben, die sein Mitarbeiter Ihnen gegenüber gemacht habe, träfe zu. Der Mann sei nicht auf dem aktuellen Stand.« Sie pausierte kurz. »Zudem hat dann wohl jemand unter falschem Namen herumtelefoniert. Er wollte wissen, ob ich Sie dazu beauftragt hätte. Das habe ich wahrheitsgemäß verneint. Er will Strafanzeige erstatten.« Sie atmete angestrengt aus. »Künftig möchte ich mir solche Anrufe ersparen. Darum weise ich Sie vorsorglich darauf hin, dass Sie selbstverständlich sämtliche Informationen, die den Fall betreffen, auf legalem Weg zu beschaffen haben.«

Es klickte. Mein Nacken wurde auf einmal ganz warm. Trotzdem gab ich mich gelassen. »Dass die mauern würden, war abzusehen.«

»Jacob, bitte.« Connys Augen glänzten blank und schwarz. »Heidenreich hat jemanden, der den Chef des Liegenschaftsamts anweisen kann, bei Fiedlers Anwältin anzurufen und alles zu dementieren. Ist dir klar, was das heißt?«

Ich hatte sofort Ratzeburgs fülligen Bürgermeister Gabriel vor Augen.

Sie grinste ungläubig. »So hoch geht das?«

Ich zuckte die Achseln.

»Wusstest du das?«

»Ich hab's vermutet.«

»Wie konntest du Heidenreich dann mit deinem Verdacht konfrontieren?«

»Um sie dazu zu bringen, sich zu bewegen.«

»Bravo. Das ist dir auch gelungen.« Sie schüttelte den Kopf, nun nicht mehr kampflustig, eher ratlos. »Ich lebe gern hier. Anna auch. Ich hatte eigentlich nicht vor, in nächster Zeit wieder umzuziehen.«

»Wer redet davon?«

Sie sah mich an. »Wir sind hier nicht in Hamburg. Jeder kennt jeden. Gabriel ist einflussreicher, als du denkst.«

***

Es nieselte, als ich bei Fiedler aufs Grundstück rollte. Er werkelte an der Tür zu einem seiner Schuppen. Es war der Schuppen, in dem die Polizei den Hammer gefunden hatte. Er wolle dort ein Schloss anbringen. Ist das Kind in den Brunnen gefallen, deckt man ihn zu.

»Brauchen Sie noch einen Kaffee?«

Ich schüttelte den Kopf. »Von mir aus können wir.«

»Sekunde.« Er packte das Werkzeug weg. »Wir gehen hinten rum. Über die Weide sind es keine fünf Minuten.«

Der rückwärtige Teil des Grundstücks grenzte an ein offenes Feld. Linker Hand ging es den Hügel hinab über Wiesen in die Senke, wo die Bundesstraße verlief. Auf der anderen Seite war eine leichte Steigung. Auch hier lagen Brachland und Weiden, allerdings mit Büschen und Dickicht, als werde es nur zur Viehhaltung genutzt. Ich sah bloß einen einzigen Acker mit Wintersaat. Es gäbe in Einhaus bloß noch eine Handvoll Bauern, erklärte er.

Wir nahmen den Trampelpfad, der an Knicks entlang ums Dorf herumführte. Das kniehohe Gras durchweichte mir sofort die Hosen, obwohl meine Stiefel die Nässe ganz gut abhielten.

Weshalb ich gestern am Telefon so zögerlich reagiert habe? Ich ersparte ihm Connys Vorbehalte und berichtete von der Ansage der Anwältin.

»Machen Sie sich keine Sorge«, sagte er. »Da habe ich auch noch ein Wörtchen mitzureden.«

»Darum geht's nicht. Wenn der Leiter des Liegenschaftsamts postwendend bei Frau Dr. Graf anruft, hat er Druck gekriegt. Vermutlich von Gabriel.«

»Dem hätte ich nie unterstellt, käuflich zu sein.«

»Ist er vielleicht auch gar nicht. Es reicht, wenn er sich in die Idee verknallt hat.«

»Dieser Ayurveda-Wellness-Schrott macht die Stadt doch nicht zum Kurort!«

Ich zuckte die Achseln. »Es spielt mehr Geld ein als Ihr Projekt.«

»Als ob das alles wäre, was zählt.« Er spuckte wütend aus. Ein paar Schritte weiter hob er den Arm. »Da drüben. Das ist es.«

Von weitem wirkte das Pensin-Anwesen stattlich, ein traditioneller Bauernhof mit Fachwerkbau, wetterergrauter Scheune, Schweinestall, Taubenverschlägen, Löschteich und Fuhrwerken, eben allem, was Städter sich so unter ländlicher Bilderbuchidylle vorstellen.

Im Näherkommen blätterte der Eindruck weg wie mürbe Farbe auf morschem Holz. Das Hofpflaster wies erbarmungswürdige Löcher auf. Auf der Ladefläche des verrottenden Hängers sprossen Birkenschösslinge und der rechte Flügel des Scheunentors hing aus den Angeln. Im schummrigen Zwielicht dahinter rostete ein Trecker.

Fiedler und ich tauschten einen Blick.

»Pensins Frau starb kurz nach dem Unfall des einzigen Sohns«, sagte er. »Vor ungefähr zwanzig Jahren. Danach hatte er keine Lust mehr.«

»Wovon hat er gelebt?«

»Seinem Land.«

»Werfen Pachterträge so viel ab?«

»Er hat verkauft. Auch den Hof. Gegen eine Leibrente.«

»Und nun?«

Fiedler lächelte müde. »Kommen hier vier Baugrundstücke hin.«

»Na wunderbar.«

Er verzog den Mund und deutete auf den Eingang des eigentlichen Bauernhauses. »Wir sind da vorn verabredet.«

Das Gebäude war zwei Drittel Stall, ein Drittel Wohnfläche, mindestens hundertfünfzig Jahre alt, aus Eichenbalken und Lehmfachwerk und genauso am Zerfallen wie der Rest des Anwesens. Lehm bröckelte aus den Fächern, legte das

Weidenwerk frei, stellenweise notdürftig mit schmutzig grauen Ziegeln geflickt. Auf den Eternitplatten des Daches wuchs Moos.

Eine ältere Frau in Kopftuch und Gummistiefeln querte die Straße. Sie winkte mit Schlüsseln.

»Das ist Rosi. Die Nachbarin.«

»Da seid ihr ja«, rief sie. »Ich hatte euch mit dem Auto erwartet.«

Wir gingen ihr entgegen. Fiedler stellte mich vor.

»Gut, dass du wieder draußen bist«, lächelte sie. Sie hatte helle, klare Augen und rollte das R, als sei Hochdeutsch ihre erste Fremdsprache. »Was wollt ihr in Erichs Haus?«

Sie musterte mich skeptisch. Schräg von der Seite.

Ich hatte keine Lust, sie anzulügen. »Herr Fiedler hat mir viel von dem alten Herrn erzählt und ich bin neugierig.«

»Wieso?« Sie hantierte mit dem Schlüsselbund. Ihr Blick wanderte zu Fiedler.

»Kurz vor seinem Tod hat sich jemand brennend für Erichs Geschichten interessiert«, erklärte der. »Ein Mann, der seinen wahren Namen verheimlichte und so tat, als sei er bei den *Lübecker Nachrichten.*«

»Was für Geschichten?«

Sie würgte am Schloss und stieß die Tür auf. Wir traten durch einen Vorraum, in dem Schuhe und Jacken untergebracht waren. Dahinter war die gut zwanzig Quadratmeter große Küche. Es roch nach stockigem Leinen, kaltem Rauch und altem Mann.

»Die Sache mit dem Fluch«, sagte er zu ihr.

»Ach das«, sie lächelte flüchtig. »Dat wör doch bloot Spökenkiekerei.«

»Vielleicht auch nicht«, sagte ich. »Hat er mal erzählt, dass ihn jemand darauf angesprochen hat?«

Sie stülpte die Unterlippe vor. »Nee. Bloß von dem Professor, der die Tote untersuchte. Der sei nah dran, hat er gesagt. Nur wo der nu dran sein sollte, damit ist er nich rausgerückt.«

Mir fielen die Falten um ihre Nasenwurzel auf. Viele kleine, schlaue Falten.

»Erich war mit ihr verwandt«, sagte Fiedler.

»Wat? Mit de dusend Johr ole Deern?« Sie schien überrascht. »Wo hebbt se dat denn rutfündt?«

»Über ihre DNA. Darauf hat er sie selbst gebracht.«

»Un dor künnt se dat seggen?« Sie schüttelte sich schaudernd.

»Das hat er Ihnen nicht gesagt?«

Sie sah mich an. Abwehrend. Misstrauisch. »Nee. Er hat nur von dem Professor gesprochen.«

»Wie oft haben Sie ihn denn so gesehen?«

»Mittags bin ich immer zu ihm rüber und hab ihm was zu essen gebracht. Mein Mann und ich sind allein, seit die Kinder aus dem Haus sind.«

»Sie haben für ihn gekocht?«

»Wir haben genug für drei, aber er wollte nicht immer zu uns.«

»Wieso nicht?«

Sie verzog das Gesicht und zögerte. »Er hatte auch seinen Stolz.«

»Wie? Sie haben ihn so versorgt?«

Sie legte den Kopf schief und sah mich an. »Wir waren fast fünfzig Jahre Nachbarn.«

Ich hob die Brauen.

Sie kam mir zuvor. »Ich hab das nicht nur für ihn getan.« Dann wandte sie sich an Fiedler. »Segg, wat wör nu mit düsse Geschicht?«

Er deutete einen ratlosen Seufzer an. »Die scheint irgendwen sehr zu interessieren. So sehr, dass er bei mir eingebrochen ist.«

Sie wurde blass. »Wann?«

»Als ich im Knast war.«

Er berichtete ihr, wie er sein Haus vorgefunden hatte. Derweil sah ich mich um.

Pensins Küche hätte hervorragend in einen Heimatfilm aus der norddeutschen Tristesse gepasst. Schwarzes Terrazzo, mittig eine Kochmaschine, die sich noch mit Holz befeuern ließ, braunorange Küchenschränke aus den Siebzigern, ein alter Handstein mit darüber montiertem Durchlauferhitzer, Wachstuchdecke überm Küchentisch, altweiß gestrichenes Büffet, daneben ein Abrisskalender der Raiffeisengenossenschaft aus dem Jahr 1997 und eine beige Lampenschale aus meliertem Glas, an der drei vertrocknete Fliegenleimruten baumelten.

Fiedler hatte zu Ende erzählt.

»War denn mal wer hier, der ihn besucht hat?«

Rosi lehnte gegen den Tisch und starrte vor sich hin. Nun sah sie auf, blickte mich an und verneinte stumm.

»Kein Auto? Spaziergänger? Niemand?«

»Höchstens Leute aus dem Dorf. Kommt einer zu Fuß, so wie ihr heut, krieg ich das ja gar nicht mit.« Sie war noch immer blass. »Ihr glaubt nicht etwa …« Der Rest des Satzes schwappte unausgesprochen durch die Luft. »Die Polizei hat doch alles untersucht.«

Ich zuckte mit den Schultern. »Wo ist denn die Treppe?«

Sie zeigte wortlos auf die niedrigere der zwei rückwärtigen Türen. Ich ging und öffnete sie. Es knarrte.

»Licht ist rechts«, sagte sie.

Seitlich in Brusthöhe befand sich ein altertümlicher schwarzer Drehschalter. Normalerweise haben Bauernhäuser keinen Keller. Es gibt höchstens eine Art ins Erdreich versenkte Vorratskammer, wo Schinken und Dauerwürste, Einweckgemüse, Äpfel, Zwiebeln, Wurzeln, Kohl und Kartoffeln lagern, oder eben auch Milch und Butter, falls es im Sommer zu heiß wird. Der Raum ist ganzjährig kühl und tief genug, um Frost abzuhalten.

In solch einen Keller blickten wir nun, erhellt von einer

nackten Vierzig-Watt-Birne. Die steile Stiege führte neun Stufen hinab. Gestampfter Lehmboden, Wände aus gekalkten Feldsteinen, auf den Regalen verstaubte Einweckgläser und Konservendosen, übersät von Spinnweben und Mäusekot. Ich drehte mich zu Rosi um. Sie sah aus, als ob sie fror.

»Wo haben Sie ihn gefunden?«

Sie deutete ans untere Ende der Treppe.

»Da unten. Er lag verkrümmt, so halb auf dem Rücken, die Augen offen. Ich bin noch runter, weil's ja auch ein Schlagfall hätte sein können. Aber er war schon kalt.«

»Ihnen war sofort klar, dass es ein Unfall gewesen sein musste?«

»Ja. Was sonst? Oben alles sah normal aus. Der Fernseher lief, sein Teller stand auf dem Tisch.«

»Also ist es am Abend davor passiert?«

Sie nickte verstört. »Auf 'ne andere Idee bin ich gar nicht gekommen. Wer sollte ihm denn was tun? Hier ist doch nix zu holen.«

Fiedler fragte: »Wer hat aufgeräumt?«

Sie streifte ihre Hände an der Schürze ab und verschränkte sie über der Brust. »Ich. Als die Polizei weg war. Das konnte doch nicht so stehen und liegen bleiben. Das ging doch nicht. Ihm zuliebe. Egal, was nu wird.«

Er fluchte leise.

»Was?« Ihr Blick wechselte zu ihm.

Er sah mich an. »Alle Spuren sind verwischt.«

Sie richtete sich auf und straffte die Schultern. »Woher sollte ich das denn wissen?«

Bei jeder anderen hätte ich vielleicht auch geflucht. Nicht bei ihr. »Sie haben alles ganz richtig gemacht«, sagte ich nur. »Dürfen wir uns die Stube noch mal ansehen?«

Fiedler schnaubte verwundert. Sie legte den Kopf zur Seite, nickte und lächelte.

***

Auf dem Rückweg redeten Fiedler und ich nicht viel. Jeder war mit seinen Eindrücken beschäftigt. Wie genervt er war, dämmerte mir erst, als wir bereits auf seinem Grundstück waren und er spitz bemerkte: »Das war ja grade sehr geschmeidig von Ihnen.«

»Was?«

»Ihre Reaktion darauf, dass sie alles schön geputzt hat.«

»Für sie gehört sich das eben so.«

»Trotzdem ist es scheiße.«

»Fraglich, ob die KTU überhaupt was gefunden hätte.«

Ich zuckte die Achseln und ging Richtung Volvo. Ich hatte Fiedler angeboten, ihn mitzunehmen. Nach unserem Besuch bei Jörn wollte ich noch zu Franzen. Der wohnte auf halbem Weg.

Fiedler blieb stehen. »Warum nehmen Sie sie in Schutz?«

Offenbar wollte er sich streiten. Ich stoppte. »Worüber regen Sie sich auf?«

»Es war ein klassischer Fall von Über-Engagement. Nun kann niemand mehr klären, ob er durch Fremdeinwirkung zu Tode gekommen ist.«

»Sie wollte, dass, egal wer da später in dies Haus geht, und sei es die Abbruch-Crew, an den Toten mit Respekt denkt. Das ist alles. Es war das Letzte, was sie für ihn tun konnte.«

»Ja und?«

»In Hamburg hat man kürzlich die Leiche eines Mannes gefunden, der sechzehn Monate lang tot in seiner Wohnung lag. Zur Nachricht machte es die Lichterkette, die die ganze Zeit über in seinem Fenster blinkte. Nicht einer der Nachbarn hat sich je gefragt, wieso er im Juli noch Advent feierte.«

Er knurrte nur verächtlich. »Die Welt ist voller glattrasierter Barbaren.«

»Genau. Da ist mir Rosi lieber. Bei der müssen Sie nicht

vor der Tür warten, wenn Sie sie beim Essen stören. Die stellt Ihnen einen Teller hin.«

»Mag sein.«

»Einer, von dem ich viel hielt, sagte mir mal, der Unterschied zwischen Zivilisation und Kultur bestehe in der Gastfreundschaft.«

Er grinste irritiert. »Wer?«

»Unser gemeinsamer Freund Katzenstein.«

Sein Grinsen verblasste.

Ich stand inzwischen links vom Volvo und schloss die Tür auf. »Kommen Sie. Wir müssen.«

Er schien zu zögern. Dann wanderten seine Arme in die Luft und er ächzte, es täte ihm leid. Er habe kaum geschlafen. Wegen des Einbruchs und überhaupt.

»Vier Jahre im Eimer. Als ob der Rest nicht reichte.« Seine Hand klatschte aufs Autodach. »Da fährt irgendwer gerade mein Leben vor die Wand und der ermittelnde Oberbulle hält mich für den Täter. Am liebsten würde ich ihm die Fresse polieren.«

»Lassen Sie's. Das wär ihm ein Fest.«

»Der will mich fertigmachen. Wie soll ich da locker bleiben?«

»Spielen Sie es nach den Regeln. Protokollieren Sie jede Begegnung, jeden Anruf, holen Sie Dritte dazu, weisen ihn vor Zeugen auf seine Unterlassungen hin. Mehr können Sie nicht tun.«

Er sah mich müde an. »Gut gebrüllt. Was, wenn er ohne Durchsuchungsbeschluss bei mir aufschlägt?«

»Sie verweigern ihm den Zutritt. Dann muss er einen Durchsuchungsbeschluss erwirken oder Sie vorladen.« Ich sah auf meine Uhr. »Wollen wir?«

Er seufzte matt und nickte. Wir stiegen ein.

Im Sitzen musterte ich im Profil seine schlechte Rasur. Er reiste längst im roten Bereich. Das konnte nicht mehr lange gut gehen. Jedenfalls nicht, wenn Probsthayn ihn weiter so bedrängte.

***

Zwanzig Minuten später saßen wir in der Bibliothek des Pfarrers. Jörn Tykwer wirkte genauso entspannt wie bei meinem ersten Besuch und sein Zimmer noch immer sympathisch unaufgeräumt. Nach dem Einbruch hatte Fiedler ihn angerufen und der Freund ihm sofort angeboten, die Fakten gemeinsam zu sortieren. Das bot uns die Chance, ihn nach der Bruderschaft zu fragen. Falls die tatsächlich existierte, würde er als Geistlicher vermutlich mal davon gehört haben.

Fiedler fasste die Ereignisse zusammen. Jörn lauschte schweigend. Erst als Fiedler andeutete, ich habe den Verdacht, der alte Pensin sei ermordet worden, unterbrach er ihn. Sein Kopf schwang zu mir herum. »Glauben Sie das wirklich?«

»Der Mensch, der bei Gerlach anrief, kannte anscheinend die Anekdote vom Fluch. Aber die ist nur ein Teil der Geschichte. Der sichtbare Teil des Eisbergs. Pensin hat von der Frau gewusst, sonst hätte er nicht so hartnäckig auf dem Abgleich der DNA bestanden.«

Jörn lächelte verständnislos. »Was hat das mit den Mönchen zu tun?«

Fiedler beugte sich vor. »Wenn der Clanchef, der Ansverus steinigen ließ, wirklich Erichs Urahn war, gehörten er und die Getötete zur selben Familie.«

»Warum hat Pensin dir das verschwiegen?«

Fiedler zuckte die Achseln. »Offenbar hielt er es für zu brisant.«

Jörn zuckte ratlos die Schultern. »Mir hat er die Geschichte doch auch erzählt …«

»Weil du mein Freund bist und er dich mochte. Nur

deshalb. Und er hat dir gleich gesagt, es sei vertraulich. Er wollte nicht, dass das bekannt wird. Wir sollten das bis nach seinem Tod für uns behalten.«

Es blieb es einen Moment still. Nur das Trommeln des Regens. Jörn zupfte sich an der Unterlippe und sah zum Fenster. »Was ist das für ein Geheimnis?«

»Wer auch immer die ›Ehre der Heiligen‹ beschwört, ist davon überzeugt, Anverus' Ruf stehe auf dem Spiel. Wenn er nicht verrückt ist, verfügt er über Informationen, die wir nicht haben. Woher stammen die?«

Fiedler räusperte sich. »Was weißt du von der Ansverus-Bruderschaft?«

Jörns Kopf ruckte nach herum. »Wer hat die denn erwähnt?«

»Fröhlich«, sagte ich.

»Wann?«

»Als ich ihn fragte, ob es Berichte vom Überfall auf das Kloster gäbe.«

Ein eigenartiges Lächeln spielte um seinen Mund. »Was genau hat er Ihnen gesagt?«

Ich umriss ihm die Auskünfte des Archivars. Er griff nach hinten, fischte seine Pfeife aus dem Regal, setzte sie mit rhythmischem Saugen in Brand, atmete den Rauch tief ein und lächelte schmal. »Tja. Falls die Bruderschaft dahintersteckt, habt ihr euch einen interessanten Gegner ausgesucht.«

»Du hast schon mal von denen gehört?«

»Ja.« Jörn und wandte den Kopf zum Fenster. »Allerdings hab ich das eher unter Folklore verbucht.«

»Unter Folklore?«

»Kurz nachdem ich herkam, lud mich die Historische Gesellschaft ein, um über Ulfs Mission zu berichten. Ein erlauchter Kreis älterer Herren, die vermutlich auf erbauliche Geschichten eingestellt waren und denen ich stattdessen den Kampf der Indios um ihr Land schilderte. Das hätten sie mir vielleicht noch nachgesehen, doch ich sprach auch über Las Casas, die Jesuiten und die Befreiungstheologie. Das war offenbar zu viel.« Sein Lächeln verlor sich. »Drei Tage später rief der Diözesanbischof an. Der hatte mich noch nie angerufen und ich war geschmeichelt. Bis er erklärte, er wisse um meine besondere Verehrung für Pfarrer Ulf und dessen Engagement für die brasilianischen Indianer. Doch nun sei ich wieder in Europa. Hier warteten andere Aufgaben auf mich. Die verlangten einen frischen Fokus und einen sensiblen Umgang mit örtlichen Befindlichkeiten, besonders beim Thema Mission. Immerhin sei Ratzeburg die Stadt des heiligen Ansverus.«

Fiedler verzog den Mund. »Befindlichkeiten?«

»So drückte er sich aus, ja. Ich hatte vor einer kleinen Runde gesprochen und kannte damals noch nicht alle Mitglieder der Gemeinde. Ich bat ihn, mir zu sagen, wer sich denn bei ihm beklagt habe, um mit den Betreffenden zu reden. Da wurde er sehr allgemein. Er wolle keine Namen nennen. Das stifte böses Blut.«

»Scheiße«, murmelte Fiedler halblaut.

Jörn wog die Hände. »Ich sagte ihm, ich sei fehlbar und betete täglich darum, mein Versagen so gering wie möglich zu halten.« Er nahm die Pfeife, klopfte sie in der hohlen Hand aus und ließ die Asche in den Papierkorb rieseln. »Das tue ich wirklich. Außerdem machen auch Bischöfe Fehler.«

»Wer hat die Macht, Ihren Bischof dazu zu bringen, zum Telefon zu greifen und Sie zu maßregeln?«

»Leute mit genügend Einfluss.«

»Und die sitzen in der Historischen Gesellschaft?«

»Anscheinend.« Jörns Mund zuckte ein paarmal. »Ich bin übrigens nie wieder eingeladen worden.«

Fiedler schob sich die Hand durch die Haare. »Was meinte er mit deiner besonderen Verehrung für Ulf?«

»Ulf hat mir das Leben gerettet. Ohne ihn säße ich heute nicht hier.«

»Das wusste ich nicht. Davon hast du mir nie erzählt.« Fiedlers Ton war unbefangen, fast belustigt, aber auch nachdrücklich auffordernd.

Jörn schien es unangenehm. Sein Blick floh aus dem Fenster, als müsse er sich erst innerlich sammeln. Er atmete durch und nahm die Tasse zwischen beide Hände.

»Na schön. Ich war in Südkolumbien, in Leticia, einem kleinen Ort an der brasilianischen Grenze. Leticia heißt so viel wie überschwängliche Freude. Das trifft es, obwohl es mir zu dem Zeitpunkt wie purer Hohn erschien. Meine Aussichten, Leticia je wieder zu verlassen, tendierten gegen Null, weil ich körperlich und seelisch am Ende war.« Er gönnte uns ein dünnes Lächeln. »Ich erspare euch, wie ich dort gelandet bin. Ich bin nicht stolz darauf. Offenbar musste ich diesen Weg gehen, und sei es nur, um Ulf zu begegnen.« Er stockte. »Der nahm mich mit auf die Mission. Mein Zustand war katastrophal. Ich dachte, ich würde die Reise nie überstehen. Aber wir kamen an. Acht Tage später konnte ich ohne fremde Hilfe aufstehen und nach vier Wochen sah ich fast wieder aus wie ein Mensch. Damit hätte außer ihm kein Mensch mehr gerechnet. Doch es geschah wirklich. Es war wirklich ein Wunder.« Sekundenlang überzog seine Augen ein blanker Film. »Das änderte meine Sicht auf die Dinge. Es änderte alles. Es gab mir etwas zurück, das ich längst zerstört und verloren glaubte. Mein Vertrauen in andere und den Glauben an Gott.«

Er trank einen Schluck, setzte die Tasse ab und blickte aus dem Fenster. Fiedler blieb stumm. Auch ich saß ganz still.

Was Jörn uns da schilderte, klang erschreckend vertraut. Nicht nur die Worte, auch die Mimik und der Ton. Es erklärte auf einen Schlag, warum er so war, wie er war. Es passte. Zu seiner Optik, seinem Auftreten, seiner ganzen

Art. Die Widersprüche waren keine. Nicht für einen, der weiß, zu welchen Verwandlungen es kommen kann, wenn Suchtkranke aufhören zu nehmen.

Vielleicht war das eine reine Projektion. Doch über Gelbfieber hätte er vermutlich anders geredet.

Aber Jörn war noch nicht fertig. »Das habe ich Ulf zu verdanken. Sonst säße ich heute nicht hier. Das ist sein Vermächtnis. Ohne Ulf wäre ich nie Priester geworden. Er schlug mir das vor. Jahre später. Trotzdem wäre ich vermutlich geblieben, wenn er mich nicht fortgeschickt hätte.«

Nun lächelte er wieder. Fiedler legte den Kopf schräg. »Er hat dich fortgeschickt?«

Jörn nickte. Seine Kaumuskeln zuckten. »Er wollte mich schützen. Ihm war klar, dass seine Feinde bald handeln würden.«

»Was für Feinde?«

»Die Kautschukbarone und Edelholzräuber, denen er im Weg war. Hätte ich geahnt, wie sehr sie ihn bedrängten, wäre ich nie gegangen. Doch das verschwieg er mir. Er wusste, wozu sie fähig waren. Er wollte mich außer Landes wissen. Weit weg.«

»Wie ist es geendet?«

Jörns Augen schimmerten mattschwarz. »Keine vier Wochen nach meiner Abreise hat man ihn erschossen.« Er setzte die Tasse wie ein Schnapsglas an und leerte sie in einem Zug.

Außer dem Klimpern der Regentropfen auf dem Glas war eine Weile nichts zu hören. Bis Fiedler sich räusperte. »Tut mir leid. Ich hatte keine Ahnung.«

Er wirkte erschüttert. Ich sah Jörn an. Wenigstens wusste ich jetzt, wieso ich bei unserer ersten Begegnung gleich gedacht hatte, der sei einer, der über Erlösung reden könne, weil er sich in der eigenen Hölle gut umgesehen hatte.

Nur, stimmte das wirklich?

Sieben Jahre sei er auf der Mission gewesen, hatte er gesagt. Die biblische Frist des Dienens. Lang genug, um sich zu stabilisieren. Es kam hin. Trotzdem outete ich mich nicht als Leidensgenossen. Ich würde ihn bei Gelegenheit fragen. Ohne Zeugen. Stattdessen nahm ich den Faden wieder auf.

»Sie glauben, die Bruderschaft hat den Bischof alarmiert?«

Er machte eine ungewisse Geste. »Es war schon eigenartig. Nach dem Abend zeigten mir viele der Herren auf einmal die kalte Schulter. Unser Bürgermeister, der gar nicht anwesend gewesen war, bemerkte, für den Pfarrer einer Gemeinde mit derart symbolträchtigem Namen pflege ich wohl ein eher zwiespältiges Verhältnis zur Mission.«

»Das ist der Klüngel«, zischte Fiedler.

»Dachte ich zunächst auch. Aber als ich meinem Mentor davon berichtete, der sich in der Diözese gut auskannte, fragte der bloß, ob ich denn noch nie von der Bruderschaft gehört habe. Die sei berüchtigt für ihre Rache-Rituale.« Sein Kopf sackte in den Nacken. »Allerdings fürchte ich, er meinte das nicht ganz ernst.«

»Sondern?«

»Eher, als halte er es für ein Schauermärchen, um Kindern Angst einzujagen. Jedenfalls hab ich ihn damals so verstanden.«

Fiedler ächzte. »Du hältst die Bruderschaft nur für einen Mythos?«

Jörn verzog den Mund. »Bis eben schon. Doch ich mag da falsch liegen.«

»Wo finden wir den Mann?«

»Wen?«

»Ihren Mentor?«

»Auf dem St. Michael-Friedhof in Berlin. Sonst hätte ich längst gesagt, rufen wir ihn an.«

***

Als ich Fiedler später nach Hause fuhr, war ich einigermaßen ratlos. Weder die Drohanrufe bei Fiedler noch der Einbruch oder Pensins Tod waren Zufälle, und das machte es alles viel komplizierter, als ich noch vor ein paar Tagen gedacht hatte. Die Spur des Geldes führte über Winterfeld zur *OVG-Invest*. Da ging es um Gier und Korruption. Bis auf das Verhältnis von Heidenreich und Winterfeld unschwer zu entschlüsseln. Nun schob sich eine obskure Loge ins Bild, wie das Konstrukt aus einem schlechten Verschwörungs-Thriller, vielleicht eine Chimäre, vielleicht Realität. Rätselhaft.

So rätselhaft wie Jörns Suchtkarriere.

Die späten Achtziger waren die Ära des Cali-Kartells gewesen. Es gab zig Wege, wie sich ein abenteuerlustiger Gringo damals in ein südkolumbianischen Nest hatte verirren und dort stranden können, um als schniefender Schnorrer durch die Stadt der Wonne zu stolpern, verspottet, verlacht, auf der rastlosen Suche nach dem verhassten göttlichen Stoff, egal ob geschnupft, gefressen oder gespritzt, bis er irgendwann, als er eigentlich längst jenseits jeder Hoffnung war, auf einen Engel stieß, der bereit war, ihm beizustehen und zu helfen, sich dem großen Zittern zu stellen.

Einen Moment lang malte ich mir den Spießrutenlauf des Entzugs aus: die Krätze unter der Haut, den Schweiß, die Moskitos und die Hitze, die Maden im Hirn, den Schüttelfrost und das Hohngelächter tollwütiger Dämonen.

Fiedler lenkte mich ab. Er gab zu bedenken, dass wir immer noch nicht wüssten, wo wir nach den alten Aufzeichnungen suchen sollten, spekulierte über die Bruderschaft und landete drei Sätze weiter bei Katzenstein. Dabei ließ er fallen, dass der ihm damals den entscheidenden Anstoß zu seinem Projekt gegeben hatte.

»So, welchen denn?«

»Wir rätselten, weshalb die Deutschen den Krieg im Osten

so viel brutaler geführt hatten als im Westen und wieso die meisten Soldaten das bedenkenlos mitmachten, obwohl nicht alle glühende Nazis waren und viele im Nachhinein sagten, die einfachen Russen seien ganz wunderbare Menschen.«

»Ja und?«

»Er sagte, die Propaganda habe an alten Feindbildern angedockt. Die Nazis hätten sie bloß in neue Formen gegossen. Die Idee des Lebensraums im Osten und die Verdrängung der Slawen hätten auf tausend Jahre alte Vorstellungen zurückgegriffen. Das reiche zurück bis in die Zeit der Kreuzzüge.«

»Steile These.«

»Nicht unbedingt. Das ›Jerusalem‹ des Ritterordens, die Marienburg, liegt an der Nogat, östlich der Weichsel. Dort befand sich das gelobte Land, wohin man Siedler holte.«

»Ja und?«

»Nachdem die Macht des Ordens gebrochen war, wurde das Herzogtum Preußen gegründet, das an Brandenburg überging, und später schmückten sich die preußischen Könige mit den Insignien und Farben des Ritterordens …«

Er begann über den Mythos der Kriegermönche zu sprechen, der in Eisernen Kreuzen und christlichen Schwüren fortlebte und den Leute wie der Historiker Heinrich von Treitschke im 19. Jahrhundert wiederbelebt hätten.

»Für Treitschke verkörperte der Orden das Bollwerk der Kultur gegen die slawische Barbarei. Er feierte ihn als Krönung des deutschen Wesens, der ›aggressiven Kraft und herrischen, gemütlosen Härte.‹«

»Klingt wie die mentale Vorbereitung für Stalingrad …«

»Und darüber hinaus. Schließlich gehen sogar noch die Hoheitsabzeichen der Bundeswehr auf den Ritterorden zurück. Das ist nicht bloß einfach Traditionspflege, da wird der Mythos der Kreuzzüge gefeiert, eben all der grauenhaften unheiligen Kriege, die der Papst verkündete, um die barbarischen Westeuropäer zu vereinen und sie gegen äußere Feinde zu hetzen, die ihnen kulturell turmhoch überlegen waren. Und dabei ging es nicht um Besiegen und Bekehren, sondern um Besiegen und Vernichten. Totalen Krieg und totalen Triumph. Nur das erlaubte es den Westlern, ihren Neid und ihre Minderwertigkeitsgefühle abzulegen und sich selbst als christliche Herrenmenschen zu sehen.«

»Wo ist der Bezug zu den Slawen?«

»Mindestens ein Drittel der Deutschen dürfte slawische Wurzeln haben. Das ist komplett verdrängt. Warum wohl?«

Ich dachte an den kleinen, agilen Kritiker, den die Nazis im Alter von elf nach Łódź verschleppt hatten. »Was hatte Katzenstein denn für eine Erklärung?«

»Dass die angeblich so sanfte Eindeutschung vermutlich so traumatisch gewesen sei, dass alle Beteiligten sie schleunigst hätten vergessen wollen.«

»Auch die Besiegten?«

»Gerade die Besiegten.«

»Warum?«

»Weil es so schlimm für sie war.«

»In den meisten Geschichtsbüchern liest sich das anders.«

»Die wurden von den Siegern geschrieben.«

»Und Pensins Familie?«

»Ausnahmen bestätigen die Regel.«

»Wie verträgt sich das damit, dass es in Mecklenburg bergeweise slawische Adelige gab?«

»Es war letztlich bloß eine Handvoll. Überlegen Sie mal, warum sich westlich von Hamburg keine Güter finden, aber östlich von hier überall Krautjunker hockten. Im Westen lebten freie Bauern. Die hatten germanische Vorfahren, im Osten sächsische Grafen, deren Leibeigene das Pech hatten, die falsche Großmutter zu haben.«

»Was hat das mit dem Hass aufs Slawische zu tun?«

»Es war ein Fluch, Slawe zu sein. Leever dood as Slaav. Das sagten die Friesen, weil sie ganz genau wussten, was mit den Slawen passiert. Slawen wurden als Sklaven in den Orient verkauft. Slawe und Sklave war buchstäblich dasselbe. Niemand identifiziert sich gern mit den Verlierern. Zumal die Slawen aus Sicht der Sieger ja ohnehin Heiden waren, womit sie in der Hölle landeten, was noch mal zusätzlichen Druck schaffte, sich von ihnen loszusagen.«

»Reden Sie über Eindeutschung oder Zwangstaufe?«

»Sowohl als auch. Das ging ja Hand in Hand.«

»Die Zwangsgetauften erinnerten sich also nicht daran, Slawen zu sein, weil sie sich nicht als Verlierer fühlen wollten, sondern bloß daran, dass alles Slawische minderwertig war?«

»Genau. Die Unterworfenen identifizierten sich mit ihren Unterwerfern, um endlich auch zu den Gewinnern zu zählen. Sie versuchten nicht nur, die besseren Christen zu werden, sondern auch die besseren Slawenhasser.« Er verzog den Mund. »Genau da hat Hitler angedockt.«

Ich nickte stumm. Die Deutung erhellte vieles. Zugleich sparte sie aus, dass Gewalt an sich viele fasziniert. Töten bietet den ultimativen Machtkick. Das ›Viva la muerte!‹ der spanischen Faschisten ist kein Widerspruch in sich, sondern eine Option. Das mag Leuten, die dem nie ausgesetzt waren, abartig und krank erscheinen, doch es ist im Zweifelsfall so menschlich wie Güte. Katzenstein hatte das gewusst, weil er es am eigenen Leib erfahren hatte. Bis vor ein paar Minuten hatte ich unterstellt, dass auch Fiedler das wisse. Doch vielleicht tat er das gar nicht.

Vor uns senkte sich die Bahnschranke. Ich hielt und stellte den Motor ab.

»Was amüsiert Sie so?«

»Seh ich amüsiert aus?«

»Ja.« Er wirkte irritiert. Eventuell lag es an meinem Gesichtsausdruck. Mitunter grinse ich, wenn mir eher zum Heulen zumute ist.

»Darauf kann auch nur einer kommen, der alle Enden des Stocks geschmeckt hat«, sagte ich.

»Wie?« Er lächelte verstört. »Es spricht wirklich vieles dafür.«

»Sicher.«

»Aber?«

»Kein aber.« Ich schob die Schulter an die Seitenscheibe. »Mir ist klar, dass das nicht halb so harmonisch ablief wie behauptet.«

»Harmonisch?« Sein Auflachen klang wütend. »Die Nachfahren der Slawen mussten für Großgrundbesitzer ackern. Als sich die Landarbeiter in Mecklenburg und Pommern 1919 wehrten, kam die Reichswehr und schoss sie mit Artillerie zusammen. Wissen Sie, wie Lettow-Vorbeck da gewütet hat?«

»Sie brauchen mich nicht zu agitieren. Mir ging's um Katzenstein.«

»So?«

»Wenn sich irgendeiner mit gebrochener Identität und zerstörter Heimat auskannte, dann er. Nur wer sein Leben lang zwischen allen Stühlen hockt, kann diese Mischung aus Selbstbeschiss und Blutrausch aufdröseln.«

»Welche Stühle?«

»Die Deutschen verziehen ihm alles, außer seinen Ausflug nach Auschwitz, und für die Juden war er ein Verräter, weil er nach der Befreiung ins Mörderland zurückkehrte.«

Er begriff und schluckte.

Eben fing es wieder an zu regnen. Die Tropfen zerplatzten auf der Windschutzscheibe und rannen wie Bäche von Tränen übers Glas. Zum Glück glitt in dem Moment der Schienenbus an uns vorbei. Die Schranken wippten und kippten dann nach oben. Ich legte den Zündschlüssel um.

Der Anlasser jaulte auf und die Scheibenwischer fegten die Tränenflut beiseite.

***

»Schleswig-Holstein war ein Sammelbecken für Nazis. Bei Kriegsende stand die Wehrmacht noch in Dänemark und Norwegen. Dönitz saß in Flensburg und spielte Reichsregierung. Die Alliierten nahmen ihn zwar Ende Mai fest und schafften ihn ins Camp ›Ashcan‹, aber zig andere tauchten unter. Wer als Kriegsverbrecher auf den Suchlisten stand, musste sehen, dass er aus Deutschland herauskam.« Der alte Herr hustete. »Eine der Organisationen, die sie dabei unterstützte, nutzte die Insignien der Bruderschaft.«

Franzen musste an die achtzig sein, er war ein hagerer, hoch gewachsener Mensch mit wirrer weißer Mähne und blassblauen Augen. Am Telefon hatte er zunächst abwehrend reagiert, weil er, wie er mir später gestand, »Dr. Fröhlich nicht unbedingt für eine Empfehlung« hielt. Doch sobald ich ihm erläuterte, worum es ging, wurde er neugierig. Ich könne ruhig gegen Mittag bei ihm vorbeikommen. Er lege sich nie hin.

Er wohnte auf der Westseite der Stadt, nicht weit von Heidenreich, am Hang oberhalb der Kirche, in einem efeuüberwucherten einstöckigen Haus, das muffig roch und mit zahllosen Büchern vollgestopft war. Allein sein düsteres Studierzimmer beherbergte mindestens zweitausend Bände. In dem engen Flur, durch den er mich führte, standen Dutzende Meter Druckware auf Regalen von Knöchelhöhe bis unter die Decke. Fast alle Titel kreisten in irgendeiner Form um den Krieg und die Judenvernichtung. Es wirkte wie ein papiernes Labyrinth der Anklage und Erinnerung.

»Die ›Rattenlinie‹ sagt Ihnen vielleicht etwas«, sagte er gerade. »Die lief auch unter ›Vatican Connection‹, weil ihr Spiritus Rector, Bischof Alois Hudal, mit Billigung von Papst Pius und der Kurie handelte. Hudal leitete das deutsche Priesterkolleg in Rom. Er war Träger des ›goldenen Ehrenzeichens der NSDAP‹. Nach 1945 verhalf er Hunderten von Tätern des Judenmordes zur Flucht. Neben Eichmann, Priebke und Schwammberger etwa auch dem Henker von Riga, Eduard Roschmann, der in Forsyths *Akte Odessa* auftaucht, und Franz Stangl, dem Kommandanten von Treblinka und Sobibor.«

»Ich weiß, wer Hudal ist«, erwiderte ich einigermaßen erschöpft, weil er mich in Fakten zu ertränken drohte. »Vor einer Weile habe ich den Nachlass von Erich Weiss gesucht. Weiss war Schriftsteller und emigrierte nach Frankreich. Während des Krieges geriet er in die Fänge von Klaus Barbie.«

»Barbie«, nickte er. »Der Schlächter von Lyon. Den hat Hudal 1950 mit Hilfe des kroatischen Obersts Draganovic nach Bolivien geschleust, wo er seine ekelhaften Verhörmethoden für Putschgeneral Hugo Banzer einsetzte. Barbie brüstete sich damit, der CIA Che Guevara ans Messer geliefert zu haben.« Das ›Putschgeneral‹ kam mit Verve und sein ›Banzer‹ klang wie ›Panzer‹. Er räusperte sich. »Wussten Sie, dass Barbie Mitte der Sechziger noch auf der Gehaltsliste des BND stand? Das hat ein junger Historiker kürzlich rausgefunden.«

»Mir geht es um die Verbindungen zur Bruderschaft.«

Franzen fuhr sich mit der Linken an die Stirn. »Das dürfte über die ›Stille Hilfe‹ gelaufen sein, die eine Helene Elisabeth Prinzessin von Isenburg ins Leben rief, um verurteilten Nazis zu helfen. Isenburg hatte hervorragende Drähte zu Adel, Politik und Kirche. Neben früheren SS-Bonzen saßen Weihbischof Neuhäusler und der evangelische Altbischof Theophil Wurm im Vorstand. Wurm diente Isenburg als Eintrittskarte in lutherische Kreise.«

»Ansverus war Benediktiner. Wo ist der Bezug zur Bruderschaft?«

»Es gibt auch Protestanten, die wie Benediktiner leben«, lächelte er.

»Was hatten die mit flüchtigen Nazitätern am Hut?«

»Was hatte das Counter Intelligence Corps mit der Organisation Gehlen am Hut? Es ging gegen den gottlosen Bolschewismus. Die meisten Protestanten haben sich prächtig mit den Nazis arrangiert. Zumal die Nazis ein Projekt umsetzten, das die Kirche seit Jahrhunderten betrieb. Himmler etwa, der angebliche Atheist, hielt sich für den Nachfolger von Heinrich dem Vogeler, der die Ostkolonisation anstieß und gegen die Ungarn und Slawen ins Feld zog.«

»Auch hier im Norden?«

»Sicher. Das ging gegen alle Stämme, die zwischen Elbe und Oder lebten, Obodriten, Ukranen, Redarier.«

Ich dachte an das Holzkreuz über der zerstörten Siwa-Quelle. »Also war der gemeinsame Nenner der Slawenhass?«

»Bei Heinrich dem Ersten und Himmler? Mit Sicherheit.«

»Ich meinte die Bruderschaft und die ›Stille Hilfe‹.«

»Wenn Sie Slawen mit Bolschewisten gleichsetzen, ja, natürlich.«

»Hat man darauf spekuliert, als man die Wallfahrten zum Answerus-Kreuz nach dem Krieg wieder aufnahm?«

»Die Wallfahrten?«

»Die Pilger waren katholisch. Sie kamen aus dem Osten, waren entweder geflohen oder vertrieben, und diejenigen, denen sie das verdankten, saßen Luftlinie keine drei Kilometer weiter.«

»Derjenige, dem sie das verdankten, zog sich 1945 durch Selbstmord aus der Affäre«, sagte er. »Kein Deutscher wäre je vertrieben worden, hätte Hitler nicht den Krieg angezettelt!«

»Aber die wenigsten machten ihn dafür verantwortlich. Die hassten Stalin und die Rote Armee. Ich frage mich, ob die Initiatoren der Wallfahrt auf diesen Groll spekulierten.«

»Möglich«, sagte er angestrengt. »Es liegt nahe. Leider, ja …«

Sein Blick verlor sich auf dem fadenscheinigen Perserteppich.

»Was für Belege gibt es denn für die Kooperation zwischen der ›Stillen Hilfe‹ und der Bruderschaft?«

Er verzog das Gesicht und machte eine ratlose Geste.

»Und für Fluchthilfeaktionen der Bruderschaft?«

»Die hab ich hier.« Er stand ächzend auf, streckte den Arm aus und langte nach einem Pappfaltordner, den er zuvor offenbar schon bereitgelegt hatte, zog einen abgegriffenen, gelbgrauen Umschlag daraus hervor und entnahm ihm ein Dutzend Schwarzweißfotos. »Das sind die Kasernen in Wentorf.« Er schob mir den Stapel quer über den Tisch zu. »Da richteten die Briten nach dem Krieg ein Lager für ehemalige Zwangsarbeiter und KZler ein, die nicht zurück in ihre Heimat konnten. Sogenannte Displaced Persons.«

Ich kannte die Kasernen der Panzergrenadierbrigade 16 an der B 207. Die Bundeswehr hatte sie noch lange genutzt, bis Mitte der 1990er ein Gutteil des alten Komplexes abgerissen worden war. Vor einem der Tore hatte damals ein großes Schild geprangt: *Wentorf Camp – Regional Resettlement Processing Centre. IN*. Dann sah ich es. Auf dem dritten Abzug.

»Hier! Das Zeichen der Bruderschaft.« Franzen deutete auf einen ovalen Kreis, in dem die Buchstaben ›F‹ und A' standen. »Das Symbol für die *Fraternitas Ansverii*.«

Auf den ersten Blick wirkte es wie ein aus der Zeit gepurzeltes Anarcho-Logo. Daneben standen zwei Sätze auf Polnisch. Mit drei Ausrufezeichen versehen. Ich sah ihn fragend an.

»Was bedeutet das?«

»›Hütet euch! Oder es ergeht euch genauso!‹«

»Was sollte das?«

»Die Fotos sind vom Juli 1946. Im Juni hatten sich zwei Jüdinnen aus dem Lager an die Polizei gewandt, um einen Mann anzuzeigen, den sie für Richard Baer hielten. Baer war ab Frühjahr '44 Kommandant des Stammlagers in Auschwitz. Die Engländer hatten großes Interesse daran, ihn zu fassen, aber die Frauen hatten den Fehler gemacht, die falsche Polizei zu alarmieren. Bevor die Briten sie vernehmen konnten, verschwanden sie beide spurlos.«

»Bezieht sich die Drohung darauf, dass man sie hat verschwinden lassen?«

Er stülpte die Unterlippe vor. »Anzunehmen. Die Frauen tauchten nie wieder auf und die Sache verlief im Sande.«

»Und das Zeichen der Bruderschaft?«

»Die Geschichte ist noch nicht zu Ende.« Er fuhr sich mit der Hand über den Schopf. »1960 fahndete man erneut nach Baer. Im Zuge des Auschwitz-Prozesses. Als man Fotos von ihm veröffentlichte, wurde er angezeigt und auf dem Gut des Fürsten von Bismarck verhaftet. Bei Dassendorf.«

»Hoppla.«

»Dort hatte Baer sich seit dem Kriegsende versteckt. Als Forstarbeiter.«

»Was meinte der Fürst dazu?«

»Der hat sich nie dazu geäußert. Baer starb in der Untersuchungshaft. Danach fragte niemand mehr. Zwölf Jahre später erwähnte ich den Vorfall in einem Artikel. Da pfiff mein Chef mich sofort zurück.«

»Wieso?«

»Bismarck war bis '65 Bundestagsabgeordneter, gehörte dem Auswärtigen Ausschuss an, war Vizepräsident der Parlamentarischen Versammlung des Europarats, Vorsitzender der Deutschen Parlamentarischen Gesellschaft und trug das Große Bundesverdienstkreuz. Solche Leute erinnerte man nicht daran, dass sie für die rechtsradikale Deutschnationale Volkspartei im Reichstag gesessen hatten und 1933 in die NSDAP eingetreten waren. Nicht, wenn sie clever genug gewesen waren, im Herbst 1944 den diplomatischen Dienst zu quittieren und sich auf das Gut ihres Großvaters zurückzuziehen.«

»Das sagte Ihnen Ihr Chef?«

»Nein. Er gab mir nur zu verstehen, dass mein Text so nie erscheinen werde. Bismarck habe sich zum Demokraten gemausert. Als ich ihm aufzählte, mit wie vielen früheren NS-Kadern der angeblich demokratisch gemauserte Fürst nach wie vor so verkehrte, schmiss er mich raus. Heiligabend 1975 starb Bismarck dann. Damit war die Story endgültig begraben.«

»Weil es pietätlos war, solche Enthüllungen über Verstorbene zu bringen?«

Der alte Mann fächerte die Hände. »Richtig.«

»Glauben Sie, Bismarck hatte mit der Bruderschaft zu tun?«

Seine Fingerspitzen trafen mehrmals aufeinander. Wie ein stummes, bejahendes Klatschen.

»Belegt ist nur, dass er Kontakt zu dem Kreis um Werner Naumann hatte, der die FDP rechts zu unterwandern suchte. Friedrich Middelhauve, der über Ernst Achenbach mit Naumann vernetzt war, versuchte Bismarck damals zu gewinnen. Achenbach war ein Kollege aus dem Auswärtigen Amt und hatte geholfen, französische Juden zu deportieren.« Franzen hustete. »Doch das sind natürlich keine Beweise. Amtlich ist nur, dass der Fürst einem flüchtigen NS-Mörder fünfzehn Jahre lang Unterschlupf gewährt hat.«

***

Manche Dienstage sind zäh. Immerhin gab es jetzt ein paar Punkte, wo ich ansetzen konnte. Die Fotos von dem Dee-Pee-Camp jedenfalls schienen echt. Eventuell gab es noch Unterlagen über das Verschwinden der zwei Frauen. Über Baer und Bismarck fand sich gewiss auch einiges. Der

Auschwitzprozess war gut dokumentiert und Hinrichs, den ich sofort anrief, kannte sich in der Materie hervorragend aus. Anschließend rief ich Axel an. Der versprach, sich um die politischen Verbindung zwischen dem Fürsten und der Prinzessin zu kümmern. Während wir sprachen, hackte er auf seine Tastatur ein.

»Halt dich fest: Der jetzige Star der ›Stillen Hilfe‹ ist Himmlers Tochter. Zuletzt hat sie einem Täter aus Theresienstadt einen Platz in einem Altersheim bei Pullach organisiert. Vielleicht hat man Sippenhaft doch zu früh abgeschafft, was meinst du?«

»Hier geht's um die Bruderschaft«, sagte ich. »Im Herzogtum Lauenburg.«

»Kann ich leider nicht liefern«, grunzte er. »Aber du willst doch eh nach Aumühle. Ich kenn da einen ehemaligen Pressefotografen, Rainer. Der wohnt da. Ich hab hier grad eine Mail von ihm. Er schwört, dass die *Communitas* nichts mit deiner Bruderschaft zu tun hat, doch er weiß eine Menge über den braunen Sachsenwald. Er ist der Erste, den ich fragen würde. Soll ich ihn anrufen?«

Der Nachmittag war noch jung. »Klar.«

Drei Minuten später meldete er sich wieder.

»Du bist avisiert.« Er ließ ein Räuspern hören. »Erschrick nicht. Er hat Amyotrophe Lateralsklerose und sitzt im Rollstuhl.«

»Amyotrophe was?«

»Lateralsklerose. Degenerativer Abbau des motorischen Nervensystems, gekoppelt an Muskelschwund. Unheilbar. Die Platin-Arschkarte. Die meisten Betroffenen sind drei Jahre nach der Erstdiagnose tot. Er hält das schon sechs durch und will's machen wie Stephen Hawking. Der hat das auch. Seit über fünfzig Jahren.«

»Scheiße. Er kann sich gar nicht mehr bewegen?«

»Richtig.«

»Wie …«

»Seinen Computer bedient er mit Augensteuerung, und im Gegensatz zu Hawking kann er immerhin noch sprechen. Alles andere muss seine Frau für ihn machen.«

»Bist du sicher, dass ich ihn behelligen sollte? Ob Bismarck was mit der Bruderschaft zu schaffen hat …«

»Sonst hätt ich's dir kaum vorgeschlagen.«

Rainer wohnte am Rand von Aumühle, im Erdgeschoss eines Backsteinbaus für sechs Parteien. Ruhig gelegen. Siebziger-Jahre-Bau. Gepflegter Eingang. Eine brünette Frau öffnete mir. Pagenschnitt und Schweißschimmer unterm Haaransatz.

»Mein Mann ist noch am Sauerstoffgerät. Geben Sie mir fünf Minuten.« Ihr Blick fiel auf meine Stiefel.

»Soll ich die ausziehen?«

»Wär nett.«

Sie ließ mich im Flur stehen. Ich musterte die eigenwillig gestreifte Tapete. An der Garderobe hingen bunte Kinderanoraks. Darunter standen mehrere Paar kleiner Schuhe.

Mein Job bringt es mit sich, dass ich in die Welt aller möglichen Leute eindringe. Das macht mir nicht immer nur Spaß, aber in der Regel fühle ich mich dabei nicht wie Falschgeld. Die Tür zum Wohnzimmer schwang auf. Rainers Frau lächelte angestrengt. »Er hat heute nicht viel Luft. Reicht eine halbe Stunde?«

»Ich kann auch sofort wieder gehen.«

»Nein, nein. Kommen Sie. Abwechslung tut ihm gut. Sonst hat er ja nur den Computer.« Sie stieß die Tür auf.

Der Raum war überheizt, doch der hohlwangige Mann in dem elektrischen Rollstuhl schien zu frieren. Ich trat näher.

»Danke, dass Sie mich empfangen.«

»Keine Ursache. Axel hat mir von Ihnen erzählt.«

Sein Kopf lag hinten in einer Stütze, die Arme auf den Lehnen. Er war bis auf die Knochen abgemagert und sprach, als sei seine Zunge festgepflockt. Es kostete ihn Mühe, die Laute zu artikulieren, aber er grinste. Seine Frau schien seine Reaktion abzuwarten. Erst dann schob sie mir einen Stuhl hin.

»Kann ich Ihnen was anbieten? Tee, Wasser?«

»Danke vielmals, nein.«

Sie wandte sich an ihn. »Und du?«

»Ja. Bitte. Wasser.«

Sie griff zu dem Glas mit Strohhalm und der Seltersflasche, die auf dem Tisch standen, goss das Glas halbvoll, nahm ein Papiertuch, beugte sich über ihn und hielt ihm den Strohhalm vor den Mund, wobei sie die Unterseite seines Kinns mit dem Tuch abschirmte. Er saugte in harten, gierigen Zügen, bis die Öffnung des Halms hohl auf dem Boden schlürfte. Ihre Finger streiften ihm sachte über die Schläfe.

»Mehr?«

Er holte in kurzen, rasselnden Stößen Luft und deutete ein Kopfschütteln an.

»Danke.«

»Ihr zwei kommt zurecht?«

Das ging an ihn. Er bejahte mit den Augen. Ihre Hand glitt noch mal rasch an seiner Wange entlang, bevor sie sich wieder aufrichtete.

»Dann lass ich euch jetzt allein. Falls irgendwas ist: Ich bin vorn.«

Beim Rausgehen ließ sie die Tür angelehnt.

Axel hatte nicht gelogen. Rainer liebte Lokalgeschichte. Er war in Aumühle aufgewachsen und erinnerte sich sowohl an Dönitz als auch an den Fürsten, den er Otto Zwo nannte. Zum Zeitpunkt von Baers Festnahme war er allerdings erst anderthalb gewesen. Doch er berichtete mir über Georg von Schönerer. Dieser in Wien geborene Sohn eines Eisenbahnmagnaten, ein glühender Alldeutscher, Antisemit und Slawenhasser, der das Weltbild des jungen

Hitler entscheidend zu verbiegen geholfen hatte, war auf eigenen Wunsch in Aumühle beigesetzt worden, damit er vom Grab aus seinem Idol Otto von Bismarck nahe sein durfte. Man benannte eine Straße nach ihm, auf der der örtliche SA-Sturm regelmäßig Schönerer-Gedenkmärsche veranstaltete, eine Tradition, die die freiwillige Feuerwehr nach dem Krieg fortsetzte, bis der Gemeinderat Mitte der 1970er endlich zur Besinnung kam, die Märsche stoppte und der Straße einen anderen Namen gab.

Als Junge hatte Rainer Dönitz häufiger erlebt. Der Sparkassenleiter habe ihn grundsätzlich mit ›Herr Großadmiral‹ angesprochen, was Dönitz, zumindest vor Zeugen, nicht immer nur behagte. Doch bei seiner Beerdigung waren dann alle erschienen, die in der Revanchistenszene Rang und Namen hatten.

»Seine Orden lagen auf einem Samtkissen. Die trug einer vor dem Sarg her. Rudel war da. Das Fliegerass. Der grüßte mit ausgestrecktem Arm. Otto Reitsch, der Bruder von Hannah Reitsch. Offiziere von der Bundeswehr. In Unform. Prinz Friedrich Ferdinand zu Schleswig-Holstein. Karl-Rüdiger Hess, der Sohn von Rudolf. Der schickte einen Kranz. Den hab ich noch fotografiert ...« Er grinste. »Mittendrin der Heidemann, der Mensch vom *Stern*, der später die gefälschten Hitler-Tagebücher an Land zog.«

»Auch irgendwelche Isenburgs oder Bismarcks?«

»Nicht dass ich wüsste.« Sein Kopf ruckte verneinend hin und her. »Und Otto Zwo war ja schon tot. Seit '75. Auf den Tag genau fünf Jahre vor Dönitz.«

»Hatte der Bezüge zum Ansverus-Haus?«

Er schüttelte lächelnd den Kopf. »Kaum. Das ist ja eher wie ein Kloster.«

Seine Sätze kamen mit immer längeren Unterbrechungen. Er musste nach jedem dritten Wort Luft holen. Sein linker Unterschenkel fing an, heftig zu zittern. Ich merkte, wie erschöpft er war. Also bedankte ich mich und versprach, Axel zu grüßen.

Er lächelte. »Ein andermal. Wieder.«

Im Aufstehen legte ich ihm spontan meine Rechte auf den Handrücken. Er fühlte sich kühl an. Trotz der Wärme im Raum. Aber das Gesicht mit den großen, braunen Augen verjüngte sich auf eigenartige Weise. Mit einem Mal wusste ich, wie er als Junge ausgesehen hatte, beim Laubrascheln im Sachsenwald.

Vor Ausbruch der Krankheit habe er in der Stadt gelebt, hatte er eingangs erwähnt. Auch, dass es zwei Mädchen gäbe, von neun und elf, und wie dankbar er dafür sei, hier heute mit ihnen sein zu dürfen. Er liebe Aumühle. Trotz allem.

Seine Frau brachte mich an die Tür. Zum Abschied gab sie mir die Hand. »Kommen Sie gern wieder«, sagte sie lächelnd. Und dann, schon bei offener Tür: »Auch wenn er jetzt erschöpft ist, es hat ihm gut getan.«

Der untere Rand ihrer Augen schimmerte feucht. Doch das lag im Zweifelsfall nur an dem frostigen Wind, der uns ins Gesicht biss.

Kurz darauf hielt ich beim Friedhof. Das Grab von Dönitz suchte ich vergeblich, dafür stieß ich auf eine längliche, gewölbte Platte, unter der die Reste von Georg Heinrich Ritter von Schönerer moderten, und bevor ich lange darüber rätselte, warum man diesen Exilleichnam nicht zurück in die Ostmark geschickt und auf dem Heldenfriedhof entsorgt hatte, als hygienische Geste und aus Respekt für die heimatliche Scholle, sah ich mir lieber den Bismarckturm an.

Der lachte mich ein Stück weiter als zinnenbewehrter, altweiß verputzter Phallus an. Ein Mobilfunkanbieter hatte ihm Antennen aufs Dach gesetzt, was den imposant gedachten Gesamteindruck erheblich relativierte. Die ehemalige Von-Schönerer-Straße, inzwischen in Sleener umgetauft, befand sich nicht weit vom Sitz der *Communitas*. Ich ließ den Wagen stehen. Mir war nach frischer Luft.

Das Haus lag zurückgesetzt, ein zweistöckiger Rotklinkerbau mit Schrägdach, offenbar aus den frühen Zwanzigern, über Eck angelegt, wie ein aufgeklapptes ›U‹. Der Weg von der Pforte führte durch einen parkartigen Garten zu einer breiten Eingangstreppe unter einem balkonüberbauten Portal.

Auf mein Klingeln erfolgte keine Reaktion. Ich umrundete das Haus, klopfte an der Hintertür, hatte dort auch keinen Erfolg und setzte mich schließlich auf eine der Bänke im Halbrund vorm Haupteingang. An der Fassade prangte ein stilisiertes weißes Ansveruskreuz. Ich ließ den Bau auf mich wirken und dachte über Rainer und seine Frau nach.

Er hatte keine Wahl, außer es halbwegs anständig zu Ende zu bringen. Sie schon, weil sie ihn theoretisch auch ins Heim hätte abschieben können. Aber das tat sie nicht. Sie nahm es auf sich, ihn zu pflegen. Wie schaffte sie das, wer machte ihr Mut, half ihr, die Mädchen zu trösten und dafür zu sorgen, dass die ihren Vater nicht hassten? So liebevoll, wie sie mit ihm umgegangen war, ließ sie ihn nicht mal spüren, was es sie kostete.

Meine Jackentasche vibrierte. Es war der Pfarrer.

»Jörn Tykwer. Störe ich?«

»Nein«, sagte ich überrascht. »Was verschafft mir die Ehre?«

»Meine Neugierde. Ich wollte fragen, ob Sie diesen Herrn Franzen angetroffen haben und was er Ihnen erzählt hat.«

In ein paar Sätzen skizzierte ich ihm die Begegnung und verriet ihm, wo ich gerade saß. Er lachte leise. »Schönes Gebäude. Doch da werden Sie kaum auf Spuren der Bruderschaft stoßen. Das sind einfach nur Menschen, die nach einem spirituellen Weg suchen.«

»Und der Name?«

»Ansverus ist eine Symbolfigur für christliche Opferbereitschaft. Ein Zugang von vielen.«

»Zugang zu was?«

»Gott.«

»Sehen Sie das auch so?«

»Ja.« Er schwieg eine Sekunde, als spüre er meine Skepsis. »Spiritualität und Religiosität sind zweierlei.«

»Nämlich?«

»Spiritualität ist die Erfahrung, Religion und Liturgie sind die Form, in die man es gießt.«

»Demnach kann es Glauben ohne Religion und Religiosität ohne Glauben geben?«

»Unter Umständen.«

»Ich dachte, für einen Priester sei die Religion das Entscheidende.«

Er lachte leise. »Für mich ist es der Glaube, und darüber kann man gar nicht streiten, weil der immer subjektiv ist.«

»Hübscher Ansatz.«

»Sagt Ihnen Nicolaus von Kues was? Der war Spätscholastiker und schrieb darüber, dass es keinen positiven Gottesbeweis gibt, weil das Göttliche sich nicht durch Wissen offenbart, sondern in der Erkenntnis der eigenen Unwissenheit liegt, also letztlich der Suche. Das lässt einen den Facettenreichtum des Göttlichen im Universum erahnen.«

»Für die Art Haltung hat man Giordano Bruno auf den Scheiterhaufen geschickt.«

»Leider.«

»Was ist mit den heiligen Sakramenten? Sind die Form oder Inhalt?«

»Warum fragen Sie? Sie kennen die Antwort doch längst.«

»Wie stehen Sie dazu?«

Er ließ sich Zeit. »Mitunter wandelt sich die Form und wird zum Inhalt«, sagte er dann. »Was für Sie abergläubischer Hokuspokus sein mag, ist für andere göttliche

Gnade.« Er pausierte kurz. »Nehmen Sie das Abendmahl. Natürlich kann man das entzaubern. Doch solange es Menschen hilft, Gott zu begegnen und dieses Erlebnis mit anderen zu teilen, ist die Verpackung zweitrangig. Sonst geht das Eigentliche verloren.«

»Das Eigentliche?«

»Das Erfahren der Allgegenwart Gottes.«

Einen Moment lang war ich drauf und dran, ihn zu fragen, ob sein Gott auch mit in die Gaskammern gegangen sei, doch vermutlich hätte er das bejaht. Stattdessen berichtete ich ihm, wo ich gerade gewesen war.

»Er kann sich nicht mehr allein bewegen und kaum noch sprechen. Trotzdem sieht er es als Geschenk, seine Töchter zu erleben. Obwohl die nie mit ihm spielen können und sich jeden Tag ansehen dürfen, wie er langsam stirbt. Der Frau, die ihn versorgt, ist klar, es gibt keine Besserung. Keiner dankt ihr dafür, dass sie ihn pflegt. Im Gegenteil. Später wird sie mit einer erbärmlichen Rente bestraft. Das ist ihr bewusst. Trotzdem bringt sie dies Opfer. Nur deshalb ist er vermutlich noch am Leben.«

»Ja und?«

»Nun sitze ich hier, gucke in den Himmel und frage mich, ob ich das sträflich selbstlos oder großartig finde.« Ich brach ab und sah einer Elster zu, die auf eine Buche zusteuerte. Es blieb einen Moment lang still.

Er räusperte sich. »Der Ort, an dem Sie gerade waren, wäre für die meisten wahrscheinlich die Hölle. Ich bin mir da nicht so sicher.«

»Sondern?«

»Wir sprachen gerade von Opferbereitschaft. Ich kann Ihnen getrost versichern, Gott erscheint nicht bloß beim Abendmahl.«

»Ich habe keinen Schimmer, ob die Frau überhaupt getauft ist.«

Er schwieg zwei Takte. »Schönheit wohnt im Auge des Betrachters.«

Erst als ich wieder im Volvo saß und zu den Klängen von Judy Henske Richtung Westen rollte, wurde mir bewusst, dass ich mit Jörn eben ähnlich vorbehaltlos geplauscht hatte wie mit einem Leidensgenossen aus dem Meeting. Als wisse ich längst, was ihn damals nach Leticia verschlagen habe. Gelegentlich fragte ich ihn besser.

***

Zehn nach sechs rollte der Volvo fuhr durch die schmale Toreinfahrt vor Carlos Druckerei. Carlo wohnt und arbeitet in einer Hinterhofremise, die noch Spuren der Ära aufweist, als hier Droschkengäule beschlagen wurden. Im Hof gibt es Kopfsteinpflaster und Knöterich, drinnen schmal gerippte Halbrundfenster und gusseiserne Säulen. Ein Biotop, nach dem sich Medienhanseln die Finger lecken. Doch Carlo lebt hier schon länger.

Offiziell betreibt er eine Offset-Druckerei, wo er Flyer, Plakate, Broschüren und Briefpapier produziert. Inoffiziell befreit er gelegentlich Dokumente von Tinte und bildet Holografien und Sicherheitscodes nach. Davon hat er eine Weile gelebt, nachdem er mit dem Boxen aufhörte. Aufgefallen ist er deswegen nie. Gesessen hat er im Osten, bevor die DDR ihn als antisozialistisches Element für vierzigtausend D-Mark an den Klassenfeind verkaufte. Zunächst ging er nach Westberlin, weil es ähnlich roch wie zu Hause. Aber berlinern taten dort nur noch Proleten. Typen, die aus einem Ostknast kamen, waren den meisten suspekt, besonders, wenn sie aussehen wie er. Applaus gab es bloß von den Leuten, die wussten, dass sein Freund neben ihm an der Mauer verblutet war. Die suchten fähige junge Leute, die sich ›drüben‹ auskannten und es Honecker heimzahlen wollten. Carlo ging ihrem Gerede auf den Leim. Bis er merkte, dass sie dasselbe Spiel spielten, das die Stasi gespielt hatte. Da setzte er sich nach Hamburg ab.

Er landete auf St. Pauli, lebte bunt und eröffnete schließlich seine Druckerei. Der Laden lag ein paar Blocks von der Reeperbahn, hinter der Großen Freiheit, wo man den Kiez kaum noch ahnt. Die Neo-Existenziellen, die es gern grell mögen, zieht es eher an den Fluss, zu den Bars, Clubs, Puffs und Zockerbuden.

Carlo weiß, wer von der Galerie aus zusehen muss oder an den Tisch darf, um zu bluten, bei wem die Sitte wegsieht und wer nie Ärger bekommt, weil er zu vielen Hanseaten eine weiße Nase verpasst. Er hat den Fall der Praterluden miterlebt, das Entree der Albaner und die Mordlust der Usbeken. Aber der Mob lässt ihn in Frieden und für die Behörden ist er ein Niemand. Das war nicht immer so. Als wir uns über den Weg liefen, sah die Welt noch anders aus.

Damals schlief ich lausig und trank zu viel. Meine Nächte verbrachte ich damit, in einer Mietdroschke verkatert über den Asphalt zu kreisen, wobei ich ständig riskierte, wegen Restalkohol Lizenz und Lappen zu verlieren, voller innerem Ekel und absolut unfähig, mich meiner Schwäche zu stellen.

Es war im Südosten der Stadt, einer der Abseiten, wohin amüsierwütige Touristen sich selten verirren, es sei denn, sie sind entsprechend unternehmungslustig. Ich hatte drei Freier abgegeben und sollte mir im Büro mein Glasgeld abholen.

Das Büro war ein verrauchtes Hinterzimmer mit Wandsafe. Statt Fenstern gab es nur Schlitze. Vier Typen hockten um einen Tisch über Karten. Sie trugen Goldkettchen, Höhensonnenbräune, Jogginghosen und Bomberjacken aus Wildleder. Einer von ihnen hatte ein Kreuz wie ein samoanischer Rugby-Spieler. Ich kam nicht mehr dazu, ihn mir näher anzusehen. Gerade, als ich mein ›Pfund‹ einsacken wollte, krachten zwei dunkelhaarige Knaben durch die Tür. Mit gezückten Eisen.

In der Viertelsekunde zwischen Schreck und Einsicht dämmerte mir, dass es unmöglich sein würde, den zwei Herren zu erläutern, dass ich nur zur falschen Zeit am falschen Ort war und sie mich bitte wieder in die Taxe steigen lassen sollten, die vor dem Eingang wartete.

Zum Glück waren die beiden anscheinend auch überrascht, hier auf so viel Publikum zu stoßen. Jedenfalls ballerten sie nicht sofort los, sondern scannten den Raum ab. Meine Reflexe sind lausig. Normalerweise bin ich viel zu langsam. Doch wenn man sowieso verloren hat, ist das egal. Also trat ich den Typen neben mir gegen den Ellenbogen.

Es war ein Mawashi-Geri. Hunderte Male geübt. Beim Bund. Vor meiner verspäteten Verweigerung.

Der Typ schrie auf. Die Waffe segelte durch den Raum. Während sie flog, setzte ich nach, erwischte ihn an Leber und Schläfe. Er ging zu Boden. Zugleich knallte es höllisch laut. Sein Kumpan schoss zweimal. Trotz der sirrenden Watte in den Ohren hörte ich, wie jemand brüllte. Der Samoanernacken war aufgesprungen und hielt den Schützen an der Kehle gepackt. Er presste ihn mit einer Pranke gegen die Wand, seine andere Hand umklammerte die lächerlich klein wirkende Faust des Mannes und quetschte ihm das Eisen aus den Fingern. Die übrigen Männer traten auf den am Boden Liegenden ein.

Ich entsinne mich an die stickige, von Hasslauten, Tritten und Angstschweiß getränkte Luft, durch die sich der Gestank von verbranntem Zellulosenitrat zog, das panikverzerrte Antlitz des zappelnden Burschen an der Wand und den Getretenen auf dem grauen Nadelfilz, in Embryohaltung, den Kopf zwischen die Unterarme gekrampft.

Keine halbe Minute und er regte sich nicht mehr. Die Männer atmeten schwer, einer spuckte auf ihm aus. Dann erst registrierten sie, dass der Riese den Schützen noch immer an der Gurgel hielt, obwohl dessen Waffe längst heruntergepurzelt war und es bereits faulig roch. Das hübsche, harte Gesicht schimmerte violett. Die Augen quollen wie schwarzrote Kirschen daraus hervor und seine Füße kratzten zuckend über die Tapete. Auf einmal wurde es still.

»He«, sagte einer der Luden zu dem Riesen. »Mach easy, Carlo. Sonst geht die Laus dir ab. Wir ham hier gleich die Schmiere an der Backe.«

Der Riese würdigte ihn keines Blickes. »Ick scheiss uffet Jesetz«, knirschte er, das halb bewusstlose Bündel fixierend. »Det war'n Royal Flush, vastehste? Damit hätt ick den Pott geknackt.«

Er ließ den Mann fallen. Der rutschte an der Wand runter, sackte in sich zusammen, die Hände am Hals, krampfhaft würgend. Der Riese drehte sich um, trat zum Tisch, zog eine Lederjacke von der Stuhllehne, sammelte Geld und Zigaretten ein, hob seinen Drink, bleckte die Zähne und toastete den anderen zu.

»Lauschig habt ihr's hier, Jungs. Mit Balkanfolklore. Schönen Dank fürs Kaltgetränk.« Er leerte das Glas und setzte es mit einem Knall zurück auf das Resopal. Damit wandte er sich an mich. »Du brauchst bestimmt 'ne Fuhre, Kutscher.«

Sein Ton ließ keine Widerrede zu. Der Mann, der »Mach easy, Carlo« gesagt hatte, versuchte es trotzdem. »Ich kann dich doch bringen«, bettelte er.

»Lass stecken«, meinte der Riese. »Ich gönn mir 'n Reifen. Komm!«

Das ging an mich. Der Rest war zu verdattert, um zu widersprechen.

»Wo geht's hin?«

»Wohin schon«, grinste der Riese. »Heim auf die Meile.«

Das klang, als habe er noch was Entscheidendes vor. Aber ich war heilfroh, aus dem Laden rauszukommen. Denn falls die Bullen nicht innerhalb der nächsten fünf Minuten aufschlugen, war klar, was die zwei Albaner erwartete. Man würde sie foltern, bis sie sagten, wer sie geschickt hatte. Morgen faulten sie auf dem Komposthaufen einer Kleingartensiedlung.

»Sauberer Sidekick ...« Der Riese stieg neben mir ein. »Wo haste das gelernt?«

Anscheinend betrachtete er sich als meinen Bewacher. Damit ich nicht bei den Bullen anrief und ihnen steckte, was da hinter der Fassade des Privatclubs lief.

»Beim Bund«, erwiderte ich heiser. »Aber da war die Küche miserabel.«

Die Taxe glitt aus dem Halteverbot. Ich merkte, wie der Schock und das Adrenalin mich einholten. Mit einem Mal flogen meine Hände. Ich grapschte nach den Zigaretten. Die Schachtel war leer. Ich zerknüllte sie wütend.

Der Riese, scheinbar ganz entspannt in den Sitz gefläzt, lachte. Ein tiefes, grollendes Lachen. »Hardpacks sieht man nie an, wenn sie ausgeweidet sind.« Er zückte sein Gift, zündete zwei an und reichte eine an mich weiter. Mir graute vor ihm, doch das Nikotin tat gut. Er rauchte Filterlose. Langsam ließ mein Flattern nach, während wir durchs das nächtliche Rothenburgsort rollten. Entlang des Truckerstrichs checkte ich mechanisch die Herkunftsländer der Freier. Deutsche, Holländer, Dänen, auch ein paar Spanier und Briten. Ein einziges polnisches Kennzeichen. Frauengestalten beim Ein- und Aussteigen, andere im fahlen Licht der Natriumlampen, eine platinblondierte mit silbernen Plateaustiefeln, Netzstrümpfen und rosa Pelzimitat, die kurz auf die Fahrbahn stolperte, den Arm erhoben, als wolle sie mich stoppen, aber es sich dann anders überlegte, als sie sah, dass ich geladen hatte. Ihre überschminkte, bleiche Visage huschte geisterhaft an mir vorbei. Wie eine groteske Maske.

Früher, vor einer Ewigkeit, musste dieser Teil Hamburgs ganz schön gewesen sein, dicht besiedelt, voller Grachten, Gärten und Grün. Bis es Phosphor regnete und der Feuersturm darüber hinweg orgelte. Nichts war geblieben außer einer gigantischen Trümmerbrache. Mit vielen Toten darin. Zu vielen, um sie alle zu bergen. Also riegelte man das Gebiet ab, überließ es den Ratten und schickte schließlich Bulldozer. Nun standen hier LKW-Depots, Lagerhallen und flache, gesichtslose Nachkriegsbauten.

Ich dachte an die Albaner. Wollte ich den Bullen Bescheid sagen, musste ich das bald tun. Bevor sie verschnürt waren. Bis ich meinen Aufpasser nach St. Pauli gebracht hatte, dauerte es. Mit ihm neben mir war das Funkgerät blockiert. Erst da bemerkte ich, wie er mich von der Seite musterte.

»Das war knapp«, kam es. »Danke.«

Ich konnte seine Augen nicht erkennen, aber sein Gesicht wirkte anders als eben.

»Dito«, gab ich zurück. »Was waren das für Typen?«

»Jugos. Keine Ahnung. Kosovo-Albaner.« Er zuckte die Achseln. »Ich weiß nur, dass der Fredi, der mich mitschleifte, schon vorhin die Hosen voll hatte und ich Hirnloser lass mich auch noch auf ein Spiel mit seinen Kumpels ein.« Sein massiger Körper ruckelte leise, als er sich selber auslachte.

»Ich dachte, das seien deine Kollegen?«

»Gott bewahre.« Er lachte. »Das war Zufall. Ich kenn eine der Nasen. Der spricht mich vorhin am Hein-Köllisch-Platz an. Wie es läuft und überhaupt, und ob wir nicht mal ’ne Runde drehen wollen in seinem Camaro, um der alten Zeiten willen …«

Er kratzte sich den Hals und betastete sein Kinn.

»Auf dem Kiez sei Terz. Die Jugos hätten sich mit den Türken zusammengetan und wollten die Läden vom Wiener übernehmen. Es riecht nach Krieg, sagt er. Verziehen wir uns in ’ne ruhige Ecke. Ich weiß, wo’s heut’ ’n Spiel gibt,

Wodka und Hühner gratis, da gucken wir kurz vorbei …« Er zog ein letztes Mal an seiner Zigarette, kurbelte das Seitenfenster runter und warf die Kippe raus. »Ich dachte mir, streichel ihn ein wenig, der zählte schon immer zur schreckhaften Sorte.« Er atmete aus. »So kann man sich täuschen.«

»Der Türsteher, der mich nach hinten brachte, war mutterseelenallein. Die fühlten sich völlig sicher.«

»Klar. Sonst wären die Brüder da nicht so locker reinspaziert.«

Es blieb ein paar Sekunden lang still. Ich war neugierig. »Wolltest du den Jugo platt machen?«

»Nicht wirklich.«

»Sah aber ganz danach aus.«

»Sollte es auch.«

»Wie?«

Er wandte seinen massigen Schädel. »Damit den anderen die Lust dran verging.«

»Du meinst, die verprügeln die jetzt bloß und lassen sie laufen?«

Er zuckte die Achseln. »Wahrscheinlich ist das Gesetz längst da. Die kriegen die beiden wegen illegalem Waffenbesitz dran und das war's.«

»Sonst nichts?«

»Hoffen wir's.« Seine Kaumuskeln arbeiteten.

Zehn Minuten später setzte ich ihn bei der *Bar Centrale* ab. Bevor er zahlte, sagte er, ich sähe aus, als könne ich auch was vertragen. Ich nickte nur.

Es blieb nicht bei einem. Auch nicht bei dreien. Irgendwann sprach er übers Boxen, davon, was es für ihn bedeutet habe, über die Bezirksmeisterschaften, seinen Ehrgeiz und seine Träume, die Versuchungen und Reize, aber auch über die kreischende Kluft zwischen Anspruch und Wirklichkeit, als einer von den jungen Sportkadern einen Unfall gehabt hatte und fallen gelassen worden sei wie eine heiße Kartoffel. Wie unerträglich ihm die Verlogenheit des Systems da wurde. Bis er eines Abends mit dem Freund durch die Wolliner Straße streifte. Sie landeten direkt an der Mauer. Der Wedding lag in Rufweite. Sie hätten beide gewusst, dass es Irrsinn war. Zugleich sei es das einzig Richtige gewesen, weil es so oder so um ihr Leben ging, und sie verloren waren, wenn sie es nicht wenigstens versuchten. Die erste Hürde schafften sie. Keine vier Meter vor der zweiten erwischte es den Freund. Leberdurchschuss. Ihn hatten sie verknackt und anschließend in den Westen abgeschoben.

Dann fragte er mich nach der Bundeswehr. Ich erzählte ihm von meiner verspäteten Verweigerung, dem Knast und der Reise nach Afrika, auch davon, wie Günther und ich im Südsudan gestrandet waren und ich ihm beim Sterben hatte zugucken dürfen.

Es blieb nicht bei dreien, aber nachher trank ich sogar Kaffee, obwohl das sonst gar nicht mehr meine Art war. Nur der Daimler blieb stehen in dieser Nacht, irgendwo im Hinterland vom Paulinenplatz. Als der Morgen graute, saßen wir auf den Stufen der Treppe am Pinnasberg, guckten auf den Fluss und quatschten noch immer.

Hängen Seeleute ohne Heuer in einem fremden Hafen fest, kommen sie auch ins Erzählen und packen plötzlich Geschichten aus. Es ist das Letzte, was sie vom Untergehen abhält. Ich habe solche Männer ab und zu im Taxi gehabt, bin mit ihnen an die Piers gefahren, hab Sailors und Offiziere beschwatzt, sie ihnen als Überarbeiter, Deckshand und Stowaway verkauft. Um der christlichen Seefahrt willen. Egal ob du an Gott glaubst oder nicht, nimm ihn mit. Er ist gestrandet. In diesem Hafen geht er vor die Hunde.

Carlo und ich waren ähnlich schiffbrüchig. Anders. Wir trieben durch fremd gewordene Heimatgewässer. Nirgends ein Pier zum Andocken. Bloß viel Platz zum Absaufen. Aber die Sterne standen günstig und das Floß, auf das wir uns retteten, hielt.

***

Die Stahltür zu der Wohnwerkstatt schlug hinter uns zu.

»Der Engel reitet gleich ein.«

Carlo steuerte auf das durchgesessene Sofa zu, das neben dem Ledersessel in einer Ecke des lang gezogenen Raums dümpelte. Mit dem Engel meinte er Paul. Paul gehörte quasi zum Inventar. Früher hatte er sich vor Läden wie dem *Top Ten* die Hacken schief gestanden und Dinge veranstaltet, mit denen er heute nicht mehr angab, aber ab und an trug er sogar noch die Lederjacke, auf deren Rücken man den Umriss des geflügelten Totenkopf-Emblems erkannte, dem er seinen Spitznamen verdankte.

Brauchte ich Rückendeckung, sprangen die beiden ein. Heute war die Sache etwas vertrackter. Ich wollte Winterfeld mit den Fakten konfrontieren. Ging mein Kalkül auf, hatten er und Heidenreich hinterher Gesprächsbedarf, und ich setzte darauf, dass sie ihn zum Rapport bestellte. Das wollte ich dokumentieren, damit es endlich etwas gab, das Eindruck auf Probsthayn machte.

Carlo war gerade dabei, seine Kamera mit Akkus zu füttern, als ein Wagen auf den Hof rollte.

»Das dürfte Paul sein«, brummte er. »Der hat sich beim Kurden eine Mühle geholt.«

Der Kurde hieß Aziz und lebte mit einem Rudel halbwilder Hunde auf einem Schrottplatz gegenüber von Kaltehofe. Carlo schönte ihm gelegentlich Papiere für Exportmodelle. Im Gegenzug half Aziz uns hin und wieder aus. Die Tür schwang auf. Ein breitbeiniger Schrank in Bikerkluft schob sich in den Raum.

»Was geht ab?«

»Action Replay«, knurrte Carlo, der konzentriert an

seiner Sony-Kamera fummelte. »Farnstraße. Was hat er dir mitgegeben?«

»92'er Corsa. Grausam eng, aber vollgetankt.«

Paul schüttelte sich die lockige Mähne aus und klatschte mir die Innenseite seiner Hand gegen die halbhoch gehaltene Rechte. »Alles frisch?«

»Wenn ich dich seh, wird mir immer warm ums Herz.«

»Das ist mein Mann.« Er entblößte eine Zahnlücke. »Hauptsache trocken und clean.«

Paul, Veteran ungezählter Straßenkämpfe, Kneipenschlachten und Alkoholvergiftungen, eingefleischter Retro-Rocker alter Schule, der trotz seines fortgeschrittenen Alters die Anabolikacowboys mit Designertattoos zum Beiseiterücken brachte, trank seit einer Weile nur noch Selters und fraß keine Captagon mehr.

Er ging an Carlos Spüle, wo er sich unter dem Warmwasserhahn einen Schnellkaffee zubereitete.

»Geschafft«, ächzte Carlo aufblickend. »Ich bin so weit.«

»Gut.« Ich erhob mich.

Paul schüttete das Gebräu runter und parkte den Becher in der Spüle. Carlo verteilte die Funkgeräte, die bis eben auf der Station geladen hatten. Wir benutzten ausgemustertes NVA-Material. Höllisch schwer, aber solide.

Winterfeld hatte bereits das Büro verlassen. Gestern war er im Sportstudio gewesen. Ich betete, dass er heute seinen Muskelkater pflegte.

Die Farnstraße liegt in Fuhlsbüttel, zwischen Flughafen und Oberlauf der Alster. Es ist eine ruhige Vorstadtstraße mit altem Baumbestand und großzügigen Häusern aus dem ersten Drittel des letzten Jahrhunderts.

Winterfeld wohnte im ersten Stock einer alten Jugendstilvilla, die in drei Wohneinheiten aufgeteilt worden war. Das machte die Akustik problematisch, falls er verrückt spielte.

Als ich unten klingelte, wollte er mich gleich abwimmeln. Sobald ich sagte, es ginge um seine Verwicklung in den Mordfall Reinhold, zögerte er.

»Worum genau?«

»Die Details, die Frau Heidenreich Ihnen verheimlicht hat.«

»Welche Details?«

Die Gegensprechanlage war nicht mehr ganz neu und knarrte asthmatisch.

»Die Sie zu einem möglichen Mordverdächtigen machen. Ich dachte, das würde Sie interessieren …«

Es knackte und blieb einen Moment lang still. Rannte er zum Telefon und rief sie an, war ich aufgeschmissen.

Die verzierte Vollholztür wirkte so gediegen wie der Rest des Hauses. Im oberen Drittel drei schmale, vertikale Facettenschliffgläser. Nach endlosen vier Sekunden gab der Summer das Schloss frei.

Der Treppenaufgang war mit einem Läufer bewehrt. Kein billiger Sisal wie bei der Anwältin. Es duftete nach Geld und Geschmack.

Die Wohnungstür führte direkt in ein gut dreißig Quadratmeter großes Zimmer, an das sich eine offene Küche anschloss. Winterfeld war in Hemdsärmeln. Auf der Durchreiche zur Pantry stand ein Weinglas mit tiefroter Flüssigkeit, daneben die Reste eines Mikrowellenmenus. Im Hintergrund gedämpfte Musik. Schuberts Sinfonie in C-Dur. Es gab eine teuer wirkende Bronzeskulptur, modernes Ledermobiliar. Gedeckte Farbtöne, indirekt beleuchtet, kontrastierte mit einer kreischenden, mindestens vier Quadratmeter großen Acrylkomposition, die die rückwärtige Wand beherrschte. Man konnte sich hässlicher einrichten.

»Was wollen Sie?« Er blieb abwartend stehen, ohne mich zum Sitzen einzuladen. Hinter seiner Barschheit flackerte Nervosität.

»Seit wann wissen Sie, dass Reinhold Ihre Partnerin erpresst hat?«

»Wovon reden Sie?«

»Reinhold kannte die Pläne für das Gelände. Er drohte ihr, an die Öffentlichkeit zu gehen. Das konnte sie nicht riskieren. Sonst wäre der Deal geplatzt.«

»Wie bitte?« Ein verstörtes Auflachen.

»Erst wollte er sie nur dazu bringen, ihn zu entschädigen. Dann begriff er, um welche Summen es ging und fing an, sie als seine Altersvorsorge zu betrachten.«

»Wer sagt das?«

»Es gibt Zeugen.«

Winterfelds Mund blieb zwei Sekunden lang offen, bevor er zum Rotwein langte, weil er etwas brauchte, um sich festzuhalten. Er trank einen Schluck und lächelte gezwungen.

»Ja und?«

»Als ihr klar wurde, dass er nicht locker lassen würde, musste sie ihn loswerden.«

Seine Brauen bildeten eine V-förmige Linie. »Wollen Sie damit sagen, dass Frau Heidenreich für den Mord an Reinhold verantwortlich ist?«

»Bevor ich mit der Polizei rede, wollte ich Ihnen wenigstens die Chance geben, sich dazu zu äußern.«

»Um mich auch zu erpressen?«

»Nein. Um zu klären, ob Ihre Partnerin Sie eingeweiht hat. Eventuell hat Sie Ihnen eine Rolle zugedacht, von der Sie noch gar nichts wissen.«

»Welche?«

»Fällt Fiedler als Verdächtiger aus, braucht sie jemanden, dem sie den Schwarzen Peter zuschieben kann.«

Ich sah, wie sein Kehlkopf sich zweimal rasch auf und ab bewegte. Dann presste er die Lippen zusammen. Vielleicht war er wirklich sprachlos.

»Wieso hat sie Ihnen nichts von der Erpressung erzählt?«

Er holte tief Luft. »Falls stimmt, was Sie da behaupten, hat dieser Reinhold sie erpresst. Nicht mich.«

»Das dürfte die Polizei anders sehen. Sie hängen sich bei dem Deal ziemlich weit aus dem Fenster. Nicht bloß innerhalb Ihrer Firma. Überlegen Sie mal, wie Sie dastehen, wenn das in die Binsen geht.«

So blöd, wie er guckte, hatte er darüber tatsächlich noch nie nachgedacht. Wofür es im Zweifelsfall nur eine Erklärung gab, denn er war von Haus aus kein Idiot, nur eben in dem Alter, wo Kerlen mit dem Haupthaar oft auch die Restvernunft ausgeht, wenn sie attraktiven Bräuten begegnen.

»Sie riskieren Karriere und Zukunft. Dann kommt Reinhold und droht, Ihren Plan zum Platzen zu bringen.«

Er schüttelte den Kopf. »Wovon reden Sie?«

»Vor Gericht dürfte es schon einen Unterschied machen, wer wen angestiftet hat.«

»Vor Gericht?«

»Es geht um Mord. Die Frage ist, ob die Idee dazu von Ihnen kam oder von ihr.«

Er blieb noch immer stumm, doch sein Blick sprach Bände.

»Ihre Partnerin hat Sie geleimt. Oder täusche ich mich? Haben Sie etwa gar nicht vor, die *OVG-Invest* auszubooten?«

Ich hatte ins Schwarze getroffen, aber mir damit keinen Gefallen getan.

»Das ist ein bodenlose Frechheit«, kam es. »Sie dringen hier ein und beleidigen Frau Heidenreich.« Er musste zur Ehrenrettung der Dame den Ritter spielen. Ich sah, wie er sich aufs Schlachtross hieven ließ, das Visier runterklappte und die Lanze einlegte. »Ihre Impertinenz übertrifft wirklich alles! Für Ihre dreisten Lügen werden Sie sich verantworten müssen, das verspreche ich Ihnen!« Seine Stimme war jetzt heiser vor Wut. »Ich weiß, wer Sie sind. Sie haben mir diesen

Typen im Taxi auf den Hals gehetzt und beschuldigen mich, die Tatwaffe zu Fiedler geschafft zu haben ...«

»Wann habe ich Sie beschuldigt, die Tatwaffe zu Fiedler geschafft zu haben?«

»Ach, hören Sie doch auf! Das wissen Sie genau!«

Ich hatte nicht die leiseste Ahnung. Er war ein hoffnungsloser Fall. Ich zuckte die Achseln.

»Was hat sie Ihnen versprochen? Ewiges Glück unter Palmen?«

Das war zu viel. Jedenfalls haute seine Feinkoordinierung nicht mehr hin, als er versuchte, das Glas abzusetzen. Es kippte von der Kante der Durchreiche, purzelte auf den Boden und brach sich den Hals. Das versaute die beige Auslegeware über geschätzte drei Quadratmeter.

Er ließ ein lautes »Fuck!« hören, gefolgt von »Sie dreckiger Scheißkerl. Sie verschwinden auf der Stelle, sonst vergesse ich meine gute Erziehung!«

Einen Moment lang sah er wirklich so aus, als wolle er sich auf mich stürzen. Er war zwar größer als ich, aber ungeübt.

»Schade um den Teppich. War bestimmt nicht billig.«

Ich wandte mich Richtung Tür. Ihm lag noch etwas auf der Seele.

»Glauben Sie, ich weiß nicht, was Sie bezwecken? Sie wollen uns gegeneinander ausspielen. Aber da hätten Sie sich Ihre nächtlichen Anrufe besser gespart!«

Er sprach in Rätseln.

»Was für Anrufe?«

»Tun Sie nicht so!«, schäumte er. »Sie wissen genau, wovon ich rede.«

»Wir haben exakt einmal telefoniert.«

»Raus! Sie, Sie ... ekelhafter Schnüffler.« Er hielt die Fäuste geballt und lief dunkelrot an. »Dass jemand wie Sie es überhaupt noch schafft, in den Spiegel zu sehen!«

»Nur mit Sonnenbrille. Es blendet sonst zu sehr.«

Das war schwach, aber er wirkte, als stünde er kurz vor einem apoplektischen Schock. Die Wohnungstür sackte mit einem sanften, satten Klicken hinter mir ins Schloss. Keine einzige Tür in unserer Hütte schloss annähernd so geschmeidig.

***

Draußen checkte ich mein Diktiergerät. Die Aufnahme war fein, doch er hatte nichts Belastendes vom Stapel gelassen. Dafür wusste ich jetzt, dass er anonyme Anrufe bekam. Irgendwer beschuldigte ihn, Reinhold bei Fiedler abgelegt zu haben. Nur wer? Fiedler? Die Bruderschaft? Heidenreich? Es ergab keinen Sinn.

Im Übrigen war ich einigermaßen ernüchtert. Denn ich kaufte ihm die Ahnungslosigkeit ab. So brav, wie er sich für sie in die Bresche warf, hatte Heidenreich ihn sauber eingetütet. Er fraß ihr aus der Hand. Offenbar hatte sie ihm im richtigen Augenblick zwei, drei Komplimente ins Ohr gehaucht und ihm zart die Hand unter den Gürtel geschoben. Das verwechselte er jetzt mit großen Gefühlen.

Leider half mir das auch nicht weiter. Hoffentlich war er wenigstens aufgebracht genug, um sich auf der Stelle in den Jaguar zu werfen und zu ihr zu fahren.

Die Farnstraße verläuft parallel zum Erdkampsweg. Den würde er wahrscheinlich nehmen, weil der nach Südosten zur Autobahn führte. Theoretisch konnte er allerdings auch einen Bogen machen. Darum saßen Carlo und Paul an den zwei Enden der Straße. Der Volvo parkte vom Haus. Ich stieg ein und fuhr um den Block. Für den Fall, dass Winterfeld aus dem Fenster sah. Drei Minuten später hielt ich achtzig Meter vor der Villa entfernt. So hatte ich alles im Blick und er mich nicht mehr auf dem Schirm.

Die Nacht war frisch, doch ausnahmsweise trocken. In seiner Jugend hatte der 745er mal eine Standheizung besessen. Die war Geschichte. Kälte kroch mir die Beine hoch. Wenigstens hielt mich das wach. Winterfeld rührte sich nicht. Vielleicht war Heidenreich aushäusig und hatte ihr Handy verlegt. Oder er war schlau genug, nur mit ihr zu telefonieren.

Gegen elf meldete sich Paul. Er könne in der Blechdose von Corsa nicht mehr sitzen und werde sich die Beine vertreten. Kurz nach halb zwölf erlosch das Licht in Winterfelds Wohnzimmer. Die zwei Fenster des Nachbarraums wurden hell. Gedämpftes Schlafzimmerlicht. Zwanzig Sekunden später zog jemand die Vorhänge zu.

»Sieht aus, als ob er ins Bett geht«, gab ich den anderen durch.

»Rodscher«, kam es von Paul. »Verpissen wir uns. Noch 'ne Stunde in dieser Mühle und ich krieg's am Kreuz.«

»Gemach«, sagte Carlo. »Vielleicht ist er bloß clever und hat gepeilt, was wir vorhaben. Warten wir noch.«

»Wenn, hat er mitgeschnitten, dass ich zurückgekommen bin«, sagte ich. »Ich verpfeif mich in den Hummelsbüttler Weg.«

Doch Winterfeld war anscheinend wirklich im Bett. Eine halbe Stunde später brachen wir die Aktion ab.

Paul hatte Hunger und wollte noch einen Döner abfassen. Ich war durchgefroren, müde und hatte Sehnsucht nach meinem Bett, aber da Conny ohnehin längst schlief und ich den Engel schon länger nicht gesehen hatte, begleitete ich die beiden in die Fuhlsbüttler Straße zum *Big Easy*.

Gegen halb zwei verabschiedete ich mich. Sechs Minuten später rollte der Volvo um den Kreisel.

***

Auf der Autobahn waren fast nur noch LKWs unterwegs. Ich kam zügig durch und fuhr mit offenem Schiebedach, weil die Heizung mich schläfrig machte. Inzwischen ist die Ausfahrt bei Gudow ausgebaut und legal. Die nahm ich.

In unserer Gegend wimmelt es von Wild. Nachts kommen die Tiere aus dem Dickicht. Mir sind schon zig Hasen und Rehe vor den Kühler gelaufen, und Dank der schwachsinnigen Subventionen für Ethanol und Agrargas werden inzwischen auf jedem zweiten Acker Wildschweine angefüttert. Die können zwar hervorragend riechen, aber so gut wie nichts sehen. Bei ungünstigem Wind wittern sie keine Gefahr. Ich bin mal einer Rotte von siebenundzwanzig Tieren begegnet, das aus einem Maisfeld in ein Wäldchen trottete. Ohne jede Eile. Fünf Meter vor meiner Stoßstange.

Ab Dämmerung muss man langsam fahren, Gräben und Knicks absuchen, auf glitzernde Pupillen achten, lieber einmal zu oft bremsen. Das strengt an, besonders, wenn einem die Augen vor Müdigkeit brennen und die Lider dauernd zufallen. Vor Hollenbek bog ich rechts nach Marienstedt ab. Ein paar Kilometer weiter, hinter Hakendorf, kam der Abzweig nach Klein Zecher. Fiedler hatte mir von der heiligen Quelle dort erzählt, die das Dorf im Mittelalter zu einem beliebten Wallfahrtsort gemacht habe.

»Die Slawen wussten schon Jahrhunderte vor der Christianisierung um die heilende Wirkung des Wassers. Vermutlich hatten sie die Quelle einer ihrer Göttinnen gewidmet, ähnlich wie in Ratzeburg. Als die Priester merkten, dass sie gichtkranken Slawen nicht abgewöhnen konnten, zu ihrer alten Göttin zu gehen, um bei ihr Linderung zu suchen, machten sie aus der Not eine Tugend und verwandelten die Quelle kurzerhand in ein christliches Heiligtum. Sie ersetzen die Göttin durch die Jungfrau Maria und bauten auf halbem Weg nach Groß Zecher eine Kapelle, damit die Germanen aus dem Nachbardorf nicht neidisch wurden und auch was von den Einnahmen aus den Wallfahrten hatten.«

Ich kannte den Feldsteinbrunnen im Ort, auch den Findling mit der historischen Gebrauchsanweisung daneben, aber hatte mir nie weiter Gedanken darüber gemacht. Nun durchzuckte mich mit einem Mal, dass es da eventuell eine Verbindung gab. Wie ein Blitz, der in Sekundenbruchteilen das Gesamtpanorama erhellt. Doch es war zu kurz. Ich kriegte es nicht zu fassen.

Am Ende des Hügels bog ich nach Ratzeburg ab und passierte das Ortsschild von Marienstedt. Linkerhand glitten schlafende Häuser vorbei. Hier irgendwo rechter Hand, wo ein schmaler Pfad in die Senke und an den See zum Campingplatz hinunter führte, hatte früher angeblich die Kapelle gestanden.

Die Nacht war sternenlos. Ich rätselte noch immer, verhakt, Pirouetten drehend, merkte, dass ich keinen klaren Gedanken mehr fassen konnte, spürte das Blei in den Knochen und war froh, bald zu Hause zu sein.

Nur noch die Allee. Halb drei. Alle Häuser im Dorf waren dunkel. Bis auf unseres. Connys Fiat fehlte. Augenblicklich war ich hellwach. Anna, dachte ich. Eben war der Arzt da, um sie ins Krankenhaus zu holen. Conny ist ihm Hals über Kopf hinterher. Parallel fielen mir andere Szenarien ein. Panisch rechnete ich zurück, wie lange es her war, dass ich Winterfelds Wohnungstür zugezogen hatte. Unmöglich, dachte ich.

Ich hielt quer in der Einfahrt, riss den Schlüssel aus der Zündung und rannte zum Haus. Die Küchentür stand offen. Brunos Korb war leer. Eine Eishand krallte sich in meinen Magen. Dann hörte ich ihn. Er schob sich durch die Tür zum Flur und sprang an mir hoch. Als ich wieder aufsah, guckte ich in Connys blasses, verstörtes Gesicht.

***

Der Anruf war knapp zwanzig vorher Minuten gekommen. Sie hatte geschlafen, war hochgeschreckt, hatte gedacht, ich hinge irgendwo fest. Nun kauerte sie auf dem Korbstuhl, die Arme vor der Brust gekreuzt. »Er hatte keine menschliche Stimme. Es war eine Stimme wie aus der Geisterbahn. Verzerrt. Mit Hall und Echo.« Sie musste abbrechen, um sich das bebende Kinn zu halten. »Erst dachte ich, es ist einer von den Wichsern, die ihre perversen Phantasien loswerden müssen, und legte auf. Doch er rief gleich wieder an. Ich solle zuhören. Sonst hole er sich Anna ...«

Sie legte den Kopf in den Nacken und sah an die Decke. Dann blickte sie mich an. Ihre Augen waren blank und schwarz. »Er wusste, in welchen Hort sie geht. Wann wir sie abliefern. Wo ich arbeite. Er wusste alles. Er sagte, du könntest uns nicht beschützen. Es gibt nur diese eine Warnung.«

»Was wollte er?«

»Dass du aufhörst.«

Ich nickte, dachte Winterfelds Wutausbruch und spürte ein helles Sirren in den Ohren. »Hört sich an wie der Typ, der Fiedler belästigt hat. Der hat vermutlich gar nichts mit Heidenreich zu tun. Das ist ein anderer Verein. Die nennen sich die Bruderschaft.«

»Was?« Conny guckte verständnislos und setzte sich auf.

»Die Bruderschaft des Ansverus ...« Ich hielt mir die Fingerspitzen in die Ohrlöcher und ruckelte sie hin und her, um den Tinnitus loszuwerden. »Eine Gruppe Verrückter, die sich für die Nachfolger der gesteinigten Benediktinermönche halten.«

Anscheinend war das die falsche Antwort. Oder ich hatte ihren Schock unterschätzt. Sie sprang auf.

»Scheiße, Jacob«, fauchte sie. »Hast du nicht gehört, was ich gesagt hab?«

Plötzlich schwammen ihre Augen. Ich begriff nicht, was passierte, stand auch auf und versuchte, sie in den Arm zu nehmen. Sie stieß mich weg und wich zwei Schritte zurück.

»Du bist ja irre!«

»Was hast du?«
»Ich wusste es.«
»Was?« Ich wollte auf sie zugehen.
»Lass mich!«, kreischte sie. »Fass mich nicht an!«
»He«, sagte ich. »Ich versteh's wirklich nicht ...«
»Natürlich verstehst du's nicht! Du verstehst es nie! Aus Prinzip!«
»Wovon redest du?«
»Was aus deiner Tochter wird, ist dir scheißegal!«
»Conny! Bitte ...« Ich hob die Arme.
»Immer gehen deine Kack-Fälle vor! Mir war klar, dass es Ärger geben würde. Das hab ich dir gesagt, aber du musstest ja unbedingt weitermachen, bis zum Anschlag und drüber hinaus. Und nun, wo die drohen, sich an Anni zu halten, hast du die Stirn, mir zu erklären, es könne nicht an der Heidenreich liegen.«
»Kann es auch nicht.«
»Bist du taub?« Sie hielt sich den Kopf. »Merkst du überhaupt noch was?«

Gute Frage. Der Tag war lang gewesen und ich heilfroh, dass Anna nichts passiert war. Ansonsten sirrte mir der Kopf. Trotzdem schwante mir langsam, welches Grauen der Anrufer da in ihr wachgerüttelt hatte. Der Horror vor Annas Geburt kroch wieder hoch, die Kabelbinder und der Container, wo Conny gefesselt gelegen und darauf gewartet hatte, zu verdursten.

Sonst überspielte sie das gern. Sie legte großen Wert darauf, dass man ihr nichts anmerkte, was ich eher anstrengend fand, zumal ich ohnehin mitbekam, wenn ihre Nerven blank lagen und sie anfing, am Rad zu drehen. Heute war es mir durch die Lappen gegangen, vielleicht, weil ich innerlich selbst am Rad drehte und es für klüger hielt, mich nicht verrückt zu machen. Doch ich kriegte die Sätze nicht schnell genug sortiert. Oder sie war gar nicht mehr neugierig.

»Klickediklick! Wie's da rattert. Du analysierst und planst schon die nächsten Schritte. Du bleibst am Ball. Nun erst recht! Da kennst du nix! Mögen die hundertmal schneller, stärker und schlauer sein als du.« Ihr Mund wurde hart. »Nicht mit mir! Ich werd nicht zulassen, dass du meine Tochter da mit reinziehst!«

»Wovon redest du?«

»Wir hauen ab.«

»Wie bitte?«

»Ich kann das nicht verantworten!«

Mir dämmerte, wie ernst es ihr war. Zugleich empfand ich es als absurd. Irrwitzig. Sie, die Mutige, Klare, die mit dem feinen Gespür für richtig und falsch, die eine, von der ich geschworen hätte, dass sie mir vertraute, entzog mir ihr Vertrauen. Ein Anruf. So dünn war das Eis. Das waren nicht nur die Dämonen der Nacht. Es saß tiefer. Sie fuhr offenbar schon viel länger auf Reserve als ich. Nur hatte ich das eben unter Alltagsverschleiß verbucht, dicht gemacht und darauf gesetzt, dass es sich irgendwie einrenkte.

Ich wollte sie anfassen, trösten, berühren. Sie war zu weit weg. Lichtjahre entfernt. Es ging ihr nur noch darum, ihr Kind zu retten. Kam ich ihr zu nahe, wurde ich zum Feind. Also nahm ich mir einen Stuhl und setzte mich. Sie blieb stehen. Ihre Hysterie ebbte langsam ab. Äußerlich wirkte sie ruhig, doch das hatte nichts mit Frieden zu tun.

Ich fragte sie, wo ihr Wagen sei.

»Bei Dirk«, sagte sie. »Der Auspuff ist im Eimer. Er will ihn mir um halb acht vorbeibringen.«

Dirk betrieb eine Kfz-Werkstatt in Sterley. Notfalls reparierte er auch mal ein Auto über Nacht.

»Komisch, dass du dir Sorgen um den Wagen machst.«

»Ich dachte, es sei was mit Anna und du wärst im Krankenhaus.«

»Im Krankenhaus?«

»Überall Licht, kein Fiat. Da bekam ich sofort einen Schreck.«

Sie schwieg.

»Ich liebe dich.«

Keine Reaktion. Nur unser Atem. Bis die Stille schrie.

»Was, wenn ich den Job stecke?«

»Das kannst du doch gar nicht.«

»Ich setz mich wieder ins Taxi.«

Sie schüttelte den Kopf. »Übermorgen würdest du dich dafür hassen.« Sie lehnte sich gegen den Herd, seufzte und streifte das Haar zurück. »Ich will, dass Anna in Sicherheit ist. Ich ruf Corinna an. Es ist das Beste, wenn wir erst mal woanders wohnen. Ich brauch Zeit.« Sie deutete ein Lächeln an. Mindestens so erschöpft, wie ich mich fühlte. Sie hatte all meine Optionen längst durchgespielt. Ich sah den Schleier über ihren Augen. Das war nicht mal mehr Wut. Das war Trauer. Wer trauert, hat sich längst verabschiedet.

Die Tür knarrte leise und ging langsam auf. Anna. Barfuß im Pyjama. Mit Teddy im Arm. »Ich kann nicht schlafen.«

Mir war für zwei Sekunden, als blättere ich durch Momentaufnahmen meiner Vergangenheit von übermorgen. Ein vergilbtes Fotoalbum. Das Bild der Tochter. Damals. Vorgestern. Am Abend vor der Trennung. In der Sekunde traf es mich. Es war so heftig, dass ich mich halb wegdrehen musste. Conny holte hörbar Luft, zog die Schultern zurück, ging auf Anna zu, hob sie hoch und gab ihr einen Kuss.

»Was ist mit Papi?«

»Das wird wieder. Komm, Süße. Mami bringt dich ins Bett.«

***

Ich verbrachte die Nacht auf dem Sofa, starrte die Decke an und hoffte, dass sie es sich bis zum Morgen anders überlegte. Doch wenn Conny sich mal entschieden hat, zieht sie es durch. Nach dem Aufstehen telefonierte sie mit Corinna. Die wohnte in Eimsbüttel, zwei Häuser neben der *Galerie Morgenland*.

Halb acht kam Dirk mit ihrem Wagen. Ich trug die Sachen zum Auto und schob Anna in den Kindersitz. Bevor Conny losfuhr, erklärte sie, sie werde mich anrufen. Ich sah den beiden hinterher wie ein Zombie. Sophie, die eben am Füttern war und einen Eimer über den Hof trug, sah mich, blieb stehen und rief, ob alles in Ordnung sei. Ich schüttelte den Kopf und floh ins Haus.

Kurz vor acht rief Carlo an. Er war auf dem Weg nach Bleckede zu Marion. Ihre Reise vorbereiten. Die beiden wollten nach Kreta. Zum Segeln. Ich war angeschossen und bin ohnehin nicht sonderlich gut darin, Gefühle zu verbergen, jedenfalls nicht gegenüber Freunden. Er bekam sofort mit, was los war.

»Hast du die Bullen verständigt?«

»Die würden höchstens eine Fangschaltung legen. Der Typ wusste Bescheid. Er hat ihr gesagt, er hielte sich an Anna. Ich könne sie nicht beschützen.«

Carlo machte einen Schnalzlaut. »Kein Wunder, dass sie durchdreht.«

»Nicht wirklich. Zumal ich befürchte, er hat recht.«

»Mach dich nicht fertig.«

»Anscheinend geht es ihr mit mir grundsätzlich nicht gut.«

Ich hörte, wie er sein Feuerzeug klickte. »Den Eindruck hatte ich bisher nie. Sie ist in Panik. Das hat nicht so irre viel mit dir zu tun.«

»Wenn deine Frau dir nicht mehr vertraut, hat's immer mit dir zu tun.« Meine Eingeweide fühlten sich an wie frisch haschiert und ich hatte einen Frosch im Hals. Der Ton grätschte mir weg.

»Gib ihr Zeit«, sagte er.

»Sicher.«

»Soll ich vorbeikommen?«

»Schon gut.«

Es blieb zwei Takte lang still.

»Lager dich ein paar Tage aus«, knurrte er. »Komm nach Bleckede. Marion freut sich.«

Marion unterrichtete Kunst und Französisch am Johanneum in Lüneburg. Sie wirkte wie eine grün angehauchte höhere Tochter mit Toskana-Touch. Wer Carlo kannte und sie erlebte, rätselte sofort, was ihn mit ihr verband, außer animalischem Sex, aber bei Marion sprach er nicht nur Hochdeutsch, sondern auch über Giacometti, und sie legte mit ihm alle falsche Damenhaftigkeit ab. Die beiden harmonierten erschreckend gut. Zu gut für meinen momentanen Zustand.

»Ich muss gleich in die Stadt.«

Am späten Vormittag sollte ich vor Gericht gegen zwei Schwachköpfe aussagen, die allein stehende Rentnerinnen ausgenommen hatten. Danach wollte ich Hinrichs treffen und ins Meeting.

»Überleg's dir«, sagte er nur.

Eben hatte ich mir den Rest Kaffee eingefüllt und mich an den Tisch gehockt, um noch mal zu sortieren, als das Telefon wieder klingelte. Es war Fiedler. Er klang aufgewühlt und sprudelte gleich los.

»Eben war Probsthayn da. Er hat ein Schreiben erhalten, in dem behauptet wird, der Mord habe sich auf der Baustelle zugetragen und der Hammer sei auf mein Grundstück geschafft worden, um mir die Sache anzuhängen. Genau so, wie Sie es vermuten.«

»Anonym?«

»Ja.«

»Hat er es Ihnen gezeigt?«

»Natürlich nicht. Er glaubt ja, ich hätte es ihm geschickt.«

Wenn der Brief mit der Post unterwegs gewesen war, hatte der Absender ihn spätestens vorgestern eingesteckt. Das passte zu den Anrufen, die Winterfeld bekam, aber hatte im Zweifelsfall nichts mit den Leuten zu tun, die Conny bedrohten. Also gab es abgesehen von Heidenreich und der Bruderschaft noch einen Dritten, der da mitmauschelte. Zumindest, wenn ich ausschloss, dass Fiedler den Brief selbst geschrieben hatte.

»Wann haben Sie das letzte Mal mit Winterfeld telefoniert?«

»Wer sagt, ich hätte mit ihm telefoniert? Ich hab noch nie mit Winterfeld gesprochen, weder am Telefon noch sonst …«

»Irgendwer beschuldigt ihn anonym, die Tatwaffe auf Ihrem Grundstück versteckt zu haben.« Ich berichtete ihm von meinem Besuch.

Fiedler fluchte. »Scheiße. Das heißt ja …« Er stockte. »Das müssen wir Probsthayn sagen.«

»Gute Idee, aber momentan hab ich andere Sorgen. Letzte Nacht hat irgendwer meine Frau angerufen und ihr gedroht. Sie haben sie überwacht. Wenn ich nicht sofort aufhöre, schnappen sie sich unsere Tochter. Sie hat sich heute früh mit der Kleinen zu einer Freundin ausquartiert.«

»Oh Gott«, ich hörte, wie er schluckte. »Das tut mir leid.« Seine Stimme klang heiser. »Hören Sie. Vielleicht sollten Sie wirklich besser …«

»Wenn die tatsächlich so blendend im Bilde sind, ist es dafür zu spät. Selbst wenn ich klein beigebe, gibt es keine Garantie, dass die nicht doch zuschlagen. Das lässt mir nicht viel Wahl.«

»Und was wollen Sie jetzt tun?«

»Er hat einen Sprachverzerrer benutzt. Wie bei Ihnen.«

»Was ist mit Heidenreich und Winterfeld?«

»Die tanzen auf einer anderen Feier.«

Nach dem Gespräch rief ich Hinrichs an und versuchte es beim Museum in Mölln. Doch es war zu früh und das Büro noch nicht besetzt. Ich beschloss, direkt vorbeizufahren. Zu Hause hielt ich es nicht länger aus.

***

In Neu-Horst passierte ich den blauweißen Wegweiser zum ›Theater im Stall‹. Letzten Sommer hatten Conny und ich uns dort *Tahoma, die lange Reise ans Ende der Nacht* angesehen, eine Mischung aus Kammerspiel und Roadmovie: Fünf Charaktere, die sich ihren Lebenslügen stellen müssen. Damals war unsere kleine Welt noch in Ordnung gewesen. Zumindest meine kleine Welt. Ich hatte keine Ahnung mehr, wie es ihr mit mir ergangen war. Mit einem Mal schimmerte vieles in einem anderen Licht, und je länger ich darüber nachdachte, desto mulmiger wurde mir.

Wie oft hatte ich sie oder Anna abblitzen lassen, weil ich mit irgendwelchen ›Kack-Fällen‹ besetzt war? Obwohl ich grundsätzlich wusste, dass der Augenblick zählt. Den darf man nicht vernachlässigen, schon gar nicht wegen des Drucks im Rattenrad. Sonst zahlen diejenigen, die man liebt, also garantiert die Falschen. Am Ende hockst du da, wunderst dich und tust dir leid. Dabei hast du dich selbst ins Aus gekickt.

Daran kaute ich noch, als ich am Augustinum vorbeikam, dem Klotz von Altersheim mit phantastischem Blick, der am bewaldeten Hang thront und auf die Möllner Altstadt hinabsieht. Die Straße schwang sich den Hügel hinunter. Ich fuhr über die schmale Brücke auf die Hauptstraße, bog rechts ab und parkte an der Rückseite des gotischen Rathauses unterhalb der Nikolaikirche. Die Räume der Museumsverwaltung befanden sich hinten. Ein hagerer Mann von Mitte vierzig öffnete mir. Er blieb abwartend in der Tür stehen.

»Ich würde gern Dr. Meiser sprechen«, sagte ich. »Ist er im Haus?«

»Was wollen Sie denn von ihm?« Er hob den rechten Arm, um sich am Rahmen abzustützen, wodurch er den Zugang blockierte.

»Eventuell kann er mir helfen.«

»Wobei?«

»Das sage ich ihm lieber persönlich.«

»Sie hätten besser vorher angerufen. Momentan habe ich keine Zeit.«

»Tut mir leid. Ich konnte niemanden erreichen. Es geht auch nur um einen Punkt.«

»Nämlich?«

»Die Aktivitäten der Ansverus-Bruderschaft in der Nachkriegszeit.«

Er hob die Brauen. »In der Nachkriegszeit?«

»Sie soll Nazis Fluchthilfe geleistet haben.«

Seine Lippen zuckten amüsiert. »Wie bitte?«

»1946 tauchte ihr Zeichen am Eingang eines Dee-Pee-Lagers in Wentorf auf. Zusammen mit einer Drohung auf Polnisch, nachdem zwei der Insassen des Lagers bei der Polizei gewesen waren, um den letzten Kommandanten von Auschwitz anzuzeigen, der sich in der Gegend versteckt hielt.«

Er schüttelte den Kopf, nun deutlich neugieriger. »Wieso beschäftigen Sie sich mit der Bruderschaft?«

»Weil mein Klient ihr in die Quere gekommen zu sein scheint.«

»Ihr Klient?«

»Georg Fiedler.«

»Ist das nicht der Mann, der derzeit dauernd Schlagzeilen macht?«

»Richtig.« Ich reichte ihm eine meiner Karten.

Er musterte sie und sah wieder auf. »Was hat Herr Fiedler mit der Bruderschaft zu tun?«

»Schenken Sie mir fünf Minuten?«

»Hmm«, brummte er gedehnt und warf einen Blick auf sein Handgelenk. »Na gut.«

Sein Büro befand sich direkt neben dem Eingang und sah bunt aus. Er verfertigte gerade Beschriftungen für Exponate, räumte einen Bücherstapel von einem der Stühle und streckte einladend die Hand aus.

»Was ist das für eine Geschichte mit dem letzten Kommandanten von Auschwitz?«

Ich schilderte, was ich von Franzen erfahren hatte. Dabei sparte ich die Fotos aus, aber ließ durchblicken, dass ich mich für den jüngeren Bismarck interessierte.

»Otto Zwo ist eine schillernde Persönlichkeit«, lächelte er. »Doch dass er mit der Bruderschaft vernetzt gewesen sein soll, ist mir neu.«

Ich berichtete ihm von der Anzeige der zwei Jüdinnen, ihrem rätselhaften Verschwinden und der Drohung am Lagertor. »Anfang der Sechziger, im Zuge des Auschwitz-Prozesses, hat man Baer auf Bismarcks Gut verhaftet. Dabei kam raus, dass er schon seit über fünfzehn Jahren in Dassendorf lebte. Zeitweise sogar zusammen mit seiner Frau.«

Meisers sommersprossige Hand langte selbstvergessen nach einem Bleistift. »Die Affäre um Baer war mir bekannt. Die Sache mit den zwei polnischen Jüdinnen nicht. Es würde passen. Die Bruderschaft hat immer gern mit Einschüchterung gearbeitet.«

»Sie halten das also für keinen Hokuspokus?«

»Nicht unbedingt.« Er verzog den Mund. »Außer dass die Bruderschaft eigentlich schon seit Jahrhunderten keine Rolle mehr spielt.«

»Dr. Fröhlich berichtete mir von einem Vorfall im Jahr 1811 …«

Der Bleistift begann zwischen Daumen und Zeigefinder der halb geöffneten Linken hin und her zu tanzen. »Da erschossen die Franzosen drei Männer in Ratzeburg, die den Kommandanten davon abhalten wollten, den Dom in einen Pferdestall zu verwandeln, ich weiß. In den Gerichtsakten ist von einem Freimaurerkürzel die Rede. Das könnte durchaus das der Bruderschaft gewesen sein.« Er hob die Brauen. »Allerdings zählten die Hingerichteten nicht unbedingt zu der Art Leute, die ich mit der Bruderschaft assoziieren würde.«

»Wieso?«

Er ließ den Stift durch die Handfläche gleiten. »Deren Führungspersonal rekrutierte sich aus der lokalen Elite. Ähnlich wie beim Ku Klux Klan in den USA. Ab dem dreizehnten Jahrhundert beeinflusste der Orden nicht nur die Geschicke Ratzeburgs, sondern des gesamten Umlands, aber mit der Reformation schwand sein Einfluss, parallel zum Niedergang der Hanse, und nach dem Dreißigjährigen Krieg spielte der Orden keine Rolle mehr. Als die napoleonische Besatzung begann, waren noch mal fast hundertsechzig Jahre ins Land gegangen. Zu dem Zeitpunkt war die Bruderschaft längst vergessen.«

»Und die Anfänge? Angeblich waren das doch Überlebende des Slawenüberfalls, die der Steinigung entgingen?«

»Stimmt. Laut Legende beschlossen drei von ihnen, zu bleiben. Sie schworen, das Kloster wieder aufzubauen, um die Mission zu retten. Dafür mussten sie ihre Identität verbergen. Ihr Büßergewand konnten sie nur noch bei geheimen Zusammenkünften tragen, und aus Furcht vor Verrat versahen sie die Kutten mit geschlitzten Kapuzen.«

»Gibt's dafür Quellen?«

Seine Unterlippe stülpte sich nach vorn. »Nur Abschriften von Abschriften, datiert auf das späte Mittelalter.«

»Wo?«

»Nicht allgemein zugänglich.«

»Sondern?«

Er hob die Hände, wie um meinen Elan zu dämpfen. »Hin

und wieder darf ich Einblick in private Sammlungen nehmen. Das ist ein Privileg, das gewisse Diskretion verlangt.«

»Verstehe.« Ich ließ einen Andachtsmoment verstreichen. »Sind die Quellen glaubwürdig?«

»Nun«, lächelte er. »Das ist ein weites Feld.«

»Ist Ihnen dabei mal ein alter Bericht über die Steinigung untergekommen?«

»Wovon reden Sie?«

»Aufzeichnungen, die den Hintergrund der Ereignisse von 1066 festhalten. Das Vorspiel zur Katastrophe.«

»Ich kann Ihnen nicht ganz folgen.«

»Der Tod der Frau, die Fiedler beim alten Klärwerk gefunden hat, hängt mit dem Überfall auf das Kloster und der Steinigung der Mönche zusammen. Darüber muss es etwas Schriftliches geben, das einigermaßen zeitnah verfasst wurde.«

Er schürzte die Lippen. »Das höre ich heute zum ersten Mal. Wie kommen Sie darauf?«

Ich skizzierte es ihm. Unterwegs wich sein latent mokantes Grinsen einer skeptischen, beunruhigten Neugierde. »Wollen Sie damit etwa andeuten, die Mönche seien für den Tod der Frau verantwortlich gewesen?«

»Möglicherweise. Zumindest dürften die Slawen das so gesehen haben, ja.«

»Uuuhps …« Er fuhr mit der Hand an den Kopf und kratzte sich den Schopf. »Das müssen Sie mir näher erläutern.«

Was ich tat. Allerdings erkundigte ich mich vorher über sein Verhältnis zu Fröhlich und lotete aus, ob er sich der Historischen Gesellschaft verpflichtet fühlte.

Im Übrigen hielt ich mich an Kleist. Der schrieb mal über das allmähliche Verfertigen der Gedanken beim Reden. Kriegt man eine Idee nicht eingekreist, spricht man darüber. Das zwingt einen dazu, seine Vorstellungen so zu strukturieren, dass das Gegenüber sie nachzuvollziehen vermag. Axel und ich bedienen uns gelegentlich dieser Technik. Fremden mute ich sie selten zu, es sei denn, sie sind so hell wie Meiser.

»Nach allem, was ich inzwischen weiß, bin ich mir einigermaßen sicher, dass die Benediktiner den Brunnen am Rensenmoor gegraben haben. Worüber ihre slawischen Nachbarn gewiss alles andere als begeistert waren. Immerhin zapften die Mönche damit die Wasserader an, aus der sich die heilige Quelle auf der späteren Dominsel jenseits des Sees speiste.«

»Unterstellen Sie ihnen böse Absicht?«

»Vermutlich taten die Slawen das.«

»Wieso?«

»Entweder töteten sie die Mönche, weil sie den Brunnen gegraben hatten, oder weil sie sie für den Tod der Frau verantwortlich machten.«

»Für den Tod der Frau?«

Ich zuckte die Achseln.

Er hüstelte. »Ansverus wird in einem Atemzug mit Ansgar und Bonifacius genannt. Freunde werden Sie sich mit der Theorie keine machen.«

***

Hinrichs saß auf derselben Bank wie beim letzten Mal. Heute lag ein *Abendblatt* auf seinem Schoß. Wir sprachen über die verschlampte Ermittlung gegen Baer 1946, das Verschwinden der zwei Jüdinnen und das Graffito am Eingang des Dee-Pee-Camps.

Er kaute auf seiner Oberlippe: »Jetzt soll ich einen meiner Referendare ins Archiv scheuchen und nach Vorgängen suchen lassen, die nach allem menschlichen Ermessen längst ins Staatsarchiv gewandert oder geschreddert sind?«

»Genau. Es könnte nämlich sein, dass man bei Baers Verhaftung 1960 die Verbindung zu 1946 hergestellt und die

Sache noch mal aufgerollt hat. Baer starb relativ kurz nach seiner Festnahme in der U-Haft, worüber der Fürst gewiss nicht traurig war, weil ihm das ersparte, Erklärungen abzugeben, und womöglich hat man das Verfahren überhaupt nur deshalb eingestellt.«

»Wollen Sie auch Baers Todesursache?«

Ich schüttelte den Kopf. »Ich bin nicht drauf aus, Bismarck posthum nachzuweisen, etwas mit Baers Ableben zu tun gehabt zu haben. Mich interessieren nur seine etwaigen Verbindungen zur Prinzessin von Isenburg und sein lokales Netzwerk.«

Er nickte nachdenklich.

»Im Übrigen gab es wahrscheinlich zwei Vorgänge«, sagte ich. »Eventuell sogar drei. Die Anzeige gegen Baer, die Suche nach den Frauen und das Geschmiere am Tor des Lagers.«

»Fraglich, ob das je aufgenommen wurde.« Er beschäftigte sich mit seiner Bruyère-Pfeife, die unterwegs ausgegangen war. Er setzte sie wieder in Brand und schlug die Beine übereinander. »Na gut. Und das Zeitfenster?«

»Juni '46 erstatteten die Frauen Anzeige. Das Foto mit der Drohaufschrift ist einen Monat älter.«

»Besorgen Sie mir einen Abzug davon.«

Ich griff wortlos in meine Jackentasche, zückte das Telefon und rief Franzen an. Leider erreichte ich bloß den Anrufbeantworter. Ich bat den alten Herrn, einen Abzug des Bildes direkt an Hinrichs' Büro zu schicken.

Mein Gastspiel als Zeuge war schmerzlos gewesen, obwohl ich beinahe zu spät kam, weil ich erst gegen elf in Mölln aufgebrochen war. Kurz bevor ich ging, hatte Meiser mir angeboten, den Nachlass eines Möllner Fotografen zu sichten, der bei ihm lagerte. Der habe nach dem Krieg alle wichtigen gesellschaftlichen Ereignisse im Kreis abgelichtet. In der Sammlung befänden sich auch diverse Aufnahmen von Bismarck. Ich könne mir die Boxen gern ansehen. Nicht auszuschließen, dass ich so noch auf den einen oder anderen Zeitzeugen stieße, der sich befragen ließe.

Hinrichs gönnte mir einen Seitenblick. »Was macht Frau Heidenreich?«

»Gestern habe ich ihren Architektenfreund besucht.«

»Aufschlussreich?«

»Das einzig Interessante war, dass ihn offenbar jemand anruft und beschuldigt, den toten Reinhold zu Fiedler geschafft zu haben, was sich inhaltlich mit einem anonymen Schreiben deckt, das heute früh bei der Kripo in Lübeck eingegangen ist.«

Ich berichtete ihm und sparte auch den Rest der Nacht nicht aus. Daran kaute er eine Weile.

»Wieso ist derjenige, der Ihre Familie bedroht, derselbe, der auch Fiedler zu verängstigen versucht hat?«

Ich zuckte die Achseln. »Weil er einen Stimmverzerrer benutzt.«

Er strich sich mit dem Pfeifenstiel über die Lippen. »Was macht Sie so sicher, dass es nicht Heidenreich ist?«

»Mit welchem Motiv? Dann hätte sie ja meine Frau beschatten lassen müssen. Außerdem interessiert sie sich nicht für Pensin oder die Ehre der Heiligen.«

»Na schön«, knurrte er. »Und wer veranstaltet den Telefonterror bei diesem Winterfeld?«

»Bestimmt nicht Heidenreich. Sondern jemand, der weiß, was sich in der Mordnacht zugetragen hat, und der Winterfeld nun unterstellt, den Hammer bei Fiedler versteckt zu haben. Vermutlich derselbe, der anonym an Probsthayn geschrieben hat und erklärt, dass Reinhold auf der Baustelle getötet worden sei und der Hammer zu Fiedler geschafft wurde, um ihn zu belasten.«

»Interessant. Ist das der angebliche Journalist, der bei Gerlach nach Pensin gefragt hat?«

»Kann sein. Jedenfalls ist dieser Mensch entweder selbst der Täter oder er kennt den Mörder und weiß, dass es nicht Fiedler ist.«

Hinrichs nahm die Pfeife aus dem Mund. »Manchmal überlappen sich die Dinge. Ereignisse laufen parallel. Wir glauben, dass sie zusammengehören, aber in Wirklichkeit sind es mehrere getrennte Komplexe.« Er sah mich an. »Reinhold war nicht sonderlich beliebt. Angenommen, das Motiv für den Mord an ihm war tatsächlich Rache. Doch hinter der Tat steckt nicht Heidenreich. Die hat er zwar erpresst, aber sie hat ihm nie etwas getan.«

»Weil der Täter ihr zuvorkam?«

»Richtig. Sie schaffte es gar nicht mehr, die Tat auszuführen. Aber vielleicht war sie kurz davor, so kurz davor, dass sie und ihr Komplize den Täter bei der Tat überraschten. Das brachte sie auf die Idee, Fiedler gleich noch eins auszuwischen und ihm den Mord in die Schuhe zu schieben. Falls das nicht von vornherein ihr Plan war, um ihn endgültig aus dem Verkehr zu ziehen. Zwei Fliegen mit einer Klappe.«

»Das würde auch erklären, wieso jetzt jemand bei Winterfeld anruft und ihn bezichtigt, den Hammer auf Fiedlers Grundstück gebracht zu haben.«

»Genau. Aus dem gleichen Grund schreibt er der Polizei. Er will die Sache richtigstellen.«

»Wobei sein Verdacht in Bezug auf Winterfeld ein echtes Missverständnis sein könnte.«

»Inwiefern?«

»Weil Winterfeld offenbar wirklich nichts von dem Hammer weiß, und obwohl ich Heidenreich eine Menge zutraue, ist sie keine, die an einem nassen Abend alleine loszieht, um auf einer matschigen Baustelle einen Neunzig-Kilo-Mann zu erschlagen.«

»Wer kommt sonst dafür in Frage?«

»Im Zweifelsfall der, der auch den alten Pensin getötet hat.«

»Und sein Motiv?«

»Er will nicht, dass das Projekt fortgeführt wird und die Geschichte von dem Fluch an die Öffentlichkeit dringt.«

»Also irgendwer von der Bruderschaft?«

»Exakt. Womit ich wieder am Ausgangspunkt wäre.«

»Nicht ganz.« Hinrichs setzte sich auf. »Sie wissen, dass die Drohanrufe nicht von Heidenreich kommen und dass jemand, der die Details des Mordes an Reinhold kennt, Winterfeld beschuldigt, die Spur zu Fiedler gelegt zu haben. Das ist der eine Komplex. Der andere ist die Organisation, die angeblich 1946 noch aktiv war und nun ihre Familie bedroht.«

»Der Mann, mit dem ich eben gesprochen habe, meint, die Bruderschaft spiele seit dreihundert Jahren keine Rolle mehr. Ich darf ein Phantom jagen.«

Hinrichs verdrehte die Augen. »Wer hat letzte Nacht bei Ihnen angerufen?«

Ich kaute ins Leere und schwieg. Er lächelte schmal.

»Wissen Sie, was mir aufstößt? Die vielen kleinen Zufälle. Als habe das System.«

»Ja und?«

»Manchmal hat das auch System.«

»Worauf wollen Sie hinaus?«

»Nehmen wir an, dass der derjenige, der Pensin getötet hat, auch vorhatte, Reinhold zu töten. Er will Fiedler die Tat anlasten und so dessen Projekt ein für alle Mal stoppen. Er passt eine Nacht ab, in der Fiedler nicht zu Hause ist, damit er aufs Grundstück kann. Dann belauert er Reinhold. Plötzlich taucht jemand auf und erschlägt Reinhold vor seinen Augen. Er zieht seinen Plan trotzdem durch, wartet ab, bis der Täter weg ist, nimmt den Hammer und versteckt ihn bei Fiedler.«

»Wie weiter?«

»Nach Fiedlers Verhaftung kommen Sie ins Bild. Damit

hat er nicht gerechnet. Ihre Recherchen bringen ihn in Bedrängnis. Er muss Sie loswerden und bedroht Ihre Familie.«

Hinrichs' Lächeln starb ab. Ich glotzte auf den stillgelegten Springbrunnen, kahle Sträucher und die nackte Backsteinwand der Untersuchungshaftanstalt. »Das Szenario ist extrem stimmig«, sagte ich. »Leider hat es einen entscheidenden Haken.«

»Welchen?«

»Die Mönche sind damals gesteinigt worden, weil sie an der falschen Stelle einen Brunnen gegraben haben. Vielleicht auch, weil man sie verdächtigte, für den Tod der Slawin verantwortlich zu sein. Weder noch wird sich je klären lassen. Das ist kein Grund, tausend Jahre später Tote zu produzieren.«

Hinrichs klopfte seine Pfeife aus. »Was, wenn Ihre Vermutung stimmt und die Brüder wissen, was damals geschehen ist?«

»Nichts. Was soll da sein?«

»Vielleicht reicht es schon, dass sie befürchten, Sie könnten den richtigen Verdacht haben.«

Ich lachte ratlos auf. »Selbst wenn. Wie sollte ich das je klären?«

»Der Schlüssel dürfte das Motiv sein.«

»Für was?«

»Den gewaltsamen Tod der Frau, deren Leiche Fiedler zurück ans Tageslicht befördert hat.«

»Die Tat liegt neunhundertfünfzig Jahre zurück!«

»Es gibt drei Gründe, einen Mord zu begehen: Habgier, Leidenschaft und Verschleierung einer Straftat. Das ist seit Kain und Abel so. Habgier entfällt. Leidenschaft halte ich für eher unwahrscheinlich. Bleibt Punkt drei. Was wollten die Mönche verschleiern? Finden Sie das heraus und Sie wissen, warum die Sache bis heute so brisant ist.«

***

Nachdem ich mich von Hinrichs verabschiedet hatte, spazierte ich noch eine Weile durch die Wallanlagen. Schließlich rief ich bei *Stiller, Murian and Partners* an. Winterfelds Sekretärin bat mich, zu warten, bevor sie kühl erklärte, ihr Chef sei nicht zu sprechen.

»Ich weiß, dass er keine Lust hat, mit mir zu reden«, sagte ich. »Aber es ist wichtig.«

»Tut mir leid.«

Sie legte auf. Zweiter Versuch.

»Herr Winterfeld ist nicht im Haus.«

»Sagen Sie ihm, es geht um den Telefonterror. Er ist in Gefahr.«

Ich hörte, wie sie scharf einatmete. Dennoch sie war besonnen genug, nicht noch mal aufzulegen. »Warten Sie.«

Es blieb zehn Sekunden lang still. Dann hörte ich seine Stimme.

»Was gibt's?«

»Weder Sie noch Frau Heidenreich haben etwas mit dem Mord an Reinhold zu tun, aber der Täter glaubt, Sie hätten ihn gesehen und die Tatwaffe manipuliert. Sie sind in Gefahr …«

Er machte ein Geräusch, das ich nicht deuten konnte.

»Wieso?«

»Weil er glaubt, Sie könnten ihn verraten.«

»Quatsch! Er will genau das, was Sie auch wollen!«

»Und das wäre?«

»Tun Sie nicht so! Sie haben das doch alles inszeniert!«

Er unterbrach die Verbindung.

Ich rieb mir den Nacken. Dafür, dass der Mann es beruflich so weit gebracht hatte, war er erschreckend beschränkt. Immerhin hatte er mir bestätigt, was ich vermutete. Langsam lichtete sich der Nebel.

Normalerweise hätte ich noch bei Axel vorbeigeschaut, um ihm beim Mokkakochen zuzusehen, doch wir hätten über Conny und mich reden müssen. Das wollte ich nicht. Axel war quasi der Stifter unserer Familie. Wären wir verheiratet gewesen, hätte er den Trauzeugen, Paten und Onkel in einem gegeben. Darum war er der Falsche. Besser gesagt, ich war falsch für ihn. Genauso wie Carlo in seiner trauten Zweisamkeit für mich der Falsche war.

Ich war müde und ausgelaugt. Besser ich fuhr nach Hause und rief ihn später an.

***

Meine Müdigkeit war schuld, dass ich den Benz erst beim Warten an der Ampel in Breitenfelde bemerkte. Eine blaue C-Klasse. Ratzeburger Kennzeichen. Der Wagen hatte vorhin an den Wallanlagen gestanden. Ich erkannte die Nummer sofort wieder. Doch nun spiegelte sich Licht in der Frontscheibe, so dass ich nicht erkennen konnte, wer drin saß.

Spaßeshalber verlangsamte ich auf vorschriftsmäßiges Tempo. Früher Feierabend. Die meisten, die hinter mir rollten, hatten Stalldrang und überholten mich bei nächster Gelegenheit. Der Benz jedoch fiel sogar ein Stück zurück. Erst vor Mölln-Süd holte er wieder auf. Als er nach dem Abzweig den Abstand wieder vergrößerte, war ich mir sicher.

Vor Fredeburg bog ich rechts ab, als wolle ich zum Wisent-Gehege, wendete auf dem Parkplatz und killte den Motor. Vermutlich hatte er mich schon in Hamburg beschattet und es gab längst Fotos von Hinrichs und mir. Oder er hatte uns belauscht. Richtmikrophone sind inzwischen so unauffällig, dass man sich damit auf eine Parkbank setzten kann. Für andere sieht es aus, als spiele man mit seinem I-Pod. Ein stimmaktivierter Stick, der wie ein Kugelschreiber aussieht, kostet um die dreißig Euro. Kameras sind kaum teurer. Ich benutzte solch Spielzeug fast nie, außer dem Diktaphon, das Conny mir vor einer Weile geschenkt hatte. Bei Bedarf fragte ich Carlo. Der kennt sich damit aus. So ist er damals übrigens auch Marion begegnet. Beim Entwanzen ihres Hauses. Ich werde nie vergessen, wie er sich ihr mit preußisch knappem Diener und genuscheltem »Bülow. Angenehm.« vorstellte.

Mit einem Mal wurde mein Nacken heiß. Ich dachte an Conny. Mir schwante, wieso der nächtliche Anrufer ihr Bewegungsmuster kannte. Falls das stimmte, fanden sie sie überall. Dann wusste er auch jetzt, wo sie steckte. Ich sah auf die Uhr. In diesen Minuten hörte sie auf zu arbeiten. Danach fuhr sie nach St. Georg, um Anna einzusammeln, von dort nach Eimsbüttel. Sie würde sie direkt zu ihrem Versteck führen.

Ich stieg aus dem Auto, nahm mit fliegenden Händen das Handy auseinander, fand nichts, ging zehn Schritte weiter und drückte Carlos Nummer. In Bleckede ließ er das Telefon meist aus. Heute hatte ich Glück.

»Was ist los?«

»Ich bin in Begleitung aus Hamburg zurückgereist. Ein blauer Benz, der mir schon vorhin am Sievekingplatz aufgefallen ist.«

»Bist du sicher?«

»Ja. Es sei denn, es ist nur der, den ich mitschneiden soll, damit die anderen dran bleiben können.«

»Wären die so raffiniert, würden sie einen Tracker einsetzen.«

Ein GPS-Tracker kann mehr als ein Peilsender. Er verrät einem nicht nur die exakte Position des Zielobjekts, er liefert bei Bedarf auch Satellitenbilder, Adressen und Telefonnummern in der Nachbarschaft.

»Den setzen sie wahrscheinlich eh längst ein. Bei Conny.«

Er fluchte halblaut, aber musste nicht lange nachdenken. »Schick sie zu Aziz. Sie soll mich über Festnetz anrufen. Ihre Karre lässt sie bei ihm stehen. Er soll ihr den Corsa geben. Ich klär das.«

»Da gibt's ein Problem.«

»Welches?«

»Fragt sich, ob ich sie zu fassen kriege.«

»Sonst sag Bescheid. Bis gleich.«

Es klickte.

Mein Gaumen war trocken. Entweder wollte sie nicht mit mir sprechen oder hörte es nicht. Es fiepte hohl ins Leere. Irgendwann sprang ihre Mailbox an. Ein hirnblondiertes Stimmchen bügelte meine Ohnmacht sadistisch aufgeräumt ab: »Willkommen bei O2! Ihr Gesprächspartner ist momentan nicht erreichbar ...«

Ich entschied mich, es zu riskieren und ihr auf den Briefkasten zu sprechen.

»Schlechte Nachrichten: Der Fiat ist vermutlich verwanzt. Fahr damit auf keinen Fall dahin, wo du schläfst, sondern zu unserem kurdischen Freund. Das hohe C hat die Details. Er wartet hinterm Deich. Kontakt über Festnetz. Wenn du diese Nachricht gehört hast, stell das Handy sofort aus und nimm die Karte raus. Es ist jetzt knapp halb fünf ...« Ich sah in den grauen Himmel und betete stumm. »Sei vorsichtig. Ich liebe dich.«

Dann rief ich Carlo an. Es war besetzt. Zwei Minuten später wusste ich, dass er Aziz tatsächlich erreicht hatte. Das war bei dem Kurden nicht immer ganz leicht. Oft turnte er zwischen Schrottbergen und zerlegte Autowracks. Lief seine Flex, sah und hörte er nichts. Beklauen tat ihn trotzdem keiner. Wer unangemeldet auf seinem Gelände erschien, war binnen Sekunden von einem Rudel halbwilder Hunde umringt, die sich gespenstisch leise näherten und nicht bellten, sondern nur dumpf grollend ihre Reißer fletschten. Neun Tiere, sämtlich Mischlinge, jeder eine Klasse für sich.

»Eingetütet«, sagte Carlo nur.

»Bei mir bloß die Mailbox. Irgendwer muss sie abfangen.«

»Der Engel ist in der Stadt.«

»Die ist groß und er hat wenig Zeit.«

»Gebongt. Ich schick ihn auf die Kennedybrücke. Er ruft dich an.«

»Danke.«

Anschließend lief ich vor zur Bundesstraße. Von der C-Klasse war nichts zu sehen. Ich ging zurück zum Fahrzeug. Unterwegs betete ich. Hoffentlich bekam Paul Conny rechtzeitig zu fassen. Bevor ich weiterfuhr, tastete ich mich durch das Innenleben der Stoßfänger und inspizierte Schweller und Radkästen. Auf die Schnelle fand ich nichts. Alles Weitere musste warten. Auf der Bundesstraße war von dem Benz nichts mehr zu sehen. Schade. Das hätte mich wenigstens abgelenkt. Entweder mein Verfolger hatte geschnallt, dass ich es geschnallt hatte, oder er glaubte mich verloren zu haben. Hinterm Silo fuhr ich an die Tankstelle, besorgte eine Flasche Wasser und entschloss mich an der Kasse spontan zum Rückfall. Meine seelische Bereifung war runter und ich traute mir nicht mehr zu, die nächsten Stunden ohne Giftkrücke zu überstehen. Allerdings erstand ich nur Zigaretten.

***

Zehn Minuten später hielt ich vor dem tristen Plattenbau, in dem Maik Mirow wohnte. Ich stieg gar nicht erst aus. Meine Hände verrieten mir, dass ich ohne Nachricht von Conny besser gleich sitzen blieb. Kein noch so mantraartig gemurmelter Gelassenheitsspruch vermochte das Kopfkino jetzt noch zu stoppen. Zig Szenarien taten sich gleichzeitig auf. Ich konnte nichts für sie tun. Bloß abwarten und beten. Darum, die Flut böser Bilder und die eigene Ohnmacht auszuhalten.

Es dauerte eine Ewigkeit. Ich hakte innerlich die Stationen meines Lebens mit ihr ab, schickte Gelöbnisse in den Kosmos, machte Deals mit den Göttern, verzichtete auf alles, solange sie nur heil aus der Situation rauskam. Es war egal, ob wir uns je wieder vertrugen. Sie durfte mich für den Rest ihrer Tage hassen. Hauptsache, sie lebte.

Irgendwann, als ein höhnischer Dämon mir wieder irgendeine Variante der Katastrophe ausmalte, zerrte ich das Zellophan von der Packung, riss die Folie auf und steckte mir eine ins Gesicht. Ich besaß kein Feuerzeug mehr, doch der Wagen einen Zigarettenanzünder.

Es schmeckte wie gestern und kratzte nicht mal im Hals. Allerdings wurde mir sofort schwindelig. So wie früher bei der Ersten am Morgen. Ich fühlte, wie es in den Schläfen zu rauschen begann, hörte das Hohnlachen der Sucht und reiste ins verhasst vertraute Junkie-Asyl, wo zwar kein Vergessen, aber wenigstens Betäubung wartet, nahm noch einen tiefen Zug, kurbelte die Scheibe runter und ließ das Gift auf den Asphalt fallen. In genau der Sekunde vibrierte das Handy. Es war Paul.

»Alles Rodscher. Die Süße ist eingenordet und auf Kurs.«

»Gott sei Dank!«

»Mach dich drauf gefasst, den Jungs oin' auszugeben.«

»Welchen Jungs?«

»Harley-Nord. Du woißt schon …«

Ich wusste nicht, aber hatte sofort tätowierte alte Säcke mit verspiegelten Sonnenbrillen vor Augen, die sich auf chromblitzende Chopper schwangen.

»So, ich will hier nich lange rumsabbeln«, sagte er. »Is alles goldig. Kannst entspannen.«

»He, Paul!«

»Was?«

»Danke!«

»Schon gut, du Arsch!« Er klang fast zärtlich.

***

Drei Minuten danach stand ich wieder vor dem dekorativen Holzteller mit *Hier hausen Katimaus und ihr Maik.* Das Treppenhaus roch noch immer nach Katze. Kleinschmidt war heute nicht ansprechbar gewesen. Özdemir hatte mich reingelassen.

Hinter der Wohnungstür vernahm ich Geräusche. Im Zweifelsfall der Fernseher. Ich hoffte, dass Maik allein war. Der Gong quäkte. Schlurfende Schritte, Schlüsselgeklimper, und ich blickte in sein blasses Gesicht.

»Sie!«

Er trug wieder Unterhemd. Vielleicht besaß er nur das eine. Kati ließ sich nicht blicken. Ich wartete gar nicht darauf, dass er mich reinbat, schob die Tür auf und betrat die Wohnung.

»Ich weiß nichts«, protestierte er.

»Dauert keine fünf Minuten.«

»Ich kann Ihnen nichts sagen.«

»Doch. Können Sie. Sogar ohne jedes Risiko. René Schult wird Ihnen nichts tun. Ich hab mit ihm gesprochen. Der hat die Hosen voll, dass er wegen der Schubkarrengeschichte einfährt.«

Keine Ahnung, wieso er keine Zicken mehr machte. Vielleicht hatte er Angst vor mir. Ich war einen halben Kopf größer als er und zwanzig Kilo schwerer. Oder es lag an meinem therapeutischen Ton.

Wir setzten uns in die Küche. Neben das Katzenklo. Wie beim letzten Mal. Ich stellte meine Fragen. Offenbar schien ihm keine davon sonderlich verfänglich. Jedenfalls antwortete er, ohne zu zögern. Am Ende fasste ich noch mal das Wichtigste zusammen.

»Sie wussten also, wo Reinhold wohnte?«

Er nickte.

»Die anderen auch?«

Seine nach vornüber hängenden Schultern ruckten ein wenig. »Ja.«

»Abends ging er als Letzter? Genau so, wie Fiedler das auch gemacht hatte?«

»Er musste ja alles abschließen.«

»Und er war ein Gewohnheitstier, das täglich denselben Weg nahm?«

»Denke schon.«

»Okay«, ich erhob mich.

»Das war's?« Er sah überrascht zu mir hoch.

»Wenn noch was ist, meld ich mich.«

Ich zückte einen Zwanziger. Er musterte das Geld ungläubig, aber als ich ihm den Schein gab, glitt seine Zunge über die Unterlippe.

»Glauben Sie, dass er was damit zu tun hat?«

Ich zuckte die Achseln, nickte ihm zu und trat zur Tür. Er blieb sitzen und starrte auf seine Füße.

Als ich wieder draußen auf der Straße stand, rief ich Fiedler an. Der ging beim dritten Klingeln ran. Ich stellte ihm fast dieselben Fragen, die ich eben Mirow gestellt hatte. Er reagierte einigermaßen verstört.

»Wieso wollen Sie das denn wissen?«

»Nicht am Telefon. Können wir uns nachher kurz sehen?«

»Ich bin um halb acht mit Jörn verabredet. In der *Trattoria da Vittorio*. Kennen Sie die?«

»Der Laden in der Schrangenstraße?«

»Genau.«

»Fein. Ich komm hin.«

Er wollte auflegen.

»Noch was. Meiden Sie das Telefon. Sowohl als auch.«

»Wieso?«

»Hygienegründe. Aber es ist vermutlich nicht der Verfassungsschutz.«

Er schluckte hörbar. »Woher ...«

»Später.«

Anschließend rief ich bei Dirk an. Der ging nicht ran. Wenn er zu viel zu tun hat, parkt er seinen Faustkeil in die Schublade unter der Installation von überquellenden Aschenbechern, Fahrzeugschlüsseln und Papieren unterm Rechner. Ich wollte nachher noch bei ihm vorbei, weil der Volvo auf die Bühne musste. Um sicherzugehen, dass nichts darunterklebte.

***

Stankowski schien erfreut, mich zu sehen. Im Übrigen sah er blendend aus, war rasiert und nüchtern. Wir gingen ins Wohnzimmer. Auch das wirkte bestürzend aufgeräumt. Nirgendwo eine Flasche. Es tat ihm sichtlich gut, nicht mehr auf die Baustelle gehen zu müssen.

Neben dem Sofa lag Andrzejewskis *Asche und Diamant*, eine ältere, gebundene Ausgabe mit blauem Einband. Ich kannte den Roman. Katzenstein hatte mir ihn seinerzeit empfohlen.

»Schönes Buch.«

Stankowski lächelte abwartend. Ich nahm mir den Stuhl.

»Ich war bei Winterfeld.«

»Ach ja?«

Er hatte sich aufs Sofa gesetzt und war gerade dabei, sich eine Zigarette zu drehen. Er sah konzentriert auf den Tabak zwischen seinen Knien.

»Er hat nichts mit dem Mord zu tun«, sagte ich. »Heidenreich auch nicht. Jemand anderes hat sich die Leiche gegriffen und alles so arrangiert, dass der Verdacht auf Fiedler fällt.«

»Wieso erzählen Sie mir das?«

»Weil ich glaube, dass der Mann, der Reinhold getötet hat, nie vorhatte, Fiedler zu belasten. Er hasste Reinhold, weil der ihn ständig quälte, aber er wusste nicht, dass es da noch jemanden gab, der auch plante, Reinhold zu töten.«

Er führte die Tabakrolle an die Lippen, benetzte die Gummierung, klopfte die Enden auf den Handrücken und langte nach dem Feuerzeug. Die Flamme flackerte auf. Er sog den Rauch tief ein.

»Wen?«

»Leute, die das Projekt stoppen wollen. Sie planten, Reinhold auszuschalten und die Tat Fiedler in die Schuhe zu schieben, um ihn der Polizei als Täter zu präsentieren. Sie hätten natürlich auch erst Reinhold und anschließend Fiedler töten können, doch dann hätte alle Welt sofort begriffen, worum es ihnen ging. Das wollten sie vermeiden.«

Stankowski musste plötzlich heftig husten. Ich wartete, bis seine Bronchialattacke vorüber war.

»So lenkten sie die Polizei von ihrem eigentlichen Motiv ab.«

»Und wer soll das sein?« Stankowskis Stimme hörte sich heiser an. Er hatte Rauch in die Augen bekommen und musste heftig zwinkern.

»Jedenfalls ist es nicht Winterfeld. Der wusste bis gestern nicht mal, dass Reinhold seine Partnerin erpresst hat.«

»Trotzdem könnte er Fiedler in die Pfanne gehauen haben, und zwar genau auf die Weise, wie Sie's sagen.«

»Nein. Es gibt da noch einen weiteren Mord an einem alten Bauern aus Einhaus, den die Polizei nicht erkannt und als Unfall zu den Akten gelegt hat. Der dürfte aufs Konto derselben Typen gehen. Winterfeld kannte das Opfer nicht mal.«

»Sind Sie sich sicher?«

»Ja.«

»Und Heidenreich?«

»Dito. Falls sie vorhatte, Reinhold loszuwerden, ist ihr jemand zuvorgekommen.«

Es blieb einen Moment lang still.
»Also sind die beiden aus dem Schneider?«
»Ja.«
Stankowski saugte an seiner Zigarette. »Warum erzählen Sie mir das?«
»Ich denke, das wissen wir beide ...«
Er wandte den Blick ab und sah zur Wand. Ein glimmender Tabakfaden löste sich und fiel ihm aufs Hemd, was er erst bemerkte, als es dort weiterglomm und ein Loch in den Stoff brannte. Fluchend schoss er hoch und rieb die Glut aus. Als er sich mir wieder zuwandte, wirkte er wütend und verwirrt.
»Nein, das weiß ich nicht. Was wollen Sie von mir?«
Ich musterte ihn durch den Rauch und deutete auf den Einband von *Asche und Diamant*. »Der Roman ist genial. Er blättert die ganze Tragik eines innerlich zerrissenen Täters auf. Man mag den Typen und versteht, warum er es tut. Zugleich möchte man ihn packen und schütteln, damit er zur Besinnung kommt.«
Stankowski setzte sich auf und zerstieß die Kippe im Aschenbecher. »Für mich ist das eher eine Geschichte über irregeleitete Ideale.«
»Auch. Aber im Kern geht es um Selbsthass und falschen Stolz.«
Er verzog den Mund. »Sind Sie hergekommen, um mit mir über das Buch zu reden?«
»Ich denke, man kann mit Ihnen hervorragend über Bücher reden, und ich würde viel lieber mit Ihnen über *Asche und Diamant* reden als über Patrick Reinhold. Doch ich fürchte, beides hängt zusammen.«
»So?« Sein Adamsapfel bewegte sich auf und ab.
»Ihre Liebe für Literatur und Ihr Hass auf Reinhold sind zwei Seiten derselben Medaille. Sie haben den Fehler gemacht, sich ihm zu öffnen und ihm von ihrer Leidenschaft

für Bücher erzählt. Er hat Ihr Vertrauen missbraucht und Sie vor der Gruppe damit aufgezogen, hat Sie gehänselt und bloßgestellt. Darunter litten Sie. Sie ertrugen es trotzdem, zumindest so lange, wie Fiedler auf der Baustelle war. Doch als der dann rausflog, konnten Sie nicht mehr und wussten nicht mehr weiter.«

»Können Sie das beweisen?«

»Darum geht es nicht.«

»Worum sonst?«

»Die Wahrheit.«

»Wessen Wahrheit?«

»Ihre Wahrheit.«

Er lachte bitter auf. »Glauben Sie, die interessiert irgendwen?«

»Warum sitze ich wohl hier?«

Als er aufsah, lag verzweifelter Schmerz in seinem Augen. Schließlich sagte er: »Ich hab getan, was ich konnte. Ich war beim Amt. Ich hab die Sachbearbeiterin bekniet. Die hat mich nicht mal ausreden lassen. Ich bin zum Arzt, hab ihn angebettelt, mich krankzuschreiben. Wollen Sie wissen, was der mir gesagt hat? Ich sei arbeitsscheu.« Sein Blick sackte zu Boden und stierte vor sich hin. Auf einmal ein alter Mann. »Er hat das Projekt kaputtgemacht. Ich war der Einzige, der sich dagegengestellt hat. Dafür ließ er mich zahlen. Er wusste, ich konnte da nicht weg, weil sie mir sonst das Geld gestrichen hätten. Das nutzte er aus, so wie er jede Schwäche ausnutzte. Bei jedem. Immer und immer wieder.«

Als er zum Tabak langte, zitterten seine Finger. Bis eben war er in der Spur gelaufen. Nun kratzte er sich den Unterarm und befingerte seinen Nacken. Die Zunge tastete über die Lippen. Da hockte er, ernüchtert, abgeschmiert aus seinem Zwischenhoch, eingeholt von seiner Tat, und jetzt holte ihn auch der Durst wieder ein. Er tat mir leid.

Vermutlich war Reinhold wirklich so garstig gewesen, wie er ihn mir schilderte, und die Welt durch sein Ableben keinen Deut ärmer. Zugleich stieß mich Stankowskis Selbstmitleid ab. Ich wollte ihn nicht wieder zum Trinken bringen. Ich wollte das alles nicht mehr. Mit einem Mal war ich nur noch entsetzlich müde und sehnte mich nach Conny.

»Ich weiß«, sagte ich matt. »Trotzdem. Ich muss wissen, wie es passiert ist.«

***

Die *Trattoria da Vittorio* war ein typischer Deutsch-Italiener mit auf Antik gequälten Lampen, karierten Tischdecken und Rauputz. Jörn erwähnte, er habe das Restaurant vor Jahren durch den Stadtarchivar kennengelernt.

Er saß mit Fiedler in einer rundbogenüberspannten Abseite. Sie hatten bereits gegessen. Nun debattierten sie über den Heiligen Krieg. Fiedler sprach gerade von Papst Urbans Aufruf zur Befreiung Jerusalems. Die Antwort der Menge, ihr hysterisch gekreischtes ›Deus lo vult‹, sei nicht nur der Startschuss für den blutigen Sturm auf Jerusalem gewesen, sondern die Folie für zig weitere Morde im Namen des Glaubens, die Blaupause für Genozide und Herrenmenschenwahn.

»Dabei ging es gar nicht mehr ums Bekehren der Feinde, nur noch um ihre reine Vernichtung«, sagte er eben.

Jörn wollte nachhaken, da bemerkte er, dass ich neben ihrem Tisch stand.

»Ah, Sie. Ich hab Sie gar nicht kommen sehen.«

Auch Fiedler sah überrascht auf, sichtlich besorgter: »Alles in Ordnung?«

»Es war ein langer Tag.«

Jörn lud mich zum Sitzen ein und winkte dem Kellner, der mit angedeutetem Diener sein »Prego, signore« hören ließ. Ich bestellte eine Apfelschorle, doppelten Espresso und Thunfischsalat.

»Subito …«

»Grazie, Luigi!«

Der Kellner war ein kompakter, muskulöser Typ mit pomadisiertem Haar, der beim Lächeln einen Kreditzahn entblößte. Jörn bemerkte den Blick, dem ich dem Mann hinterherschickte und hob leise amüsiert die Brauen.

»Was?«

Ich schüttelte den Kopf. »Nichts. Nur die Optik.«

»Die Optik?«

»Goldene Fangzähne verorte ich eher in Temeswar.«

»Vittorio kommt aus Kalabrien«, erklärte er und deutete mit der Stirn zu dem fülligen, silbergelockten Gastwirt von Mitte fünfzig, der hinterm Tresen gerade Biere zapfte. »Hier arbeiten öfter Verwandte von ihm, um mal eine Weile da unten rauszukommen.«

Vittorio hatte registriert, dass der Priester über ihn sprach und rief halblaut: »Tutto bene, padre?«

»Benissimo« gab Jörn zurück. »Ottimo! Come sempre!«

Meine Getränke erschienen. Ich stürzte die Schorle hinunter, bestellte gleich noch eine und verbrannte mir den Mund am Espresso.

Fiedler wollte wissen, was meine kryptische Nachricht von vorhin zu bedeuten habe.

Ich berichtete von der Observation und meinem Verdacht, dass Conny ausgespäht worden sei. »Könnte sein, dass Ihr Haus verwanzt ist. Wenn der Einbrecher schlau war, hat er das in einem Abwasch erledigt.«

Fiedler fuhr sich durch die Haare. »Sie wissen, wie's bei mir aussieht. Wenn das stimmt, finde ich die nie.«

»Ich hab einen Freund, der sich drum kümmern kann. Sehen Sie sich beim Telefonieren vor und untersuchen Sie Ihr Auto.«

Er verdrehte die Augen. »In der Karre kann man fast genauso viel verstecken wie in meiner Bude. Ich schließ sie nie ab. Am besten lass ich sie stehen. Ich hab noch 'ne alte Enduro im Stall.« Er warf einen entnervten Blick zum Fenster am Eingang, wo sich der Sprühregen zu Tränenstraßen auf dem Glas bündelte. »Ist eh Zeit fürs Frühjahr.«

Jörn beugte sich über den Tisch und wandte sich zu mir. »Georg hatte vorhin wieder Besuch von der Polizei.«

»Probsthayn«, ächzte Fiedler. »Der kam mit Durchsuchungsbeschluss und hat meine alte Reiseschreibmaschine mitgenommen, zum Abgleichen der Schrifttypen. Wegen des Briefs, den ich ihm geschrieben haben soll.«

»Das hat sich geklärt.«

»Wie?«

»Den Brief hat Stankowski geschrieben.«

Ich erzählte den beiden von dem Geständnis. Jörn blieb ganz ruhig. Fiedler sah ratlos aus. »Wieso, um Himmels willen? Weshalb ist er da nicht einfach weg?«

»Weil man ihm sonst die Leistungen gestrichen hätte. Er hat alles versucht. Weder die Sachbearbeiterin bei der *ARGE* noch der Arzt, bei dem er sich krankschreiben lassen wollte, haben ihn ernst genommen, und er war offenbar zu verletzt, um noch anderweitig Phantasie zu entwickeln ...«

»Inwiefern verletzt?« Das kam von Jörn.

»Reinhold hat ihn systematisch gemobbt, ihn lächerlich gemacht und ständig vor den anderen vorgeführt. So hat das mir zumindest Mirow beschrieben. Stankowski liebt Literatur. Er hat sogar mal studiert, aber wohl abgebrochen. Das hat er in einer schwachen Minute Reinhold erzählt, und der hat ihn damit dauernd getriezt. Am Tag vor dem Mord dann erklärte der vor versammelter Mannschaft, er sei eh zu nichts zu gebrauchen, darum werde er ihnen fortan immer etwas Hübsches vorlesen, und hielt ein Exemplar von *Josephine Mutzenbacher* in die Luft.«

»Scheiße«, Fiedler strich sich übers Kinn und guckte ins Leere. »Ich hätte ihn nie in diese Gruppe einteilen dürfen.«

Jörn hob die Brauen. »Was meint die Polizei dazu?«

Ich zuckte die Achseln. »Keine Ahnung. Ich hab ihm nur gesagt: Falls Sie Herrn Fiedler tatsächlich einen Gefallen tun wollen, hören Sie auf, anonyme Briefe zu schreiben, und stellen sich.«

»Wie?« Fiedlers Mund öffnete sich. »Er gesteht Ihnen den Mord und Sie lassen ihn da einfach so sitzen?«

»Erst mal wollte ich mit Ihnen reden.«

»Heilige Scheiße«, entfuhr es ihm, bevor er sich mit einem Seitenblick auf Jörn entschuldigte. »Der wird sich doch absetzen. Wenn er nicht längst weg ist!«

»Wär das so schlimm?«

Er lachte auf. »Sind Sie noch ganz bei Trost? Das ist der Mann, dem ich den Ausflug in den Knast und den ganzen Terror mit Probshayn verdanke!«

»Nein. Genau das ist er nicht. Das ist der Typ, der nachts Reinholds Leiche zu Ihnen geschafft hat, und der läuft noch frei herum. Den kriegen wir auch nie zu fassen, wenn wir Stankowski jetzt ans Messer liefern, denn entweder kehrt Probsthayn alle Ungereimtheiten unter den Teppich oder die Medien kriegen Wind von der Sache und damit ist der Bursche gewarnt. So oder so kommt er ungeschoren davon und wir erfahren nie, ob und warum er Pensin ermordet hat.«

»Aber wir brauchen doch Stankowskis Aussage!«

»Die hab ich. Er hat mir alles gesagt.« Ich holte das Diktaphon aus der Jacke und legte es auf den Tisch. »Da ist jedes Wort drauf.«

Jörn lächelte schmal und deutete auf das Gerät. »Gilt so was in Deutschland vor Gericht überhaupt als Beweis?«

Seine Augen ruhten einen Moment lang auf mir, als kenne er die Antwort längst und wolle eigentlich etwas ganz anderes wissen.

Ich seufzte. »Es reicht, um Herrn Fiedler umfassend zu entlasten. Zumal es im Zweifelsfall eh nur Totschlag war.«

»Totschlag?«

»Stankowski wollte mit Reinhold reden, aber der verhöhnte ihn bloß. Daraufhin ist die Situation eskaliert, er nahm den Hammer und schlug zu. Folglich war es kein Vorsatz. Wenn er sich selbst stellt, könnte sein Strafverteidiger vielleicht sogar Körperverletzung mit Todesfolge für ihn rausholen.«

Jörns Mund zuckte. »Sie mögen ihn?«

Ich sah ihn an. »Es gibt es alle möglichen Arten von Mördern. Er zählt zu denen, die einigermaßen unverschuldet in eine extreme Situation geraten und keinen anderen Ausweg sehen. Solche Leute töten in der Regel einmal und dann nie wieder.«

»Das können Sie beurteilen?«

»Er ist kein skrupelloser Psychopath. Ihn belastet, dass Herr Fiedler verdächtigt wird. Ich denke, er wird sich stellen.«

»Was ist mit Heidenreich?« Fiedler faltete seine Papierserviette in Muster.

»Reinholds Tod war für sie zwar ein Gottesgeschenk, aber sie hatte nichts damit zu tun.«

»Sicher?« Er betrachte seine Origami-Serviette.

»Ja. Sie bastelt am Beschiss der Investoren. Sonst nichts.«

Jörns Kinn deutete auf das Diktaphon.

»Was wollen Sie damit machen?«

»Das geht an die Anwältin.«

»Wann?«

»Sobald wir genügend zusammenhaben, das den Staatsanwalt zwingt, sich endlich um die Bruderschaft zu kümmern.«

Der Kellner tauchte mit meinem Salat auf. Es war eine üppige Portion, die frisch aussah und lecker duftete. Erst jetzt merkte ich, wie hungrig ich war. Es gab sogar Kapern dazu, genau so wie damals in Marseille. Für einen Moment hatte ich wieder den Duft des Mittelmeers in der Nase.

***

Während ich kaute, griff Jörn wieder das vorherige Thema auf. »Wie meintest du das eben, die ›Blaupause für Genozide‹?«

»Es ist der Schlüssel zum Verständnis des modernen Westens«, erklärte Fiedler. »Die Kreuzzüge verwandeln rückständige Barbaren in rasend erfolgreiche Eroberer. Die Muslime waren den Christen in fast allen Bereichen haushoch unterlegen. Als die Christen sie angriffen, waren sie absolute Underdogs. Ein paar Jahrhunderte später sehen sie sich als Herrenmenschen.«

»Herrenmenschen?« Jörn klang mokant.

»1492, im Jahr, als die Christen den letzten Rest Andalusien zurückerobern und die Inquisition sich daranmacht, alle noch in Spanien lebenden Juden zu verbrennen, bricht Columbus über den Atlantik auf. Mit dem Zeichen der Kreuzritter auf den Segeln. Dreißig Jahre danach lässt Cortez in Mexiko an eben der Stelle, wo die größte Pyramide der Azteken gestanden hat, eine Kathedrale errichten. Aus den Steinen des zerstörten Tempels. Das Gleiche hat sich hier in Ratzeburg abgespielt. Mit der Siwa-Quelle und dem Dom.«

»Mag sein«, lächelte Jörn. »Nur wieso soll daran der Monotheismus schuld sein?«

»Weil er für Intoleranz steht. Er ist die Lizenz, das Andere auszulöschen.«

»Jeder Monotheismus? Auch der jüdische?«

»Monotheismus ist immer totalitär. Egal, ob christlich, jüdisch oder muslimisch. Wenn es nur einen Weg ins Paradies gibt, darf man nicht nur alle Alternativen auslöschen, man muss es sogar. Weil es sonst Gott beleidigt.«

Jörn schüttelte den Kopf. »Das hat mit Monotheismus nichts zu tun.«

»Sondern?«

»Der eine, einzige Gott ist eine abstrakte, von Standbildern losgelöste Größe, eine allgegenwärtige Kraft, so persönlich wie unpersönlich, die in allem steckt und über allem steht. Das kannst du so übergreifend deuten wie dein Konzept der großen Mutter.«

Fiedler fuhr sich durch die Haare. »Gewiss nicht. Wem haben wir die Erbsünde zu verdanken? Wer ist schuld an der Vertreibung aus dem Paradies, wer gilt als ›unrein‹ und darf in deiner Kirche keine Sakramente austeilen?«

»Gott steht über den Geschlechtern.«

»Ach ja?« Fiedler lachte auf. »Wenn deine Kirche eines ist, dann frauenfeindlich, und zwar prinzipiell, weil Frauen durch ihre Macht, Leben zu spenden, Priester zu sehr an die große Mutter erinnern.«

»Das geht am Kern der Sache vorbei. Jesus predigte Liebe.«

Fiedler schüttelte den Kopf. »Für die Kirche ging's immer nur um Macht!«

»Durch Jesus ist Liebe die größte Macht!«

»Wir reden hier von monotheistischer Religion. Warum wohl hat sich ein schwaches Nomadenvolk, das von seinen Feinden in die Wüste geschickt wurde, einen Dämon gesucht, der größer und stärker und mächtiger war als alle Baals, Astartes und Amons zusammen? Weil er unsichtbar blieb und man seine Bildnisse nicht zerstören konnte. Das war in der Tat genial. Es transformierte Ohnmacht in Allmacht. Aber natürlich ...« Fiedlers Finger malten Anführungszeichen in die Luft, »funktionierte das nur durch absolute Unterwerfung. Gott verlangte, dass Abraham ihm seinen Sohn opferte, um Gehorsam zu beweisen. Was, bitte sehr, hat das mit Liebe zu tun?«

Jörns Antwort hätte mich interessiert, aber ich war zu müde und wollte los. Als ich aufstand, fragte Fiedler, ob ich auch zur Podiumsdiskussion in der Gelehrtenschule käme.

»Welche Podiumsdiskussion?«

»Es geht um Bürgerbeteiligung und die Zukunft der Stadt.«

»Und weshalb gehen Sie hin?«

»Weil da auch der Mann sitzt, dem wir unseren ›Platz des himmlischen Friedens‹ verdanken ...«

Fiedler meinte den Bürgermeister. Gabriel hatte den Markt unlängst umgestalten lassen. Zuvor war der Markt rumpelig und charmant gewesen. Pflaster, Rundbeet und Linden drum herum.

Doch es lockten Gelder aus einem Fonds für strukturschwache Regionen, die dringend verbaut werden wollten. Ein genialisch angehauchter Landschaftsplaner hatte die Linden fällen lassen, das Beet planiert und die Brache unter spiegelglatt geschliffenen, roten Granitplatten begraben. Diese Platten waren weder schön noch praktisch, dafür stammten sie aus China, wo man sich über die Subventionen gewiss freute. Nun glänzte der Markt so heimelig wie ein sauber geleckter Seziertisch.

»Ich werde ihn auf den Verkauf der Kläranlage ansprechen«, erklärte Fiedler. »Wenn ich ihn damit konfrontiere, gibt er sich vielleicht eine Blöße.«

»Kaum«, sagte ich. »So zwingen Sie ihn nur, sich auf die Seite von Heidenreich zu schlagen.«

»Dann weiß die Öffentlichkeit wenigstens Bescheid. Man muss dieses ganze korrupte Geflecht mal ans Licht bringen. Sie hat ihn geschmiert.«

»Dafür haben wir nicht einen Beweis.«

»Wir müssen endlich irgendwie weiterkommen.«

»Das tun wir bestimmt nicht, indem Sie Gabriel öffentlich angreifen. Uns geht es um die Bruderschaft.«

»Ja und? Er gehört doch im Zweifelsfall dazu.«

»Selbst wenn. Ohne Hilfe der Behörden sind wir aufgeschmissen.«

»Welche Hilfe?« Er lachte sein desperates Lachen. »Probsthayns etwa? Der wird mir nie helfen!«

»Doch. Sobald wir ihm konkrete Hinweise vorlegen. Bis dahin müssen wir den Ball flach halten.«

Aber ich erreichte ihn nicht mehr. Er war zu wund und zu wütend. Wenn er zu der Diskussion ging, begleitete ich ihn besser. Sonst drohte er sich zum Opfer des eigenen Zorns zu machen.

***

Die frische Luft tat mir gut. Der Regen hatte nachgelassen, aber es war kein Mensch auf der Straße. Das Licht der Laternen spiegelte sich auf dem feuchten Pflaster. Am Markt lungerte ein einsames Taxi und hoffte auf Nachtschwärmer.

Ich checkte mein Telefon. Conny hatte mir eine SMS geschickt. Es ginge ihr und Anna gut. Paul sei ein Engel. Sie vermisse mich. Es täte ihr leid. Dahinter drei Sterne. Ich fröstelte vor Müdigkeit. Meine Ohren sirrten. Trotzdem rieselten mir Glücksschauer im Nacken. Die Anspannung fiel ab. Ich wollte sie sofort anrufen, ihre Stimme hören, ihr sagen, es ginge mir genauso. Bis ich merkte, dass die Nummer blockiert war. Das ernüchterte mich. Ich beschloss, meine Erleichterung lieber still zu genießen und noch ein paar Schritte zu gehen.

Ratzeburgs Altstadt ist nicht groß, doch die Insellage gibt ihr ein besonderes Flair. Trotz der Nässe fühlte sich die Nacht fast mild an. Ich ging am Kino vorbei in die Grünanlage und setzte mich auf eine der Bänke am Wasser. Die Wolkendecke schimmerte hell, als wäre der Mond dahinter bald voll.

Ich sah auf die samtene Silhouette der Landmasse, das

Uferschilf und die sanften Spiegelungen des Wassers, durch das ein Entenpaar doppelte V-Linien zog. Entfernt ertönte der getragene Schrei einer Wildgans. Der Schall echote über den See und brauchte mehrere Sekunden, um zu verhallen. Dann wieder war nur das Gluckern entlang der Böschung zu hören, leise, murmelnd, fast meditativ. Die Landschaft, der Geruch und die Klangkulisse bildeten eine Einheit, die uralt war, älter als ich es je werden würde, und die schon vor tausend Jahren ähnlich auf andere gewirkt hatte. Das empfand ich als tröstlich, weil es mich und sämtliche Dramen um irgendwelche Bruderschaften überdauern würde.

Ich ließ den Tag Revue passieren, dachte an Stankowski, an Anna und Conny, dankte im Stillen noch mal Paul und beschloss, baldmöglichst Meisers Fotoschätze zu inspizieren, und blieb bei Hinrichs' Hinweis hängen. Er hatte recht. Um zu verstehen, was die Bruderschaft bis heute umtrieb, musste ich das Rätsel um das Steinrund mit der toten Slawin darin knacken.

Wieso hatten die Mönche ihren Brunnen ausgerechnet dort angelegt, wo sie ihn angelegt hatten, in unmittelbarer Nähe des Sees, mindestens zehn Gehminuten vom Kloster entfernt, viel zu weit, um das Wasser nach Hause zu tragen? Das war widersinnig, es sei denn, sie wären von seiner heilenden Kraft genauso überzeugt gewesen wie die Slawen. Wozu sonst hätten sie die Mühe auf sich nehmen sollen? Dafür musste es einen Grund geben, der den Schweiß und das Risiko des Streits mit ihren Nachbarn lohnte. Denn sie waren gewiss nicht zufällig auf die Quelle gestoßen. Sie hatten gezielt danach gesucht, obwohl ihnen klar gewesen war, welchen Frevel sie aus der Sicht der Polaben damit begingen.

Warum hatten sie es trotzdem getan?

Als die ersten Benediktiner in der Gegend auftauchten, lebten die Slawen schon über dreihundert Jahre dort. Sie kannten die Wege, die das Wasser unter der Erde nahm. Nachdem der eine oder andere von ihnen sich hatte taufen lassen, war ihr Wissen wahrscheinlich auch zu den sächsischen Mönchen und deren Abt Ansverus durchgedrungen.

Was hatte der damit angefangen?

Ansverus war jung, energisch und erfolgshungrig, doch sein Job in der Grenzmark erforderte mehr als nur Mut und Ehrgeiz. Noch waren die Polaben die Herren des Landes. Sie duldeten die Christen bloß. Die Mönche und ihr Kloster waren ihnen suspekt. Folglich war Fingerspitzengefühl gefragt. Nach außen hin durften die Mönche nicht zu forsch auftreten, mussten sich friedfertig, demütig und bescheiden geben.

Gegen Übermacht hilft nur List. Ansverus' Vater war angeblich Ritter und Waffenmeister gewesen. Sein Sohn hatte dieses Handwerk nie erlernen dürfen. Dennoch beherrschte er vermutlich einige Grundregeln der Kriegskunst. Anders ließ sich sein kometenhafter Aufstieg bei den Benediktinern kaum erklären.

In jeder offenen Auseinandersetzung mussten die Mönche unterliegen. Aber der Sieg hängt nicht nur davon ab, den Feind physisch zu schlagen. Die eigentliche Kür besteht darin, seinen Kampfgeist zu brechen, und zwar möglichst vor der Schlacht, indem man ihn verunsichert, seine Moral untergräbt, den Glauben an das, was ihm Sinn und Halt gibt.

Für die Moral der Polaben war Siwa zuständig gewesen, verkörpert durch die ewige Heilquelle im Herzen des Heiligtums. Ein Sinnbild für Lebenskraft, Erneuerung, Zukunft. Versiegte die Quelle, versiegte auch Siwas Macht. Verängstigte Heiden ließen sich sogar freiwillig taufen.

Als Ansverus begriff, dass der Zufluss zur Quelle quasi vor den Toren des Klosters lag, beschloss er, ihn anzuzapfen. Alles, was er dafür brauchte, war eine Wünschelrute. Weiden wuchsen in der Gegend zuhauf. Vielleicht war er sich sogar der feinen Ironie bewusst, dass vielen Slawen diese Bäume heilig waren.

Das Steinrund auf der Westseite des Sees hatte nie als Trinkwasseranlage gedient. Es war ein Ablassventil gewesen, mit dem die Mönche den Wasserpegel im gegenüberliegenden Heiligtum kontrollierten. So konnten sie die Quelle der Siwa jederzeit trockenlegen und ihren Gott über die heidnische Göttin triumphieren lassen. Ein genialer Plan, allerdings durften die Polaben nie etwas davon erfahren. Sonst krochen sie nicht zu Kreuze, sondern rasteten aus.

Genau das war vermutlich auch der Grund gewesen, warum die junge Frau aus dem Nachbardorf hatte sterben müssen, nachdem sie sich auf das Gebiet des Klosters verirrt hatte und über den Brunnen gestolpert war. Die Mönche hatten sie überrascht. Sie durften nicht zulassen, dass die Frau irgendwem von ihrem Fund erzählte. Sie mussten sie verschwinden lassen, und da sie sich an drei Fingern abzählen konnten, dass ihr Klan sie vermissen und suchen würden, musste auch der Brunnen vorläufig verschwinden.

Sie hatten die Ermordete in das Loch geworfen, die Abdeckbohlen über die Steineinfassung gelegt, um den Brunnen zu schützen, und die Stelle anschließend unter Grassoden versteckt. Doch die Slawen hatten sie auch so für das Verschwinden der Frau verantwortlich gemacht, vielleicht, weil sie nicht die Erste war, die in der Nähe des Klosters verschwand oder weil sie ihren Leuten gesagt hatte, wohin sie gehen würde, um Kräuter zu sammeln. Vielleicht war auch parallel noch etwas anderes vorgefallen, das den ohnehin brüchigen Frieden zwischen Slawen und Christen vollends zerstört hatte. Jedenfalls waren die Mönche nie mehr dazu gekommen, ihr Ablassventil wieder freizulegen.

Das hatte erst Fiedler getan, fast tausend Jahre später. Ahnungslos und unbedarft. Doch wenn man weder ahnungslos noch unbedarft war und sich selbst für einen Nachfahren der Märtyrermönche hielt, konnte einen diese Entdeckung nicht kaltlassen.

Mich fröstelte. Die Kälte kam von innen her. Es wurde Zeit zu gehen.

Auf dem Weg zurück zum Auto musste ich mich in Richtung *Trattoria* halten. Einen Block vor dem Restaurant kam ich an einer zweiteiligen Stahltür vorbei, die in einen schmalen Hof führte. Einer der Flügel stand halboffen. Ich weiß bis heute nicht warum, aber ich stutzte unwillkürlich. Im Hof parkten drei Autos. Ein heller Fiat-Transporter, ein vermutlich silberner BMW und ein dunkler Benz. Der Benz stand mit dem Heck zur Einfahrt. Es war zu dunkel, um seine Farbe auszumachen. Doch die beiden Buchstaben auf dem Nummernschild sprangen mich sofort an.

Für eine Sekunde oder zwei glotzte ich bloß. Dann sagte ich mir, dass Gott bisweilen auch mit den Dummen ist.

***

Zu Hause klärte ich als Erstes, ob das Festnetztelefon wanzenfrei war, rief Axel an und bat ihn, sich um den Namen des Fahrzeughalters zu kümmern. Vorsichtshalber gab ich ihm auch gleich noch die Kennzeichen der anderen Wagen, die im Hof gestanden hatten. Anschließend sprach ich mit Carlo. Der erklärte mir, laut Aziz sei Connys Fiat sauber.

»Er hat ihn sich auf der Bühne angeguckt und nichts gefunden. Entweder die haben sie bloß beschattet oder es sind echte Profis und haben hinter sich aufgeräumt.«

Ich hörte, wie er an seiner Zigarette zog und spürte, wie ich eine Gänsehaut bekam.

»Du meinst, sie planen was und wollen keine Spuren hinterlassen?«

»Könnte sein.«

Ich berichtete ihm von dem Benz. Er knurrte skeptisch. »Bist du sicher, dass du nicht in das Ding reinlaufen solltest?«

»Normalerweise ist das Tor dicht. Das hatte jemand nur nicht richtig verschlossen.«

»Und jetzt?«

»Axel ist dran.«

»Vielleicht solltest du besser die Bullen einschalten.«

»Die fragen mich nur das Falsche.« Ich berichtete ihm von Stankowski.

»Scheiße«, sagte er nur, als ich fertig war. »Aber dann sollte Conny wirklich besser in Hamburg bleiben.«

»Hast du mit ihr gesprochen?«

»Du etwa nicht?« Er klang erstaunt.

»Nein.«

»Hol's nach. Wir reden morgen.«

Aber ich rief sie nicht sofort an, sondern ließ erst mal die Achterbahnfahrt des letzten Tags abklingen.

Als sie mir später erklärte, ich sei ›ihr Zuhause‹, hatte ich wieder einen Kloß im Hals. Nur war es jetzt Erleichterung.

»Was hast du?«

»Alles gut«, lachte ich bloß.

»Wirklich?«

»Ich sag's dir zwar nicht oft, aber du und Anna, ihr seid die wichtigsten Menschen in meinem Leben, und wenn du willst, dass ich was anderes mache …«

»Hör auf. Bitte. Du hast keine Ahnung, wie ich mich fühle wegen letzter Nacht. Ich weiß, dass du mich liebst, auch wenn du es mir auch gern öfter sagen darfst und nicht nur Rosen von Penny zu schenken brauchst.«

Ihre Stimme war weich, sanft, liebevoll und tat mir gut. Sie sagte genau das, was ein müder, ausgelutschter Kerl, der auf dem Zahnfleisch gekrochen ist, sich so erträumt. In jedem Film hätte der Himmel voller Geigen gehangen und

Kitschsauce wäre über jede Silbe getropft, aber so sehr ich nach Harmonie gierte, so wenig war mir nach Saccharin.

Also sagte ich ihr, es sei noch nicht vorbei. »Ich kann dich und Anna nicht nach Hause holen.«

»Ich weiß«, kam es bloß. »Ich hab mit Carlo gesprochen. Paul hat angeboten, Anna im Hort abzuliefern. Der steht hier morgen früh eh auf der Matte.«

»Gut.«

»Es war unglaublich. Mit einem Mal waren Anna und ich von sieben Motorrädern eingekreist. Wie in einer Persiflage von *Mad Max*. An der Spitze Paul.«

»Und Aziz?«

»Fein. Ich hab ja immer ein bisschen Schiss vor seinen Tölen, wegen Anna, aber er hat einen Narren an ihr gefressen und ist gleich mit ihr hin. Sie war ganz verliebt in die Biester.«

»Dufte.«

»Buchstäblich. Hinterher roch sie wie ein Wolfsjunges.« Sie schwieg einen Moment und holte dann hörbar Luft. »Du willst wissen, ob ich dir noch was über den Anrufer sagen kann, richtig?«

Ihre Stimme klang jetzt anders. Kühl. Forciert sachlich.

»Ja. Wenn du das kannst ...«

Sie brauchte einige Sekunden, um sich zu sammeln.

»Das ist ein böser, kranker Mensch, Jacob. Alles andere als dumm. Beim zweiten Mal hatte er mich sofort. Ich hab ihm jede Silbe geglaubt. Das tu ich immer noch.«

»Was genau hat er dir gesagt?«

»Es ist nicht nur, was er gesagt hat, sondern wie er es gesagt hat.« Ihre Stimme zitterte. Sie suchte es zu kaschieren, sich tapfer zu geben, gefasst, gesammelt, halbwegs sortiert zu bleiben, doch es entglitt ihr. »Das hat mir den Boden unter den Füßen weggerissen. Ich kann's gar nicht genau beschreiben.« Sie unterdrückte einen Schmerzlaut.

»Es war so wie damals im Container. Nur lag da nicht ich, sondern Anna.«

Ich hatte die Szene sofort wieder vor Augen, das diffuse Halblicht, ihr Körper wie ein Sack Lumpen, reglos, das Gesicht zur Wand gedreht.

»Er wusste vom Container?«

Sie sog zischend die Luft ein. »Ja. Er sprach vom ›Elbanleger‹.«

Unmöglich, dachte ich. Der Kerl sitzt. Der sitzt noch für die nächsten siebzehn Jahre und hinterher wandert er in Sicherheitsverwahrung.

»Der hat nichts mit damals zu tun«, würgte ich, mehr, um mich selbst zu beruhigen. »Er hat alte Zeitungen gewälzt.«

»Ich dachte, er hätte es aus'm Knast.«

»Unwahrscheinlich.«

Sicher war ich mir allerdings nicht. Es blieb zwei Lidschläge lang still.

»Wie lange noch, Jacob?«

»Sobald ich genügend beisammen hab, um die Kripo ins Boot zu holen, und alles bei der Staatsanwaltschaft liegt, ist es vorbei. Ein paar Tage. Keine Woche.«

»Hoffentlich.«

»Ja.«

»Ich hab Sehnsucht nach dir.«

»Spar sie dir auf.«

»Ich weiß nicht, ob ich das kann. Ich muss grade dran denken, wie wir letzten Sommer Kornblumen gepflückt haben.«

»Ach ja?«

»Hmm …«

Bei ihrem Seufzer spürte ich, wie sich mein Puls beschleunigte. »Das war ziemlich wunderbar.« Meine Stimme hörte sich heiser an.

»Obwohl Moos vermutlich weicher gewesen wäre.«

»Da gibt's mehr Ameisen.«

»Und wenn schon. Bestimmt nicht überall. Dann liegt man eben vorher Probe ...«

Ich fragte mich, ob Corinna mithörte und erkundigte mich nach ihrer Gastgeberin. Conny gurrte, die schliefe schon. Sie sei ganz allein. Dann wollte sie wissen, wie groß meine Sehnsucht inzwischen sei.

»Willst du Details?«

Sie wollte alle Details.

***

In dieser Nacht schlief ich blendend. Am nächsten Morgen wachte ich erfrischt und voller Tatendrang auf. Dann trat ich beim Zurücksetzen ins Leere und stellte fest, dass jemand die Bremsleitungen des 745er gekappt hatte. Das war vermutlich bereits am Abend zuvor passiert, in Ratzeburg, aber die Straßen waren frei gewesen und so hatte ich nichts bemerkt. Dirk erklärte, es grenze an ein Wunder, dass ich heil nach Hause gekommen sei.

Zu dem wollte ich gerade, um die Unterseite des Wagens zu begutachten, nachdem Sophie sich bereit erklärt hatte, wieder auf Bruno aufzupassen, und Willem fragte, ob ich den Hund nicht gleich ganz bei ihnen lassen wolle. Ich stieg in den Volvo, setzte schwungvoll zurück und machte ein dummes Gesicht. Es ist kein gutes Gefühl, in einer rollenden Tonne Blech zu sitzen und das entscheidende Pedal versagt. Die Handbremse rettete mich. Mit weichen Knien inspizierte ich den Schaden. Der 745er verfügt über vier separate Bremskreisläufe. Sämtliche Leitungen vorn rechts waren kurz vorm Kolben durchtrennt.

Sophie und Willem kriegten das Drama mit, kamen rüber und fragten, was los sei. Ich sah keinen Anlass, zu lügen. Willem fluchte. Sophie machte ein besorgtes Gesicht.

»Damit du einen Unfall baust?«

»Nehme ich an.«
»Ist Conny deshalb weg?«
»Ja.«
»Du solltest die Polizei rufen«, sagte sie.
»Erst mal brauch ich Räder. Ohne Auto bin ich aufgeschmissen.«
Sophie sah Willem an, der zuckte ergeben die Achseln und meinte zu mir. »Lass ihn stehen. Du nimmst den Buckel.«
»Deinen alten Volvo?«
Er verzog das Gesicht.
»Du musst ja keine Rallyes damit fahren.«
Willem sammelte Traktoren. Er war auf Fendt spezialisiert. Doch er nannte auch einen dreiundfünfzig Jahre alten PV 544 sein Eigen, den er gegen einen historischen Hänger getauscht hatte und als rollende Restauration bewegte. Der parkte in der Scheune neben einem zerlegten Frontlader. Sein Lack wies diverse Kratzer auf, zwei der Kotflügel waren andersfarbig ersetzt, sämtliche Zierleisten fehlten und die Vordersitze stammten aus einem Opel. Aber er war zugelassen und hatte TÜV. Willem prüfte den Wasser- und Ölstand, checkte die Bremsflüssigkeit und reihum die Reifen. Das war eher Show. Dirk hatte ihm im Herbst neue Vredestein aufgezogen. Wir klemmten die Batterie an. Willem zog den Choke und zündete. Der Anlasser leierte ein paarmal und der Motor rotzte los.
Als ich mich reinsetzte, guckte er wehmütig. »Wenn du in die Eisen gehst, zieht er 'n bisschen nach links. Geh's sutje an.«
Der Buckel und ich brauchten einige Kilometer, um uns anzufreunden. Bremse und Kupplung erforderten echte Fußarbeit, das Lenkrad hatte eine Handbreit Spiel und die Heizung ließ sich nur über den Motorraum aktivieren. Doch die Ausstellfenster sorgten für Frischluft und sogar der Geräuschpegel, der dank fehlender Dichtungen für

zusätzliches Windgejaule sorgte, blieb erträglich. Als ich in Mölln einritt, hatten sich meine Vorbehalte in Wohlgefallen aufgelöst.

Meiser grinste mich an wie einen alten Bekannten. Als er über meine Schulter sah, schnallte ich, dass seine Begeisterung nicht mir, sondern dem Volvo galt. Er gestand mir, dass er in seiner Freizeit an alten Engländern schraube. Während ich alles über seinen Morris Minor von 1952 erfuhr, ein zweitüriges Achthundert-Kubik-Modell mit Seitenventilen, stiegen wir in den Keller und landeten in einem weiß gekalkten Tonnengewölbe.

Der Nachlass des Fotografen, den ich mir ansehen wollte, parkte in einer Abseite hinter einer Stahltür und umfasste gut fünfzig Umzugskartons. Ich schluckte stumm.

»Keine Sorge«, lächelte Meiser. »Die müssen Sie nicht alle durchforsten. Das ist nach Jahrgängen und Anlässen sortiert.«

Wir schafften sechs Kartons in den Nachbarraum, wo ein rechteckiger Tisch stand, auf dem die Fotos sich ausbreiten ließen. Er zeigte mir, wie die Bilder geordnet waren. Ich solle alle interessanten Aufnahmen beiseitelegen und den Rest in der vorgefundenen Reihenfolge zurück in die Kisten packen. Dann rieb er sich energisch die Hände, als wolle er Staub loswerden, wünschte mir viel Vergnügen und sprang zwei Stufen auf einmal nehmend wieder die Treppe hinauf. Auf dem Absatz stoppte er mitten in der Bewegung, als sei ihm noch etwas eingefallen.

»Gegen eins wollte ich essen gehen. Haben Sie Lust? Gegenüber gibt es ganz passablen Mittagstisch.«

»Gern.«

»Fein.« Er nickte lächelnd und entschwand.

Ich sah ihm nach. Er war heute entgegenkommender als gestern, was eventuell auch an dem betagten Volvo lag, aber mir stieß auf, wie offensiv arglos er mich mit dem Nachlass allein ließ. Ich war ein netter Bursche und roch geduscht nicht schlechter als andere. Doch er kannte mich kaum. Wieso war er auf einmal so lieb zu mir?

***

Manche Schwarzweißabzüge besitzen eine Unmittelbarkeit, die dich sofort packt und in die Gegenwart einer anderen Realität zerrt. Du reist durch Zeit und Raum und findest dich mitten in einem anderen Jahrzehnt wieder.

Beim Betrachten dieser Abzüge tat sich ein Kaleidoskop der Geschichte der frühen Bundesrepublik auf, die Nachwehen der klaustrophoben Fünfziger, der Kulturkrampf der Sechziger und der zaghafte Aufbruch der Siebziger. Neben grotesk anmutenden Haarschnitten und mörderischer Spießigkeit hallten darin auch die Echos von Krieg und Niederlage nach, und der lange Schatten des Eisernen Vorhangs, das Lebensgefühl eines geteilten Landes.

Mittendrin, egal ob bei Veteranentreffen, Stadt- oder Richtfesten, immer wieder ›Otto Zwo‹ mit seiner runden Hornbrille, dem glatten, distinguierten Grinsen und der leicht spöttischen, auf weltmännisch getrimmten Contenance, die sich gegen die schwitzende Stiernackigkeit örtlicher Honoratioren wohltuend abhob. Bis man sich fragte, wer da welche Puppen tanzen ließ.

Ich blätterte durch das Konvolut, glich die Serien ab, schob Bilder hin und her und suchte Muster. Unterwegs wurde mir Bismarck keinen Deut sympathischer, aber am Ende stellte ich seufzend fest, dass sich hier absolut nichts fand, das meinen Verdacht erhärtete. Der Fürst war umtriebig gewesen, ein Hans Dampf in allen Gassen, doch auf Kontakte zur Bruderschaft ließ keines der Bilder schließen.

In der letzten Box lag noch ein Umschlag mit der Aufschrift *Prozession*. Fotos von den Wallfahrten zum Ansveruskreuz. Eigentlich war ich längst durch und es war müßig, mir weitere Bilder anzusehen, doch ich war neugierig und gehorchte dem spontanen Impuls, gleichsam wertfrei, als kleines Extra. Bei einer der Aufnahmen stolperte ich. Es war ein Gruppenbild. Im Vordergrund sah man Männer mit Fahnen und dahinter Zuschauer. Mein Auge blieb an einer kleinen Gestalt am rechten Rand hängen. Es war ein magerer Junge von elf oder zwölf, der erschreckend ernst und ergeben aussah. Er stand mitten in der Menge. Trotzdem wirkte er seltsam verloren. Ich erkannte die Augen, den Zug um den Mund, die eigenartig verhuscht wirkende Körperhaltung. Mittlerweile trug er zwar keine kurzen Hosen mehr und hatte die verspätete HJ-Haartracht abgelegt, doch der Blick in die Welt war derselbe. Der Ausdruck hatte schon damals etwas leicht Verhärmtes gehabt.

Ich saß eine Weile und betrachtete das Bild, um die Überraschung zu verdauen und zu prüfen, ob ich mich nicht täuschte. Bis dahin hatte ich automatisch vermutet, dass er evangelisch sei, weil die meisten in der Gegend das waren und sein Name nicht darauf deutete, er könne ein Flüchtlingskind sein. Offenbar hatte ich mich getäuscht. Und da war noch etwas, das mich seltsam berührte: Die Traurigkeit in seinen Augen. Er hatte alte Augen. Viel zu alt und zu ernst für einen Jungen, der noch gar nicht angefangen hat, von Mädchen zu träumen. Schnelle Schritte lenkten mich ab. Meiser erschien auf dem Treppenabsatz.

»Appetit?«

»Sekunde. Ich pack nur eben die Bilder zusammen.«

Er half mir. Wir schafften die Kisten zurück in die Abseite, er schloss ab und ich warf mir meine Jacke über. Wir gingen vorn raus, auf den Alten Markt, wo sich mit bunten Schnitzereien versehene Fachwerkbauten aus dem 18. und 19. Jahrhundert im Halbrund um das gotische Rathaus scharen, überschattet von der auf dem Hügel thronenden Nikolaikirche, zu deren Füßen Goedtkes famose Eulenspiegelskulptur auf einer Pobacke wippend einen Brunnen bewacht. Meiser steuerte das kleine Restaurant schräg gegenüber an. Die Hausherrin begrüßte ihn mit Namen und empfahl uns ›Gnocchi Gorgonzola‹.

Zwanzig Minuten später rieb er sich die Mundwinkel mit der Serviette aus, schob das Porzellan beiseite und lehnte sich zurück.

»Was machen Sie nun, wo die Bismarck-Schiene ein totes Gleis ist?«

»Suche weiter.«

»Wonach?«

»Belegen dafür, weshalb man die Mönche damals getötet hat.«

Er spitzte den Mund. »Fragt sich, wie die Kirche reagiert, wenn herauskommt, dass einer ihrer Märtyrer ein verkappter Frauenmörder war. Dr. Fröhlich meinte, das sei vermutlich das Aus für die Wallfahrten.«

»Wann haben Sie denn mit ihm gesprochen?«

»Er rief gestern an. Ich erzählte ihm von Ihrem Besuch.« Meiser stutzte und runzelte die Stirn. »Durfte ich das etwa nicht? Er hat Sie doch an mich verwiesen, oder?«

»Eher indirekt.«

»Oh«, kam es. »Dann tut es mir leid.«

Ich zuckte die Achseln. »Wie kamen Sie überhaupt darauf?«

Meiser schluckte. »Er hat mich gefragt.«

Sein Blick glitt aus dem Fenster zu der Skulptur und dem Brunnen. Tills Daumen und Fuß schimmerten ganz blank. Die Touristen fassten ihn dort ständig an.

»Die Unverfrorenheit ist so faszinierend«, sagte er schließlich.

»Welche Unverfrorenheit?«

»Die Unverfrorenheit, mit der die Kirche die Fakten verdreht und die eigentlichen Opfer zu Tätern erklärt hat.

Das erinnert an die Missbrauchsskandale, die sie unter den Teppich zu kehren sucht.«

Da war etwas Beifallheischendes in seinem Ton, das mich irritierte, abstieß. Zumal ich das Wort ›Missbrauch‹ nicht mag. Es suggeriert, dass es auch einen korrekten Gebrauch gäbe. Ich hob nur wortlos die Schultern.

»Wie?« kam es. »Das haben Sie doch selbst gesagt.«

»So habe ich das bestimmt nicht gesagt.«

»Sondern?«

»Ich habe gesagt, dass man die Mönche vermutlich wegen des Verschwindens der Frau gesteinigt hat. Was nicht zwangsläufig heißt, dass der Vorwurf stimmt.«

»Ach nein?« Ein mokant verwundertes Grinsen.

»Theoretisch könnte es auch ein tragisches Missverständnis gewesen sein. Vielleicht hat die Frau ihren Leuten erklärt, sie ginge Richtung Kloster. Als sie nicht wieder auftauchte, gerieten die Mönche in Verdacht, und da das Verhältnis zu den Nachbarn ohnehin angespannt war, glaubte ihnen keiner, als sie ihre Unschuld beteuerten.«

Meiser setzte sich auf. »Halten Sie die Mönche etwa für unschuldig?«

»Nein. Aber auch wenn sie schuldig gewesen sein sollten, beweist es nicht, dass Ansverus direkt in den Mord verwickelt war.«

Die Bedienung räumte unsere Teller ab und fragte, ob wir noch etwas wünschten. Meiser bestellte sich einen Espresso. Er sah irritiert aus.

»Sie haben doch selbst die Verbindung zwischen dem Mord an der Frau und der Steinigung hergestellt?«

»Weil es die einzige logische Erklärung ist. Hier geht's darum, wie die Kirche reagieren wird. Solange es keine schriftliche Quelle gibt, die das einwandfrei belegt, wird sie es abstreiten.«

»Und was glauben Sie?«

»Das tut nichts zur Sache. Außer dass vermutlich eine ganze Reihe der Mönche, die zusammen mit Ansverus gesteinigt wurden, slawische Konvertiten waren.«

»Wieso das?«

»Weil Ansverus angeblich darum bat, als Letzter getötet zu werden, um seinen Brüdern Beistand zu leisten. Das dürfte er unter anderem getan haben, damit keiner von ihnen auf die Idee kam, in letzter Sekunde schwach zu werden, dem christlichen Glauben abzuschwören und Siwas Gnade zu erflehen.«

»Originelle Interpretation.«

»Die ist nicht von mir, sondern von Fiedler.«

Meiser lächelte. »Gibt's da noch mehr?«

»Ja.« Ich wartete einen Moment, bis ich seine volle Aufmerksamkeit hatte und er mich direkt ansah. »Es gibt Leute, die wissen, weshalb man die Mönche getötet hat. Sie wollen, dass ich meine Recherchen einstelle. Sie haben meiner Frau damit gedroht, sich an unsere Tochter zu halten, und letzte Nacht hat jemand die Bremsleitungen meines Wagens durchtrennt.«

»Wie?« Meiser setzte sich erschrocken auf und wurde blass.

»Deshalb bewege ich heute dies wunderbare Fahrzeug.«

Er kaute leer. »Haben Sie die Polizei verständigt?«

»Glauben Sie ernsthaft, die könnte mich schützen?«

Er zog die Brauen mehrmals in rascher Folge hoch, lächelte verkrampft und wirkte erlöst, als der Espresso endlich vor ihm stand und er sich mit Umrühren ablenken durfte.

»Eventuell fällt Ihnen ja doch noch ein, wo ich nach so einem Bericht suchen könnte …«

Er wich meinem Blick aus und sah aus dem Fenster.

»Ich denk drüber nach«, erklärte er schließlich, setzte die Tasse an und trank sie in einem Zug leer.

»Wussten Sie, dass Dr. Fröhlich als Junge an den Wallfahrten zum Ansveruskreuz teilgenommen hat?«

»Tatsache?« Er schien weit weg.

»Ich hab ihn auf einer der Bildserien entdeckt.«

»Sind Sie sicher?«

»Ja.«

»Muss eine ziemlich alte Aufnahme sein.«

»Ungefähr vierzig Jahre.«

Er schluckte trocken. »Vielleicht war er ja nur Zuschauer.«

»So sah das eigentlich nicht aus.«

Er hob den Arm winkte der Kellnerin zu. Mit einem Mal stand er unter Strom, wirkte bleich, flatterig und höllisch angespannt.

***

Zurück im Volvo telefonierte ich mit Axel. Er war mit dem Fahrzeughalter noch nicht weiter. Zunächst sei er stundenlang in der Warteschleife gekreist, dann habe sich die Sachbearbeiterin der Versicherung nach seinem Geburtsdatum erkundigt.

»Spätestens morgen«, beruhigte er mich.

Ich starrte auf die verwitterten Strukturen der blassroten Backsteinmauer vor mir. Verständigte ich Probsthayn, kostete mich das mindestens einen halben Tag, ohne dass ich den Namen erfuhr. Aber ich musste mir Gewissheit verschaffen. Schließlich wählte ich Franzens Nummer. Der Alte klang verschnupft. Müder als das letzte Mal. Er sei erkältet.

»Ich mach's kurz«, versprach ich.

»Na schön.«

Der PV sprang klaglos an. Ich stoppte an der Tankstelle vorm *Euronics*-Markt, füllte Benzin nach, prüfte Öl und Wasser und kontrollierte die Straße. Anscheinend reiste ich heute ohne Schatten.

Als ich vor Franzens Haus hielt, war es Viertel nach vier. Obwohl die Sonne erst in drei Stunden unterging, war es so duster, als ob es bereits dämmere. Einen Moment lang packte mich eine verzweifelte Sehnsucht nach Licht, langen Abenden und dem Duft von frisch gemähtem Heu.

Franzen öffnete mir mit Taschentuch in der Rechten. Er wehrte meine Hand ab. Er wolle mich nicht anstecken. Der dunkle Flur, die Mischung aus Hausstaub, Moder, Medikamentengeruch, Altmännerschweiß und Einsamkeit weckten sofort Beklemmung in mir. Er schlurfte vor mir her. Als er von einem Hustenkrampf geschüttelt wurde und sich an einem seiner Bücherborde festhalten musste, ging es mir durch Mark und Bein. Einen Moment lang war ich versucht, ihn zu fragen, ob er alles habe, was er brauche, aber hielt den Mund. Er war gewiss zu stolz, um fremde Hilfe anzunehmen. Ich wartete, bis er in den Schreibtischstuhl gesunken war und skizzierte ihm den Reinfall im Möllner Museum.

»Kein Hinweis auf eine Verbindung von Bismarck und der Bruderschaft. Nirgends.«

Er stülpte betrübt die Unterlippe vor und hustete.

»Sagen Sie, woher kennen Sie Dr. Fröhlich?«

Er schnäuzte sich. »Durch den Geschichtskreis. Da sind wir uns vor einigen Jahren begegnet.«

»Was ist das für ein Kreis?«

»Ungefähr zwanzig Fachleute und Laien. Sie laden sich Referenten ein oder einzelne Mitglieder bereiten etwas vor. Früher trafen sie sich im *Haus Mecklenburg*.«

»Früher?«

»Ich gehe schon seit Längerem nicht mehr hin.« Er zog die Wangenhaut nach innen. »Es war mir zu steif. Nichts gegen elitäre Ansprüche, aber es hatte für mich etwas Reaktionäres.«

Ich nickte wortlos. Mir schwante erst jetzt, dass es sich um wahrscheinlich denselben Verein handelte, der Jörn damals eingeladen hatte, um sein Referat über die Mission zu halten. Mein Gaumen schmeckte mit einem Mal schal.

»Wir reden hier von der Historischen Gesellschaft, richtig?«
»Ja.«
»Wer gehört außer Dr. Fröhlich noch dazu?«
»Wieso fragen Sie?«
»Weil ein exklusiver Zirkel mit stramm konservativem Profil sich wahrscheinlich auch für die Bruderschaft erwärmt. Zumal der hiesige Pfarrer eine Begegnung der dritten Art mit diesen Leuten hatte.«
»Inwiefern?«
Ich gab ihm den groben Umriss. Unterwegs sah er mich mit großen Augen an, bevor er den Kopf schüttelte und sich mit der Hand an die Stirn fuhr. »Natürlich. Was für ein Schafskopf ich doch bin. Ich werde alt.« Er setzte sich ächzend auf. »Wir sitzen hier und zerbrechen uns den Kopf, dabei hätte ich von allein darauf kommen können.«
»Da sind Sie nicht der Einzige. Ich hätte schalten müssen. Also, was für Leute sind das?«
»Die üblichen Verdächtigen. Geschäftsleute, Politiker, der Probst. Einige Studienräte und emeritierte Professoren. Nageln Sie mich bitte nicht fest.«
»Mit Dr. Fröhlich hielten Sie Kontakt?«
»Wir helfen uns gelegentlich gegenseitig bei Recherchen, ja.«
»Er weiß, was die Bruderschaft nach dem Krieg getrieben hat?«
Er runzelte die Stirn. »Sicher. Er hat Sie doch zu mir geschickt.«
»Nicht wirklich. Er erwähnte nur Ihren Namen. Haben Sie ihm mal die Fotos des Dee-Pee-Lagers in Wentorf gezeigt?«
Der Alte hustete irritiert. »Was haben Sie mit einem Mal gegen ihn?«
Ich berichtete ihm von dem Bild, auf das ich im Nachlass des Fotografen gestoßen war.

»Das ist vierzig Jahre her«, wandte er ein. »Da war er noch ein Kind.«

»Trotzdem wüsste ich gern, ob er das Foto vom Lagereingang in Wentorf kennt.«

Franzen würde auf einmal noch eine Spur blasser. »Gerade gestern haben wir darüber gesprochen.«

Ich spürte, wie mir flau wurde. »Gestern?«

»Er rief an, um mich zu fragen, ob Sie sich schon bei mir gemeldet hätten.«

Ich schluckte. Mit einem Mal brannte mein Nacken, als die inneren Dominosteinchen zu purzeln begannen. Sie legten eine gewundene, komplizierte Straße und endeten bei dem scheinbar schüchternen Stadtarchivar. Fröhlich war die Schlüsselfigur, die graue Eminenz, die von Anfang an eingeweiht gewesen war. Er hatte Gerlach und Fiedler abgeschöpft und auch mich auf Kurs zu bringen gesucht. Nun kontrollierte er, wie weit ich kam. Blieb die Frage, ob er bloß Schadensbegrenzung betrieb oder mich absichtlich auf Franzen und Meiser gebracht hatte, um zu klären, wie viel die beiden wussten. Langsam nahm die Bruderschaft Gestalt an. Schemenhaft zwar, aber sie gewann Konturen.

Höchste Zeit, den Spieß endlich umzudrehen und in die Offensive zu gehen.

***

Zeit war das kritische Stichwort. Hätte ich mehr Zeit gehabt, wäre ich sofort beim *Haus Mecklenburg* vorbeigefahren. Eventuell hätte ich mir auch noch mal den Hof angesehen, in dem der Benz gestanden hatte. Doch so verriet der Blick auf meine Armbanduhr, dass ich mich extrem sputen musste, wenn ich bei der Podiumsrunde mit Gabriel halbwegs pünktlich eintrudeln wollte.

Der Neubau der Gelehrtenschule, wo die Veranstaltung stattfinden sollte, lag auch im Westen der Stadt, einen

Katzensprung von Franzens Haus entfernt. Hinterm Finanzamt wurde gebaut und auf der Bahnhofsallee war Stau. Das Blech quälte sich im Schritttempo den Hang hoch. Ich hatte den Fehler gemacht, über die Möllner Straße zu fahren. Bis der Buckel den Hügel erklommen hatte und auf den Fuchsberg abbiegen konnte, waren zwanzig Minuten versenkt. Obendrein fing es wieder an, sturzbachartig zu regnen, was die Orientierung selten erleichtert.

Das Bildungsinstitut bestand aus einer Ansammlung rechteckiger Hohlquader, deren einziger Anklang an humanistisches Streben aus denselben drei Worte bestand, die auch das Portal zum Altbau zierten, dem in den Beton geritzten lateinischen Motto, dessen innerer Widerspruch mir erneut aufstieß. Gelehrsam und klug mag zusammen gehen, gelehrsam und fromm auch, klug und fromm selten.

Als Antwort klatschten mir fette Tropfen ins Gesicht. Ich floh ins Trockene.

Drinnen brauchte ich, um die Aula zu finden. Schließlich landete ich in einem Saal mit gläserner Fensterfront. Dort hockten etwa hundertfünfzig Menschen auf engen Stuhlreihen und fixierten eine Bühne, wo sich sieben Herren zum Gruppenbild ohne Dame versammelt hatten. Das Publikum war meist schon älter und es gab mehr Frauen als Männer. Schüler sah ich nur eine Handvoll. Sie machten Gesichter, als hätte man sie zur Teilnahme verdonnert.

Die Eingangs-Statements waren bereits gehalten und das ›Bürgergespräch‹ in vollem Gange. Der Mensch aus der Freien Wählergemeinschaft, Typ ökologisch korrekter Verwaltungsbeamter, verteidigte sich gerade gegen die Attacken einer kantigen Brünetten mit Kurzhaarschnitt.

»Als beschlossen wurde, einen Arbeitskreis für die Umgestaltung zu gründen, kündigte der Architekt eine Klage an, falls ›sein Markt‹ verändert würde …«

»Sein Markt? Gehört der ihm? Der ist doch ausgerastet und hat unsere Initiative als ›Bastelgruppe‹ beschimpft! Mir sagte er wörtlich: ›Aus welchem Busch sind Sie denn gestiegen?‹«

Herr Wählergemeinschaft, sichtlich bemüht, die Wogen zu glätten, stotterte, er müsse zugeben, das sei ›suboptimal gelaufen‹. »Er hat sich ja auch dafür entschuldigt …«

»Entschuldigt?« Die Brünette klang schrill. »Er hat mit Rechtsmitteln gedroht, als im Bauausschuss besprochen wurde, wie mehr Grün in diese Steinwüste kommt.«

Sie sprach für die Initiative ›Pro Ratzeburg‹, besaß kein angenehmes Organ und erinnerte mich an eine streitsüchtige Krähe, zumindest, was ihren akustischen Liebreiz anging, denn Krähen sind in der Regel hochintelligent. Mein Blick glitt durch den Saal und blieb an Fröhlich hängen. Der saß auf der anderen Seite der Sitzreihen, die Beine übereinandergeschlagen, die Rechte unterm Kinn.

Ein Asket, dem das echauffierte Keifen der Brünetten nur spöttisches Mundzucken entlockte. Nach zwei Sekunden bemerkte er, dass ich ihn ansah. Er wandte mir den Kopf zu. Ich nickte ihn starr grinsend an und spürte, wie mir ein Schauer über den Nacken kroch. Er lächelte schmal zurück. Dann bedeckte er sein mir zugewandtes Profil mit der blassen, geäderten Hand.

Drei Reihen vor ihm saßen Jörn und Fiedler. Ich hatte sie gebeten, mir einen Platz frei zu halten, falls ich später käme, doch alle Stühle um sie herum waren besetzt. Ich fluchte still. Sinn der Übung war gewesen, Fiedler zu zügeln, falls die Pferdchen mit ihm durchgingen.

Die füllige Halbglatze in der Mitte des Podiums, dem die Moderation soeben entglitt, rang die Hände. »Ich bitte Sie, meine Herrschaften, so beruhigen Sie sich doch. So kommen wir wirklich nicht weiter …«

Sein Flehen focht die Brünette nicht an. »Warum beziehen

Sie uns nicht in die Planung mit ein? Wir dürfen die Suppe auslöffeln, die Sie uns da eingebrockt haben!«

»Genau!«, tönte es aus den vorderen Stuhlreihen. »Wir zahlen für die Katastrophe.« – »Granit aus China, den irgendwelche Zwangsarbeiter schlagen mussten.« – »Die sind doch genauso korrupt wie alle anderen!«

Der Mensch von der Wählergemeinschaft guckte, als habe er sich in die Hose gemacht.

Bevor die Situation völlig entgleiste, schaltete sich der Bürgermeister ein. »Das war eine demokratische Entscheidung! Werden im Nachhinein laufend neue Anträge zur Umgestaltung gestellt, ist das nicht unsere Schuld. Wir haben für alle Beteiligten ein Minimum an Planungssicherheit zu gewährleisten!«

Gabriel war füllig und stark untersetzt, ein Profibürokrat, dessen Organ ich mir eher mehlig vorgestellt hatte und den ich nun überraschend schneidig fand.

»Wir reden hier vom Vorfeld!«, bellte die Brünette. »Ist es etwa demokratisch, ein Bürgerbegehren mit vierzehnhundert Unterschriften gegen die Verwüstung des Markts abzubügeln?«

»Das war ein von der Jury prämierter Entwurf. Würde Demokratie so funktionieren, wie Sie sich das vorstellen, ginge in diesem Land gar nichts mehr!«

»Das tut es doch sowieso schon nicht. Das Flüchtlingschaos hat uns auch die Regierung eingebrockt.«

»Wir müssen uns diesen KZ-Appellplatz täglich ansehen! Nicht Ihre beschissene Jury!«

»Bitte«, jaulte der Moderator. »Mäßigen Sie sich!«

»Das ist doch dieselbe Arroganz wie in Stuttgart!«

»Richtig«, sekundierte ihr eine elegant gewandete Dame. »Wäre der Bürgerwille respektiert worden, gäbe es auch keinen Streit. Sicherlich können Sie nicht immer alle Wünsche berücksichtigen, aber die Tendenz war eindeutig!«

»Das interessiert den doch nicht im Geringsten«, rief ein ältlicher Lodenmantel, der wie eine Kreuzung aus Waidmann und Lateinlehrer aussah. »Wir dürfen alle vier Jahre unser Kreuzchen bei ihm machen und ansonsten den Mund halten.«

Die ergraute Frau neben ihm nickte heftig: »Sie haben das Herz der Stadt zerstört! Eine Schande, was Sie unserem schönen Ratzeburg angetan haben!«

»Ja! Schämen Sie sich!«

Mehr Rufe dieser Art.

Gabriel zitierte Paragrafen, Beschlüsse und Vertragsklauseln. Eben hatte er noch einigermaßen überzeugend Kompetenz geheuchelt, nun geriet er ins Rudern und verhaspelte sich. Es hagelte Hohn. Fiedler hockte derweil vorübergebeugt, voller unterdrückter Energie, als könne er sich kaum zurückhalten.

»Verkriechen Sie sich doch nicht hinter verwaltungsjuristischem Fachchinesisch«, ereiferte sich der Lodenmantel. »All Ihre angeblichen Sachzwänge sind doch sämtlich selbst gemacht! Formal mag das Procedere ja legal gewesen sein, faktisch haben Sie Ihre Wähler für dumm verkauft und hinters Licht geführt!«

Der Lodenmantel erntete lautes Klatschen. Mit so viel Gegenwind aus dem eigenen Lager hatte Gabriel nicht gerechnet. Er war auf Heimspiel gepolt gewesen, und als jetzt das Wort ›Lügner‹ fiel, traf es einen wunden Nerv. Seine Restsouveränität schmolz.

Er fauchte den Moderator an: »Ihre Aufgabe wäre gewesen, dafür zu sorgen, dass hier ein Minimum an Form gewahrt wird!« Sich erhebend sagte er zu den andern auf dem Podium: »Das ist ja purer Populismus. Meine Herren, das mute ich mir nicht länger zu.«

Was ein starker Abgang hatte werden sollte, missriet zur Flucht. Das Winseln des Moderators ging im Tumult unter.

Nun waren auch Fiedlers Rösser nicht mehr zu bändigen. Mit einem Stück Papier wedelnd stand er auf: »Bevor Sie gehen, Herr Gabriel, verraten Sie uns, wie viel Sie dafür kassieren, das alte Klärwerk an einen privaten Investor zu verschleudern!«

Er drehte sich so, dass er in den Raum hineinsprach: »Das fragliche Grundstück hat beste Seelage. Es gehört der Stadt und dürfte Millionen wert sein. Dieser Herr dort«, und er zeigte mit ausgestreckten Arm auf Gabriel, wobei der Zettel in seiner Hand heftig zitterte, »versucht grade, es unter der Hand dem international operierenden Projektentwickler *OVG-Invest* zu verkaufen.«

Seine raue Stimme drang durch den ganzen Saal.

»Eingefädelt hat diesen Deal das Architekturbüro *Stiller, Murian und Partners*. Was zahlen die Ihnen dafür, dass Sie unser Tafelsilber verschenken und mutwillig ein laufendes Projekt zerstören? Geht das auf ein Konto in Liechtenstein oder werden Sie persönlich Teilhaber an dem geplanten Wellness-Komplex?«

Einen Moment lang blieb es still. Auf dem Podium verdutzte, empörte, wütende Gesichter, anfangs auf Fiedler gerichtet, bevor sie sich dem grau werdenden Gabriel zuwandten. Der war eben schon angeschlagen gewesen. Nun ging ihm buchstäblich die Puste aus. Er krümmte sich an seiner Stuhllehne wie das waidwunde Opfer einer Asthmaattacke.

Für drei Sekunden dachte ich, die Sache sei gelaufen. Gabriel sah ertappt aus, so ertappt, wie ein Politiker mit runtergelassenen Hosen nur aussehen kann. Egal was er jetzt sagte, kein Mensch würde ihm mehr glauben. Doch ich hatte die Rechnung ohne den smarten Kreisvorsitzenden gemacht. Der war bereits drei Schritte weiter. Sein reaktionsschwacher Parteifreund mochte Geschichte sein, er hatte keine Lust, sich mit in den Strudel reißen zu lassen. Nach einem raschen Blickschwenk über die Lesebrille hinweg aufs Publikum zog er beide Brauen hoch, musterte den lädierten Gabriel und spielte ihm lässig lächelnd den Ball zu.

»Wovon redet der Mann? Wer ist das überhaupt?«

Er strotzte vor belustigter Verwunderung. Gabriel begriff. »Das ist der, den man kürzlich unter Mordverdacht verhaftet hat«, würgte er. »Ich weiß auch nicht, wovon er spricht. Der gehört in die Psychiatrie.«

Fiedlers Kopf wurde feuerrot.

Nein, flehte ich stumm. Halt den Rand! Vergeige es nicht. Warte ab, bis der Schwachkopf sich selbst zerlegt.

Doch Fiedler stand zu sehr unter Druck, war zu aufgewühlt, frustriert und zornig. All seine aufgestaute Wut brach sich jetzt Bahn. Er redete über das Projekt, über Ansverus, Polaben und Sachsen, über Heidenreich und die *BSI*, käufliche Apparatschiks und staatliche Büttel, davon, wie die alte slawische Quelle nun mit »New-Age-Ayuveda-Wellness-Kacke« zugestopft werden solle.

»Das ist Ihr Werk, Gabriel«, endete er mit sich überschlagender Stimme. »Sie sind auch nur einer dieser psychopathischen Kleptokraten, denen das Allgemeinwohl schnurz ist! Aber dafür werden Sie zahlen! Für all das, was Sie aus Geldgier und Dummheit kaputtgemacht haben. So wahr ich hier stehe.«

Fiedlers Ausbruch dauerte nicht lange, aber es reichte. Nun hielten ihn die meisten im Saal wirklich für irre, und obwohl er unterwegs mitbekam, dass kaum einer seinen Ausführungen folgen konnte, verstärkte sein erratisches Stocken und Auftrumpfen den fatalen Eindruck bloß.

Um die Sache abzurunden, legte er sich kurz darauf noch mit den zwei Polizisten an, die der Direktor der Gelehrtenschule herbeigerufen hatte, so dass zu dem halben Dutzend Anzeigen, die er kassierte, noch ›Widerstand gegen Vollstreckungsbeamte‹ kam.

Mit Ach und Krach gelang es Jörn und mir, die erbosten Ordnungshüter zu beruhigen. Sonst hätten sie Fiedler in Handschellen abgeführt. Dafür ließ der stramme Direktor es sich nicht nehmen, uns persönlich des Grundstücks zu verweisen. Draußen regnete es Katzen und junge Hunde.

***

»Gott sei Dank hat er sich halbwegs beruhigt«, erklärte Jörn müde, als ich ihn später vor der Pfarrei absetzte. Er sprach von Fiedler, den wir zuvor nach Einhaus begleitet hatten.

Ich stellte den Motor ab. Regen trommelte aufs Autoblech. »Wieso haben Sie ihn nicht zurückgehalten?«

»Was hätte ich tun sollen? Aufspringen und ihm den Mund zuhalten?« Er guckte durch die glitzernde Frontscheibe. »Hinterher ist man immer schlauer.«

Es blieb einen Moment lang still. Nur der Tanz zerplatzender Tropfen. Dann wandte er den Kopf. Das Licht der Straßenlaterne warf einen schrägen Schlagschatten auf sein hageres Gesicht.

»Haben Sie begriffen, wieso er Heidenreichs Pläne in einem Atemzug mit der verschütteten Siwa-Quelle genannt hat?«

»Weil es dieselbe Wasserader ist.«

»Was?«

Seine Verblüffung erstaunte mich. »Das ist der Grund, warum sie scharf auf das Gelände ist. Hat Fiedler das nie erwähnt?«

»Nein.«

Ich schüttelte den Kopf. »Heut früh haben wir noch darüber geredet ...«

Fiedler hatte mich von seiner Nachbarin aus angerufen. Kurz vor halb acht, als ich gut gelaunt an Conny dachte und noch nicht den leisesten Schimmer hatte, dass man mich nachts zuvor fast endgültig ausgebremst hätte.

»Heut früh?«

»Ja. Jetzt haben wir endlich eine halbwegs schlüssige Theorie.«

Jörns Mund zuckte ein paarmal. »Und die wäre?«

»Der Brunnen war eine Art Ablassventil. Für den Zufluss zur heiligen Quelle auf der Dominsel. Den haben die Mönche angezapft.«

Durch seinen Körper lief ein Ruck. »Wozu?«

»Um die Quelle zum Versiegen zu bringen. So konnten die Mönche der slawischen Göttin buchstäblich den Hahn abdrehen.«

»Oh ...« Er atmete hörbar aus. »Und die Tote, die im Brunnen lag?«

»Die dürfte die Sabotage aufzudecken gedroht haben. Also töteten die Mönche sie. Weil sie damit rechnen mussten, dass ihre Angehörigen sie suchen würden und auf den Brunnen stießen, schütteten sie den gleich mit zu.«

»Die Mönche schütteten den Brunnen zu?«

»Provisorisch. Um die Spuren zu verwischen. Mir wollte nie in den Kopf, warum die Leiche im Brunnen lag. Brunnen zu graben ist extrem aufwändig. Bis ich begriff, dass nicht nur die Tote, sondern auch der Brunnen verschwinden musste. Deshalb die vielen Bohlen. Die Mönche wollten die Anlage schützen, um sie später weiter zu nutzen. Nur, dazu kam es nie mehr, weil ihr Kloster vorher gestürmt wurde.«

Jörn blickte starr geradeaus durch die regennasse Scheibe. »Weder die Tote noch der Brunnen sind je gefunden wurden. Wieso hat man die Mönche trotzdem gesteinigt?«

»Weil man ihnen nicht glaubte. Vermutlich schwelte ihr Streit mit den Slawen schon länger. Vielleicht hatte die Frau auch jemandem gesagt, wohin sie ging. Oder sie war nicht die Erste, die in der Nachbarschaft des Klosters verschwand.«

Er schloss die Augen und ließ seinen Kopf langsam nach

hinten sacken, bis er merkte, dass die Nackenstütze fehlte. Er rieb sich über die Augen.

»Was nun?«

»Jetzt wissen wir, warum die Geschichte noch heute so brisant ist.«

»Der Bischof wird begeistert sein!«

Ich zuckte die Achseln. »Es ist bloß eine Hypothese. Dass die Mönche den Mord begangen haben, wird sich nie beweisen lassen.«

Er lächelte bitter. »Der Verdacht reicht.«

»Bloß für Leute, die Ansverus ohnehin kritisch sehen.«

»Wenn das publik wird, wer kann da noch guten Gewissens Wallfahrten abhalten?«

»Haben Sie das zu entscheiden?«

Er verzog den Mund und schüttelte den Kopf. Seine Hand tastete nach dem Türgriff, doch er stoppte mitten in der Bewegung.

»Woher hatten Sie das eigentlich mit den Wasseradern?«

»Von Fröhlichs Büronachbarn. Der vermutete gleich, der Schacht führe zu derselben Ader, die auch die Siwa-Quelle gespeist hat.«

»Wieso das denn?«

»Wegen der chemischen Konsistenz des Wassers. Weil die Leiche so gut erhalten war. Das brachte ihn auf die Siwa-Quelle. Er erzählte Fröhlich davon, der es an Heidenreich weitergab. Die hatte die Idee, den Brunnen wieder zu aktivieren und eine Wellness-Farm drum herum zu bauen.«

»Von der Verbindung zum Kloster weiß sie also gar nichts?«

»Die interessiert sie höchstens, um das Wasser besser vermarkten zu können. Zu viele historische Details sind da bloß lästig. Von der Intrige der Mönche und dem Mordkomplott hat sie im Zweifelsfall keine Ahnung. Das ist es ja, worüber Fiedler sich so aufregt.«

»Was ist mit dem Mann im Amt für Wasserwirtschaft?«

»Den fasziniert ausschließlich das geologische Phänomen.«

Er setzte sich irritiert auf. »Verstehe ich das richtig? Keiner dieser Leute hat bisher die Mönche mit dem Mord in Verbindung gebracht?«

»Meines Wissens nicht. Nein.«

»Unglaublich.«

»Das ging mir doch genauso. Der Schlüssel zur Lösung baumelte von Anfang an vor meiner Nase. Die Vorstellung schien mir viel zu ungeheuerlich.«

Er ächzte. »Sicher ... All die Fragen, die sich da plötzlich auftun.« Er sah mich an. Seine Augen schimmerten so forschend wie ratlos. »Wie viel Schuld hat Ansverus auf sich geladen? Was wusste er von der Tat? Billigte er sie im Nachhinein vielleicht sogar?«

»Wenn er das Kloster tatsächlich so straff leitete, wie die Legende besagt, ist es unwahrscheinlich, dass er nichts davon wusste. Aber das werden wir heute nicht mehr abschließend klären.«

»Nein. Gewiss nicht ...« Er reckte sich seufzend. »Ein Gutes hat es zumindest. Noch mehr Ärger dürfte uns kaum erwarten.« Mit einem gequälten Grinsen nickte er mir zu, öffnete die Tür und schälte sich aus dem Auto. »Danke fürs Bringen!«

Mein Blick folgte seiner Gestalt, die durch Wasserschleier und kochende Pfützen zum Hauseingang lief. Nach der Katastrophe ist immer vor der Katastrophe, dachte ich nur.

Im Übrigen fand ich es zwar verständlich, dass Jörn den Abt zu verteidigen suchte, doch wer sonst hätte den Mönchen befehlen sollen, das Ablassventil zu graben? Selbst wenn er nicht direkt in die Tat verwickelt gewesen war, so hatte er ihr den Weg bereitet. Früher oder später würde Jörn das schon von allein begreifen.

***

Als ich zu Hause einritt, goss es noch immer. Willem hatte angeregt, den Wagen über Nacht in seiner Scheune abzustellen, damit sich niemand daran zu schaffen machen konnte. Die Scheune besaß zwei hohe, hängende Schiebetüren. Es dauerte eine Weile, bis ich sie aufgezerrt und den Buckel zwischen die Trecker rangiert hatte. Eben wollte ich das Tor wieder zuschieben und abschließen, da platschte es hinter mir in einer Pfütze. Das Geräusch war lauter als der Regen. Ich identifizierte es noch als Ausfallschritt, da spürte ich schon den Luftzug und wusste, dass ich mich nicht mehr würde wegducken können. Der Schmerz war weißgrell, ging in Gelb und Orange über, dann purzelte ich in ein schwarzes Loch.

Meine rechte Schläfe hat im Lauf der Jahre eine Menge aushalten müssen. Aus irgendeinem rätselhaften Grund erwischt es mich immer dort. Dass es diesmal halbwegs glimpflich abging, verdankte ich Willem. Der lag entgegen seiner Gewohnheit nicht im Bett, sondern hatte den Volvo gehört und war aufgestanden, um nach der Färse zu sehen, die zum ersten Mal kalben sollte.

Als er in den Hof trat, löste sich eine Gestalt aus dem Dunkel neben der Scheune und lief von hinten auf mich zu. Bevor er schreien konnte, holte die Gestalt mit etwas aus und schlug mich nieder. Willem brüllte nach dem Hund und packte die Eisenstange, die an der Hauswand lehnte. Parallel ertönte das raue Bellen von Selma. Sophie, die ebenfalls wach geworden war, schaltete das Küchenlicht ein.

Willems Hof hat die Form eines Hufeisens. Ans Wohngebäude schließen sich Stall und Schuppen an. Das Tor zur Scheune liegt schräg gegenüber der Küchentür, keine zwanzig Meter Abstand. Der Schatten drehte sich um, ließ die Latte fallen und rannte.

Mein Schädel pochte: ein klopfendes, ziehendes Pochen, das sich von hinten über die gesamte Hälfte meines Kopfes zog. Außerdem roch es streng. Ich lag mit dem Gesicht halb in der Pfütze und blickte auf kuhmistverzierte Gummistiefel. Willem war über mich gebeugt, die Hände auf die Knie gestützt.

»Er kommt wieder zu sich.«

»Wie lange war ich weg?«

»Alles in Ordnung?«

»Ja.«

»Das war ganz schön knapp.«

»Du musst zum Arzt.« Sophies Stimme. Sie stand in Bademantel und Nachthemd neben ihm und hielt sich mit der Hand den Ausschnitt zu.

»Wie lange?«

»Kurz. Keine Minute.«

»Und der Typ?«

»Abgehauen.«

Ich wälzte mich ächzend auf den Bauch. Es ging überraschend gut. Sogar so gut, dass ich mich traute, allein aufzustehen.

»Vorsicht!« Sophie trat vor und griff nach meinem Arm.

»Danke. Es geht.« Ich erhob mich schwankend, lehnte den Rücken gegen das Tor und tastete mir über die Haare. Die fühlten sich nass an, aber anscheinend blutete ich nicht.

Willem berichtete, was er beobachtet hatte.

»Frag nicht, wie er aussah. Dafür ging's zu schnell. Als Selma zu bellen anfing, ist er sofort weg.« Er bückte und hob die Dachlatte auf, die etwa drei Meter weiter lag, und klopfte sie sachte in seine geöffnete linke Hand. »Glück gehabt. Er hat auf dein Genick gezielt. Hättest du dich nicht bewegt, würdest du da kaum so fröhlich stehen.«

»Wir bringen dich ins Krankenhaus«, sagte Sophie. »Du solltest das untersuchen lassen.«

»Morgen. Jetzt dusch ich erst mal, dann pack mir einen Beutel Eis auf die Beule und ruh mich aus.«

»Bist du sicher?«

»Absolut.«

Meine Lust, mir den Rest Nacht in der Notaufnahme um die Ohren zu schlagen, war überschaubar.

Die beiden begleiteten mich ins Haus. Während Sophie meinen Hund holte, half Willem mir, Türen und Fenster zu verrammeln.

Ich duschte. Danach fühlte ich mich besser, jedenfalls gut genug, um den Anrufbeantworter abzuhören. Axel hatte am späten Nachmittag angerufen. Es sei wie verhext. Mittlerweile gelte bei Versicherungen anscheinend Datenschutz. Ich müsse mich gedulden.

Die zweite Nachricht kam von einem Handy. Es sirrte hell. Marions Stimme drang durch statische Nebengeräusche. Sie und Carlo seien in Athen gelandet und auf dem Weg nach Piräus. Sie rufe nur an, um mir noch mal ausdrücklich zu sagen, dass ich je-der-zeit ihr Haus benützen könne. Schlüssel lägen bei der Nachbarin. Viel Erfolg und herzliche Grüße. Im Auflegen bekam ich ihr halblautes »Gut so?« mit, das an ihn ging.

Gestern hatte er mir ein letztes Mal angeboten, den Segeltörn notfalls zu verschieben. Ich wusste, wie sehr sich beide darauf freuten. Also hatte ich ihm gesagt, »Red nich', ich komm klar.«

Nun war ich schlauer.

Draußen stürmte es. Das Gebälk ächzte. Wind orgelte ums Haus und zerrte Klagelaute aus dem Schornstein. Bruno verzog sich in sein Körbchen. Ich hockte mich an den Küchentisch, schlürfte Tee und versuchte runterzukommen. Gestern die Bremsleitungen, heute der Typ mit dem Knüppel. Beide Male hatte ich es nicht kommen sehen.

Manchmal spürst du die Angst erst, wenn sie dich in den Krallen hat. Dir ist klar, sie macht dich blöde, aber du bist zu müde, zu ausgelutscht und allein. Draußen ist es dunkel.

Der Sturm heult wie ein Rudel hungriger Wölfe und auf einmal sind all die vertrauten Dämonen wieder da, grinsen dich an wie einen säumigen Schuldner und flüstern dir zu: Gönn dir ein Glas, nur ein einziges, als Medizin, und das Zittern ist vorbei.

Du willst die Stimmen loswerden, bettelst nach Taubheit, spürst, wie sich Panik in dir breitmacht. Frag jetzt besser nicht nach denen, die du liebst. Du kannst sie nicht schützen. Du kannst ja noch nicht mal dich selbst schützen. Du bist ohnmächtig. Wirst immer ohnmächtig sein. Egal, wie laut du schreist. Die, die dich hörten, sind nie gekommen, um dich zu retten. Schon damals nicht. Das ist die Wahrheit. Deine Wahrheit, die einzige Wahrheit, die für Typen wie dich zählt. Das weißt du. Das wusstest du seit jeher. Hör endlich auf, davor wegzulaufen. Es gibt einen Weg. Es ist ganz leicht. Gib einfach nach. Das ist keine Niederlage, es ist deine Erlösung. Es schenkt dir Vergessen.

Ich hielt mich an der Teetasse fest, das Kinn verkrampft, und wartete, dass die Attacke vorüberging. Der Hund kroch aus seinem Korb. Er musterte mich eine Weile, bevor er schließlich hochsprang, mir die Pfoten auf die Knie legte und nachdrücklich die Hand leckte. Ich streichelte ihn, stand auf, trat an den Handstein und schaufelte mir kaltes Wasser ins Gesicht. Dann beugte ich mich vor und ließ mir den Strahl so lange über den Nacken laufen, bis ich wieder halbwegs an Deck war.

***

Am nächsten Morgen hatte ich eine Beule, aber keine Kopfschmerzen. Wahrscheinlich hatte die Wollmütze einen Teil des Schlages abgefedert. Gegen zwanzig nach acht kam Dirk und lud den 745er auf den Trailer. Ich wollte mir den Unterboden des Wagens auf der Hebebühne angucken, musste vorher allerdings noch telefonieren. Also fuhr er vor.

Eben war ich im Begriff, das Haus zu verlassen, als Bruno zu bellen anfing. Durchs Küchenfenster sah ich, wie ein weinroter Passat in der Einfahrt hielt. Am Steuer eine blonde Frau, neben ihr ein dunkelhaariger Mann. Augenscheinlich Zivilbeamte. Er knappe vierzig, sie zehn Jahre jünger.

Taucht das Gesetz im gemischten Doppel auf, bringt es selten gute Nachrichten. Ich fror innerlich ein. Bitte nicht, dachte ich nur.

Der Mann fragte nach meinem Namen und stellte sich mit Ausweis vor. »Können wir kurz reinkommen?«

»Geht's um meine Frau?«

Er guckte perplex. »Wieso?«

»Schon gut.« Ich gab die Tür frei.

Unser vorderer Eingang führt direkt in die Wohnküche. Ich bot ihnen Stühle an. Er setzte sich. Sie blieb stehen. Wo ich gestern Abend gewesen sei? Ich sagte ihr wo.

»Sie arbeiten als Privatermittler für Herrn Fiedler?«

»Für seine Anwältin.«

»Wir kennen Frau Graf.«

Sie wussten auch schon vom Eklat bei der Diskussion und hakten gezielt nach. Er höflich, sie eher barsch. Alles nach Vorschrift. Nur dass die Schöne heute das Biest gab.

»Sie haben Herrn Fiedler also anschließend nach Einhaus begleitet?«

»Ja.«

»Bis wann waren Sie dort?«

»Gegen elf sind wir aufgebrochen.«

»Wir?«

»Herr Tykwer war ohne Auto. Ich hab ihn vor der Pfarrei abgesetzt.«

Er nickte. Sie schaltete sich ein. »Demnach hat Herr Fiedler ihn vor der Diskussion abgeholt?«

»Nehme ich an.«

»Wann waren Sie zu Hause?«

»Gegen zwölf.«
»Kann das jemand bezeugen?«
»Meine Nachbarn. Die waren wach.«
Die Blonde sah sich um.
»Sie leben allein?«
»Meine Frau ist momentan in Hamburg.«
»Wo?«
»Bei einer Freundin.«
»Haben Sie deshalb nach ihr gefragt?«
»Ja.«
Er fuhr sich ans Kinn und runzelte die Stirn: »Wie wirkte Herr Fiedler, als Sie ihn verließen?«
»Was ist mit ihm?«
»Beantworten Sie einfach die Frage!« Anders als ihr Partner stand die Blonde noch immer. Ihr Ton war mir zu nassforsch.
»Vielleicht verraten Sie mir erst mal, worum es überhaupt geht.«
»Wir führen eine kriminalpolizeiliche Ermittlung durch«, zischte sie. »Wenn Sie nicht kooperieren, setzen wir das Gespräch im Präsidium fort.«
Sie war jung und musste der Welt offenbar noch eine Menge beweisen.
»Verstehe«, sagte ich.
»Also?«
»Normal.«
»Wie? Kurz vorher ist er ausgerastet, hat den Bürgermeister bedroht und sich beinahe mit zwei Ratzeburger Kollegen geprügelt!«
»Fragen Sie den Pfarrer.«
»Den haben wir bereits gefragt«, erklärte er. »Er sagte, Herr Fiedler sei sehr aufgewühlt gewesen.«
»Ach ja?«
»Sie sehen so überrascht aus«, bemerkte sie spitz.

»Bin ich auch. Mir erklärte er zum Abschied, er hoffe, Fiedler habe sich beruhigt.«

Sie lachte spöttisch. »Hübsch.«

»Sie haben mich nach meiner Einschätzung gefragt.«

»Das behaupten Sie doch noch nur, um Fiedler zu schützen.«

»Wie bitte?«

Sie baute sich vor mir auf und rammte die Fäuste in die Hüften. »Es nützt nichts, uns anzulügen.«

Bis eben war sie mir nur auf die Nerven gegangen. Nun lief sie aus der Spur. Ich wandte mich an ihn.

»Hat sie das öfter?«

Ihr Partner guckte sie leicht gequält an. »Schon gut, Heike. Lass stecken.«

Sie grinste abfällig, wie das abgebrühte *Tough Chick* aus der Fernsehserie, das in Bedford-Stuyvesant Kickboxen gelernt hat. »Straftaten zu verschleiern, ist ein Delikt.«

»Ach ja?« Ich lehnte mich zurück. »Dafür muss ich erst mal wissen, ob und was es da zu verschleiern gibt. Sie platzen hier ohne Erklärung rein, fragen mir Löcher in den Bauch und behaupten, ich lüge. Benehmen Sie sich, dann kriegen Sie vielleicht auch Antworten.«

Sie wurde knallrot und kreuzte die Arme. Ich stand auf und ging an ihr vorbei zum Handstein. Sie wich zurück. Ihr Kollege griff ein.

»Wir wollen wissen, was gestern Abend los war.«

»Das wüsste ich auch gern.«

Ich drehte den Kaltwasserhahn auf, nahm ein Glas aus der Spüle, ließ es volllaufen und trank einen Schluck.

»Der Bürgermeister ist heute Nacht ermordet worden«, erklärte er.

»Gabriel?«

Er deutete ein Nicken an. »Man hat ihm den Schädel eingeschlagen. Auf die gleiche Weise wie bei Reinhold.«

»Na dufte«, knurrte ich und leerte das Glas. »Und jetzt verdächtigen Sie Fiedler, weil der gestern angekündigt hat, ihn sich vorzuknöpfen?«

»Nicht deswegen.«

»Sondern?«

Der Beamte lächelte dünn. Er legte den Kopf nach hinten. »Sein Wagen stand in unmittelbarer Nähe des Tatorts. Mit einem Platten. Als wir ihn heut früh aufsuchten, war seine Kleidung durchnässt.«

***

»Sie haben eine halbe Stunde.«

Die schwere Stahltür, die der Beamte von außen zuzog, jammerte leise. Dann klackerte der Schlüssel im Schloss.

»Dass wir uns hier so schnell wiedersehen …« Fiedler grinste. Es sollte galgenhumorig wirken, aber missriet. Er war unrasiert und schien übernächtigt.

»Ich hätt's lieber ausgelassen«, sagte ich. »Was ist passiert?«

Er griff sich einen Stuhl, sackte an den Tisch, knallte den Ellenbogen aufs Resopal und fuhr mit der Hand durch die Haare.

»Es war gegen zwei. Ich schlief tief und fest. Plötzlich schreck ich hoch, weil ich den Motor meines Wagens höre. Ich bin sofort in Hemd und Hosen. Als ich aus der Tür komm, seh ich noch, wie er vom Grundstück fährt. Gleich danach wird ein anderes Fahrzeug angelassen. Direkt nebenan. Ich hab mir die Jacke geschnappt und bin in den Schuppen, wo die Enduro steht, und ihnen hinterher in Richtung Ratzeburg.« Er fächerte die Hände auf und ließ sich zurückfallen. »Sie waren leider schon zu weit.«

»Da müssen Sie aber verdammt schnell gewesen sein: Jacke greifen, in den Schuppen, Motorrad anwerfen.«

»Dreißig Sekunden. Die Maschine ist geländegängig. Ich hab den Pfad runter zur Weide genommen.«

»Hut ab! Und das im Dunkeln. Bei strömendem Regen. Ohne sich auf die Schnauze zu legen oder in einem der vielen Zäune zu landen.«

»Ich bin den Weg nicht zum ersten Mal gefahren.«

»Als sie auf die 207 kamen, waren die schon weg?«

»Ja.«

»Haben Sie sie noch gesucht?«

»Ich bin bis Ratzeburg.«

»Wieso waren Sie nicht sofort bei der Polizei?«

»Nachdem die mich ein paar Stunden vorher fast in Handschellen abgeführt hätten? Wäre ich an die zwei Typen geraten, die der Direktor gerufen hat, hätte es garantiert Ärger gegeben. Ich war allein. Das wär denen doch eine Freude gewesen!«

»Sie haben sie nicht mal angerufen.«

»Ich hab gedacht, es reicht, wenn ich das morgens tue. Ich war nass und fühlte mich zum Kotzen!«

»Haben Sie den Braten nicht gerochen?«

»Soll ich ahnen, dass die mir die Karre klauen, um sie mit platten Reifen neben dem toten Bürgermeister zu parken?«

Ayse C., Raumpflegerin im nahe gelegenen Altenheim, war morgens gegen fünf über Gabriel gestolpert. Zunächst hatte sie ihn für einen Betrunkenen gehalten. Er hockte direkt vorm Heinrichstein, den Rücken gegen die Gitterstäbe gelehnt. Im Nähertreten bemerkte sie das Blut.

So jedenfalls las es sich tags darauf in der Zeitung.

Probsthayns Mann hatte mir nicht ganz so viele Details genannt, nur den Ort und die Tatsache, dass Fiedlers Transporter dreißig Meter weiter gestrandet war. Mit offen stehender Fahrertür und perforiertem rechtem Vorderreifen. Man habe ihn zu Hause aufgesucht und wegen der belastenden Begleitumstände umgehend festgenommen. Er befände sich in Lübeck-Lauerhof.

Sobald er und die Blonde abgefahren waren, hatte ich

sofort die Anwältin angerufen. Sie war bereits informiert. Ich verständigte Dirk und fragte Willem, ob er den Buckel noch einen Tag entbehren könne.

***

Gegen Mittag war ich zurück in Ratzeburg. Fiedlers Festnahme hatte meinen Tag durcheinandergewirbelt. Trotzdem musste ich dringend in Erfahrung bringen, wie sich der Geschichtszirkel personell zusammensetzte und was seine Mitglieder sonst noch so trieben. Doch bevor ich mir die Herren vorknöpfte, klärte ich besser, wer bei ihnen fürs Grobe zuständig war. An der Stelle kam der Halter des Benz ins Spiel, den Axel immer noch nicht kannte, weil sein Bagatellschadentrick über den Zentralruf der Autoversicherer nicht mehr zog. Statt weiter zu harren, machte ich besser Fußarbeit und klärte, wer die fraglichen Stellplätze vermietete.

Der Hof, in dem der Benz gestanden hatte, war abgeschlossen. Ich bearbeitete alle Klingeln am Nachbarhaus, doch dort wohnten anscheinend bloß Werktätige. Außer einer verwirrten alten Dame am Rollator, die mich mit dem MDK-Arzt verwechselte und befürchtete, ich wolle ihr die Pflegestufe kürzen, traf ich niemanden an.

Also machte ich mich zum *Haus Mecklenburg* auf. Das lag gleich um die Ecke vom Domhof. Ein barocker Fachwerkbau mit überaus wechselhafter Geschichte, der die gleichnamige Stiftung und das Zentrum für Niederdeutsch beherbergte. Zunächst dachte ich, ich habe wieder kein Glück, bis ich auf eine gelangweilte Blondine hinter einem Schreibtisch stieß, die wie der Typ Frau wirkte, der nach zwei Gläsern Sekt zu schrill lacht. Heute allerdings schien sie eher missgelaunt.

Ja, der Geschichtskreis träfe sich gelegentlich hier. Auskünfte über Mitglieder könne sie mir jedoch nicht geben, da sie über keine Namensliste verfüge. Außerdem seien derlei Informationen vertraulich.

»Gibt es denn jemanden, der mit Ihnen die Termine für die Treffen abspricht?«

»Sicher.«

»Wären Sie bereit, mir den Namen des Herrn zu nennen?«

Ihre rechte Hand wanderte selbstvergessen in den getönten Haarschopf. Zwei Finger schlangen sich um eine Locke. Dafür müsse sie erst das Plazet ihres Chefs einholen, erklärte sie, und der sei, wie ich sähe, leider noch nicht da. Er käme erst um eins.

Ich produzierte das sonnigste Vorzimmergrinsen, zu dem ich noch in der Lage war, und versprach ihr, sie bestimmt nicht zu erwähnen. Die Angelegenheit sei extrem wichtig. Ich könne heute leider nicht bis ein Uhr warten, werde mich aber selbstverständlich ausweisen, und, sofern sie das nicht als Affront betrachte, mich auch leidenschaftlich gern mit einer kleinen Spende in die Kaffeekasse erkenntlich zeigen. Um meine Bereitwilligkeit zu unterstreichen, zückte ich zwei blaue Scheine und sah mich suchend um. Das erweichte sie. Sie zauberte »ausnahmsweise« ein grünes Kärtchen aus einem altmodischen Karteikasten und kopierte den Text in feinen Lettern auf einen großen gelben Klebezettel. Als ich den Namen las, sackte mir das Herz in die Hose. Der Herr arbeitete im echten Leben als Direktor der Gelehrtenschule. Es war derselbe Knabe, der uns gestern des Grundstücks verwiesen hatte.

Ich hatte noch immer nichts Greifbares in Händen, aber kam nicht weiter und mir gingen die Ideen aus. Mein Nacken schmerzte. Ich hatte zweimal in Serie unverschämt viel Glück gehabt. Man soll Fortuna nicht überstrapazieren. Sonst lässt sie einen im Regen stehen. Es wurde Zeit, dass ich mit Probsthayn redete.

Fünfunddreißig Minuten später parkte ich schräg

gegenüber dem massigen Verwaltungskomplex an der Possehlstraße 4. Lübeck besitzt kein Polizeipräsidium, doch dort befand sich das Kommissariat, das für Delikte am Menschen zuständig war.

***

Hauptkommissar Probsthayn war ein großer, leptosomer Typ von Mitte vierzig, der in der Jugend unter Akne gelitten hatte. Sein mit Narben übersätes Gesicht strahlte eine aggressiv sinnliche Brutalität aus, die ihn trotz vordergründiger Hässlichkeit für manche Frauen gewiss attraktiv machte. Mich stieß es eher ab. Drei Sekunden nach Betreten seines Büros war uns beiden klar, dass wir einander nicht mochten. Er stand unter Strom und ich störte.

Immerhin hörte er mir ungefähr fünf Minuten lang zu, wobei er hin und wieder skeptisch grunzte und sich ungeniert unter der Achsel kratzte. Schließlich langte er nach dem HSV-Becher, der auf seinem Schreibtisch hockte und eine hellbraune Flüssigkeit beherbergte.

»Dass die Mönche schlimme Finger waren, mag ja sein«, erklärte er schlürfend. »Aber Sie wollen mir doch nicht ernstlich weismachen, dass jemand deshalb heute noch Morde begeht.«

»Kommt heraus, dass ihr Heiliger in Wirklichkeit ein Frauenmörder war, dürfte es schwierig werden, in seinem Namen weiter Wallfahrten abzuhalten. Als Fiedler die Leiche im Brunnen fand, befürchteten diese Leute, der Grund für die Steinigung könne ans Licht kommen, wodurch ihr Märtyrerheld als bösartiger Saboteur enttarnt worden wäre.«

Er ächzte. »Als Reinhold getötet wurde, war Fiedler längst gefeuert, weil seine Chefin andere Pläne hatte. Das haben Sie selbst grad gesagt.«

»Das wussten die Täter doch nicht. Die gingen davon

aus, dass das Projekt fortgesetzt werden würde, allein schon, um die fünfzigtausend aus dem Brüsseler Fonds zu retten.«

»Richtig. Darum müssen wir uns ja auch noch kümmern.« Er schlug die Beine übereinander und sah an mir vorbei ins Büro. »Heike?«

Probsthayn hatte seinen Schreibtisch an der hinteren Wand des Raums installiert, so dass er alles im Blick behielt. Nun wandte er sich an die schlecht erzogene Blonde, mit der ich vorhin aneinandergeraten war. Die saß mit zusammengepresstem Mund vor ihrem Monitor und tat beschäftigt.

»Ja, Großer?«

»Hak da mal nach.«

»Mach ich, Chef.«

Er trank einen Schluck, stieß hörbar auf und sah mich an. »Sonst noch was?« Seine behaarte Linke klatschte auf den Bürotisch. »Sie sehen ja, was hier los ist.«

»Reden Sie mit Gerlach. Der wird meine Angaben bestätigen. Gabriels Mörder sind dieselben, die Fiedler den Mord an Reinhold anhängen wollen.«

»Das hatten wir schon.«

»Wäre Fiedler der Täter, hätte er seinen Wagen nicht dreißig Meter weiter mit offener Tür stehen lassen.«

»Ich halte mich an die Fakten. Fiedler hat Gabriel bedroht. Zahlreiche Zeugen sagen aus, dass er extrem wirr und aggressiv war. Die Kollegen, die ich heute früh zu ihm schickte, bestätigen das. Außerdem war seine Jacke nass. Alle Indizien sprechen gegen ihn.«

»Niemand ist so schwachsinnig und parkt sein Auto am Tatort.«

»Vielleicht spekuliert er ja darauf, dass wir ihn nicht für so blöd halten«, schaltete sich die Blonde aus dem Hintergrund ein.

Dasselbe hatte Conny mir vor einigen Tagen gesagt. Nun

kam es schon wieder von einer Frau. Frauen sind beim Lügen in der Regel phantasievoller als Männer. Wahrscheinlich verstehen sie wirklich mehr davon. Doch ich wusste, wer Reinhold getötet hatte, und obwohl ich Probsthayn nichts von Stankowski berichtet hatte, war er über die anonymen Anrufe, die gekappte Bremsleitung und die Knüppelattacke informiert. Ich machte einen letzten Anlauf.

Er blockte ab. »Wollen Sie wissen, was mein Chef dazu sagen würde? Der liest zu viel Dan Brown!«

»Mir ist klar, wie sich das anhört.«

Er grinste. »Nein. Ist es nicht. Sie denken sich wilde Storys aus und glauben, Sie kämen damit durch, weil der Staatsanwalt schon mal 'n Rückzieher gemacht hat. Halten Sie mich nicht für beschränkter, als ich bin!«

Die Blonde in meinem Rücken kicherte halblaut. Ich sagte nichts mehr, erhob mich und wünschte der versammelten Mannschaft einen schönen Tag.

Blondie feixte, aber der dunkelhaarige Typ von morgens, der am Schreibtisch hinter ihr saß, nickte mir zu. In dem Moment klingelte Probsthayns Telefon. Ich hörte, wie er abnahm, eine kurze Pause, sein lautes »Scheiße! Wann?«, gefolgt von »Habt ihr wenigstens die ungefähre Zeit?« Danach blieb es zwei Sekunden lang still. »Okay. Bis gleich.«

Der Hörer knallte auf die Gabel. Zur Flurtür waren es sechs Meter. Meine Hand lag schon auf der Klinke.

»Glückwunsch, Fabian«, rief er. Ich drehte mich um. Probsthayn war aufgestanden. »Gestern war irgendwer sehr gründlich. Henriette Heidenreich ist tot.«

Heidenreich war ihrem Mörder irgendwann am vorigen Nachmittag begegnet. Wann genau, wusste der Bursche aus dem Bereitschaftsteam, der Probshayn verständigte, ohne genaueren Befund noch nicht zu sagen, aber vermutlich war ihr Tod vor dem Abend eingetreten, mithin in genau dem

Zeitfenster, für das Fiedler kein Alibi besaß, was Probsthayn mir sofort unter die Nase rieb.

Der Täter schien Heidenreich abgepasst zu haben, als sie aus dem Büro kam, war mit ihr zusammen ins Haus gelangt und hatte sie von hinten erwürgt. Entweder hatte sie ihm arglos den Rücken zugekehrt oder vor ihm wegzulaufen gesucht. Allerdings fehlten Kampfspuren. Augenscheinlich war auch nichts entwendet.

Mehr wusste Probsthayn nicht. Es reichte ihm. Er war sich sicher, dass sie den Täter gekannt hatte. Seines Erachtens saß der einzige Mann, der dafür in Frage kam, bereits in Polizeigewahrsam. Ich gab mir keine Mühe mehr, ihn vom Gegenteil zu überzeugen. Er wollte zum Tatort und von mir ohnehin nur noch wissen, ob ich den Nachmittag mit Fiedler verbracht hatte.

Als ich aus dem Gebäude trat, lastete der Himmel bleiern über der Stadt, genauso grau und trübe wie gestern. Heidenreichs Tod fasste mich mehr an als der von Gabriel. Mir war innerlich flau. Ich hatte ihr ihren Ehrgeiz übel genommen, übler genommen als vergleichbar korrupten Kerlen, was im Zweifelsfall nur daran lag, dass mich ihre erotischen Signale verunsicherten. Die hatte ich als ›unfair‹ verbucht.

Dabei war ich sonst zwar alles andere als vorurteilsfrei, aber bildete mir ein, das Credo zu beherzigen, man müsse sich jeden Einzelnen genau angucken. Bei ihr hatte ich allerdings eine kleine Ausnahme gemacht und mich ohne Zucken in den Tross der Hirnlosen eingereiht. Statt auf die Idee zu kommen, sie wenigstens zu warnen.

Auf dem Weg zur 207 staute sich der Verkehr. Ich hatte gedacht, es sei in Ordnung, Stankowski die Wahl zu lassen. Er könne nur weglaufen oder sich stellen. Es gab noch eine dritte Variante. Die hatte ich übersehen, weil ich mir einbildete, ich könne ihn einschätzen.

Wenn ich mal ausschloss, dass Winterfeld durchgedreht

war, kamen für die Tat bloß die paranoiden Gralshüter der Bruderschaft in Frage. Oder es war die Rache einer kranken, hassgetränkten Seele für ihr verpfuschtes Leben.

Während ich das Lenkrad umklammerte und darauf wartete, dass die Ampel endlich den Weg nach Ratzeburg freigab, betete ich darum, diesmal falsch zu liegen.

***

Zwanzig Minuten später hielt ich vor Stankowskis Block. Bevor ich klingeln konnte, sah ich, dass die äußere Haustür nur angelehnt war. Drei Stufen, ein paar Schritte, schon stand ich vor Tür zu seiner Wohnung.

Ich klopfte. Keine Antwort. Nur das Geräusch meiner Knöchel auf dem schäbigen Lack. Entweder er stellte sich tot oder war längst ausgeflogen. Nach dem dritten Versuch gab ich es auf und benutzte den Fuß.

Es war keine sonderlich stabile Tür, viel Presspappe und wenig Holz, mittig durch einen Bolzen gesichert. Obwohl er sogar die Kette vorgelegt hatte. Aber solche Ketten sind Placebos. Seine gab beim zweiten Tritt nach und spritzte mit einem metallischen Klirren beiseite. Die Tür schwang auf und knallte gegen die Wand. Dann war es wieder still. Aus der Küche leckte ein Streifen Licht aufs Linoleum des Flurs. Der Rest lag in diffuses Halbdunkel getaucht. Die Tür zum Wohnzimmer an der Stirnseite war zu. Es roch muffig. Dasselbe triste Aroma wie bei meinen vorherigen Besuchen.

Ich wartete zwei Sekunden, bevor ich die Tür hinter mir gegen den Rahmen drückte, so dass sie wenigstens nicht mehr sperrangelweit offen gähnte. Das Klo war so leer wie das Schlafzimmer, sein Bett zerlegen, das Rollo dreiviertel runtergezogen. Drei Schritte weiter die Küche. In der Spüle türmte sich Abwasch, darüber kreisten Fliegen. Auf dem resopalversiegelten Tisch eine Batterie entseelter Flaschen und stumpfe, klebrige Ringe, wie sie beim Absetzen schlampig gefüllter Gläser entstehen.

Ich glitt weiter. Noch zwei Meter bis zur Wohnzimmertür. Sofern er in der Wohnung war, musste er dahinter stecken. Ich benutzte den Fuß für die Klinke, falls er auf mich wartete. Es quietschte laut. Überheizter, fauliger Gestank wälzte sich mir entgegen. Ich roch es, bevor ich ihn sah.

Er hockte halb liegend auf dem Cordsofa. Neben ihm ein überquellender Aschenbecher und eine leere Flasche Weinbrand. Die Beine abgespreizt und angewinkelt, als wollten sie einen Rhombus bilden. Um Hosenstall, Schritt und Innenseiten der Oberschenkel ein großer, dunkler Fleck. Mit der Linken schien er sich auf dem Polster abzustützen.

Die Plastiktüte war von innen nach außen gekehrt über den Kopf gezogen. Ihr Kragen bildete Rüschen um den Hals. Sie war durchsichtig, so dass man sein Gesicht sah. Er hatte Blumendraht benutzt. In den gruben sich drei Finger, als habe er ihn noch lösen wollen. Doch so wie es roch, war das schon eine Weile her. Ich unterdrückte den Würgereiz, angelte nach einem Papiertaschentuch, presste es mir vor den Mund und atmete flach.

Auf den ersten Blick schien die Sache klar. Verschlossene Wohnung, Mann, mittleres Alter, alleinstehend, suchtkrank. Die klassische Kombination. Suizid unter Einfluss. Genau das würde die Kripo auch hier feststellen. Nur warum war die Heizung derartig aufgedreht? Hatte er partout schneller faulen wollen?

Es war mir zu glatt. Zu sauber. Zu lehrbuchmäßig. Ansonsten: Gebete dürfen gern mal in Erfüllung gehen, aber so?

Vorgestern hatte er *Asche und Diamant* gelesen. Bevor ich ging, war er zwar ins Schlingern geraten, doch noch trocken gewesen. Er hatte Pläne gehabt. Das Einzige, was die hätte über den Haufen werfen können, wäre die Einsicht gewesen, dass es dafür zu spät war. Weil ich ihm die Bullen so oder so auf den Hals hetzen würde. Nur, wie hätte er darauf kommen sollen? Ich hatte ihm geraten, sich zu stellen und ihm gesagt, er habe maximal mit einer Verurteilung wegen Totschlags zu rechnen. Ich hatte nie vorgehabt, ihn ans Messer zu liefern. Nicht, nachdem mir klar geworden war, dass ein anderer die falsche Spur gelegt hatte.

Dumm gelaufen. Für uns beide. Falls es so gelaufen war.

Meine Augen grasten den Raum ab. Ohne Abschiedsbrief ergab es alles keinen Sinn. Nicht, wenn ihn tatsächlich sein Gewissen geplagt hatte. Denn dann hätte er wenigstens einen Dreizeiler hinterlassen müssen, damit Fiedler aus dem Schneider war. Doch ich fand nichts. Keinen Brief, keinen Zettel, nicht mal ein symbolträchtiges Buch. Obwohl er gewiss Sinn dafür gehabt hätte. Etwa Dostojewskis *Schuld und Sühne*.

Zur Sicherheit ging ich noch mal durchs Schlafzimmer und checkte die Küche. Ich bemühte sogar den antiken Kassettenrecorder. Nicht die Spur einer Nachricht. Damit blieb nur noch die Sequenz auf meinem Diktiergerät, um Fiedler zu entlasten. Probsthayn würde stinksauer sein, weil ich ihm verschwiegen hatte, was ich wusste, aber bevor ich ihn anrief, checkte ich besser, ob die Wohnung wirklich von innen verschlossen und verriegelt gewesen war.

Ich trat ums Sofa herum, schob die ergrauten Gardinen beiseite und prüfte die Fenster. Beide zu. Dasselbe im Schlafraum. Blieb die Küche. Der Flügel schmiegte sich eng an den Rahmen. Allerdings stand der Griff schräg auf Kipp, anders als die übrigen Griffe, und er war nur zu drei viertel gedreht. Außerdem wirkte die Kunststoffoberfläche der Fensterbank erstaunlich sauber. Draußen, direkt unterm Sims, verlief der Waschbetonpfad zu den Mülltonnen, von der Straße aus kaum einzusehen. Anderthalb Meter Abstand vom unteren Fensterrand bis zum Boden. Stankowski war kein Putzteufel gewesen. Wozu hätte er ausgerechnet hier wischen sollen?

Das hatte einer getan, der keine Abdrücke seiner Schuhsohlen liefern wollte. Damit niemand auf die Idee kam, sich auszumalen, wie er bei geöffnetem Fenster eine Schlinge aus Zwirn auf den quer stehenden konischen Plastikgriff geschoben und das lange Ende über die obere Gummilippe des Rahmens geführt hatte, bevor er nach draußen geklettert war, um den Fensterflügel mit etwas Schwung an den Rahmen heranzuholen, das lose Ende des Fadens zu straffen und den Griff behutsam nach oben zu ziehen.

Die Schlinge löste sich, bevor der Griff komplett in die Vertikale ging. Besser kriegte man es nicht hin, doch sobald der Faden durch die Gummilippe nach draußen gezogen worden war, wirkte das Fenster wie von innen verriegelt. Den wenigsten fiel es auf.

Ich fragte mich, ob es Probsthayn wohl auffiele. Doch der war mit Heidenreich und dem toten Bürgermeister beschäftigt, und für seine Kollegen wäre die Sache bloß Routine. Sie kämen gar nicht auf die Idee.

Niemand machte sich die Mühe, einen verwahrlosten Trinker derart raffiniert aus dem Dasein zu befördern. Half ich ihnen nicht auf die Sprünge, ging ihnen dieser Mord genauso durch die Lappen wie der Treppensturz des alten Pensin.

Meine Hand zitterte, als ich das Handy aus der Tasche zog. Gelang es mir nicht, Probsthayn zu überzeugen, hatte ich ein echtes Problem.

Drei Tote innerhalb von vierundzwanzig Stunden. Die Typen gingen wirklich kein Risiko ein. Ich überflog innerlich, wer ihrer kranken Logik nach noch zum Schweigen gebracht werden musste. Bei Meiser stockte die innere Parade. Welche Rolle der Möllner Museumschef in diesem Spiel spielte, war mir noch nicht klar, aber ich konnte es nicht riskieren, ihn nicht zu warnen.

Immerhin war meine Position inzwischen besser als vor halben Stunde. Nun war wenigstens klar, dass Stankowski nichts mit Heidenreichs Tod zu tun haben konnte. Ich brauchte nicht länger zu verschweigen, wer Reinhold getötet hatte. Das arme Schwein auf dem Sofa hatte schon den Höchstpreis gezahlt.

***

Es wurde ein anstrengender Nachmittag. Probsthayn erschien mit dem Dunkelhaarigen und der garstigen Blonden. Ich wies sie auf das Fenster hin. Dann wurde ich mit zwei Beamten auf die Ratzeburger Wache geschickt, wo ich anderthalb Stunden lang wartete, bis sie schließlich nachkamen, und ich ihnen einen Haufen Fragen beantworten durfte, von der eingetretenen Tür bis hin zu der Spekulation, es läge Fremdverschulden vor. Als ich damit rausrückte, dass Stankowski mir den Mord an Reinhold gestanden hatte, flippte Probsthayn aus.

»Was bilden Sie Arschloch sich ein? Sie haben den Täter gedeckt!« Er war aufgesprungen und bearbeitete den Tisch mit der Faust.

»Ich hab ihm gesagt, er soll sich stellen.«

»Hätten Sie mich angerufen, wäre er jetzt noch am Leben!«

»Diese Leute wollten Fiedler für Reinhold zahlen lassen, und ich war dumm genug, zu glauben, sie würden Stankowski verschonen.«

»Dafür nagele ich Sie fest! Wenn der Staatsanwalt das nicht tut, kümmere ich mich drum! Persönlich!« Er hatte Ränder um den Mund und eine feuchte Aussprache. Die Blonde hing an seinen Lippen. Der Dunkelhaarige wirkte eher gequält. »Wieso haben sie ihn getötet?«

»Weil sie befürchteten, er würde auspacken und sich selbst bezichtigen.«

Probsthayns Hand knallte flach auf den Tisch. »Hören Sie endlich auf mit Ihrer beschissenen Verschwörungstheorie! Bisher haben Sie uns nicht einen einzigen Beweis dafür geliefert, dass dieser Verein existiert!«

Ich versuchte ruhig zu bleiben. Trotzdem zitterte meine Stimme. Keine Ahnung, ob aus Angst oder vor Wut. »Sein Tod ist ein Beweis. Ich verspreche Ihnen, dass die KTU Abriebspuren in der Gummilippe des Küchenfensters findet. Außerdem war der Mann vor zwei Tagen trocken. Gut möglich, dass sie ihn gezwungen haben, den Schnaps zu trinken, um es echt aussehen zu lassen.«

Probsthayn zischte einen halblauten Fluch. »Die KTU wird vor allem Ihre DNA finden, Sie Armleuchter!«

Der Dunkelhaarige schaltete wieder sich ein. »Warum haben Sie ihn nicht sofort angezeigt?«

»Weil es die, die Fiedler die Sache anhängen wollen, gewarnt hätte. Ich wollte ihm die Chance geben, sich selbst zu stellen. Er hatte beste Aussichten, nur wegen Totschlags verurteilt zu werden.«

»Wieso?«

»Nach Fiedlers Abgang machte Reinhold ihm das Leben auf der Baustelle zur Hölle. Weg konnte er nicht, sonst wäre seine Stütze gekürzt worden. Er hat der Sachbearbeiterin bei der *ARGE* die Situation zu erklären versucht. Die nahm ihn nicht ernst. Der Arzt weigerte sich, ihn krankzuschreiben. Am Abend vor der Tat dann kündigte Reinhold an, ihn zum ›Vorleser‹ zu machen. Das war ein krankes, perverses Spielchen, das er sich extra für Stankowski ausgedacht hatte. Er wollte Reinhold zur Rede stellen und die Situation ist entgleist.«

»Das haben Sie ihm geglaubt?« Probsthayns Stimme klang höhnisch.

»Reden Sie mit Maik Mirow.«

»Wir haben da ganz andere Aussagen.«

»Ja. Von Gestalten wie René Schult, die sich nicht selbst belasten wollen. Fragen Sie ihn, wie das mit dem Stein und der Schubkarre war.«

»Na schön«, knurrte Probsthayn. »Und der Tatablauf?«

»Stankowski hat Reinhold auf der Baustelle getötet. Am selben Abend. Dabei muss er von dem oder den Männern, die das Gleiche vorhatten, beobachtet worden sein.«

Die Blonde lachte. »Die waren rein zufällig zur selben Zeit da?«

»Lass ihn ausreden«, sagte der Dunkle. Sie hätte gern nachgelegt, aber der Blick, den er ihr zuwarf, ließ ihr wütendes Grinsen einfrieren.

»Also?«

»Die Nacht war perfekt. Es goss in Strömen. Sie brauchten bloß abzuwarten, bis Stankowski abhaute. Ich nehme an, sie waren zu zweit. Sonst hätten sie es nicht so hinbekommen.«

Probsthayn, der die ganze Zeit über stehen geblieben war und sich auf dem Tisch abgestützt hatte, reckte den Oberkörper und kratzte sich das Kinn. »Nichts davon wird sich je beweisen lassen. Stankowski ist tot.«

»Ich hab seine Aussage auf Band …«

»Wo?«

Ich durchforstete meine Jacke. In dem Moment fiel mir ein, dass ich das Diktiergerät nachts aus der Tasche genommen hatte, um die Aufnahme auf den Laptop zu überspielen.

»Bei mir zu Hause. Neben dem Computer.«

»Wunderbar!«

Ich fischte nach dem Hausschlüssel und legte ihn auf den Tisch. »Sie können gern jemanden hinschicken, der es holt.«

»Na schön«, knirschte Probsthayn.

Er ging nach nebenan und rief einen der uniformierten Beamten. Wie das Leben so spielt, war es mein Spezi, die Knalltüte, die mir mein Ticket verpasst hatte. Er grinste schräg, verkniff sich jedoch jede Bemerkung. Ich markierte ebenfalls gute Miene und erklärte ihm, wo mein Computer stand. Er tippte salutierend an die Schirmmütze und ging ab.

Seine Sohlen schmatzten obszön auf dem Bodenbelag. Die Blonde kicherte. Der Dunkelhaarige war dazu übergegangen, unwillkürlich mit den Fingernägeln Zupfgeräusche zu machen, was seinen Chef irritierte. Blondie, die ihm schräg gegenübersaß, machte eine kleine Bewegung mit dem Kopf. Er begriff und legte die Hände nebeneinander auf den Tisch. Probsthayn zog die Lippen nach innen und schien eine Weile nachzudenken, bevor er mich wieder fixierte.

»Wozu die nachfolgenden Morde?«

»Fiedler kam bei Podiumsdiskussion bedrohlich nah an die Wahrheit. Das setzte sie unter Zugzwang.«

»Wieso haben die dann nicht ihn, sondern Gabriel getötet?«

»Gabriel hatte den Grundstücksdeal eingetütet. In ihren Augen war er ein unsicherer Kantonist. Er wusste zu viel.«

»Wie bitte?« Das kam von der Blonden. »Was hat Gabriel mit diesen Leuten zu tun?«

»Ob er direkt etwas mit ihnen zu tun hatte, weiß ich nicht.«

»Sondern?«

Ich hob die Arme. »Alles, was ich habe, ist ein Verdacht ...«

»Heute ist Märchenstunde«, sagte Probsthayn. »Lassen Sie hören!«

»Gabriel war Mitglied in der sogenannten Historischen Gesellschaft. Das ist ein Kreis von rund zwanzig Geschäftsleuten und Politikern, die sich regelmäßig treffen und mit geschichtlichen Themen beschäftigen. Vorsitzender ist der Direktor des Gymnasiums. Die meisten sind ehrenwerte Bürger. Bis auf den- oder diejenigen, die die Plattform parallel für die Bruderschaft nutzen.«

»Nämlich?«

»Haben Sie das Kennzeichen überprüft, das ich Ihnen gegeben habe?«

Probsthayn verzog entnervt das Gesicht. »Wann? Uns sind zwei Morde dazwischengekommen. Reden Sie nicht drum rum! Wen haben Sie in Verdacht?«

Ich sagte ihm, wen. Und warum. Er dauerte eine Weile. Ich musste ausholen und erklären. Trotzdem lachte Probsthayn hinterher bloß.

»Sie sollten Ihren Kopf untersuchen lassen!«

»Er muss es sein. Bei ihm laufen alle Informationen zusammen. Er wusste von Anfang an Bescheid.«

Probsthayn schüttelte den Kopf und machte Anstalten, aufzustehen. »Sie verschwenden unsere Zeit. Ich hab die Schnauze voll von diesen Hirngespinsten!«

»Moment noch, Chef.« Das kam von dem Dunklen. Er wandte sich an mich. »Wieso grade Fröhlich? Der hat Sie doch überhaupt erst in die Spur gesetzt!«

»Er wollte sehen, wie weit ich komme.«

»Deshalb macht er Sie auf den Geologen aufmerksam?«

Ich nickte. Seine braunen Augen ruhten einen Moment lang fragend auf mir.

»Wieso sind Sie sich so sicher?«

»Sein Foto. Bei der Wallfahrt.«

»Ein vierzig Jahre altes Jugendbild?«

Der Dunkle war nüchterner als sein Chef und er hörte aufmerksamer zu. Er schien der Einzige von den dreien zu sein, der ansatzweise bereit war, mich überhaupt ernst zu nehmen. Ich beugte mich vor und sah ihn direkt an.

»Ich weiß, wie dünn das ist. Vielleicht liege ich falsch. Aber mehr hab ich nicht.«

»Genug jetzt«, kam es von Probsthayn.

In dem Moment setzte sich die Blonde abrupt auf und guckte zur Tür. Mein Spezi war zurück. Er stand in Hab-

Acht-Stellung unter der Füllung und brannte darauf, Meldung zu machen. Mich würdigte er keines Blickes.

»Nun?«, kam es von Probsthayn.

»Tut mir leid, Herr Hauptkommissar.« Er baute sich breitbeinig auf. »Da war kein Diktiergerät. Nicht mal ein Computer.«

»Wie?« Ich fuhr hoch. »Waren Sie auch im richtigen Raum? Das zweite Zimmer vom Flur aus?«

Der Mann hatte eine Mischung aus Verachtung und unterdrückter Wut im Blick.

»Sicher.« Sein Gesicht rötete sich ein wenig. »Ich hab mich genau an Ihre Angaben gehalten.«

Mein Mund ging auf. Ich verstand es nicht. Es wollte nicht in meinen Kopf.

»Dann haben sie's gestohlen. Sie müssen es gestohlen haben. Das Schloss ...«

»Das Schloss war in Ordnung, Herr Hauptkommissar«, sagte er. »Ich hab's geprüft. Keinerlei Spuren auf Fremdeinwirkung. Ich bin sogar noch mal rumgegangen und hab mir sämtliche Türen und Fenster angesehen.«

Probsthayn nickte. »Danke. Tut mir leid, Ihnen die Mühe gemacht zu haben. Schade um Ihre Zeit.« Er gönnte mir einen zornigen Schwenk.

»Sie sind dafür nicht verantwortlich, Herr Hauptkommissar!« Der Spezi glühte. »Wenn Sie mir die Bemerkung erlauben ...«

»Ja?«

»Ich kenne diesen Mann.« Er deutete mit dem Kopf auf mich. »Er hat schon mal versucht, mich anzulügen.«

»Ach ja?«

»Er hat mir gezielt Fehlauskünfte gegeben.«

»So?« Probsthayn zog die Brauen hoch. »Interessant ...«

»Wie?« Ich richtete mich auf. »Reden Sie etwa von Ihrer Fahrzeugkontrolle?«

Der Spezi ignorierte mich.

Ich musste wider Willen grinsen. »Das meinen Sie nicht ernst, oder?«

»Ich kann mich nicht entsinnen, Sie gefragt zu haben«, zischte Probsthayn.

Immerhin bekam ich anschließend noch meine Hausschlüssel zurück.

***

Das Üble an Einbrüchen ist oft weniger der materielle Verlust als die Einsicht, dass unser Rückzugsraum keiner mehr ist. Aber es war nichts durchwühlt. Das Haus sah genau so aus, wie ich es morgens verlassen hatte. Nur das Diktiergerät und der Laptop fehlten. Willem und Sophie hatten auch nichts bemerkt. Sämtliche Türen und Fenster waren intakt. Saubere Arbeit.

Eben hatte ich mir das Handy geschnappt, um Axel anzurufen, als das W 28 schellte. Es war Jörn. Er wollte sich nach Fiedler erkundigen.

»Ich melde mich sofort«, sagte ich nur.

Das Telefon war zwar sauber, aber ich wusste nicht, ob mir der Besucher Souvenirs hinterlassen hatte. Besser, ich telefonierte außerhalb des Hauses.

Jörn klang überraschend nervös. Er habe es schon den ganzen Tag bei Fiedler und mir versucht. Was denn los sei? Ich gab ihm die Kurzversion. Unterwegs blieb er stumm, aber ich hörte, wie er mehrmals scharf die Luft einsaugte.

»Das ist ja grauenhaft«, sagte er. »Was soll dies Gemetzel?«

»Sie beseitigen die losen Enden.«

»Die losen Enden?«

»Alle, von denen sie glauben, dass sie zu viel wüssten und ihnen gefährlich werden könnten. Dazu gehören auch Sie.«

Er lachte auf. »Etwa wegen Stankowskis Geständnis?«

»Nein. Darum haben sie sich längst gekümmert.«

Ich berichtete ihm von meinem Computer und dem Diktaphon.

»Die sind bei Ihnen einfach rein? Ohne eine Spur zu hinterlassen?«

»Ja.«

Ich hörte, wie er schluckte.

»Und die Polizei?«

»Probsthayn ist sich sicher, dass ich lüge.«

»Irgendeine Nachricht von dem Menschen aus dem Möllner Museum?«

»Nein.«

»Wieso nicht?«

Gute Frage. Ein weites, vermintes Feld. Ich brauchte eine Sekunde. »Mittlerweile denke ich, dass er gar nichts weiß. Sonst hätte er längst geliefert!«

Es blieb einen Lidschlag lang still. »Dann ist da also nur noch die alte Fotografie, die Franzen Ihnen gezeigt hat?«

»Fragt sich, ob die reicht.«

Er atmete durch. »Sie haben sich doch gestern bei mir nach Dr. Fröhlich erkundigt.«

»Ja?«

»Ich habe da ein wenig recherchiert.«

Am Abend zuvor, noch bei Fiedler, hatte ich ihn beiläufig gefragt, ob sich in den Gemeindeakten nachvollziehen ließe, wer vor rund vierzig Jahren Messdiener gewesen sei. Wieso mich das interessierte? Da hatte ich ihm von den Bildern der Wallfahrt und Fröhlichs Konterfei berichtet. Er nickte nur, ohne weiter nachzufassen, als leuchte ihm meine Neugierde sofort ein, was ich befremdlich fand, weil ich mit ihm nie viel über Fröhlich gesprochen hatte.

»Er war tatsächlich Messdiener. Aber das ist nicht das Eigentliche.«

»Sondern?«

Es schien ihm schwerzufallen. »Er hat rege mit meinem

damaligen Vorgänger korrespondiert. Nach dessen Weggang hier. Der dürfte so etwas wie ein Mentor für ihn gewesen sein.« Er pausierte wieder und räusperte sich. »Dieser Mann war sehr umstritten, weil er der Pius-Bruderschaft nahe stand.«

»Wem?«

»Der Pius-Bruderschaft. Eine Gruppe Geistlicher um Erzbischof Lefebvre, die sich den Reformen des Zweiten Vatikanischen Konzils verweigern.«

»Ist das der Verein dieses Holocaust-Leugners Williamson?«

»Richtig. Damit will ich nicht sagen, dass Dr. Fröhlich auch noch heute so denkt, zumal das vierzig Jahre her ist, aber da Sie nach seinen religiösen Anschauungen fragten, sollten Sie wissen, wer die geprägt hat. Gerade vor dem Hintergrund, dass diese Kräfte auch bei uns immer stärker werden.«

»Tatsache?«

»Ja. Leider. Wir ereifern uns über Islamismus und der Bischof von Köln liest Festmessen für den Opus Dei.« Er hustete wütend. »Aber ich will Sie nicht damit langweilen. Sie haben andere Sorgen.«

»Stimmt.«

»Was jetzt?«

»Rufe ich erst mal alle an, die gefährdet sind.«

»Kann ich Sie unterstützen?«

»So viele sind es nicht.«

»Falls ich sonst was tun kann.«

»Melde ich mich. Danke.«

Er räusperte sich erneut, angespannt. »Ich hoffe, ich brauch Ihnen das nicht extra zu sagen: Seien Sie bitte vorsichtig.«

***

Die Rundrufaktion dauerte eine Weile. Obwohl ich Meiser, Franzen und Winterfeld gar nicht erreichte. Kurz nach neun rief Dirk an. Der ist auch einer von denen, die selbst und ständig bei der Sache sind und nie Feierabend machen. Er hatte den 745er repariert. Den könne er gleich vorbeibringen.

Zwanzig Minuten später hupte er in der Einfahrt. Bis ich ihn zurück zur Werkstatt gebracht hatte und wieder zu Hause war, war es zehn. Bevor ich die beiden Volvos in die Scheune stellte, versuchte ich es noch mal bei Winterfeld und Meiser. Franzen hatte Grippe. Der lag längst im Bett und schlief.

Ich parkte die Autos und hatte eben das Tor verriegelt, als mein Handy ruckelte. Axel. Wieso ich mich nicht melde? Ob ich die ›frohe Botschaft‹ nicht erhalten habe? Welche frohe Botschaft? Die E-Mail mit dem Namen des Fahrzeughalters. Ich erklärte ihm, weshalb ich derzeit keine elektronische Post empfangen könne.

»Was nun?«

»Verrätst du mir erst mal den Namen des Halters.«

»Sekunde.« Es raschelte. »Der Benz ist auf einen Betrieb angemeldet. Irgendein italienisches Restaurant. Hier: die *Trattoria da Vittorio*. Der Halter heißt Gallese. Vittorio Gallese.«

»Den kenn ich. Das ist der Laden, wo ich neulich Fiedler und den Priester getroffen habe. Ich hatte gleich ein blödes Gefühl. Der Kellner sah aus wie eine klassische Schmalzlocke, aber Jörn kannte den Chef. Wer will schon immer Rassist sein? Nicht jeder aus Reggio Calabria ist automatisch in der Ndrangheta.«

»Tja«, meinte Axel nur. »Also es passt?«

»Wie Arsch auf Eimer. Fröhlich hat Tykwer den Laden empfohlen und der Hof, in dem der Benz stand, ist keine zwei Blocks entfernt.«

»Die benutzen gern solche Fassaden. Grad in der Provinz.«

»Ich bin ein Idiot. Jörn sagte noch, bei Vittorio arbeite häufiger Verwandtschaft.«

»Klar. Die schicken ihre Leute her, damit sie aus der Schusslinie sind. Hier kommt keiner auf die Idee, dass der nette Nicola, der den Betäubungs-Grappa neben die Rechnung stellt, im echten Leben mit abgesägten Schrotflinten hantiert.«

»Der Typ heißt nicht Nicola, sondern Luigi.«

»Okay, dann Luigi.«

»Gibt's irgendwas über Vittorio im Netz?«

»Sekunde.« Ich hörte, wie er in seine Tastatur hackte. »Der Laden hat einen Eintrag. Ist nicht sonderlich ergiebig.«

»Trotzdem«, murmelte ich ratlos. »Ich versteh es nicht ...«

»Was verstehst du nicht?«

»Was hat die Mafia mit der Bruderschaft zu tun?«

»Denk an die ›Loge P 2‹. Tote Vatikan-Banker, die von Londoner Brücken baumeln.«

»Das ist über dreißig Jahre her!«

»Berlusconi lebt«, schmatzte er. »Du suchst nach dem Mann fürs Grobe. Hört sich so an, als hätte Luigi exakt das Profil. Wahrscheinlich geben die Herren Don Vittorio den Auftrag. Der reicht ihn weiter und Luigi kümmert sich um die Details.«

Mich fröstelte. Ich sah den toten Stankowski auf dem Sofa sitzen, dachte an Fröhlich und den ehrbaren Herrn Direktor der Gelehrtenschule, an das glatte Lächeln des Kneipiers und Luigis Goldzahngrinsen. Auf einmal tat mir mein Kopf wieder weh. Ärgerlich, dass Carlo so weit weg war. Immerhin bekam der nächtliche Schatten nun endlich ein Gesicht. Axel räusperte sich.

»Was hast du vor?«

»Keine Ahnung. Mich um den Geschichtszirkel kümmern.«

»Sprich noch mal mit dem Kripomenschen!«

»Nach dem Reinfall heute?«

»Versuch es wenigstens. Mobilisier den Priester!«

»Das Einzige, was Probsthayn vielleicht noch überzeugt, ist das alte Foto.«

»Dann besorg es dir!«

»Ich versuch schon den ganzen Tag, ihn zu erreichen. Er hat Grippe und geht nicht ans Telefon.«

»Fahr hin.«

»Morgen früh.« Ich holte Luft. »Da ist noch was …«

»Ja?«

»Was weißt du über die Pius-Bruderschaft?«

Ich skizzierte ihm, was mir Jörn über Fröhlich erzählt hatte und welcher Verdacht in mir sofort beim Anblick des Fotos aufgekeimt war. Axel protestierte. »Das ist doch völlig aus der Luft gegriffen!«

»Es schoss mir sofort durch den Kopf.«

»Weil die Medien voll davon sind«, schnaubte er. »Das Thema wird so was von gehyped: Missbrauch hier, Kinderpornografie da.«

»Er hat mit Meiser offenbar darüber gesprochen. Außerdem wär er der Typ.«

»Woher willst' das wissen?«

»Intuition. Schweine erkennen sich am Gang.«

Er blieb zwei Sekunden lang still. »Das ist dein persönlicher Dachschaden. Du verwechselst da was.«

»Hätt ich einen Computer vor der Nase, würde ich dich kaum behelligen.«

»Schon gut.«

»Keine Ahnung, wie der Vorgänger von Jörn hieß, aber es dürfte in Ratzeburg nicht so irre viele Priester gegeben haben. Find raus, wie der hieß und wann er ging.«

Bevor ich mich hinhaute, verriegelte ich alles, schnappte mir die Handaxt und installierte auf der Treppe eine Stolperfalle. Trotzdem lag ich die halbe Nacht wach, lauschte dem heulenden Wind und schlief lausig.

Es waren wirre, böse Träume. In einer Sequenz zog sich Stankowski die Tüte vom Kopf und fragte, wieso ich ihn nicht gewarnt habe. Seine Zunge war blauschwarz und das Weiß der Augäpfel rot eingeblutet. Kurz darauf kam ich an einen See, der stark an die Bucht des Priestersees erinnerte. Eigenartige blauweiße Schleier stiegen über dem Wasser auf. Vor einer der Nebelbänke entdeckte ich Conny und Anna. Sie standen aufrecht in einem altertümlichen Boot, doch der Nachen hatte keine Riemen und sie trieben ab. Ich versuchte zu ihnen durchzukommen, aber schaffte es nicht, weil das Schilf zu dicht war und meine Füße im Schlamm versanken. Sie drifteten immer weiter weg, bis sie schließlich der Nebel verschluckte. Dumpfes Klappern weckte mich. Der Sturm peitsche Weidengeäst gegen Willems Schuppen.

Ich gab es auf, setzte mich in die Küche und dachte nach. Gegen halb acht, als ich mir den zweiten Kaffee machte, klingelte das Handy. Es war Axel. Er lispelte extrem, als habe er die ganze Nacht über nur Mokka geschlürft und in Monitore meditiert.

»Bist auf Empfang? Fein.« Ich hörte, wie er vor sich hin murmelte und im Hintergrund Papier raschelte. »Also hör zu. Es gab zu der fraglichen Zeit zwei Priester, die relativ kurz nacheinander wieder abberufen wurden. Mit der Pius-Bruderschaft hatte keiner von beiden was zu tun. Im Gegenteil. Der erste der Herren scheint ein verfrühter Hans Küng gewesen zu sein und war dem Bischof zu liberal, aber hat bis heute in katholischen Foren seine eigene Fangemeinde. Der zweite allerdings, und jetzt bilde dir bitte nicht alles Mögliche auf deine Intuition ein, hat sich wohl in der Tat zu sehr für Chorknaben interessiert. Er wurde versetzt, bevor es zum Skandal kam, weil die Gerüchte überhand nahmen.«

Er las mir aus seinen Notizen vor. Namen. Zeitfenster. Quellenangaben.

»Nichts über die Pius-Bruderschaft?«

»Nirgendwo.«

»Bist du dir absolut sicher?«

»Ja.«

»Gut«, sagte ich. »Danke. Du hast mir sehr geholfen.«

»Inwiefern?«

»Später. Ich will gleich los und sollte vorher noch mal mit Hinrichs reden.«

Der Staatsanwalt war normalerweise ab halb acht im Büro. Heute nicht. Um zehn nach acht erreichte ich endlich seine Sekretärin. Sie sagte, er sei beim Fritz-Bauer-Institut in Frankfurt. Bei einer Tagung. Sie erwarte ihn erst übermorgen wieder zurück. Ich bat um seinen Rückruf. Es sei dringend.

In der Kanzlei von Dr. Graf lief die Maschine. Ihr Handy war aus. Vor neun hatte ich da schlechte Karten. Bei Franzen nahm noch immer niemand ab. Mittlerweile hatte ich ein ungutes Gefühl. Aber, sagte ich mir, das hätte jeder andere auch gehabt. Nach den letzten beiden Tagen. Der Alpdruck würde sich ruckzuck verflüchtigen, sobald ich erst das Foto in der Hand hielt.

An diesem Morgen schien zum ersten Mal die Sonne. Der Himmel war wie eine Verheißung. Es gab die ersten, zaghaften Krokusse. Nicht mehr lange, dann war endlich Frühling. Conny, Anna, Bruno und ich würden über den Werder streifen, Kormorane zählen, nackte Zehen ins Wasser halten, bei Belinda in der *Kutscherscheune* vorbeigucken und die Krümel ihrer begnadeten Himbeerschnitten auf dem Anleger verteilen.

Dann fand ich den toten Franzen, blickte in seine auf Null

gestellten Augen, sah die Fotos auf dem Schreibtisch und spürte, wie mir Blei in die Seele sickerte.

Wirklichkeit ist ein Kontinent, auf dem Himmel und Hölle nur einen Lidschlag weit auseinander liegen.

***

Nun hocke ich hier, glotze über das glitzernde Wasser und denke über Konjunktive nach. Hätte ich Franzen angeboten, für ihn zur Apotheke zu fahren, wäre ich am Nachmittag ein zweites Mal bei ihm aufgeschlagen und dem Täter wahrscheinlich in die Quere gekommen.

Was hat mich davon abgehalten? Letztlich nur der Geruch seiner Gebrechlichkeit. Ich halte Fiedler Vorträge über zivilisierte Barbaren und bringe selbst nicht mal das bisschen Mitmenschlichkeit auf. Schon bemerkenswert, worüber man so stolpert.

Inzwischen ärgere ich mich, dass ich das Fenster nicht eingeschlagen und mir die Waffe geschnappt habe. Dann wäre mir jetzt wohler.

Ich zittere noch, als ich den Motor starte. Der Zustand hält an, bis ich vor Fröhlichs Büro aussteige und an die äußere Glastür klopfe. Die Klingel ist nach wie vor defekt. Der bärtige Knabe vom Amt für Wasserwirtschaft öffnet mir. Er sagt, Dr. Fröhlich habe Besuch.

Es ist Jörn. Er sitzt auf demselben Stuhl, auf dem ich das letzte Mal gesessen habe, gegenüber einem blassen Fröhlich. Als ich den Raum betrete, huscht ein kurzes, freudiges Erkennen über seine Züge.

Es verwirrt mich, die beiden hier zu treffen. Zusammen. Alle möglichen Gefühle zerren gleichzeitig an mir, bis ich ihnen endlich die Tageszeit entbieten kann und mich dafür entschuldige, unangekündigt reinzuplatzen.

Jörn guckt besorgt, Fröhlich gequält.

»Herr Tykwer hat mir eben grad die Ereignisse des gestrigen Tages geschildert«, verkündet er. »Das ist ja alles ganz fürchterlich!«

»Ja«, sage ich. »Ja. Das ist wirklich zum Fürchten.« Ich muss Anlauf nehmen, weil mich Zorn und Ekel überrollen. Vor ihnen, vor mir, vor der Sinnlosigkeit dessen, was ich mir gerade habe ansehen müssen.

»Ich komm von Franzen. Er ist tot.«

Fröhlich wird noch bleicher. Seine Bestürzung scheint echt. Genauso echt wie der Schreck, der Jörns Miene einfriert.

»Wie? Wann?«

»Vermutlich vorgestern. Kurz nachdem ich bei ihm war. Er hatte Grippe, aber machte nicht den Eindruck, als habe er vor, sich innerhalb der nächsten halben Stunde eine Kugel in den Kopf zu jagen.«

Fröhlichs Mund steht halboffen. Die Zunge fährt wie ein kleines, vorwitziges Tier über die Lippen. »Es soll nur aussehen wie Selbstmord? So wie bei diesem Arbeitslosen?«

»Er hieß Stankowski. Rainer Stankowski.«

Meine Stimme hört sich belegt an. Es ist mir wichtig, ihm den Namen zu sagen. Den Namen des Opfers, den morgen keiner mehr wissen wird. Vielleicht begreift er das sogar.

»Sie sehen mitgenommen aus«, sagt Jörn. »Setzen Sie sich doch!« Er lädt mich ein, als sei er hier zu Hause und deutet auf den zweiten Besucherstuhl.

»Danke. Ich steh lieber.«

Fröhlich will wissen, weshalb Franzen ermordet worden ist. Ich berichte von den Schwarzweißaufnahmen. Er wird aschfahl. Ich merke, wie die Wut wieder in mir hochsteigt.

»Sie sehen so überrascht aus. Hat Ihnen Herr Tykwer denn nicht erzählt, worum's hier geht?«

»Wie bitte?« Fröhlichs Blick huscht zwischen ihm und mir hin und her.

»Jeder Querverweis zur Bruderschaft ist tödlich.«

»Zur Bruderschaft?«

»Alles, was auf die wahren Ursachen der Steinigung und Ansverus' Mord an der Polabin hinweist!«

Jörns Gesicht zeigt keine Regung, Fröhlichs Zähne blecken sich zu einem abwehrenden Grinsen.

»Wovon sprechen Sie?«

»Das wussten Sie schon, als Sie zum ersten Mal die Leiche der Frau sahen. Sie waren derjenige, der die Polizei darauf hinwies, dass sie weit älter sei, als man zu dem Zeitpunkt dachte.«

»Was?« Fröhlich versucht ein Lachen. Es missrät zum Krächzen. »Ich habe nicht die leiseste ...«

»Doch, haben Sie. Sonst hätten Sie mich nicht angelogen, als ich Sie nach der Quelle fragte. Sie kennen den Bericht der Mönche, der über Jahrhunderte von Giftschrank zu Giftschrank gewandert ist, weil die Verschwörung nie ans Licht kommen durfte.«

»Welche Verschwörung?«

»Die Verschwörung gegen die Wahrheit. Der eigentliche Skandal ist ja nicht, dass Ansverus die Frau ermorden ließ, sondern dass die Kirche genau wusste, was er getan hatte, aber ihn trotzdem zum Märtyrer stilisierte und heiligsprach, weil ihr das zwei sächsische Fürsten verpflichtete, die auf Landraub aus waren und gegen die Slawen ins Feld zogen.«

Fröhlich muss schlucken. Jörn mustert ihn in einer eigenartigen Mischung aus Mitleid und Skepsis. Dann sieht er auf und blickt mich an.

»Das haben Sie vorgestern ja gar nicht erwähnt.« In seiner Stimme schwingt leiser Tadel mit. »Sind Sie jetzt erst darauf gekommen?«

»Nein.«

Er spitzt den Mund. »Was hat Sie darauf gebracht?«

»Dass die Kirchenhierarchie informiert war? Pensin.«

Er hebt die Brauen und lächelt ungläubig. »Dem sind Sie doch nie begegnet.«

»Wenn etwas über dreißig Generationen weitergegeben wird, ist es entweder extrem heroisch oder extrem traumatisch. Was damals geschah, dürfte eher traumatisch gewesen sein. Die Kirche schändete das Andenken all derer, die in ihrem Namen betrogen und ermordet worden waren. Sie zwang ihre Familien, sich von ihnen loszusagen. So versuchte sie die Erinnerung an sie auszulöschen. Anderswo funktionierte das hervorragend. Hier nicht. Die Lüge war zu monströs.«

Ich warte darauf, dass einer von ihnen protestiert, doch Fröhlich starrt nur vor sich hin. Jörn wirkt beinahe amüsiert. Schließlich fragt er: »Und die Verbindung zu Herrn Dr. Fröhlich?«

Ich zucke die Achseln. »Richtig begriffen habe ich es erst, als Meiser mir sagte, er und Dr. Fröhlich hätten über die aktuellen Parallelen in der Gegenwart gesprochen.«

»Welche aktuellen Parallelen?«

»Vertuschte Missbrauchsfälle.«

Durch Fröhlich geht ein Ruck. Er richtet sich auf.

»Ich hab zufällig Ihr Bild bei ihm entdeckt«, sage ich. »Im Nachlass eines Fotografen.«

Er klingt rau. »Was für ein Bild?«

»Von einer der Wallfahrten. Sie sind maximal zwölf. Ihr Gesichtsausdruck ist faszinierend. Er strahlt viel Hingabe aus. Sie wirken nur viel zu erwachsen für Ihr Alter. Zu ernst …«

Ich baue eine Pause ein, Raum für die Vorstellung, der Museumsdirektor und ich hätten ausgiebig über die psychopathologischen Verstrickungen einer entlarvenden Momentaufnahme spekuliert.

»Herr Tykwer sagte mir, Sie hätten als junger Mann intensiv mit einem der hiesigen Pfarrer korrespondiert …«

Fröhlich schluckt wieder. Es ist ein verkrampftes Schlucken. Er macht Geräusche, die entfernt an einen Frosch erinnern und starrt Jörn ungläubig an. »Stimmt das?«

Jörn zuckt die Achseln. »Es musste sein.«

»Warum? Wieso haben Sie ihm …« Ihm gelingt nicht mal mehr, den Satz zu Ende zu bringen, so groß ist der innere Aufruhr.

Jörn faltet die Hände. »Tut mir leid.« Er verzieht den Mund und nickt mir zu. Erst in dem Augenblick bin ich mir absolut sicher.

Fröhlich ist nach hinten gesackt, als habe man bei ihm den Stecker gezogen. Er schirmt die Augen ab und schüttelt den Kopf. Jörns linke Braue zuckt leicht. Vielleicht irritiert ihn, dass ich die Pius-Bruderschaft gar nicht erwähne. Oder ihm missfällt, wie sanft ich das Thema angehe. Er hat sich offenbar mehr von dieser Indiskretion erhofft. Sein Mund zieht sich ein paarmal rasch zusammen. Er ahnt, dass ich den Köder nicht geschluckt habe.

Sein Handy knallt in die Stille. Er holt es mit einem entschuldigenden Blick aus der Jacke, mustert das Display, kaut leer, murmelt eine Entschuldigung, steht auf und verlässt den Raum. Durchs Glas kriege ich mit, wie er rangeht.

Ich glaube zu wissen, wer ihn da anruft. Probsthayn hat sich dazu durchgerungen, das Kennzeichen zu überprüfen und Vittorio auf den Zahn gefühlt. Lausiges Timing.

Für eine Sekunde kreuzen sich unsere Blicke. Seine Augen, diese schwarzen, klugen Augen, die so warm und seelenvoll gucken können, sind auf einmal blank und hart. Er weiß Bescheid. Die erhoffte Überraschung ist vergeigt. Im selben Moment ergreift er auch schon die Klinke und die Plastiktür schwingt auf. Er fischt nach seinem Anorak.

»Ich muss leider sofort los«, stößt er hervor. »Ein dringender Notruf.«

Er wartet unsere Antwort gar nicht mehr ab. Die Tür klappt zu. Der hohle Klang seiner sich hastig entfernenden Schritte. Fröhlichs Stirn glänzt, aber es ist, als ob eine große Anspannung von ihm abfiele. Seine Brust hebt und senkt sich ein paarmal. Erst da begreife ich meine Chance.

»Seit wann haben Sie ihn in Verdacht?«

»Wen?«

»Jörn Tykwer.«

Er erschrickt. Sein Blick rast zur Glasfront. Ich spüre seine Furcht. Die Lippen werden zum Strich. Er blockt ab.

Mich erstaunt immer wieder, wie sich manche verbiegen, um das Offensichtliche zu verleugnen. Dabei weiß er es längst. Es ist ihm klar. Selbst wenn er sich schämt und die Wahrheit auszublenden sucht.

»Er hat Sie verraten«, sage ich. »Gestern und grade eben wieder ... Im Übrigen habe ich keinen Schimmer, was in diesen Briefen steht.«

Er richtet sich ein wenig auf. Verwundert. »Ach ja?«

»Er wollte mir weismachen, dieser Mann habe zur Pius-Bruderschaft gehört.«

»Was?« Er schießt hoch. »Das ist grotesk!«

»Ich weiß. Er wollte mich in dem Verdacht bestärken, Sie seien eine der Schlüsselfiguren der Bruderschaft.«

»Wie bitte?« Fröhlich grinst wie ein verzweifelter Clown und fasst sich mit beiden Händen an den Kopf.

»Tut mir leid. Bis gestern war ich mir ziemlich sicher, dass Sie dahinterstecken.«

»Ich? Das ist doch absolut irre. Absurd ...«

»Ihr Foto und die vielen Hinweise, die Sie mir immer wieder gegeben haben.«

Er rauft sich die Haare. Buchstäblich. »Wieso?«

»Ich dachte, Sie wollten sehen, wie viel ich herausfinde.«

Sein Kichern klingt irre. »Wozu denn?«

»Um hinter mir aufzuräumen.«

Sein Kichern erlischt. Der Mund steht offen. »Sie haben mir zugetraut, dass ich all diese Morde ...«

»Ja. Weil ich es Tykwer eben nie zugetraut habe. Bis gestern. Da hat er zwei entscheidende Fehler gemacht ...«

Fröhlich schluckt trocken.

»Einer davon war, Sie so plump zu verraten. Damit hat er unfreiwillig etwas preisgegeben. Das hängt mit diesen Briefen zusammen. Ich vermute, Sie suchten auch damals Beistand und Rat. Sie fühlten sich der Kirche verpflichtet. Trotz allem, was da vorgefallen war.«

Ich spüre, wie er sich sofort wieder verspannt.

»Seit ein paar Stunden weiß ich, wer in der fraglichen Zeit hier Pfarrer gewesen ist. Ich glaube auch zu wissen, welchem von beiden Sie geschrieben haben.«

Seine Hand fällt auf den Tisch. »Sie kennen die Briefe.«

»Nein. Tue ich nicht. Es war Ihre Fotografie. Als ich die sah, entstand sofort ein Bild in meinem Kopf.«

Einen Moment lang wirkt er ganz wund und nackt. Über seinen Augen bildet sich ein feiner, feuchter Film. Bis ihm dämmert, dass ich ihn nicht angreife.

»Woher?«

Ich zucke die Achseln. »Sie können es Eingebung nennen. Ich war zwar nie Ministrant, aber auch andere kriegen ihr Fett weg.«

Er sieht mich an. Ich nicke bloß. Sein Blick tut mir weh. Ich muss mich räuspern, bevor ich weitersprechen kann.

»Tykwer hat sein Schweigegelübde gebrochen, um Sie für seine eigenen Taten an den Pranger zu stellen. Er hat das Andenken Ihres Freundes dazu benutzt, um von sich selbst abzulenken.«

Fröhlich fährt sich mit der Hand über die Lider und atmet schwer aus. Dann nickt er. Etwas in seinen Ausdruck ist anders. Er hat sich durchgerungen. Die Furcht ist weg.

»Pfarrer Karl war ein großartiger Mensch«, kommt es heiser. »Ich weiß nicht, wo ich heute ohne ihn wäre. Er hat mich nie gedrängt, in der Kirche zu bleiben. Er schrieb mir sogar, er wisse nicht, was er an meiner Stelle täte. Es schmerze ihn zwar, doch er habe vollstes Verständnis dafür, wenn ich austräte.«

»Aber Sie sind nie ausgetreten?«

Er seufzt lächelnd und verneint. »Nein. Ich sagte mir, solange es Menschen wie ihn in der Kirche gäbe, könne ich das auch lassen.«

»Haben Sie es je angezeigt?«

Er schüttelt den Kopf.

Es gibt zahllose Gründe, davor zurückzuschrecken. Angst, Scham, Schuldgefühle. Den gnadenlosen Drang des Umfelds, endlich wieder Normalität herzustellen. Für die meisten geschieht das Böse grundsätzlich nur woanders. Jeder Beschädigte, der herumläuft und das Gegenteil beweist, stört den Frieden, beleidigt die Gemeinschaft und grenzt sich selbst aus. Hat er trotzdem noch die Kraft, sich zu wehren, scheitert er im Zweifelsfall an den Verjährungsfristen.

»Dies' Frühjahr gerieten Sie wieder in ein ähnliches Dilemma, richtig?«

Fröhlich bleibt stumm, aber sein Schweigen hat nichts Feindseliges mehr.

»Als Fiedler die Frauenleiche fand, ahnten Sie sofort, worum es ging. Sie kannten die historischen Texte oder hatten zumindest davon gehört. Anfangs unterstützten Sie die Ermittler sogar. Dann tauchte der mediengeile Gerlach auf und Ihnen kamen Bedenken.«

Seine Hände sind um die Armlehnen seines Bürosessels gekrallt. Er starrt vor sich hin.

»War's so?«

»Es war weniger Gerlach als Fiedler. Der rückte ohnehin schon alles, was die Missionare getan hatten, in ein übles Licht.«

»Sein Übereifer, der Kirche als Ganzes Verlogenheit nachzuweisen, stieß Sie ab?«

»Aus seiner Perspektive mag das ja stimmen und an dieser Stelle hat die Kirche gewiss versagt, aber ich bin Katholik. Die Täter sind tot. Es gibt da nichts mehr zu sühnen.«

»Sie fragten sich, wem damit gedient sei, wenn dies Verbrechen breitgetreten würde?«

Er nickt. »Gott darf man nicht nach den Schwächen der Menschen beurteilen.«

»Deshalb wandten Sie sich wieder an einen Priester, einen, der dem, dem Sie sich damals anvertraut hatten, zu ähneln schien, und der bestärkte Sie darin, Stillschweigen zu bewahren?«

Er sieht Richtung Tür und seufzt stumm.

»Wann sind Ihnen die ersten Zweifel gekommen?«

»Ich weiß es nicht. Er ist sehr geschickt darin, erst gar kein Misstrauen aufkommen zu lassen. Kritische Fragen nimmt er vorweg und hat ohne jedes Zögern für alles sofort eine glaubhafte Erklärung parat. Ich war davon überzeugt, das Richtige zu tun. Bis heute früh.«

»Was war heute früh?«

Seine Hand fährt wieder erschöpft über die Augen. »Ich rief ihn an, nachdem ich von dem Mord an Gabriel erfahren hatte.«

»Und?«

»Als ich ihn konfrontierte, wiegelte er ab. Ich sähe Gespenster. Ich sagte ihm auf den Kopf zu, er habe etwas damit zu tun. Er lachte nur. Von ihm aus könne ich jederzeit zur Polizei gehen.«

»Hat er denn keine Angst, dass Sie über seine Kontakte zur Bruderschaft reden?«

»Welche Bruderschaft?« Fröhlich grinst verständnislos. »Es gibt keine Bruderschaft. Die existiert höchstens in seiner Vorstellung.«

»Wie bitte?« Jetzt bin ich derjenige, der schlucken muss. »Was ist mit dem Foto von dem Dee-Pee-Camp, das Franzen hatte? Oder hat man ihn gar nicht deswegen ermordet?«

Er hebt müde die Schultern. »Der Hintergrund des Fotos dürfte ähnlich viel Substanz haben wie diese obskure Chronik aus der napoleonischen Ära. Da haben sich irgendwelche zweifelhaften Leute des Zeichens der Bruderschaft bedient.«

»Dafür musste Franzen sterben?«

»Ja.« Er sieht mich an. »Das werden Sie ihm kaum nachweisen können. Er hat ein Alibi.«

»So?«

»Bevor er sich mit Fiedler traf, um zur Diskussion zu gehen, haben wir zusammen gegessen.«

»Zufällig in der *Trattoria*?«

Er guckt verwundert. »Woher wissen Sie das?«

»Erinnern Sie, wann er aufgebrochen ist?«

»Kurz vor halb sechs.«

»Wieso so früh?«

»Er sagte, er müsse sich noch umziehen.«

»Die Veranstaltung fing erst um sieben an. Heidenreich wohnte eine Straße von Franzen entfernt. Von Franzens Haus aus ist man in etwa acht Minuten bei der Schule.«

»Mein Gott.«

»Er hat es unterwegs erledigt. Sozusagen im Vorbeigehen.«

***

Es ist halb zwölf. Die *Trattoria* hat noch geschlossen. Durchs Fenster erkenne ich, wie eine füllige Frau mit einem verdreckten Feudel Flüssigkeit auf dem Boden verteilt. Mein Klopfen an der Scheibe ignoriert sie, bis ich die Faust einsetze. Sie bequemt sich widerwillig zur Tür. Angeblich versteht sie kein Deutsch. Ich frage sie trotzdem nach ihrem Chef. Zunächst stellt sie sich dumm, verrät mir dann jedoch anhand des Ziffernblatts meiner Uhr, dass er in einer halben Stunde vor Ort sein will.

Die Frage ist, ob Vittorio wirklich schon Besuch von der Polizei gehabt hat. Sonst muss ich zügig dafür sorgen, dass er welchen bekommt, aber ich will mich nicht direkt beim Kommissar erkundigen.

Eben, als der Archivar ihn anrief und ihm eröffnete, er habe eine Aussage zu machen, fiel mein Name. Probsthayn wollte sofort mit mir sprechen. Fröhlich log ihn an, ich sei bereits weg, woraufhin Probsthayn laut wurde und versprach, er werde mir den Arsch aufreißen. Das konterte Fröhlich mit einem: »Nur wenn es unbedingt sein muss, bitte schön, und ohne mein Trommelfell kaputt zu brüllen!«

Der Archivar und ich haben uns abgesprochen. Vor einer Stunde hätte ich mir diese Allianz nie träumen lassen. Nun wartet er zusammen mit Herrn Wasserwirtschaftsamt auf die Kripo, um den Beamten die Hintergründe aufzudröseln. Bald wird Probsthayn nicht mehr fluchen. Höchstens auf sich selbst.

Doch vorher muss ich noch etwas erledigen. Axel meint zwar, ich sei zu alt zum Cowboyspielen, aber die Typen haben meine Familie bedroht. Außerdem will ich heute Nacht ruhig schlafen. Zunächst finde ich keinen öffentlichen Fernsprecher: Die Crux des Mobiltelefonzeitalters. Schließlich besinne ich mich aufs *Lavastein*, die Kneipe am Markt. Dort gibt es noch einen Münzapparat.

Ich rufe bei der Polizei an. Nicht in der Einsatzzentrale, sondern direkt in Ratzeburg. Falls sie dort ein Band laufen haben, nutzt es wenig, meine Stimme zu verstellen, doch das ist schnuppe. Bei Gefahr im Verzug darf man die Regeln brechen.

Jetzt zählt nur, dass ich überzeugend bin. Der Beamte nennt mir Rang und Namen. Ich gebe mich panisch und sage, ich säße im *Lavastein*. Hier sei eben ein Typ gewesen, der damit geprahlt habe, er werde dem dicken Vittorio das Genick brechen. Dessen Laden ginge gleich hoch.

»Er hat da 'ne Bombe gelegt. Plastiksprengstoff. Wo? Na, in dem Restaurant natürlich, der *Trattoria* gleich um die Ecke. Nein, das ist kein Scherz! Er sprach von rotem Semtex. Sah aus wie von der Mafia. Nein, kein Flüchtling.

Er will sich rächen. Wegen Waffen, Drogen, was weiß ich … Klar: Mittelgroß, kräftig. Am oberen Eckzahn hat er 'ne Goldkrone. Ein Gesicht wie Luca Brasi, 'ne echte Killervisage … Luca Brasi. Aus dem *Paten* … Schriftliche Aussage? Sind Sie noch frisch? Schicken Sie da sofort das SEK hin! Sperren Sie die verfickte Straße ab. Reden Sie nicht von Bürgerpflicht! Ich tu hier meine Bürgerpflicht, und jetzt impf ich *BILD*, okay?«

Zur Sicherheit alarmiere ich noch die Feuerwehr. Zuletzt rufe ich bei Vittorio an. Unter der Nummer, die Axel mir genannt hat, meldet sich eine Frau. Sie klingt nicht besonders alt und spricht ohne jeden Akzent.

»Vittorio ist nicht im Haus. Wer sind Sie?«

»Waren die Bullen schon da?«

So wie sie zögert, liege ich richtig.

»Was wollen Sie?«

»Ihn warnen.«

»Wovor?«

»Sag ich ihm lieber selbst.«

»Warten Sie …«

Sie legt die Hand vor die Muschel. Gedämpft bekomme ich einen heftigen Wortwechsel auf Kalabresisch mit. Das einzige, was ich raushöre, ist sein »che cazzo«. Dann ist er dran. Der liebenswürdig servile Kneipier ist wie verwandelt.

»Wer bist du?«

»Egal …«

»Mir nicht, Arschloch«, faucht er. »Du rufst nicht hier an und belästigst meine Familie, capisce?«

»Ich tue dir 'n Gefallen, Großkotz.«

»Du nennst mich Großkotz? Dafür schneid ich dir die Eier ab und verfütter sie an die Schweine!«

»Das machen die Bullen gleich mit dir. Du hast die Schmiere an der Backe. Sie sind unterwegs in deinen Laden. Pack für'n Knast oder mach dich vom Acker.«

»Sagt wer?«

»Du hast die falschen Freunde. Du hättst dich nie mit dem Priester einlassen sollen!«

»Was für'n Priester?«

»Der hat dich reingeritten. Jetzt hängst du drin. Für die Morde fährst du ein. Falls du je rauskommst, bist du bei deinen Schmalzlocken durch. Du hast ihnen die Tarnung und das Geschäft versaut.«

Ich bin auf einen weiteren Wutausbruch gefasst, doch er scheint sich zu besinnen. Er lacht sogar heiser.

»Ich weiß, wer du bist, Arschloch«, zischt er heiser. »Du wirst zahlen! Du bist verbrannt. Ein Toter auf Abruf. Du bist nirgendwo mehr sicher. Hol dir schon mal die letzte Ölung!«

»Es ist vorbei, Vito. Du redest von dir selbst.«

Aus seinen Verwünschungen quillt blanke Panik. Ich kappe die Verbindung und lasse ihn mit dem Echo seiner Flüche allein. Es wird Zeit, dass ich mich trolle. Als ich über den Marktplatz zum Volvo gehe, dringt von Osten her das Jaulen von Martinshörnern zu mir rüber.

Seit Jörn sich bei Fröhlich verabschiedet hat, ist knapp eine Stunde vergangen. Er weiß, dass die Polizei den Italiener wegen des Autos im Visier hat. Vielleicht ruft Vittorio ihn gerade an, aber eigentlich dürfte der jetzt andere Sorgen haben. Dass Luigi bei ihm wartet, ist eher unwahrscheinlich. Jörn muss damit rechnen, dass Probsthayn ihn jederzeit besuchen kommt. Sofern er überhaupt noch in Ratzeburg ist, dürfte er demnach allein sein.

Die Pfarrei macht einen friedlichen Eindruck. Als ich auf den unscheinbaren Eingang zugehe, denke ich an unser erstes Treffen, die Sympathie, die ich sofort für ihn empfand, und wie ich mir nicht ohne Neid dachte, Fiedler könne sich glücklich schätzen, ihn seinen Freund zu nennen.

Ich denke auch an die Geschichte von Pater Ulf, dem

Missionar, der ihn rettete und mitnahm, und wie sehr mich das anrührte, weil es eine wunderbare Art Läuterung nachzeichnete, die manche für kitschig halten mögen, doch mir, dem trockenen Spritkopf, stimmig erschien. Nun schmeckt die Geschichte ranzig und ich bin der sentimentale Trottel, der dumm genug war, das Märchen zu schlucken.

Fröhlich hat mich aufgeklärt. Eben, als ich ihn fragte, welche Verbindungen Jörn zur Historischen Gesellschaft habe und ob er nach seinem Auftritt geschnitten worden sei.

»Meinen Sie etwa seinen Vortrag über die Mission in Brasilien? Der hat in der Tat gewisses Befremden ausgelöst, ja.«

»Warum?«

»Weil er erschreckend viel Verständnis dafür zeigte, dass die Siedler den Pater erschossen haben.

»Welchen Pater?«

»Den, der diese Mission leitete.«

»Wie bitte?«

»Tykwer hielt offenbar den ganzen Ansatz des Mannes für falsch. Darum ist er nach dem Mord auch dort weggegangen.«

»Nach dem Mord, sagen Sie?«

»Ja. Sonst hätte er ja nicht fort gemusst.«

Ich rätsele, was Jörn mit Ulfs Tod zu tun gehabt hat, über seine Chuzpe, mir und Fiedler eine komplett andere Version aufzutischen, wo wir den Wahrheitsgehalt seiner Worte theoretisch hätten abgleichen können. Entweder das ist atemberaubende Menschenkenntnis oder Größenwahn. Oder beides. Vermutlich beides.

Ein paar Straßenzüge weiter wird es langsam laut. Die Verstärkung aus Lübeck muss geflogen sein. Ich male mir aus, wie vor der *Trattoria* die Feuerwehr eintrudelt, man die Straße absperrt und die Anwohner aus den Häusern holt. Ich kann nur hoffen, dass die Bullen nicht blind sind und bei ihrer Bombensuche auf genügend belastendes Material stoßen.

Als ich an der Tür klingele, rechne ich nicht unbedingt damit, Jörn tatsächlich anzutreffen. Doch mitunter ist das Leben voller Überraschungen. Er öffnet mir, zeigt ein schmales Lächeln und erklärt nur: »Treten Sie näher. Wir haben Sie schon erwartet.«

***

Luigi grinst tatsächlich wie Luca Brasi. Aus der liebevollen Art, wie er die altertümliche Parabellum hält, spricht wahre Leidenschaft. Zur Begrüßung landet ihr Lauf in meiner Magengrube. Als ich mich würgend zusammenfalte, haut er mir den Griff auf die lädierte Schläfe. Anschließend tritt er mich ins Gesicht. Ich schaffe es noch halb, ihm auszuweichen, doch er erwischt die Wange und das Auge. Ich schmecke sofort Blut. Jörn sagt, er solle das lassen.

»Nur Leber und Nieren.«

Offenbar wünscht er sich eine Leiche ohne sichtbare Zusatzschäden. Ansonsten verlieren die zwei nicht viele Worte. Luigi hält sich an die Vorgabe. Er geht systematisch und gründlich vor. Als sie mich auf die Ladefläche des Transporters werfen, bin ich kaum noch bei Bewusstsein. Sie sparen sich den Kabelbinder. Wahrscheinlich fahren wir ohnehin nicht weit und sie wollen sich nicht an meinem Erbrochenen beschmutzen.

Ich halte die Lider halb geschlossen. Meine Zunge tastet die Zähne und die aufgerissene Haut der Mundhöhle ab. Auf dem zerkratzten Boden neben mir liegen die Reste welker Salatblätter. Mir dämmert, dass ich mich in dem Kastenwagen befinde, den ich vor einigen Nächten im Hof neben Vittorios Benz gesehen habe. Der Ducato, mit dem er auf dem Großmarkt Gemüseeinkäufe tätigt. Luigi hat ihn mitgebracht und auf der Rückseite des Pfarrei geparkt. Dort gibt es anscheinend noch eine weitere Zufahrt, die von der Straße aus nicht einzusehen ist.

Der Ducato rumpelt über Kopfsteinpflaster. Meine geschundene Wange hüpft bei jedem Stoß und knallt gegen das Blech. Doch der Schmerz hat sein Gutes. Er hält mich davon ab, wieder in Ohnmacht abzurutschen. Ich versuche zu orten, wohin sie mich bringen. Offenbar reisen wir nach Südosten. Es geht über den Damm. Luigi fährt. Jörn hält jetzt die Waffe. Er sitzt halb nach hinten gedreht und hält sie in der Linken. Ganz locker und entspannt, so, als könne er damit durchaus umgehen. Er ist eben ein vielseitiger Seelenhirte.

Ich will mich aufsetzen. Beim Versuch, die Arme nach vorn zu ziehen, um mich abzustützen, muss ich unwillkürlich aufstöhnen.

»Liegen geblieben!«

Es kommt nicht sehr laut und ohne jede erkennbare Emotion. Er macht mir nur deutlich, dass er keinerlei Hemmungen hat, Löcher im Bodenblech zu hinterlassen. So habe ich mir meinen Abgang nicht vorgestellt. Doch den stellt man sich in den seltensten Fällen richtig vor.

Ich denke an meinen Vater, der mir mal achselzuckend erklärte, Menschen seien zu allem imstande, außer sich ihren eigenen Tod zu vorzustellen.

Mein Vater lebt seit über zwanzig Jahren nicht mehr, doch unser Gespräch ist mir mit einem Mal wieder ganz gegenwärtig. Es ging damals darum, wieso bei Mordaktionen eine Handvoll Bewaffneter eine oft viel größere Gruppe dazu hatte bringen können, an Gruben zu treten, in denen Erschossene lagen, und weshalb fast nie eines der Opfer auf die Idee kam, wegzulaufen oder sich zu wehren.

Das sei letztlich dem Unvermögen geschuldet, seine Nicht-Existenz zu denken, sagte er. Sterben täten immer nur die anderen. Der eigene Tod bleibe abstrakt. So abstrakt wie die Zeit vor der Geburt. Deswegen auch die schöne Formulierung vom ›Dran-glauben-Müssen‹.

Klar, es gehören noch ein paar mehr Komponenten zu der Gleichung, wie Ohnmacht, Terror und der antrainierte, elende Reflex, sich bis zuletzt einzubilden, für Gehorsam belohnt zu werden. Genau darum hat Luigi mich auch grade geschlagen. Das war nicht nur, um mich kampfunfähig zu machen, sondern um mir das Gefühl zu geben, ihm absolut ausgeliefert zu sein.

Jede Bewegung tut weh, aber solange es schmerzt, gibt es mich noch. Der Schmerz ist mein Freund. Er erinnert mich an Conny und Anna, an Axel und Carlo, an die Menschen, die ich liebe, an die Jahre, die ich inzwischen ohne Stoff leben darf, an den Frühling, der da draußen wartet und gerochen, geatmet, gefühlt und geschmeckt werden will.

Ich spüre, wie es mir warm über die Wange rinnt. Durch das Gemisch aus Speichel, Kotze und Blut, das da aus meinem Mund läuft, schmecke ich das Salz von Tränen.

Jörn beobachtet mich. Um seine Lippen spielt ein Lächeln. Es scheint mir zu sagen: Pech gehabt, Junge. Hättest besser auf Axel gehört. Heut war ein lausiger Tag zum Cowboyspielen. Du hast dich mal wieder überschätzt. Ich hab jeden deiner Züge vorausberechnet und dich bei der entscheidenden Attacke mattgesetzt. Ich bin brillant und du bist Geschichte.

Er begreift nicht, dass ich höchstens aus Dankbarkeit heule. Für die Gnade, es überhaupt hierher geschafft zu haben, und deshalb gelingt es mir vielleicht nachher sogar, ihn noch zu überraschen.

Denn er wird mich kaum hier hinten auf der Ladefläche erschießen. Das saut zu sehr rum. Er dürfte es vermeiden, überhaupt zu schießen. Er ist auf Unfälle und Suizide abonniert. Es soll unverfänglich aussehen, so, als ergäbe es Sinn.

Ein hirnblondes Stimmchen aus dem Radio gibt Blitzer durch, gefolgt von einer brachialen ›Geiz ist geil‹-Werbung. Er beugt sich vor, dreht das Quäken leiser und wendet sich mir zu. Der Lauf seiner Waffe ruckt auffordernd nach oben.

»Wie sind Sie drauf gekommen?«

Du hast eine ganze Serie von Fehlern gemacht, denke ich, aber entscheidend ist der Einbruch gewesen, bei dem du mir Diktaphon und Laptop hast klauen lassen, und das Telefonat gestern, als du mir Fröhlichs Kontakte zur Pius-Bruderschaft unterzujubeln versucht hast. Seitdem weiß ich, wes Geistes Kind du bist, was du von aufgeklärten Theologen hältst, der Ökumene und den Neuerungen des Zweiten Vatikanischen Konzils. Obwohl dir die Pius-Bruderschaft vermutlich viel zu lasch ist.

Du bist ein Fanatiker im Schafspelz. Schwachköpfe wie Fiedler und mich seifst du mit weich gespülten Phrasen ein. Glauben tust du keine davon. Für dich gibt es nur einen Gott, und bei dem fahren Sünder zur Hölle. SEINE heilige Kirche ist ewig, und alles, was sie schwächt, ist des Teufels und muss vernichtet werden. Du zählst zu der Handvoll Auserwählter, die das in Zeiten großer Wirrnis begriffen haben, die den Kampf mit Satan aufnehmen und dazu berufen sind, SEIN Werk zu verrichten und SEINEN Willen geschehen zu lassen.

Amen.

Du kennst den einzig wahren Weg, den Tod zu überlisten. Das Ticket ins Paradies. Dafür darfst du dem Rest der Spezies die Hölle auf Erden bereiten. Der Einzelne ist dir ohnehin scheißegal. Für dich gibt es nur Schafe und Schwächlinge. Oder Ungläubige. Je eher die vor den ewigen Richter treten, desto besser.

Tatsächlich hasst du das Leben. Dein Gott ist bloß ein Spiegel deiner kranken, lieblosen Seele, aber es hat wenig Sinn, mit dir darüber zu reden. Du hast dich in einem zweitausend Jahre alten Wahngebilde eingerichtet, in dem religiöse Dogmen schon vor langer Zeit alles Göttliche erstickt haben.

»Na los«, sagt er. »Zieren Sie sich nicht so!«

Es kostet mich Kraft. Meine Schläfe pocht und die Zunge fühlt sich an wie Blei. Was aus meinem Mund dringt, ist mehr ein raues Gurgeln als artikulierte Laute.

»Franzen ...«

»Franzen?« Er wölbt ungläubig die Brauen. »So spät erst?«

»Sie waren gut.«

Beim zweiten Satz fällt das Sprechen schon leichter.

Er schüttelt geschmeichelt den Kopf. »Ich hatte gedacht, es sei unser Abendessen bei Vittorio gewesen. Das fand ich im Nachhinein doch ein wenig unvorsichtig.«

Es gelingt mir, eine Hand unters Kinn zu ziehen und mich darauf abzustützen. Er stört sich nicht daran, also drehe ich mich zur Seite. »Deshalb die Bremsleitung?«

Er verzieht das Gesicht. »Ich hasse Improvisationen.« Die Waffe zuckt leicht. »Hübsch unten geblieben!«

Ich frage mich, ob das heute auch eine Improvisation ist, ziehe die andere Hand hoch und lasse den Kopf wieder sinken.

»Weshalb Franzen?«

»Er war besessen von der fixen Idee, die Bruderschaft habe noch nach dem Krieg existiert. Damit hat er Sie angesteckt. Sie sehen, wohin das führt.«

»Hätten Sie Pensin nicht getötet, wär ich nie auf die Idee gekommen, die Geschichte ernst zu nehmen.«

Sein Mund wird schmal. »Bei meinem letzten Besuch erzählte er mir, wie er als junger Mann in das Geheimnis eingeweiht worden sei. Er war drauf und dran, alles in die Welt zu posaunen.«

»Aber wozu Stankowski und Heidenreich? Die wussten doch gar nichts!«

»Stankowski hätte früher oder später den Mord an Reinhold gestanden, und damit die Frage aufgeworfen, wer die Spuren zu Fiedler gelegt hat.«

»Und Heidenreich?«

Er legt den Kopf zurück. »Sie war zu gierig. Sie hätte die Finger von der Quelle lassen sollen.«

Bleiben Winterfeld und Meiser, Fröhlich und der Mensch aus dem Amt für Wasserwirtschaft, oder Randfiguren wie Conny und Axel. Es gibt eine Menge möglicher Mitwisser, die er noch beseitigen muss, wenn er wirklich alle Spuren tilgen will.

Aber er ist nicht Josef Stalin. Er kann nicht wahllos Menschen ausradieren. Irgendwann fällt es auf ihn zurück.

Ich würge mich halb hoch. Diesmal lässt er mich gewähren. »Warum haben Sie es überhaupt so weit kommen lassen?«

»Wie meinen Sie?«

»Wieso haben Sie Fiedlers Pläne unterstützt?«

Er zuckt die Achseln. »Neugierde. Anfangs schien das ja harmlos. Er konnte sich bloß lächerlich machen.«

»Und als die Frauenleiche auftauchte und es auf einmal nicht mehr harmlos war ...«

»Kam Pensin ins Spiel.«

Seine Augen glitzern. Es bereitet ihm Freude. Er will das alles genau so. Die ganze Vertuschungsarie ist nur der Vorwand, seine eigene Lust am Töten zu befriedigen. Um die göttliche Allmacht auszukosten. Sein krankes Hirn ist so geschaltet, dass er ein höheres Motiv dafür braucht, das höchste Motiv, er muss Opfer und Retter zugleich sein, sonst kann er sich selbst hinterher keine Absolution erteilen.

Luigi sagt etwas zu ihm auf Italienisch. Wahrscheinlich, dass wir gleich da sind. Ich frage mich zum ungefähr hundertsten Mal in den letzten acht Minuten, warum ich nicht auf Axel gehört und auf Paul gewartet habe, der angeblich unterwegs nach Ratzeburg ist, und sage mir eine halbe Sekunde später, dass das auch nichts Grundlegendes ändert. So erlebt Paul wenigstens noch diesen Abend.

Wären wir zu zweit bei Jörn reinmarschiert, hätte Luigi sofort geschossen. Doch vielleicht hätte Paul mich auch davon abgehalten, so blind in die Falle zu tappen. Dann läge ich jetzt nicht auf dieser Ladefläche und Anna wäre nachher keine Halbwaise.

Ich bin ein Idiot und es ist wenig Trost, dass ich nun nicht mehr dumm sterbe. Gleich, wenn sie mich rauszerren, muss einer von ihnen mir noch mal nahe kommen. Mit etwas Glück erwische ich seinen Kehlkopf. Viel mehr ist kaum drin.

***

An den Aufprall selbst erinnere ich mich nicht. Nur an eine große, graue Wand, die vor Jörn auftaucht, seinen erstaunten Ausdruck und den panischen Fluch von Luigi. Ich werde auf die Seite geschleudert und fliege nach vorn. Metall kreischt. Es regnet Verbundglassplitter. Dann reißt der Film.

Ich finde mich hinterm rechten Sitz wieder. Jörns Linke baumelt neben meinem Kopf, als wolle sie mir die Wange tätscheln. Meine Schulter ist taub. Auf dem Boden, zwei Meter weiter, liegt die Waffe. Ich lasse mich nach vorn fallen. Der rechte Arm tut aus irgendeinem Grund nicht, was er soll und glitscht weg. Ich klatsche seitlich aufs Gesicht. Mit der Linken grapsche ich nach der Waffe, bekomme sie zu fassen, stoße mich mit den Füßen ab und rolle auf den Rücken. In dem Moment meldet sich die Schulter. Ich stürze in einen von Weißgelb ins Rotorange wandernden Sternenschauer.

Als ich wieder zu mir komme, liege ich auf der Grasnarbe neben der Straße. Zwei Feuerwehrleute sind über mich gebeugt. Einen von ihnen kenne ich. Es ist Sönke aus Seedorf. Ich versuche mich aufzurichten, doch die Schulter mault und ich sacke sofort wieder stöhnend zurück. Ich frage, was passiert ist, aber Sönke ist Holsteiner und Ausbilder bei der freiwilligen Feuerwehr. Bei ihm geht alles hübsch der Reihe nach. Erst als ich ihm meinem Namen und das Datum nenne und ihm versichere, dass meine Schulter zwar im Eimer ist, aber ich außer dem normalen Dachschaden vermutlich nichts weiter am Kopf habe, verrät er mir, wo ich bin.

Ein Trecker mit Güllehänger hat den Ducato geschnitten, gleich hinter der zweiten Kurve nach Groß Zecher. Luigi muss beschleunigt haben. Vielleicht war er auch abgelenkt, weil er grade mit Jörn sprach. Ich kann ihn nicht mehr fragen. Die Front des Ducato ist wie von Riesenhand zersäbelt. Selbst wenn er angeschnallt gewesen wäre, hätte er den Aufprall kaum überlebt. Jörn ist noch nicht tot, aber so schwer verletzt, dass sie ihn mit dem Rettungshubschrauber ausfliegen.

Ich darf nur in einen Notarztwagen und komme nach Lübeck in die Uniklinik. Mein unfreiwilliger Lebensretter aus dem Trecker ist der Einzige, der keine äußeren Blessuren hat. Er ist kreideweiß und steht unter Schock.

Sie röntgen mich. Die Schulter ist gebrochen. Als ich in den OP gerollt werde, erklärt der Arzt, es sähe wie ein Trümmerbruch aus. Das werde ein interessanter Eingriff. Ich bin froh, überhaupt noch mitspielen zu dürfen, also sage ich ihm, ich stünde auf stinklangweilige Schultern und wünsche ihm viel Erfolg.

Abends sitzen Conny und Anna an meinem Bett. Paul ist auch da. Wir reden nicht viel. Anna wundert sich, dass Conny und ich nasse Augen bekommen. Wir sagen ihr, es sei alles in Ordnung. Sie ist trotzdem verwirrt. Paul nimmt sie auf den Schoß und fragt, ob sie nicht mal unten mit ihm beim Kiosk nach Schokowaffeln gucken wolle. Er habe Appetit auf ein Hanuta.

***

Tags drauf erscheint Probsthayn. Er ist allein und wesentlich höflicher als beim letzten Mal. Er erkundigt sich sogar nach meinem Befinden, bevor er mir mitteilt, dass Jörn tot ist.

»Er ist heute früh gestorben. Ohne das Bewusstsein wiedererlangt zu haben.«

Die Nachricht lässt mich überraschend kalt.

»Was ist mit Fiedler?«

Probsthayn fährt sich mit der Hand an die Nase. »Ich hab mit dem Staatsanwalt gesprochen.« Er sieht auf seine Uhr. »Er dürfte in diesen Minuten entlassen werden.«

»Danke.«

Er lächelt und räuspert sich. »Noch was ...«

»Ja?«

»Es wird Sie interessieren, dass unseren Einsatzkräften gestern ein von langer Hand vorbereiteter Schlag gegen eine Niederlassung der süditalienischen Mafia gelungen ist, bei dem substantielle Mengen illegaler Waffen und Drogen in einem Ratzeburger Restaurant sichergestellt werden konnten. Im Zuge der Operation sind auch ein Diktaphon und ein Laptop aufgetaucht, die anscheinend Ihnen gehören und unrechtmäßig in Besitz der Verdächtigen gelangt sind. Ich werde mich dafür verwenden, dass Sie diese Gegenstände zurückerhalten.«

»Mit Stankowskis Geständnis?«

Das Nicken ist nur angedeutet.

»Und der Anruf?«

Er hebt die Brauen. »Welcher Anruf? Kiel ist begeistert. Für die Ratzeburger Kollegen war das einer unserer verdeckten Ermittler. So stehen wir besser da und sparen dem Steuerzahler die Kosten für Ihr Zeugenschutzprogramm.«

»Und Vittorio?«

Er verzieht den Mund. »Jetzt, wo die beiden anderen tot sind, könnte es schwierig werden, ihm direkte Mittäterschaft nachzuweisen, aber auch so ist er gut für zehn bis fünfzehn.«

»Er dürfte Luigi geholfen haben, Fiedlers Wagen zu klauen. Suchen Sie nach seiner DNA, dann kriegen Sie ihn wenigstens für den Mord an Gabriel dran.«

Er nickt stumm.

»Ich hab nie rausgekriegt, wie die Verbindung zwischen Tykwer und diesen Typen zustande gekommen ist. Für religiös halte ich sie nicht. Tykwer war mal in Kolumbien und behauptete, irgendeine Art medizinischer Vorausbildung zu haben. Vielleicht war er auch nur Chemielaborant und hat geholfen, Koks zu raffinieren. Oder er war Kurier. Wenn Sie danach graben, finden Sie bestimmt was.«

»Die Morde sind aufgeklärt und Tykwer ist tot. Ich glaub kaum, dass mein Chef mir dafür Zeit einräumt.«

»Will denn keiner wissen, wie Tykwer und diese Ndrangheta-Gestalten zusammenhängen?«

Er hebt matt die Schultern. »Die Kirche dürfte die Linie fahren, dass er geisteskrank war. Wofür ja auch einiges spricht. Ansonsten besaß er eben eine charismatische Persönlichkeit und hat Kriminelle für sich eingespannt.«

»Sobald zur Sprache kommt, wieso er die Morde begangen hat, gilt er vielleicht nicht mehr als ganz so verrückt.«

»Warum?«

»Tykwers großer Chef ist schließlich auch davon überzeugt, die göttliche Wahrheit zu verkünden. Das ist sogar offizielles Dogma. Die wenigsten halten den Papst deswegen für geisteskrank.«

Probsthayn sieht nachdenklich aus. »Das sind die Medikamente«, sagt er schließlich. »Sie sollten sich jetzt besser ausruhen. Wir können später reden.«

Er erhebt sich. Ich will mich auch aufrichten, aber habe die Schulter vergessen. Der Schmerz zwingt mich sofort zurück in die Kissen. Die Tür schließt sich hinter ihm.

Ich sehe aus dem Fenster, denke an Conny und Anna, an

die Mutter meines Vaters und an die junge Frau, die damals von den Mönchen erschlagen worden ist.

Ist es Zufall, dass ausgerechnet Fiedler sie gefunden hat? Dass er gerade mich dazu gebracht hat, ihren Tod aufzuklären? Oder hat sie sich das so ausgesucht?

Doch das ist zweitrangig. Ich hab keinen Schimmer, wie viele slawische Vorfahren ich habe. Es ist mir auch egal. Nur eins ist sicher: Künftig werde ich, wenn ich an einem der vielen Priesterseen stehe, mir da nicht mehr nur bärtige, eifernde Männer mit Kreuzen und Kutten vorstellen, sondern immer auch eine junge Frau und ihre Göttin. Als meine Wahlverwandtschaft.

Auf der anderen Seite des Fensters badet der Abendhimmel in Malve und lichtem Blau. Es gibt sogar Bäume. Aus ihren Wipfeln sprießen erste Knospen. Der Frühling ist da.

Heute Nacht schlafen Conny und Anna wieder in unserem gemeinsamen Haus. Und ich? Ich atme. Ich lebe. Was will ich mehr?

ENDE

Dank

Der Mann, ohne den dieser Roman nie entstanden wäre, heißt Butch Speck. Er ist derjenige, der im echten Leben einen alternativen Pilgerpfad plante und mich so überhaupt erst auf die verdrängte Geschichte der Polaben stieß. Über Jahre sammelte er Material dazu und zerbrach sich den Kopf, wie man die Mythen der Mission anders beleuchten kann. Er gab den Anstoß zu dieser Erzählung. Doch er inspirierte sie nicht nur, er teilte auch großzügig seine Recherchen mit mir und half mir immer wieder, die fiktive Verschwörung der Mönche an das heranzuführen, was noch über das historische Geschehen rekonstruierbar ist.

Das macht ihn im Wortsinn zum ›Co-Autor‹, auch wenn er sich nicht sonderlich für Kriminalromane interessiert.

Der andere Mentor, der wesentlich dazu beitrug, meine Sicht auf Christentum, Kreuzzüge und das moderne Europa zu verändern, ist der Maler, Schriftsteller und Religionswissenschaftler Claudio Lange. Claudio Lange beschäftigt sich seit Jahrzehnten mit der Ikonografie des ›christlich-islamischen‹ Zeitalters. Er entschlüsselt die visuellen Darstellungen an sogenannten romanischen Kirchen im Vorfeld der Kreuzzüge als anti-islamische Propaganda. Darin sieht er eine der Wurzeln westeuropäischer Identität. Wen die Frage beschäftigt, auf welche kollektiven, über Jahrhunderte verankerten Feindbilder die Nazis zurückgriffen, wird bei ihm fündig. Unsere Gespräche über Juden- und Slawenhass boten die Grundlage, sich den Verdrängungsmechanismen zu nähern, die auch hinsichtlich der Polaben greifen.

Die Psychopathologie der Gemeinschaft, der gesellschaftliche Makrokosmos und Wertekanon ihrer Alltagskultur entscheidet oft auch über Deviationen im Mikrokosmos. Der Fotograf und Journalist Karl-Detlev Möller gab mir entscheidende Nachhilfe, was die Abgründe und Untiefen Aumühler Lokalhistorie anlangt.

Hinsichtlich der Kriminalgeschichte ist zuvorderst die unermüdlich gegenlesende Ulrike Jensen zu nennen. Ihr hart auf den Fersen sind Gesina Pansch, Tony Tonagel, Brigitte Gerkens-Harmann, Peter Lauenburg und Heiko Specht. Maeve Carels gab dem Text den letzten Schliff. Doch von all diesen Heldinnen ist die tapferste meine Frau Ilse, die mich immer wieder ermutigt hat.

Gewidmet habe ich den Roman Edward Snowden. Schließlich geht es in dem Buch um falsche Heilige. Das wirft die Frage auf, ob es auch echte Heilige gibt und wer sich heute wohl dafür qualifizierte. Jemand, der gegen die Lüge aufsteht, weil sie zu viele knechtet, und der bereit ist, dafür sein Leben einzusetzen. Einer wie Edward Snowden.

Die Aufklärung hat viele Märtyrer, die keine Kirche zu Heiligen erklärt. Ein solcher Mensch war auch der Publizist und Islamforscher Farag Foda (Faradsch Fauda), der am 7. Juni 1992 in Kairo starb. Foda trat für die Rechte von Frauen ein, kritisierte die Scharia und plädierte für eine zeitgemäße, quellenkritische Lesart des Korans. Religiöse Fanatiker erschossen ihn auf offener Straße. Er wurde sechsundvierzig Jahre alt.

Farag Foda war ein kluger, lebensbejahender und weitsichtiger Mann. Er glaubte an die Wahrheit und baute Brücken zwischen den Kulturen. Er ist einer von denen, die mir bis heute Mut machen.

Christoph Ernst, im Januar 2016

Christoph Ernst

studierte in New York Geschichte, arbeitete als Kulturmanager, Journalist und Dozent. Nach längerem Berlinabstecher lebt er heute in Hamburg und Klein Zecher. Er malt und unterrichtet kreatives Schreiben.

Neben Sachtexten hat Ernst Kurzgeschichten, Theaterstücke und mehrere Krimis verfasst. Zuletzt erschien 2012 der Roman *Dunkle Schatten* (2015 bei Piranha, Paris, als *Les Morts renaitrons un Jour*). Herbst 2015 brachte der Hallenberger-Verlag seinen Kurzgeschichtenroman *Spiegellabyrinth* heraus.

Peter Gerdes
Langeooger
Serientester
Inselkrimi
978-3-86412-092-3

Ulrike Barow
Baltrumer
Eiszeit
Inselkrimi
978-3-86412-096-1

Ingrid Schmitz
Spiekerooger
Utkieker
Inselkrimi
978-3-86412-097-8

Peter Gerdes
Langeooger
Lügen
Inselkrimi
978-3-86412-067-1

Peter Gerdes
Zorn und
Zärtlichkeit
Kriminalroman
978-3-939689-64-5

Peter Gerdes
Ostfriesische
Verhältnisse
Kriminalroman
978-3-86412-077-0

Thomas Breuer
Leander und der tiefe Frieden
Inselkrimi Föhr
978-3-86412-006-0

Thomas Breuer
Leander und die Stille der Koje
Inselkrimi Föhr
978-3-939689-82-9

Thomas Breuer
Leander und die alten Meister
Inselkrimi Föhr
978-3-86412-071-8

Thomas Breuer
Leander und der Lummensprung
Inselkrimi Helgoland
978-3-86412-084-8

Thomas Breuer
Leander und der lange Schatten
Inselkrimi Föhr
978-3-86412-099-2

Dietrich Petersen
Todesbelt
Inselkrimi
Fehmarn
978-3-86412-069-5

Anette Hinrichs
Die fünfte Jahreszeit
Kriminalroman
Hamburg
978-3-86412-005-3

Anette Hinrichs
Das siebte Symbol
Kriminalroman
Hamburg
978-3-86412-005-3

Anette Hinrichs
Das Sandmann-Projekt
Kriminalroman
Hamburg
978-3-86412-080-0

Frank Posiadly
Die Stille nach dem Tod
Kriminalroman HH
978-3-86412-098-5

Dietrich Petersen
Strandraub
Inselkrimi
Fehmarn
978-3-934927-96-4

Andreas Schmidt
Tod mit Meerblick
Kriminalroman
Schleswig-Holstein
978-3-939689-67-6

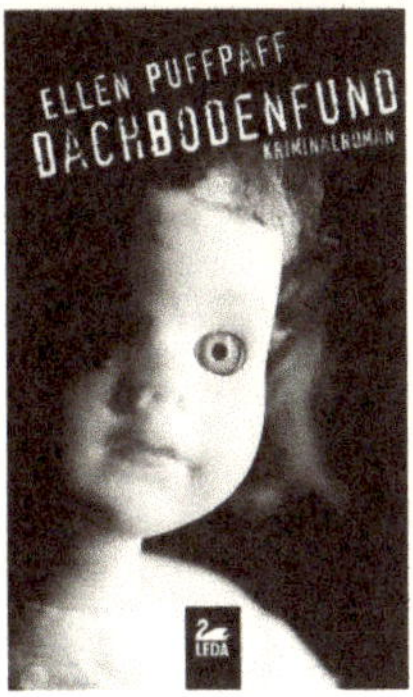

Ellen Puffpaff
Dachbodenfund
Kriminalroman
Schleswig-Holstein
978-3-86412-009-13

H. & P. Gerdes (Hrsg):
Mordkompott
Meerumschlungen
SchleswigHolstein
978-3-939689-68-3

Gerdes/Lüpkes
Flossen hoch 3.0
Kriminelles zwischen
Kiemen und Korn
978-3-86412-068-8

H. & P. Gerdes (Hrsg.)
Tee mit Blattschuss
Kriminelles zwischen
Kanne und Kluntje
978-3-86412-087-9

H. & P. Gerdes (Hrsg):
Friesisisches
Mordkompott
Herber Nachschlag
978 3 939689-20-1

H. & P. Gerdes (Hrsg):
Friesisches
Mordkompott
Süßer Nachschlag
978-3-939689-21-8